Diogenes Taschenbuch 20265

ANTON ČECHOV wurde 1860 in Taganrog, Südrussland, geboren, wuchs in ärmlichen Verhältnissen auf und studierte dank eines Stipendiums in Moskau Medizin. Den Arztberuf übte Čechov nur kurze Zeit aus. Der Erfolg seiner Theaterstücke und Erzählungen machte ihn finanziell unabhängig. Seine Lungentuberkulose jedoch erzwang immer häufigere Aufenthalte in südlichem Klima, so dass Čechov auf die Krim übersiedelte. 1901 heiratete er die Schauspielerin Olga Knipper. Er starb 1904 in Badenweiler.

Anton Čechov
Rothschilds Geige
Erzählungen 1893–1896

*Aus dem Russischen von
Gerhard Dick, Ada Knipper,
Michael Pfeiffer,
Hertha von Schulz*

*Herausgegeben und mit Anmerkungen
von Peter Urban*

Diogenes

Die vorliegenden Erzählungen sind entnommen aus:
A. P. Tschechow, *Das schwedische Zündholz.*
Kurzgeschichten und frühe Erzählungen;
A. P. Tschechow, *Weiberwirtschaft. Meistererzählungen,* sowie
A. P. Tschechow, *Die Dame mit dem Hündchen. Meistererzählungen*
Hertha von Schulz übersetzte ›Der schwarze Mönch‹,
›Der Mord‹, ›Das Haus mit dem Zwischenstock‹;
Michael Pfeiffer übersetzte ›Die Gattin‹,
›Anna am Halse‹, ›Weißstirnchen‹ und ›Ariadna‹;
Gerhard Dick und Ada Knipper die übrigen Erzählungen
Die Übersetzungen erschienen erstmals 1965, 1966 und 1967
im Rahmen der Gesammelten Werke in Einzelbänden
bei Rütten & Loening, Berlin;
Rütten & Loening ist eine Marke
der Aufbau Verlage GmbH & Co. KG, Berlin
Copyright © 1965, 1966, 1967 Aufbau Verlage GmbH & Co. KG, Berlin
Covermotiv: Illustration von Tomi Ungerer

Veröffentlicht als Diogenes Taschenbuch, 1976
Alle Rechte an dieser Ausgabe und den
Anmerkungen vorbehalten
Diogenes Verlag AG Zürich
www.diogenes.ch
ASR/22/852/10
ISBN 978 3 257 20265 6

Inhalt

Volodja der Große und Volodja der Kleine 7
Der schwarze Mönch 22
Weiberwirtschaft 64
Rothschilds Geige 115
Der Student 128
Der Literaturlehrer 133
Auf dem Gutshof 163
Die Erzählung des Obergärtners 174
Die Gattin 181
Anna am Halse 190
Weißstirnchen 207
Der Mord 214
Ariadna 254
Das Haus mit dem Zwischenstock 288

Anhang
Zu dieser Ausgabe 315
Zeitschriften 316
Abkürzungen 317
Zur Transkription 317
Namen und Anrede 317
Maße und Gewichte 318
Feiertage 318
Rangklassen 320
Nicht übersetzte Ausdrücke 321
Anmerkungen 322

Volodja der Große und Volodja der Kleine

»Lassen Sie mich, ich will selbst kutschieren! Ich setze mich neben den Kutscher!« rief Sofja Lvovna laut. »Warte noch, Kutscher, ich setze mich neben dich auf den Bock.«

Sie stand im Schlitten, und ihr Mann Vladimir Nikityč sowie ihr Jugendfreund Vladimir Michajlyč hielten sie an den Händen fest, damit sie nicht fiel. Die Trojka jagte schnell dahin.

»Ich habe ja gesagt, man soll ihr keinen Kognak geben«, flüsterte Vladimir Nikityč ärgerlich seinem Gefährten zu. »Du bist mir schon einer, wirklich!«

Der Oberst wußte aus Erfahrung, daß bei Frauen wie seiner Gattin Sofja Lvovna auf eine stürmische, leicht trunkene Fröhlichkeit gewöhnlich ein hysterisches Lachen und darauf Weinen folgte. Er fürchtete, er müßte sich heute, sobald sie wieder zu Hause waren, statt zu schlafen mit Kompressen und Tropfen abmühen.

»Brr!« rief Sofja Lvovna. »Ich will kutschieren!«

Sie war von Herzen fröhlich und triumphierte. In den letzten zwei Monaten, seit ihrem Hochzeitstag, hatte sie der Gedanke gequält, sie habe den Obersten Jagič aus Berechnung und, wie man sagt, par dépit geheiratet; heute jedoch, in dem Vorstadtrestaurant, war sie zu der Überzeugung gelangt, daß sie ihn leidenschaftlich liebte. Trotz seiner vierundfünfzig Jahre war er ja so wohlgebaut, gewandt und biegsam, konnte er so reizend witzeln und mit den Zigeunern singen. Tatsächlich, heute waren die Alten tausendmal interessanter als die Jungen, und es schien, als hätten Alter und Jugend die Rollen getauscht. Der Oberst war zwei Jahre älter als ihr Vater, aber konnte dieser Umstand irgendwelche Bedeutung haben, wenn er, offen gesagt, unvergleichlich mehr Lebenskraft, Kühnheit und Frische besaß als sie selbst, obwohl sie erst dreiundzwanzig Jahre zählte?

Oh, mein Lieber du! dachte sie. – Du bist wunderbar!

Im Restaurant war ihr auch klargeworden, daß von dem früheren Gefühl in ihrem Herzen auch nicht ein Funke geblieben war. Für ihren Jugendfreund, Vladimir Michajlyč, oder einfach Volodja, den sie noch gestern ganz toll, bis zur Verzweiflung geliebt hatte, empfand sie nun nur noch Gleichgültigkeit. Den ganzen heutigen Abend aber schien er ihr schlapp, verschlafen, uninteressant und banal, und seine Kaltblütigkeit, mit der er sich gewöhnlich von der Bezahlung der Restaurantrechnungen drückte, hatte sie diesmal empört, und sie hatte sich kaum noch beherrschen können, ihm nicht zu sagen: Wenn Sie zu arm sind, dann bleiben Sie zu Hause.

Nur der Oberst bezahlte immer.

Vielleicht deshalb, weil vor ihren Augen Bäume, Telegrafenstangen und Schneehaufen schimmerten, kamen ihr die vielfältigsten Gedanken in den Sinn. Sie dachte daran, daß der Abend im Restaurant hundertzwanzig Rubel gekostet hatte und die Zigeuner weitere hundert; morgen könnte sie, wenn sie wollte, sogar tausend aus dem Fenster werfen, aber vor zwei Monaten, vor ihrer Heirat, besaß sie nicht einmal drei Rubel eigenes Geld, und wegen jeder Kleinigkeit mußte sie sich an ihren Vater wenden. Welch eine Veränderung in ihrem Leben!

Ihre Gedanken verwirrten sich, und sie erinnerte sich, wie der Oberst Jagič, ihr jetziger Mann, als sie zehn Jahre alt war, ihrer Tante den Hof gemacht hatte; alle im Haus sagten, er habe die Tante zugrunde gerichtet, und tatsächlich kam sie oft mit verweinten Augen zum Mittagessen, und sie fuhr immer irgendwohin, man sagte von ihr, sie sei sehr unruhig. Er war damals ein sehr schöner Mann gewesen und hatte bei den Frauen ungewöhnlichen Erfolg, so daß die ganze Stadt ihn kannte; man erzählte von ihm, er fahre jeden Tag zu seinen Verehrerinnen zur Visite wie ein Arzt zu den Patienten. Auch heute noch wirkte sein hageres Gesicht trotz des grauen Haares, der Runzeln und der Brille zuweilen wunderschön, besonders im Profil.

Sofja Lvovnas Vater war Militärarzt und hatte früher mit Jagič im selben Regiment gedient. Volodjas Vater war ebenfalls Militärarzt und hatte ebenfalls mit ihrem Vater und mit Jagič im selben Regiment gedient. Trotz seiner oft verwickelten und unruhevollen Liebesabenteuer hatte Volodja ausgezeichnet gelernt; er hatte mit großem Erfolg die Universität absolviert, sich nun als Spezialgebiet die ausländische Literatur gewählt und schrieb, wie es hieß, an seiner Dissertation. Er wohnte in der Kaserne bei seinem Vater, dem Militärarzt, und besaß kein eigenes Geld, obwohl er bereits dreißig Jahre alt war. Als Kinder hatten Sofja Lvovna und er in verschiedenen Wohnungen, aber unter einem Dach gewohnt, und er war oft zu ihr spielen gekommen und sie hatten zusammen Tanzen und Französisch gelernt. Als er aber herangewachsen und ein stattlicher, sehr schöner Jüngling geworden war, schämte sie sich vor ihm, dann aber verliebte sie sich leidenschaftlich in ihn und liebte ihn bis zuletzt, bis sie Jagič heiratete. Er hatte ebenfalls bei den Frauen ungewöhnlichen Erfolg, fast vom vierzehnten Lebensjahr an, und die Damen, die seinetwegen ihre Ehemänner betrogen, rechtfertigten das damit, daß Volodja klein sei. Von ihm hatte kürzlich jemand erzählt, er habe als Student in einer Pension nahe der Universität gewohnt, und jedesmal, wenn man bei ihm klopfte, habe man hinter seiner Tür Schritte und darauf mit halblauter Stimme die Entschuldigung vernommen: »Pardon, je ne suis pas seul.« Jagič war von ihm entzückt und segnete ihn für die Zukunft, wie Deržavin Puškin gesegnet hatte, und offensichtlich liebte er ihn. Sie spielten beide stundenlang Billard oder Pikett, und wenn Jagič mit der Trojka irgendwohin fuhr, nahm er Volodja mit, und in das Geheimnis seiner Dissertation hatte Volodja allein Jagič eingeweiht. In der ersten Zeit, als der Oberst noch etwas jünger gewesen war, hatten sie des öftern miteinander rivalisiert, aber sie waren niemals eifersüchtig aufeinander gewesen. Wenn sie in Gesellschaft zusammen waren, nannte man Jagič Volodja den Großen, seinen Freund aber Volodja den Kleinen.

Im Schlitten befand sich außer den beiden Volodjas und Sofja Lvovna noch eine weitere Person, Margarita Aleksandrovna oder Rita, wie sie genannt wurde, eine Kusine von Frau Jagič, ein Mädchen in den Dreißigern; sie war sehr blaß, hatte schwarze Augenbrauen, trug einen Kneifer und rauchte pausenlos Zigaretten, selbst bei strengem Frost; auf ihrer Brust und ihren Knien lag ständig Asche. Sie sprach durch die Nase und zog jedes Wort in die Länge; sie war kalt, konnte Likör und Kognak trinken, so viel sie wollte, ohne betrunken zu werden und erzählte träge und geschmacklos zweideutige Anekdoten. Zu Hause las sie von früh bis spät umfangreiche Zeitschriften und bestreute sie dabei mit Asche, oder sie aß gefrorene Äpfel.

»Sofja, hör auf zu toben«, sagte sie langgezogen. »Es ist wirklich albern.«

In der Nähe des Stadttores rollte die Trojka ruhiger dahin, Häuser und Menschen huschten vorbei, und Sofja Lvovna beruhigte sich, schmiegte sich an den Gatten und überließ sich ganz ihren Gedanken. Volodja der Kleine saß ihnen gegenüber. Nun mischten sich bereits düstere Gedanken unter die leichten, fröhlichen. Sie dachte, diesem Menschen, der ihr gegenübersaß, sei es bekannt, daß sie ihn liebe, und er glaube natürlich dem Gerede, sie habe den Oberst par dépit geheiratet. Sie hatte ihm noch nie ihre Liebe gestanden und wollte nicht, daß er es erfuhr, sie verheimlichte ihr Gefühl, aber auf seinem Gesicht war zu lesen, daß er sie sehr gut verstand – und ihr Ehrgefühl litt darunter. Am erniedrigendsten an ihrer Lage war die Tatsache, daß dieser Volodja der Kleine ihr nach der Hochzeit plötzlich seine Aufmerksamkeit zuwandte, was früher nie der Fall gewesen war; er saß stundenlang schweigend oder bangloses Zeug schwatzend mit ihr zusammen, und jetzt im Schlitten trat er sie, ohne mit ihr zu sprechen, leicht auf den Fuß und drückte ihre Hand. Augenscheinlich hatte er nur darauf gewartet, daß sie heiratete; und er verachtete sie auch offensichtlich, und sie erregte bei ihm nur ein ganz besonderes Interesse, als eine schlechte, unanständige Frau. Als in ihrem Herzen Triumph und Liebe zu ihrem Mann sich mit dem Gefühl der Erniedrigung und des beleidigten Stolzes mischten, da hatte sie der Übermut gepackt, und sie wollte sich auf den Kutschbock setzen, schreien und pfeifen...

Gerade als sie an einem Frauenkloster vorüberfuhren, erklang das Geläut einer großen, tonnenschweren Glocke. Rita bekreuzigte sich.

»In diesem Kloster lebt unsere Olja«, sagte Sofja Lvovna, bekreuzigte sich gleichfalls, und ihr schauderte.

»Weshalb ist sie ins Kloster gegangen?« fragte der Oberst.

»Par dépit«, erwiderte Rita böse, wobei sie offenbar auf Sofja Lvovnas Heirat mit Jagič anspielte. »Heutzutage ist dieses par dépit in Mode. Eine Herausforderung an die ganze Welt. Sie war eine Lachtaube, furchtbar kokett, liebte nur Bälle und Kavaliere, und plötzlich – sieh mal an! Alle sollten staunen!«

»Das ist nicht wahr«, sagte Volodja der Kleine, der den Kragen seines Pelzes herunterschlug und sein schönes Gesicht zeigte. »Das ist kein par dépit, sondern einfach entsetzlich, wenn Sie wollen. Ihren Bruder Dmitrij haben sie zur Zwangsarbeit verschickt, und jetzt weiß niemand, wo er ist. Die Mutter ist vor Gram gestorben.«

Er schlug den Kragen wieder hoch.

»Und Olja hat's richtig gemacht«, fügte er gedämpft hinzu. »Das Leben eines Pflegekindes führen, noch dazu neben einem solchen Goldstück wie Sofja Lvovna – das muß man sich schon überlegen!«

Sofja Lvovna hörte aus seiner Stimme einen verächtlichen Ton heraus und wollte ihm eine Grobheit sagen, doch sie hüllte sich in Schweigen. Abermals wurde sie von dem gleichen Übermut ergriffen; sie stellte sich aufrecht und rief mit weinerlicher Stimme:

»Ich will zur Frühmesse! Kutscher, zurück! Ich will Olja sehen!«

Sie kehrten um. Voll tönte die Klosterglocke, und Sofja Lvovna meinte, etwas daran erinnere sie an Olja und deren Leben. Auch in den anderen Kirchen wurde geläutet. Als der Kutscher die Trojka anhielt, sprang Sofja Lvovna aus dem Schlitten und eilte allein und ohne Begleitung zum Tor.

»Mach schnell, bitte!« rief ihr der Gatte nach. »Es ist schon spät!«

Sie schritt durch das dunkle Tor, sodann durch die Allee, die vom Tor zur Hauptkirche führte; der Schnee knirschte unter ihren Füßen, und der Glockenton erklang bereits dicht über ihrem Kopf, er schien sie ganz zu durchdringen. Da waren die Kirchentür, die drei Stufen, die nach unten führten, der Vorraum mit den Abbildungen von Heiligen zu beiden Seiten, es roch nach Wacholder und Weihrauch, wieder eine Tür, und eine dunkle kleine Gestalt öffnete ihr und verbeugte sich tief ... Der Gottesdienst hatte noch nicht begonnen. Eine Nonne ging vor der Ikonenwand umher und entzündete die Kerzen in den Leuchtern, eine andere zündete den Kronleuchter an. Hier und da standen an Säulen und Seitenaltären reglos schwarze Gestalten. – So wie sie da stehen, stehen sie, und sie werden nicht weggehen, ehe es richtig Morgen ist, dachte Sofja Lvovna, und ihr kam hier alles dunkel, kalt und öde vor – öder als auf einem Friedhof. Mit einem Gefühl der Langeweile blickte sie auf die reglosen, erstarrten Gestalten, und auf einmal krampfte sich ihr Herz zusammen. In einer der Nonnen, einer kleinen, mit mageren Schultern und einem schwarzen Tuch um den Kopf, glaubte sie Olja zu erkennen, obwohl Olja, als sie ins Kloster ging, üppig und irgendwie größer war. Unschlüssig und in starker Erregung trat Sofja Lvovna zu der Novizin, schaute ihr über die Schulter ins Gesicht und erkannte Olja.

»Olja!« sagte sie und schlug die Hände zusammen, konnte aber vor Erregung kaum sprechen. »Olja!«

Die Nonne erkannte sie sofort, zog erstaunt die Brauen hoch, und ihr blasses, frischgewaschenes, sauberes Gesicht und, wie es schien, sogar das weiße Tüchlein, das unter dem Kopftuch hervorschaute, strahlten vor Freude.

»Der Herr hat ein Wunder geschehen lassen«, sagte sie und schlug ebenfalls ihre mageren, bleichen Händchen zusammen.

Sofja Lvovna umarmte sie fest und küßte sie, und sie fürchtete dabei, sie könne nach Wein riechen.

»Wir sind gerade vorbeigefahren und haben an dich gedacht«, sagte sie atemlos, als sei sie schnell gelaufen. »Wie blaß du bist, mein Gott! Ich ... ich freue mich sehr, dich zu sehen. Nun, was ist? Wie steht's? Langweilst du dich?«

Sofja Lvovna sah sich nach den anderen Nonnen um und fuhr mit leiser Stimme fort:

»Bei uns hat sich so viel geändert ... Du weißt, ich habe Jagič geheiratet, Vladimir Nikityč. Du erinnerst dich wahrscheinlich an ihn ... Ich bin sehr glücklich mit ihm.«

»Nun, Gott sei Dank. Und ist dein Vater gesund?«

»Ja. Er denkt oft an dich. Komm doch zu den Feiertagen zu uns, Olja. Hörst du?«

»Ich komme«, erwiderte Olja und lächelte. »Ich komme am zweiten Feiertag.«

Sofja Lvovna begann, ohne zu wissen, weshalb, zu weinen, sie weinte einige Augenblicke wortlos, wischte sich dann die Augen und sagte:

»Rita wird sehr bedauern, daß sie dich nicht gesehen hat. Sie ist mit uns hier. Und Volodja ist auch hier. Sie warten vor dem Tor. Wie würden sie sich freuen, wenn sie dich zu sehen bekämen! Gehen wir hinaus, der Gottesdienst hat doch noch nicht angefangen.«

»Gut«, sagte Olja zustimmend.

Sie bekreuzigte sich dreimal und ging mit Sofja Lvovna zum Ausgang.

»Wie du sagst, bist du glücklich, Sonečka?« fragte sie, als sie durch das Tor schritten.

»Sehr.«

»Nun, Gott sei Dank.«

Als Volodja der Große und Volodja der Kleine die Nonne erblickten, stiegen sie aus dem Schlitten und begrüßten sie ehrerbietig; beide waren sie von ihrem bleichen Gesicht und der schwarzen Nonnenkleidung sichtlich gerührt, und beiden gefiel es, daß sie sich ihrer erinnert hatte und gekommen war, um sie zu begrüßen. Damit sie nicht frieren sollte, hüllte Sofja Lvovna sie in einen Plaid und nahm sie halb mit unter ihren Pelz. Die eben vergossenen Tränen hatten sie erleichtert und ihre Seele verklärt, und sie war froh, daß diese geräuschvolle, unruhige und, genaugenommen, ziemlich wüste Nacht unvermutet so rein und sanft endete. Um Olja noch etwas bei sich zu behalten, schlug sie vor: »Fahren wir sie spazieren! Olja, steig ein, wir fahren ein Stückchen.«

Die Männer erwarteten, daß die Nonne ablehnte – Heilige fahren nicht Trojka –, doch zu ihrer Verwunderung willigte sie ein und stieg in den Schlitten. Als die Trojka zum Stadttor jagte, schwiegen alle, und sie waren nur bemüht, daß sie bequem und warm saß, und jeder dachte daran, wie sie früher gewesen war und wie sie jetzt war. Ihr Gesicht sah jetzt leidenschaftslos und wenig ausdrucksvoll aus, es wirkte kalt, bleich und durchsichtig, als flösse in ihren Adern kein Blut, sondern Wasser. Vor zwei, drei Jahren war sie noch üppig und rotwangig gewesen, hatte von Freiern gesprochen und über die kleinste Lappalie gelacht...

Am Stadttor kehrte die Trojka um; als sie nach etwa zehn Minuten vor dem Kloster hielt, stieg Olja aus. Nun läuteten schon mehrere Glocken abwechselnd.

»Gott schütze euch«, sagte Olja und verbeugte sich tief nach Nonnenart.

»Du mußt aber kommen, Olja.«

»Ich komme, ich komme.«

Sie ging schnell davon und war bald in dem dunklen Tor verschwunden. Danach, als die Trojka weiterfuhr, war allen recht traurig zumute. Sie schwiegen. Sofja Lvovna fühlte sich am ganzen Körper wie zerschlagen und verlor den Mut; daß sie die Nonne dazu gebracht hatte, in den Schlitten zu steigen und in nicht ganz nüchterner Gesellschaft Trojka zu fahren, erschien ihr bereits dumm, taktlos und einer Lästerung gleich; zusammen mit dem Rausch war auch ihr Wunsch verflogen, sich selbst zu betrügen, und ihr war bereits klar, daß sie ihren Mann nicht liebte und nicht lieben konnte, daß alles Unsinn und Dummheit war. Sie hatte aus Berechnung geheiratet, weil er, nach der Ausdrucksweise ihrer Internatsfreundinnen, irrsinnig reich war und weil es ihr schrecklich vorkam, wie Rita eine alte Jungfer zu bleiben, und auch deshalb, weil ihr Vater, der Arzt, ihr in den Ohren lag und weil sie Volodja den Kleinen ärgern wollte. Hätte sie, als sie heiratete, gewußt, daß das so schwer, bedrückend und abstoßend war, sie hätte um nichts in der Welt in die Ehe eingewilligt. Nun aber war das Unglück nicht mehr ungeschehen zu machen. Sie mußte sich damit abfinden.

Sie kamen nach Hause. Als Sofja Lvovna sich in ihr warmes, weiches Bett legte und sich zudeckte, fielen ihr der dunkle Kirchenvorraum, der Weihrauchduft und die Gestalten an den Säulen ein, und ihr wurde unheimlich bei dem Gedanken, diese Gestalten würden die ganze Nacht, während sie schlief, unbeweglich dastehen. Die Frühmesse würde lange, sehr lange dauern, dann kamen die Stundengebete, darauf der Mittagsgottesdienst und das Gebet...

Aber Gott existiert doch, dachte sie, bestimmt existiert er, und ich muß auf jeden Fall sterben, das heißt, früher oder später muß ich an meine Seele und an das ewige Leben denken, so wie Olja. Olja ist jetzt gerettet, sie hat für sich alle Fragen gelöst ... Aber wenn es keinen Gott gibt? Dann war ihr Leben verpfuscht. Aber wie denn verpfuscht? Warum verpfuscht?

Gleich darauf schlich sich wieder ein Gedanke in ihr Hirn. Gott existiert, der Tod kommt unbedingt, man muß an seine Seele denken. Stünde Olja in diesem Augenblick dem Tod gegenüber, so wäre das für sie nicht schrecklich. Sie ist bereit. Vor allem hat sie für sich die Frage des Lebens gelöst. Gott existiert ... jawohl ... Aber gibt es denn keinen anderen Ausweg als nur den, ins Kloster zu gehen? Denn ins Kloster zu gehen, das bedeutet doch, sich vom Leben loszusagen, es zu zerstören ...
Sofja Lvovna wurde es ein wenig unheimlich zumute; sie steckte den Kopf unter das Kissen.
»Man darf nicht daran denken«, flüsterte sie. »Man darf es nicht ...«
Jagič ging im Nebenzimmer auf dem Teppich auf und ab und dachte nach; leise klirrten seine Sporen. Sofja Lvovna kam der Gedanke, daß dieser Mensch ihr nur in einem nahe und teuer sei – er hieß ebenfalls Vladimir. Sie setzte sich auf und rief zärtlich: »Volodja!«
»Was hast du?« erwiderte der Gatte.
»Nichts.«
Sie legte sich wieder hin. Man hörte Geläut, vielleicht waren es wieder die Klosterglocken; ihr fielen der Kirchenvorraum und die dunklen Gestalten ein, Gedanken über Gott und den unabänderlichen Tod huschten ihr durch den Kopf, und sie deckte sich bis über die Ohren zu, um das Läuten nicht zu hören. Sie stellte sich vor, ihr Leben würde sich noch lange, sehr lange hinziehen, bis das Alter und der Tod kämen, und tagaus, tagein würde sie die Nähe des ungeliebten Menschen in Kauf nehmen müssen, der soeben ins Schlafzimmer gekommen war und sich zu Bett begeben hatte, und sie würde in sich die hoffnungslose Liebe zu einem anderen, einem jungen, bezaubernden und, wie sie meinte, ungewöhnlichen Mann ersticken müssen. Sie schaute ihren Gatten an und wollte ihm eine gute Nacht wünschen, aber statt dessen begann sie plötzlich zu weinen. Sie ärgerte sich über sich selbst.

»Na, jetzt fängt die Musik an«, murmelte Jagič.

Sie beruhigte sich wieder, aber erst spät, gegen zehn Uhr morgens; sie hörte auf zu weinen und am ganzen Körper zu zittern, dafür aber verspürte sie heftige Kopfschmerzen. Jagič wollte schnell zum Hochamt fahren und knurrte im Nebenzimmer den Burschen an, der ihm beim Ankleiden behilflich war. Er kam, leise mit den Sporen klirrend, ins Schlafzimmer und holte irgend etwas; darauf kam er noch ein zweites Mal, bereits mit Epauletten und Orden, infolge seines Rheumatismus hinkte er leicht, und Sofja Lvovna schien es, als gehe und blicke er wie ein Raubtier.

Sie hörte, wie Jagič am Telefon sprach.

»Bitte verbinden Sie mich mit der Vasiljev-Kaserne«, sagte er, und nach einer Weile: »Ist dort die Vasiljev-Kaserne? Rufen Sie bitte Doktor Salimovič ans Telefon ...« Und wieder nach einer Weile: »Mit wem spreche ich? Bist du's, Volodja? Freue mich sehr. Mein Lieber, bitte doch deinen Vater, er soll sofort herkommen, meine Frau hat sich gestern schön was weggeholt. Er ist nicht zu Hause, sagst du? Hm ... ich danke dir. Ausgezeichnet ... Ich werde dir sehr dankbar sein ... Merci.«

Jagič kam ein drittes Mal ins Schlafzimmer, beugte sich über seine Frau, bekreuzigte sie, reichte ihr die Hand zum Kuß – die Frauen, die ihn liebten, küßten ihm die Hand, daran war er gewöhnt – und sagte, er sei zum Mittagessen zurück. Damit ging er.

Nach elf Uhr meldete das Stubenmädchen, Vladimir Michajlyč sei gekommen. Vor Erschöpfung und Kopfschmerzen taumelnd, zog Sofja Lvovna hastig ihr wunderschönes, neues fliederfarbenes Morgenkleid mit dem Pelzbesatz an und kämmte sich in aller Eile. In ihrem Herzen spürte sie unaussprechliche Zärtlichkeit, und sie zitterte vor Freude und auch vor Angst, er könne wieder fortgehen. Sie wollte ihn nur anschauen.

Volodja der Kleine machte Visite, wie es sich gehört, im

Frack mit weißer Halsbinde. Als Sofja Lvovna in den Salon kam, küßte er ihr die Hand und bedauerte aufrichtig, daß sie krank sei. Darauf, als sie Platz genommen hatten, lobte er ihr Morgenkleid.

»Mich hat das gestrige Wiedersehen mit Olja ganz durcheinandergebracht«, sagte sie. »Zuerst war mir angst und bange, aber jetzt beneide ich sie. Sie ist unerschütterlich, wie ein Felsblock, den man nicht von der Stelle zu rücken vermag, aber, Volodja, gab es denn für sie keinen anderen Ausweg? Kann man denn die Frage des Lebens nur lösen, indem man sich lebendig begräbt? Das ist doch der Tod, aber nicht das Leben.«

Bei dem Gedanken an Olja malte sich Rührung auf dem Gesicht Volodjas des Kleinen.

»Sie sind doch ein kluger Mensch, Volodja«, sagte Sofja Lvovna, »belehren Sie mich, damit ich genauso handle wie Olja. Natürlich bin ich ungläubig und würde nicht ins Kloster gehen, aber man kann doch etwas Gleichwertiges tun. Mein Leben ist nicht leicht«, fuhr sie nach kurzem Schweigen fort. »Belehren Sie mich also ... Sagen Sie mir irgend etwas Überzeugendes. Sagen Sie wenigstens ein Wort.«

»Ein Wort? Bitte: Tararabumbija.«

»Volodja, weshalb verachten Sie mich?« fragte sie lebhaft. »Sie sprechen mit mir so sonderbar, verzeihen Sie, so geckenhaft, wie man mit Freunden und mit anständigen Frauen nicht spricht. Sie haben Erfolg als Gelehrter, Sie lieben die Wissenschaft, aber weshalb sprechen Sie niemals mit mir über die Wissenschaft? Weshalb? Bin ich nicht würdig?«

Volodja der Kleine verzog ärgerlich das Gesicht und sagte:

»Weshalb verlangt es Sie plötzlich so nach der Wissenschaft? Vielleicht möchten Sie lieber die Verfassung? Oder vielleicht Sternhausen mit Meerrettich?«

»Na schön, ich bin eine unbedeutende, gemeine, prinzipienlose, beschränkte Frau ... Ich habe eine Unmenge von Fehlern, ich bin eine Psychopathin, ich bin verdorben, und man muß mich verachten. Aber, Volodja, Sie sind zehn Jahre älter als ich, und mein Mann ist dreißig Jahre älter. Ich bin unter Ihren Augen groß geworden, und wenn Sie wollten, Sie könnten aus mir alles machen, was Ihnen beliebt, sogar einen Engel. Aber Sie ...« (ihre Stimme zitterte) »Sie behandeln mich schrecklich. Jagič hat mich geheiratet, als er schon alt war, aber Sie ...«

»Nun, genug, genug«, sagte Volodja, rückte näher heran und küßte ihr beide Hände. »Überlassen wir es Schopenhauer, zu philosophieren und alles zu beweisen, was er will, aber wir selbst wollen diese Händchen küssen.«

»Sie verachten mich, wenn Sie wüßten, wie ich darunter leide!« erwiderte sie unschlüssig, da sie im voraus wußte, daß er ihr nicht glauben würde. »Wenn Sie wüßten, wie sehr ich mich ändern, ein neues Leben beginnen möchte! Mit Begeisterung denke ich daran«, sagte sie und war tatsächlich vor Begeisterung zu Tränen gerührt. »Ein guter, ehrlicher, sauberer Mensch sein, nicht lügen, ein Ziel im Leben haben.«

»Na, na, na, bitte seien Sie nicht affektiert! Das liebe ich nicht!« entgegnete Volodja, und sein Gesicht bekam einen kapriziösen Ausdruck. »Bei Gott, ganz wie auf der Bühne. Wir wollen uns doch menschlich benehmen.«

Damit er nicht böse würde und nicht fortging, begann sie sich zu rechtfertigen und lächelte ihm zuliebe gezwungen; sie sprach wieder von Olja und davon, wie sie die Frage ihres Lebens lösen und ein Mensch werden wolle.

»Tara ... ra ... bumbija ...« begann er halblaut zu singen. »Tara ... ra ... bumbija!«

Unvermutet faßte er sie um die Taille. Sie legte, ohne zu wissen, was sie tat, ihre Hände auf seine Schultern und blickte eine Weile entzückt und wie im Rausch sein kluges, spöttisches Gesicht, seine Stirn, seine Augen, seinen schönen Bart an ...

»Du weißt selbst seit langem, daß ich dich liebe«, gestand sie ihm, wurde peinlich rot und fühlte, wie sich sogar ihre

Lippen vor Scham verzerrten. »Ich liebe dich. Weshalb quälst du mich?«

Sie schloß die Augen und küßte ihn fest auf die Lippen, lange, vielleicht eine Minute, und konnte sich von diesem Kuß nicht losreißen, obwohl sie wußte, daß es unschicklich war, daß er sie verurteilen konnte, daß ein Diener eintreten könnte...

»Oh, wie du mich quälst!« wiederholte sie.

Als er nach einer halben Stunde erhalten hatte, was er brauchte, im Eßzimmer saß und einen Imbiß zu sich nahm, lag sie vor ihm auf den Knien und blickte ihm gierig ins Gesicht, und er sagte zu ihr, sie sei wie ein Hündchen, das darauf wartet, daß man ihm ein Stückchen Schinken zuwirft. Darauf setzte er sie auf seine Knie, schaukelte sie wie ein Kind und sang:

»Tara...rabumbija...Tara...rabumbija!«

Als er sich anschickte zu gehen, fragte sie ihn mit leidenschaftlicher Stimme:

»Wann? Heute? Wo?«

Sie streckte seinem Mund beide Hände entgegen, als wollte sie die Antwort mit Händen greifen.

»Heute wird es kaum werden«, antwortete er, nachdem er nachgedacht hatte. »Vielleicht morgen.«

Sie trennten sich. Vor dem Mittagessen fuhr Sofja Lvovna ins Kloster zu Olja, aber dort wurde ihr gesagt, Olja lese irgendwo bei einem Verstorbenen Psalmen. Vom Kloster fuhr sie zum Vater, den sie ebenfalls nicht zu Hause antraf, dann wechselte sie die Droschke und fuhr ziellos durch Straßen und Gassen, und so fuhr sie bis zum Abend spazieren. Ohne zu wissen, warum, fiel ihr dabei die Tante mit den verweinten Augen ein, die nicht zur Ruhe kommen konnte.

In der Nacht fuhren sie wieder Trojka und hörten in einem Vorstadtrestaurant den Zigeunern zu. Als sie wieder an dem Kloster vorüberfuhren, dachte Sofja Lvovna an Olja, und ihr wurde angst und bange bei dem Gedanken, daß es

für Mädchen und Frauen ihres Kreises keinen anderen Ausweg gab, als unaufhörlich Trojka zu fahren und zu lügen oder aber ins Kloster zu gehen, um das Fleisch abzutöten ...
Am nächsten Tag war das Stelldichein, und wieder fuhr Sofja Lvovna in einer Droschke allein durch die Stadt und dachte an die Tante.

Nach einer Woche gab ihr Volodja der Kleine den Laufpaß. Danach verlief ihr Leben wie früher, genauso uninteressant und langweilig; manchmal war es sogar qualvoll. Der Oberst und Volodja der Kleine spielten lange Billard und Pikett, Rita erzählte geschmacklos und träge Anekdoten, und Sofja Lvovna fuhr immer mit der Droschke und bat ihren Mann, er solle sie in der Trojka spazierenfahren.

Sie fuhr fast jeden Tag ins Kloster, fiel Olja zur Last, beklagte sich bei ihr über ihre unerträglichen Leiden, weinte und spürte dabei, daß mit ihr etwas Unsauberes, Klägliches, Schäbiges in die Zelle kam, und Olja sagte ihr mechanisch, im Ton einer einstudierten Lektion, das alles habe nichts zu sagen, alles gehe vorüber, und Gott verzeihe alles.

Der schwarze Mönch

I

Der Magister Andrej Vasiljič Kovrin hatte sich überanstrengt, und seine Nerven waren zerrüttet. Er ließ sich nicht behandeln, hatte aber so nebenher, bei einer Flasche Wein, mit einem befreundeten Arzt gesprochen, und dieser gab ihm den Rat, den Frühling und Sommer auf dem Lande zu verbringen. Da kam ihm ein langer Brief von Tanja Pesockaja sehr gelegen, die ihn bat, für eine Weile zu Besuch nach Borisovka zu kommen. Und er entschied, daß es für ihn tatsächlich notwendig sei zu verreisen.

Zuerst – es war im April – fuhr er nach Hause, auf sein Stammgut Kovrinka, und verbrachte dort drei Wochen in der Einsamkeit; als sich dann der Straßenzustand gebessert hatte, begab er sich im Wagen zu seinem ehemaligen Vormund und Erzieher Pesockij, einem in Rußland bekannten Gartenbauer. Von Kovrinka bis Borisovka, wo die Pesockijs lebten, rechnete man nicht mehr als siebzig Verst, und auf den weichen Frühjahrswegen in einer bequemen, gefederten Kutsche zu fahren war ein wirklicher Genuß.

Die Pesockijs hatten ein riesengroßes Haus mit Säulen, mit Löwen, von denen der Stuck abbröckelte, und einem befrackten Diener am Eingang. Der altertümliche Park, der griesgrämig und streng aussah, war in englischer Manier angelegt; er zog sich nahezu eine Verst weit vom Haus bis zum Fluß hin und endete hier an dem steil abfallenden, lehmigen Uferhang, auf dem Kiefern wuchsen, deren bloßliegende Wurzeln wie zottige Pfoten aussahen; unten glitzerte feindselig das Wasser, mit klagendem Piepen strichen Schnepfen darüber hin, und ständig herrschte dort eine Stimmung, daß man Lust bekommen konnte, sich hinzusetzen und eine Ballade zu schreiben. Dafür war es unmittelbar am Haus, im Hof und im Obstgarten, der zusammen mit den Baumschulen ungefähr dreißig Desjatinen einnahm, fröhlich und heiter, sogar bei schlechtem Wetter. Solche wunderbaren Rosen, Lilien, Kamelien, solche Tulpen in allen möglichen Farben, von leuchtendweißen angefangen bis hin zu rußschwarzen, überhaupt einen solchen Reichtum an Farben wie bei Pesockij hatte Kovrin an keinem anderen Ort zu sehen bekommen. Es war erst Frühlingsanfang, und die eigentliche Pracht der Blumenbeete verbarg sich noch in den Treibhäusern, aber auch das, was an den Alleen entlang und hier und da auf den Beeten blühte, genügte, um sich bei einem Spaziergang durch den Garten in einem Reich zarter Farben zu fühlen, besonders in den frühen Morgenstunden, wenn auf jedem Blumenblatt der Tau funkelte.

Der dekorative Teil des Gartens und das, was Pesockij selbst verächtlich als Lappalien bezeichnete, hatte auf Kovrin einst in der Kindheit einen märchenhaften Eindruck gemacht. Was gab es hier nicht alles an Seltsamkeiten, an ausgesuchten Verkrüppelungen und Verhöhnungen der Natur! Da gab es Spaliere von Obstbäumen, einen Birnbaum, der die Form einer Pyramidenpappel hatte, kugelförmige Eichen und Linden, einen schirmförmigen Apfelbaum, Arkaden, Monogramme, Kandelaber und sogar die Zahl 1862 aus Pflaumenbäumen, eine Ziffer, die das Jahr angab, in dem Pesockij angefangen hatte, sich mit Gartenbau zu beschäftigen. Hier fanden sich auch schöne, schlanke Bäumchen mit Stämmen, gerade und kräftig wie bei einer Palme, und erst wenn man genau hinsah, konnte man einen Stachelbeer- oder Johannisbeerstrauch in diesen Bäumchen erkennen. Was aber in dem Garten am fröhlichsten stimmte und ihm ein belebtes Aussehen verlieh, das war die ständige Bewegung. Vom frühen Morgen bis zum Abend tummelten sich wie die Ameisen zwischen den Bäumen und Sträuchern, in den Alleen und auf den Beeten Menschen mit Handwagen, Hacken, Gießkannen...

Kovrin kam abends gegen zehn Uhr bei den Pesockijs an. Er fand Tanja und ihren Vater, Egor Semënyč, in großer Aufregung vor. Ein sternenklarer Himmel und das Thermometer prophezeiten Nachtfrost, der Gärtner Ivan Karlyč war jedoch in die Stadt gefahren, und es war niemand da, auf den man sich hätte verlassen können. Beim Abendessen war nur vom Nachtfrost die Rede, und es wurde beschlossen, daß Tanja nicht schlafen gehen und nach zwölf Uhr einen Gang durch den Garten machen sollte, um nachzusehen, ob alles in Ordnung sei, während Egor Semënyč um drei Uhr oder noch früher aufstehen würde.

Kovrin blieb den ganzen Abend bei Tanja sitzen und begab sich nach Mitternacht mit ihr in den Garten. Es war kalt. Schon auf dem Hof roch es stark brandig. Im großen Obstgarten, der Wirtschaftsgarten genannt wurde und Egor Semënyč alljährlich einige Tausend Rubel Reingewinn einbrachte, breitete sich auf dem Erdboden schwarzer, dichter, beißender Rauch aus, der, die Bäume einhüllend, diese Tausende vor dem Frost rettete. Die Bäume standen hier in Schachbrettordnung, ihre Reihen waren gerade und regelmäßig wie eine Front Soldaten, und diese strenge, pedantische Regelmäßigkeit und der Umstand, daß sämtliche Bäume von gleichem Wuchs waren und vollkommen gleiche Kronen und Stämme hatten, machten das Bild eintönig und sogar langweilig.

Kovrin und Tanja gingen durch die Reihen, wo Feuer aus Mist, Stroh und allerhand Abfällen schwelten, und von Zeit zu Zeit begegneten ihnen Arbeiter, die wie Schatten in dem Rauch umhergingen. Es blühten nur die Kirschen, die Pflaumen und einige Apfelsorten, aber der ganze Garten ertrank in Rauch, und erst bei den Treibhäusern schöpfte Kovrin aus voller Brust Luft.

»Ich habe schon in meiner Kindheit hier vor Rauch geniest«, sagte er achselzuckend, »kann aber bis heute nicht begreifen, wie dieser Rauch vor dem Frost schützen kann.«

»Der Rauch ersetzt die Wolken, wenn diese fehlen ...« erwiderte Tanja.

»Und wozu sind die Wolken nötig?«

»Bei trübem Wetter und bewölktem Wetter gibt es keine Nachtfröste.«

»So ist das also!«

Er lachte und nahm sie bei der Hand. Ihr breites, sehr ernstes verfrorenes Gesicht mit den feinen, schwarzen Brauen, der hochgeklappte Mantelkragen, der sie daran hinderte, den Kopf frei zu bewegen, und ihre ganze magere, schlanke Gestalt in dem wegen des Taus hochgerafften Kleid rührten ihn.

»Herrgott, sie ist schon erwachsen!« sagte er. »Als ich das letzte Mal von hier wegfuhr, vor etwa fünf Jahren, waren Sie noch ganz und gar ein Kind. Sie waren so dünn, so langbeinig, immer ohne Kopfbedeckung, trugen ein kurzes Kleidchen, und ich neckte Sie und nannte Sie Reiher ... Was doch die Zeit macht!«

»Ja, fünf Jahre!« Tanja seufzte. »Viel Wasser ist seitdem flußabwärts geflossen. Sagen Sie, Andrjuša, sagen Sie die Wahrheit«, sprach sie lebhaft, ihm in die Augen schauend, »haben Sie sich uns entfremdet? Aber was frage ich denn? Sie sind ein Mann, Sie leben Ihr eigenes, interessantes Leben, Sie sind eine Größe ... Eine Entfremdung ist so natürlich! Doch wie es auch sein möge, Andrjuša, ich möchte, daß Sie uns zu den Ihrigen zählen. Wir haben ein Recht darauf.«

»Ich zähle euch dazu, Tanja.«

»Ehrenwort?«

»Ja, mein Ehrenwort.«

»Sie haben sich heute gewundert, daß wir so viele Fotografien von Ihnen haben. Sie wissen doch, daß mein Vater Sie vergöttert. Manchmal scheint es mir, als liebte er Sie mehr als mich. Er ist stolz auf Sie, Sie sind ein Gelehrter, ein ungewöhnlicher Mensch, Sie haben sich eine glänzende Stellung geschaffen, und er ist davon überzeugt, daß Sie deshalb so geworden sind, weil er Sie erzogen hat. Ich hindere ihn nicht, so zu denken. Soll er.«

Es dämmerte bereits, das war besonders an der Deutlichkeit zu merken, mit der sich die Rauchwolken und die Kronen der Bäume in der Luft abzeichneten. Die Nachtigallen sangen, und von den Feldern her erscholl Wachtelschlag.

»Jetzt ist es aber Zeit zum Schlafen«, sagte Tanja. »Und kalt ist es auch.« Sie nahm seinen Arm. »Ich danke Ihnen, Andrjuša, daß Sie gekommen sind. Wir haben nur uninteressante Bekannte und auch nur wenige. Wir haben allein den Garten, den Garten, den Garten – und weiter nichts. Hochstamm, Halbstamm«, sie lachte, »Oportoapfel, Renette, Winterapfel, Okulieren, Kopulieren ... Unser ganzes, ganzes Leben widmen wir dem Garten, ich träume sogar niemals von etwas anderem als von Apfel- und Birnbäumen. Natürlich, das ist gut, das ist nützlich, aber manchmal möchte man doch auch etwas Abwechslung haben. Ich erinnere mich, wenn Sie früher zu uns in die Ferien kamen oder uns einfach so besuchten, dann wurde es im Haus irgendwie lebendiger und heller, als hätte man von dem Kronleuchter und den Möbeln die leinenen Überzüge abgenommen. Ich war damals noch ein kleines Mädchen und habe das trotzdem gemerkt.«

Sie sprach lange und mit viel Gefühl. Ihm ging es plötzlich durch den Kopf, daß er im Laufe des Sommers eine Zuneigung zu diesem kleinen, schwachen und redseligen Wesen fassen, daß er Feuer fangen und sich verlieben könnte; in ihrer beider Situation war dies gut möglich und natürlich! Dieser Gedanke rührte ihn und brachte ihn zum Lachen; er beugte sich vor zu dem lieben, besorgten Gesicht und sang leise:

»Onegin! o du mußt es ahnen,
Unsagbar liebe ich Tatjanen!«

Als sie nach Hause kamen, war Egor Semënyč schon aufgestanden. Kovrin verspürte keine Lust zum Schlafen, er kam mit dem alten Herrn ins Gespräch und kehrte mit ihm zurück in den Garten. Egor Semënyč war hochgewachsen und breit in den Schultern, er hatte einen Bauch und litt an Kurzatmigkeit, ging aber immer so schnell, daß es schwer war, ihm zu folgen. Er sah immer äußerst besorgt aus, ständig hastete er irgendwohin und mit einem Ausdruck, als wäre alles verloren, wenn er sich auch nur um eine Minute verspätete.

»Siehst du, mein Lieber, das ist eine Geschichte ...« begann er und blieb stehen, um Atem zu schöpfen. »Am Erdboden friert es, wie du siehst, hebst du aber das Thermometer mit einem Stock so vier, fünf Meter über den Erdboden, dann ist es dort warm ... Weshalb ist das so?«

»Das weiß ich wirklich nicht«, sagte Kovrin und lachte.

»Hm ... Alles kann man natürlich nicht wissen ... Der Verstand mag noch soviel fassen, alles bringt man dort nicht unter. Du bist ja wohl mehr für die Philosophie zuständig?«

»Ja. Ich lese über Psychologie, beschäftige mich jedoch ganz allgemein mit Philosophie.«

»Und es wird dir nicht langweilig?«

»Im Gegenteil, allein dafür lebe ich ja.«

»Nun, Gott geb's ...« sagte Egor Semënyč und strich sich gedankenvoll über seinen grauen Backenbart. »Gott geb's ... Ich freue mich sehr für dich ... ich freue mich, mein Lieber ...«

Aber plötzlich lauschte er, machte ein ängstliches Gesicht, lief zur Seite und verschwand hinter den Bäumen in den Rauchwolken.

»Wer hat denn das Pferd an den Apfelbaum gebunden?« erklang sein verzweifeltes, herzzerreißendes Schreien. »Welcher Schuft, welche Kanaille hat es gewagt, ein Pferd an einen Apfelbaum zu binden? Mein Gott, mein Gott! Alles haben sie verdorben, verschandelt, verhunzt und besudelt! Der Garten ist verloren! Der Garten ist zugrunde gerichtet! Mein Gott!«

Als er zu Kovrin zurückkam, sah sein Gesicht abgespannt und beleidigt aus.

»Nun, was sollst du mit diesem verdammten Volk machen?« sagte er mit weinerlicher Stimme und ausgebreiteten Armen. »Stëpka hat in der Nacht Mist angefahren und das Pferd an einen Apfelbaum gebunden! Die Zügel hat der Halunke so fest um den Stamm gewickelt, daß die Rinde an drei Stellen durchgerieben ist. Wie gefällt dir das! Ich rede mit ihm, er aber – der blöde Tölpel – klappert nur mit den Augen! Aufhängen sollte man ihn, das wäre noch zuwenig!«

Als er sich beruhigt hatte, umarmte er Kovrin und küßte ihn auf die Wange.

»Nun, geb's Gott ... geb's Gott ...« murmelte er. »Ich freue mich sehr, daß du gekommen bist. Unsäglich freue ich mich ... Ich danke dir.«

Dann hastete er wieder mit besorgtem Gesicht durch den ganzen Garten und zeigte seinem ehemaligen Zögling alle Orangerien, Treib- und Kalthäuser und seine beiden Bienenstände, die er das Wunder unseres Jahrhunderts nannte.

Während sie umherwanderten, war die Sonne aufgegangen und beschien jetzt strahlend den Garten. Es wurde warm. Im Vorgefühl eines klaren, frohen und langen Tages erinnerte sich Kovrin, daß es ja erst Anfang Mai war und vor ihm noch ein ganzer Sommer lag, ebenso klar, froh und lang, und plötzlich regte sich in seiner Brust ein freudiges, junges Gefühl, wie er es in der Kindheit verspürt hatte, als er in diesem Garten umhergelaufen war. Und er umarmte seinerseits den alten Mann und küßte ihn zärtlich. Beide gingen gerührt ins Haus und tranken aus altertümlichen Porzellantassen Tee mit Sahne und aßen sättigende Butterkringel – und alle diese Kleinigkeiten erinnerten Kovrin wieder an seine Kindheit und Jugend. Die herrliche Gegenwart und die in ihm erwachenden Eindrücke der Vergangenheit verschmolzen miteinander; sie beengten das Herz, aber es war ein gutes Gefühl.

Er wartete noch, bis Tanja aufgewacht war, trank mit ihr zusammen Kaffee und machte einen Spaziergang mit ihr, danach ging er in sein Zimmer und setzte sich an die Arbeit. Er las aufmerksam, machte Notizen und hob hin und wieder die Augen, um einen Blick auf die offenen Fenster oder auf die frischen, noch taunassen Blumen zu werfen, die in Vasen auf dem Tisch standen, dann ließ er die Augen wieder auf das Buch sinken, und ihm schien, jeder Nerv in ihm zittere und hüpfe vor Freude.

II

Auf dem Lande führte er ein ebenso nervöses und unruhiges Leben wie in der Stadt. Er las und schrieb viel, lernte Italienisch, und wenn er spazierenging, dachte er mit Vergnügen daran, daß er sich bald wieder an die Arbeit setzen würde. Er schlief so wenig, daß alle sich wunderten; wenn er am Tage zufällig für eine halbe Stunde einschlief, dann konnte er nachher die ganze Nacht nicht schlafen, fühlte sich aber nach einer solchen Nacht munter und vergnügt, als wäre nichts vorgefallen.

Er sprach viel, trank Wein und rauchte teure Zigarren. Zu den Pesockijs kamen häufig, beinahe jeden Tag, junge Mädchen aus der Nachbarschaft zu Besuch, sie spielten zusammen mit Tanja Klavier und sangen; manchmal kam auch ein junger Mann, ein Nachbar, der gut Geige spielte. Kovrin hörte der Musik und dem Gesang begierig zu und wurde ganz willenlos dabei, und letzteres äußerte sich physisch darin, daß ihm die Augen zufielen und sein Kopf sich zur Seite neigte.

Einmal, nach dem Abendtee, saß er auf dem Balkon und las. Unterdessen übten Tanja, die Sopran sang, eines der jungen Mädchen, das eine tiefe Altstimme hatte, und der junge Mann auf der Geige im Salon die bekannte Serenade von Braga ein. Kovrin lauschte den Worten – es waren russische – und konnte durchaus nicht ihren Sinn verstehen. Schließlich, als er das Buch sinken ließ und aufmerksam hinhörte, begriff er: Ein junges Mädchen mit krankhafter Phantasie hört nachts im Garten geheimnisvolle Klänge, die so herrlich und seltsam sind, daß sie darin eine heilige Harmonie erkennt, die uns Sterblichen unbegreiflich bleibt und deshalb zurück zum Himmel fliegt. Kovrin begannen die Augen zuzufallen. Er erhob sich und machte erschöpft einen Gang durch den Salon, dann durch den Saal. Als der Gesang zu Ende war, nahm er Tanjas Arm und ging mit ihr hinaus auf den Balkon.

»Mich beschäftigt heute seit dem frühen Morgen eine Legende«, sagte er. »Ich erinnere mich nicht, ob ich sie irgendwo gelesen habe, aber die Legende ist irgendwie seltsam und mit nichts in Zusammenhang zu bringen. Und sie zeichnet sich schon gar nicht durch Klarheit aus. Vor tausend Jahren ging ein Mönch, schwarz gekleidet, durch eine Wüste, irgendwo in Syrien oder Arabien ... Einige Meilen von dem Ort entfernt, wo er ging, sahen Fischer einen anderen schwarzen Mönch, der sich langsam über die Oberfläche des Sees bewegte. Dieser zweite Mönch war eine Luftspiegelung. Jetzt vergessen Sie alle Gesetze der Optik, die die Legende offenbar nicht anerkennt, und hören Sie weiter. Die Luftspiegelung ließ eine andere Luftspiegelung entstehen, dann entstand durch die zweite eine dritte, und so wurde die Gestalt des schwarzen Mönches ohne Ende aus einer Schicht der Atmosphäre in die andere weitergegeben. Er wurde bald in Afrika, bald in Spanien, bald in Indien, bald im hohen Norden gesehen ... Schließlich trat er über die Grenzen der Erdatmosphäre hinaus und irrt jetzt im Weltall umher, weil er nirgends die Bedingungen antrifft, unter denen er erlöschen kann. Vielleicht sieht man ihn jetzt irgendwo auf dem Mars oder auf einem Stern im Kreuz des Südens. Die Quintessenz aber, meine Liebe, der eigentliche Clou der Legende besteht darin, daß die Fata Morgana genau tausend Jahre, nachdem der Mönch durch die Wüste gegangen ist, wieder in die Erdatmosphäre geraten und den Menschen erscheinen wird. Und es ist, als wären diese tausend Jahre bald abgelaufen ... Im Sinne der Legende können wir den schwarzen Mönch schon über kurz oder lang erwarten.«

»Eine merkwürdige Fata Morgana«, sagte Tanja, der die Legende nicht gefallen hatte.

»Das erstaunlichste aber ist«, sagte Kovrin lachend, »daß ich mich durchaus nicht erinnern kann, wie mir diese Legende in den Sinn gekommen ist. Habe ich sie irgendwo gelesen? Habe ich sie gehört? Oder kann es sein, daß ich von dem schwarzen Mönch geträumt habe! Ich schwöre bei Gott, daß ich mich nicht erinnern kann. Jedoch die Legende beschäftigt mich. Ich denke heute den ganzen Tag an sie.«

Nachdem er Tanja zu den Gästen hatte gehen lassen, trat er aus dem Haus und ging in Gedanken versunken zwischen den Blumenbeeten umher. Die Sonne war schon im Untergehen begriffen. Die Blumen strömten, da man sie soeben gegossen hatte, einen feuchten, erregenden Duft aus. Im Haus wurde wieder gesungen, und aus der Ferne rief die Geige den Eindruck einer menschlichen Stimme hervor. Während Kovrin seine Gedanken anstrengte, um sich zu erinnern, wo er diese Legende gelesen oder gehört hatte, lenkte er seine Schritte gemächlich in den Park hinein und kam unmerklich zum Fluß.

Auf einem schmalen Pfad, der an dem steilen Ufer an den entblößten Baumwurzeln vorbeiführte, stieg er hinunter zum Wasser, versetzte dort die Schnepfen in Unruhe und scheuchte zwei Enten hoch. Auf den düsteren Kiefern leuchtete noch hier und da der Widerschein von den letzten Strahlen der untergehenden Sonne, aber auf der Oberfläche des Flusses war es bereits richtig Abend geworden. Kovrin ging über einen Steg aus schwimmenden Baumstämmen auf die andere Seite. Vor ihm lag ein weites Feld mit jungem, noch nicht blühendem Roggen. Keine menschliche Wohnung, keine lebende Seele weit und breit, es schien, als würde der schmale

Pfad, ginge man darauf weiter, genau zu dem unbekannten, rätselhaften Ort führen, wo die Sonne soeben versunken war und wo so breit und majestätisch die Abendröte loderte.

Wie weiträumig, frei und still es hier ist! dachte Kovrin, während er den Pfad entlangschritt. Und es scheint, als schaue die ganze Welt auf mich, als halte sie den Atem an und warte darauf, daß ich sie begreife...

Doch da liefen Wellen über den Roggen, und ein leichter Abendwind berührte zärtlich seinen unbedeckten Kopf. Einen Augenblick später kam wieder ein Windstoß, doch bereits stärker; der Roggen begann zu rauschen, und hinter ihm war ein dumpfes Murren in den Kiefern zu vernehmen. Kovrin blieb verwundert stehen. Am Horizont erhob sich gleich einem Wirbelsturm oder einer Windhose von der Erde bis zum Himmel eine hohe schwarze Säule. Ihre Umrisse waren undeutlich, aber sofort, im ersten Augenblick konnte man erkennen, daß sie nicht auf einem Fleck stand, sondern sich mit einer furchtbaren Geschwindigkeit geradewegs auf Kovrin zu bewegte, und je näher sie herankam, desto kleiner und deutlicher wurde sie. Kovrin sprang zur Seite, ins Roggenfeld, um ihr den Weg frei zu geben, und hatte es eben noch rechtzeitig tun können...

Ein Mönch in schwarzer Kleidung, mit grauem Haupt und schwarzen Augenbrauen, raste mit über der Brust gekreuzten Armen vorbei. Seine nackten Füße berührten nicht den Boden. Im Vorbeirasen, etwa zehn Schritte von ihm entfernt, blickte er sich nach Kovrin um, nickte und lächelte ihm freundlich und zugleich listig zu. Doch was für ein bleiches, schrecklich bleiches und mageres Gesicht war das! Er begann wieder zu wachsen, überquerte fliegend den Fluß, prallte unhörbar gegen das lehmige Ufer und die Kiefern und verschwand, durch sie hindurchgehend, wie Rauch.

»Da sieh einer an...« murmelte Kovrin. »Also ist Wahrheit in der Legende enthalten.«

Ohne sich die merkwürdige Erscheinung erklären zu wollen, zufrieden allein damit, daß es ihm gelungen war, so nahe und so deutlich nicht nur das schwarze Gewand, sondern sogar das Gesicht und die Augen des Mönches zu sehen, kehrte er, angenehm erregt, nach Hause zurück.

Im Park und im Garten gingen die Leute ruhig umher, im Haus wurde musiziert – folglich hatte nur er allein den Mönch gesehen. Er verspürte große Lust, Tanja und Egor Semënyč von alledem zu erzählen, doch er überlegte, daß sie seine Worte sicher für ein Hirngespinst halten würden, und das könnte sie erschrecken; es war besser, zu schweigen. Er lachte laut, sang, tanzte Mazurka, ihm war fröhlich zumute, und alle, die Gäste und Tanja, fanden, daß er heute ein ganz besonderes, hellstrahlendes, hinreißendes Gesicht habe und daß er sehr interessant sei.

III

Nach dem Abendessen, als die Gäste weggefahren waren, ging er in sein Zimmer und legte sich aufs Sofa: er wollte an den Mönch denken. Aber einen Augenblick später trat Tanja ein.

»Hier, Andrjuša, lesen Sie Vaters Aufsätze«, sagte sie und überreichte ihm ein Paket Broschüren und Sonderdrucke. »Es sind wunderbare Artikel. Er schreibt ausgezeichnet.«

»Na, was ist daran ausgezeichnet!« sagte Egor Semënyč, der nach ihr hereinkam und gezwungen lachte; er genierte sich. »Hör nicht auf sie, bitte, lies sie nicht! Übrigens, wenn du einschlafen willst, dann kannst du sie ja lesen: sie sind ein wunderbares Schlafmittel.«

»Und ich meine, es sind großartige Aufsätze«, sagte Tanja voll tiefer Überzeugung. »Lesen Sie sie, Andrjuša, und reden Sie Papa zu, öfter zu schreiben. Er könnte ein ganzes Lehrbuch über Gartenbau schreiben.«

Egor Semënyč brach in ein unnatürliches Gelächter aus, errötete und begann sich in Phrasen zu ergehen, wie sie

Autoren in der Verlegenheit gewöhnlich sagen. Schließlich gab er nach.

»In diesem Fall lies zuerst den Artikel von Gaucher und diese kleinen russischen Aufsätze«, murmelte er, wobei er mit zitternden Händen die Broschüren durchblätterte, »sonst wirst du sie nicht verstehen. Bevor man meine Entgegnungen liest, muß man wissen, wogegen ich opponiere. Übrigens, es ist alles Unsinn . . . höllisch langweilig. Und mir scheint, es ist Zeit zum Schlafen.«

Tanja ging hinaus. Egor Semënyč setzte sich zu Kovrin aufs Sofa und seufzte tief.

»Ja, mein Lieber . . .« begann er nach einigem Schweigen. »So ist das, mein allerbester Magister. Da schreibe ich Artikel und beteilige mich an Ausstellungen, auch Medaillen bekomme ich . . . Bei Pesockij, heißt es, haben die Äpfel Kopfgröße, und Pesockij, heißt es, hat sich mit dem Garten ein Vermögen gemacht. Mit einem Wort, reich und berühmt ist Kočubej. Es fragt sich aber: Wozu das alles? Der Garten ist tatsächlich wunderschön, er ist mustergültig . . . Das ist kein Garten, sondern eine ganze Institution von hoher staatlicher Bedeutung, weil das sozusagen die Vorstufe zu einer neuen Ära der russischen Wirtschaft und russischen Industrie ist. Doch wozu? Welchen Zweck hat das?«

»Die Sache spricht für sich selbst.«

»Ich meine das nicht in dem Sinne. Ich will fragen: Was wird mit dem Garten, wenn ich sterbe? In dem Zustand, wie du ihn jetzt siehst, wird er sich ohne mich keinen einzigen Monat halten. Das ganze Geheimnis des Erfolges liegt nicht darin, daß der Garten groß ist und daß ich viele Arbeiter habe, sondern darin, daß ich diese Arbeit liebe – verstehst du –, ich liebe sie vielleicht mehr als mich selbst. Sieh mich an: Ich mache alles selber. Ich arbeite vom Morgen bis in die Nacht. Das Pfropfen der Bäume besorge ich selbst, das Beschneiden mache ich selbst, das Pflanzen – alles mache ich selbst, alles. Wenn man mir dabei hilft, werde ich eifersüchtig und gereizt bis zur Grobheit. Das ganze Geheimnis besteht in der Liebe, das heißt in dem scharfen Auge des Herrn, in den Händen des Herrn und auch in dem Gefühl, das einen überkommt, wenn man gelegentlich für ein Stündchen irgendwohin zu Besuch fährt, du sitzt da, und das Herz läßt dir keine Ruhe: du hast Angst, es könnte im Garten etwas passiert sein. Und wenn ich sterbe, wer wird nachschauen? Wer wird arbeiten? Der Gärtner? Die Arbeiter? Ja? Ich will dir das eine sagen, mein lieber Freund: Der größte Feind bei unserem Geschäft ist nicht der Hase, nicht der Maikäfer und nicht der Frost, sondern es sind die fremden Menschen.«

»Und Tanja?« fragte Kovrin lachend. »Es kann doch nicht sein, daß sie schädlicher ist als ein Hase. Sie liebt und versteht die Sache.«

»Ja, sie liebt und versteht sie. Wenn sie nach meinem Tode den Garten erbt und die Herrin sein wird, dann wäre natürlich nichts Besseres zu wünschen. Na, und wenn sie, Gott behüte, heiratet?« Egor Semënyč fing an zu flüstern und blickte Kovrin erschrocken an. »Das ist es ja! Sie wird heiraten, Kinder kriegen, da hat sie doch keine Zeit mehr, an den Garten zu denken. Was ich hauptsächlich befürchte: Da wird sie so einen Burschen heiraten, und der, von der Habgier gepackt, verpachtet den Garten an irgendwelche Händlerinnen, und alles geht zum Teufel, gleich im ersten Jahr! Weiber sind in unserem Geschäft eine Geißel Gottes!«

Egor Semënyč seufzte und schwieg ein Weilchen.

»Vielleicht ist das auch Egoismus, aber ich sage es offen: Ich will nicht, daß Tanja heiratet. Ich fürchte mich davor! Da kommt immer so ein Stutzer mit der Geige zu uns gefahren und fiedelt; ich weiß, daß Tanja ihn nicht nimmt, ich weiß es genau, aber ich kann ihn nicht sehen! Überhaupt, mein Bester, ich bin doch ein großer Sonderling. Ich bekenne es.«

Egor Semënyč erhob sich und schritt in großer Erregung im Zimmer umher, und es war klar, daß er etwas sehr Wichtiges sagen wollte, sich aber nicht dazu entschließen konnte.

»Ich liebe dich herzlich und werde offen mit dir sprechen«, sagte er endlich und steckte die Hände in die Taschen. »Bei gewissen heiklen Fragen mache ich keine Umstände und sage einfach das, was ich denke; ich kann die sogenannten heimlichen Gedanken nicht ausstehen. Ich sage unumwunden: Du bist der einzige Mensch, dem ich meine Tochter ohne Furcht zur Frau geben würde. Du bist ein gescheiter Mann mit Herz und würdest mein geliebtes Werk nicht zugrunde gehen lassen. Aber die Hauptsache ist – ich liebe dich wie einen Sohn... und bin stolz auf dich. Würde sich zwischen dir und Tanja etwas anbahnen, dann – nun ja, meinetwegen! Ich würde mich sehr freuen und sogar glücklich sein. Ich sage das rundheraus, ohne Ziererei, als ein ehrlicher Mensch.«

Kovrin lachte. Egor Semënyč öffnete die Tür, um hinauszugehen, und blieb auf der Schwelle stehen.

»Wenn du von Tanja einen Sohn hättest, dann würde ich aus ihm einen Gärtner machen«, sagte er nach einigem Überlegen. »Übrigens ist dies ein leerer Wahn... Gute Nacht.«

Allein geblieben, legte sich Kovrin bequemer hin und machte sich an die Aufsätze. Der eine trug den Titel: ›Über die Zwischenkultur‹, ein anderer: ›Einige Worte anläßlich der Bemerkung des Herrn Z. über das Umgraben des Bodens für einen neuen Garten‹, ein dritter: ›Weiteres zum Okulieren aufs schlafende Auge‹ – und alles von dieser Art. Aber was für ein unruhiger, unausgeglichener Ton, was für eine nervöse, beinahe krankhafte Art, sich zu ereifern! Das war ein Artikel mit einem, so schien es, durchaus friedfertigen Titel und gleichgültigen Inhalt: es war darin die Rede von dem russischen Antonov-Apfel. Aber Egor Semënyč begann ihn mit ›audiatur et altera pars‹ und schloß mit ›sapienti sat‹, und zwischen diesen beiden Aussprüchen ergoß sich eine ganze Fontäne giftiger Redensarten über ›die gelehrte Unwissenheit unserer Herren Diplomgartenbauer, die die Natur von der Höhe ihrer Kathedern beobachten‹, oder über Herrn Gaucher, ›dessen Erfolg von Laien und Dilettanten bewirkt worden ist‹, und dann noch ganz unpassenderweise ein gezwungenes und unaufrichtiges Bedauern darüber, daß die Bauern, die Obst stehlen und dabei die Bäume beschädigen, nicht mehr mit Ruten geprügelt werden dürfen.

Eine schöne, nette und gesunde Beschäftigung, doch auch hier gibt es Leidenschaften und Kampf, dachte Kovrin. Wahrscheinlich sind alle Menschen, die einer Idee dienen, nervös und zeichnen sich durch eine erhöhte Empfindlichkeit aus. Offensichtlich muß das so sein.

Ihm kam Tanja in den Sinn, der die Aufsätze von Egor Semënyč so gefielen. Sie war nicht groß von Wuchs, blaß und so mager, daß man die Schlüsselbeine sah; ihre weit geöffneten, klugen dunklen Augen betrachteten alles genau und suchten immer etwas; sie ging wie ihr Vater stets eilig und machte kleine Schritte. Sie sprach viel, stritt gern ein wenig und begleitete jeden, auch den unbedeutendsten Satz, mit ausdrucksvoller Mimik und Gestik. Sicherlich war sie im höchsten Grade nervös.

Kovrin las weiter, verstand aber nichts und hörte auf. Von der angenehmen Erregung, in der er vorhin die Mazurka getanzt und der Musik zugehört hatte, war er jetzt ganz erschöpft, und unzählige Gedanken gingen ihm durch den Kopf. Er erhob sich und begann im Zimmer umherzugehen, dabei dachte er an den schwarzen Mönch. Es kam ihm in den Sinn, daß, wenn nur er allein den seltsamen, übernatürlichen Mönch gesehen hatte, er also krank sein müsse und bereits an Halluzinationen leide. Diese Überlegung erschreckte ihn, jedoch dauerte das nicht lange.

Mir ist aber doch wohl zumute, und ich tue niemandem etwas; folglich liegt in meinen Halluzinationen nichts Schlimmes, dachte er, und ihm war wieder besser.

Er setzte sich aufs Sofa und umfaßte den Kopf mit beiden Händen, die unverständliche Freude zügelnd, die sein ganzes Wesen erfüllte, danach ging er wieder ein bißchen umher und setzte sich an die Arbeit. Doch die Gedanken, die er in dem

Buch las, befriedigten ihn nicht. Er suchte nach etwas Gigantischem, Unermeßlichem, Überwältigendem. Gegen Morgen zog er sich aus und legte sich unlustig zu Bett: Man mußte doch schlafen!

Als die Schritte von Egor Semënyč erklangen, der in den Garten ging, klingelte Kovrin und befahl dem Diener, Wein zu bringen. Er trank mit Genuß einige Gläser Lafitte, dann zog er sich die Decke über den Kopf; sein Bewußtsein umnebelte sich, und er schlief ein.

IV

Egor Semënyč und Tanja zankten sich oft und sagten einander unangenehme Dinge.

Eines Morgens hatten sie sich wegen irgend etwas gestritten. Tanja fing an zu weinen und ging in ihr Zimmer. Sie kam weder zum Mittagessen noch zum Tee heraus. Egor Semënyč ging zuerst wichtig und hochmütig umher, als wolle er zu verstehen geben, daß die Interessen der Gerechtigkeit und der Ordnung für ihn das Höchste auf der Welt waren, aber lange hielt er seine Rolle nicht durch, und er wurde kleinmütig. Traurig irrte er durch den Park und seufzte immerfort: »Ach, mein Gott, mein Gott!« – und beim Mittagessen nahm er keinen Bissen. Schließlich klopfte er schuldbewußt, von seinem Gewissen gequält, an die verschlossene Tür und rief schüchtern:

»Tanja! Tanja!«

Und hinter der Tür ertönte als Antwort eine schwache, tränenerstickte und gleichzeitig entschlossene Stimme:

»Lassen Sie mich in Ruhe, ich bitte Sie.«

Die schlechte Laune der Herrschaft wirkte sich im ganzen Haus aus, sogar bei den Leuten, die im Garten arbeiteten. Kovrin war in seine interessante Arbeit vertieft, aber zum Schluß wurde es auch ihm langweilig und peinlich. Um die allgemeine schlechte Stimmung irgendwie zu zerstreuen, beschloß er, sich einzuschalten, und klopfte gegen Abend bei Tanja. Er wurde eingelassen.

»Ach, ach, welche Schande!« begann er scherzend und blickte erstaunt in Tanjas verweintes und von roten Flecken bedecktes, gramvolles Gesicht. »Ist es denn wirklich so ernst? Ach, ach!«

»Wenn Sie nur wüßten, wie er mich quält!« sagte sie, und Tränen, heiße, unzählige Tränen stürzten aus ihren großen Augen. »Er quält mich zu Tode!« fuhr sie, die Hände ringend, fort. »Ich habe nichts zu ihm gesagt ... nichts ... Ich habe nur gesagt, es ist nicht nötig ... überflüssige Arbeiter zu behalten, wenn ... man zu jeder Zeit Tagelöhner haben kann. Denn ... denn die Arbeiter tun schon eine ganze Woche lang nichts ... Ich ... ich habe nur dies gesagt, aber er hat angefangen zu schreien und hat mir ... viel Kränkendes, tief Beleidigendes gesagt. Wofür?«

»Schon gut, schon gut!« sagte Kovrin und strich ihr das Haar zurecht. »Ihr habt euch ein bißchen gezankt, habt ein bißchen geweint, und nun ist's genug. Man darf nicht lange zürnen, das ist nicht gut ... um so mehr, als er Sie grenzenlos liebt.«

»Er hat ... mir mein ganzes Leben verdorben«, fuhr Tanja schluchzend fort. »Ich bekomme nichts anderes zu hören als Beleidigungen und ... Kränkungen. Er meint, ich sei überflüssig in seinem Hause. Nun ja! Er hat recht. Ich werde morgen von hier wegfahren und eine Stellung als Telegrafistin annehmen ... Meinetwegen ...«

»Nun, nun, nun ... Nicht weinen, Tanja. Das dürfen Sie nicht tun, meine Liebe ... Ihr seid alle beide aufbrausend, reizbar und seid beide schuld. Kommen Sie, ich werde Sie versöhnen.«

Kovrin sprach freundlich und überzeugend, und sie fuhr fort zu weinen, ihre Schultern zuckten, und sie preßte die Hände zusammen, als hätte sie tatsächlich ein furchtbares Unglück betroffen. Sie tat ihm um so mehr leid, als ihr Kummer nicht ernst war, während sie doch so tief litt. Was für Kleinigkeiten genügten, um dieses Wesen für einen ganzen Tag unglücklich zu machen, ja womöglich für das ganze Leben! Während er Tanja tröstete, dachte Kovrin daran, daß außer diesem jungen Mädchen und ihrem Vater auf der ganzen Welt mit der Laterne keine Menschen zu finden waren, die ihn liebten wie jemanden, der zu ihnen gehörte, wie ein Glied der Familie; wären diese beiden Menschen nicht gewesen, dann hätte er, der Vater und Mutter in früher Kindheit verloren hatte, vielleicht bis zu seinem Tode nicht gewußt, was aufrichtige Zärtlichkeit ist und jene naive Liebe, die nicht viel überlegt und die man nur ganz nahen, blutsverwandten Menschen entgegenbringt. Und er fühlte, daß die Nerven dieses weinenden, zuckenden jungen Mädchens auf seine halbkranken, verkrampften Nerven abgestimmt waren, wie das Eisen auf den Magneten. Er würde wohl niemals eine gesunde, kräftige rotwangige Frau lieben können, aber die blasse, schwache, unglückliche Tanja gefiel ihm.

Und es machte ihm Freude, ihr über das Haar und die Schultern zu streichen, ihre Hände zu drücken und ihr die Tränen abzuwischen ... Endlich hörte sie auf zu weinen. Sie beklagte sich noch lange über den Vater und ihr schweres, unerträgliches Leben in diesem Haus, und sie flehte Kovrin an, sich in ihre Lage zu versetzen; dann begann sie allmählich zu lächeln und darüber zu klagen, daß Gott ihr so einen schlechten Charakter gegeben habe, zum Schluß brach sie in lautes Lachen aus, nannte sich ein dummes Ding und lief aus dem Zimmer.

Als Kovrin nach einem Weilchen in den Garten hinaustrat, gingen Egor Semënyč und Tanja bereits, als wäre nichts gewesen, in der Allee nebeneinander spazieren, und beide aßen mit Salz bestreutes Roggenbrot, denn alle beide waren hungrig.

V

Zufrieden, daß ihm die Rolle des Friedensstifters so gut gelungen war, begab sich Kovrin in den Park. Während er auf einer Bank saß und Überlegungen anstellte, hörte er das Rollen von Kutschen und Frauenlachen: Besuch war gekommen.

Als abendliche Schatten sich über den Garten legten, drangen undeutlich Geigentöne zu ihm, singende Stimmen, und das erinnerte ihn an den schwarzen Mönch. Wo, in welchem Land oder auf welchem Planeten, eilte diese optische Ungereimtheit jetzt wohl dahin?

Kaum hatte er an die Legende gedacht und sich jenes dunkle Gespenst vorgestellt, das er auf dem Roggenfeld gesehen hatte, da trat ihm gegenüber hinter einer Kiefer, unhörbar und ohne das geringste Rascheln zu verursachen, ein Mensch von mittlerem Wuchs hervor, mit unbedecktem grauen Haupt, ganz dunkel gekleidet und barfuß, er sah aus wie ein Bettler, und auf seinem bleichen, totenähnlichen Gesicht hoben sich scharf schwarze Brauen ab. Freundlich den Kopf neigend, kam dieser Bettler oder Pilger lautlos auf die Bank zu und setzte sich, und Kovrin erkannte in ihm den schwarzen Mönch. Eine Minute lang blickten beide einander an – Kovrin voll Staunen, der Mönch freundlich und wie auch damals ein wenig listig, als hätte er es faustdick hinter den Ohren.

»Aber du bist doch eine Luftspiegelung«, sprach Kovrin. »Wieso bist du denn hier und sitzt auf einem Fleck? Das reimt sich schlecht mit der Legende.«

»Das ist ganz gleichgültig«, erwiderte der Mönch nach kurzem Zögern mit leiser Stimme, wobei er ihm das Gesicht zuwandte. »Die Legende, die Luftspiegelungen und ich – das alles ist ein Produkt deiner erregten Phantasie. Ich bin ein Gespenst.«

»Also existierst du nicht?« fragte Kovrin.

»Denke, was du willst«, sagte der Mönch und lächelte schwach. »Ich existiere in deiner Einbildung, deine Einbildung aber ist ein Teil der Natur, folglich existiere ich auch in der Natur.«

»Du hast ein sehr altes, kluges und im höchsten Maße ausdrucksvolles Gesicht, als hättest du tatsächlich mehr als tausend Jahre gelebt«, sagte Kovrin. »Ich habe nicht gewußt, daß meine Einbildung fähig ist, solche Phänomene zu erschaffen. Aber was schaust du mich mit solcher Begeisterung an? Gefalle ich dir?«

»Ja. Du bist einer von den wenigen, die mit Recht Auserwählte Gottes genannt werden. Du dienst der ewigen Wahrheit. Deine Gedanken und Absichten, deine wunderbare Wissenschaft und dein ganzes Leben tragen den Stempel des Göttlichen, des Himmlischen, weil sie dem Vernünftigen und dem Schönen geweiht sind, das heißt dem, was ewig ist.«

»Du hast gesagt: der ewigen Wahrheit ... Aber ist den Menschen die ewige Wahrheit zugänglich und brauchen sie diese, wenn es kein ewiges Leben gibt?«

»Es gibt ein ewiges Leben«, sagte der Mönch.

»Glaubst du an die Unsterblichkeit der Menschen?«

»Ja, natürlich. Euch Menschen erwartet eine große, glänzende Zukunft. Und je mehr es solche wie dich auf der Erde gibt, um so schneller wird sich diese Zukunft verwirklichen. Ohne euch, die Diener des höchsten Prinzips, die ihr ein bewußtes und freies Leben führt, wäre die Menschheit bedeutungslos; wenn sie sich auf natürliche Weise entwickelte, würde sie noch lange auf das Ende ihrer Erdengeschichte warten müssen. Ihr aber werdet sie um einige tausend Jahre früher in das Reich der ewigen Wahrheit hineinführen – und darin besteht euer hohes Verdienst. Ihr verkörpert in euch den Segen Gottes, der auf den Menschen ruht.«

»Und was ist der Sinn des ewigen Lebens?« fragte Kovrin.

»Wie jeden Lebens – der Genuß. Der wahre Genuß besteht in der Erkenntnis, und das ewige Leben bietet zahllose und unerschöpfliche Quellen der Erkenntnis, und darum ist gesagt: In meines Vaters Hause sind viele Wohnungen.«

»Wenn du wüßtest, wie angenehm es ist, dir zuzuhören!« sagte Kovrin und rieb sich vor Vergnügen die Hände.

»Ich bin sehr erfreut.«

»Aber ich weiß: Wenn du weggehst, wird mich die Frage nach deiner Wesenheit beunruhigen. Du bist ein Gespenst, eine Halluzination. Also bin ich psychisch krank, nicht normal?«

»Mag es so sein. Was stört dich daran? Du bist krank, weil du über deine Kräfte gearbeitet hast und erschöpft bist, das bedeutet, daß du deine Gesundheit einer Idee geopfert hast, und die Zeit ist nahe, da wirst du ihr auch das Leben selbst hingeben. Was kann besser sein? Das ist das, was überhaupt alle hochbegabten edlen Naturen erstreben.«

»Wenn ich weiß, daß ich psychisch krank bin, wie kann ich mir dann glauben?«

»Und woher weißt du, daß die genialen Menschen, denen die ganze Welt glaubt, nicht auch Gespenster gesehen haben? Sagen doch die Gelehrten heute, daß das Genie dem Wahnsinn verwandt sei. Mein Freund, gesund und normal sind nur die Simplen, die Herdenmenschen. Überlegungen hinsichtlich des nervösen Zeitalters, der Überanstrengung, der Entartung und dergleichen können nur solche ernstlich aufregen, die den Sinn des Lebens in der Gegenwart sehen, das heißt die Herdenmenschen.«

»Die Römer sagten: Mens sana in corpore sano.«

»Nicht alles ist wahr, was die Römer oder Griechen gesagt haben. Die hochgestimmte Geistesverfassung, die Erregung, die Ekstase – all das, was die Propheten, die Dichter, die Märtyrer um der Idee willen von gewöhnlichen Menschen unterscheidet, widerstrebt der tierischen Seite des Menschen, das heißt seiner physischen Gesundheit. Ich wiederhole: Willst du gesund und normal sein, dann geh in die Herde.«

»Merkwürdig, du wiederholst das, was mir selber häufig

durch den Kopf geht«, sagte Kovrin. »Es ist, als hättest du meine geheimsten Gedanken erspäht und erlauscht. Aber laß uns nicht von mir sprechen. Was verstehst du unter der ewigen Wahrheit?«

Der Mönch antwortete nicht. Kovrin blickte ihn an und konnte sein Gesicht nicht mehr erkennen: seine Züge verblaßten und verschwammen. Sodann begannen der Kopf und die Hände des Mönches zu verschwinden; sein Leib verschmolz mit der Bank und der Abenddämmerung, und er verschwand ganz und gar.

»Die Halluzination ist zu Ende!« sagte Kovrin und lachte. »Aber schade ist es doch.«

Er ging froh und glücklich zurück zum Haus. Das wenige, was ihm der Mönch gesagt hatte, schmeichelte nicht seiner Eigenliebe, sondern seiner ganzen Seele, seinem ganzen Wesen. Ein Auserwählter sein, der ewigen Wahrheit dienen, in der Reihe derer stehen, die um einige Jahrtausende früher die Menschheit des Reiches Gottes würdig machen, das heißt die Menschen von einigen überflüssigen Jahrtausenden des Kampfes, der Sünde und des Leides erlösen, der Idee alles geben – die Jugend, die Kräfte, die Gesundheit, bereit sein, für das allgemeine Wohl zu sterben –, welch ein hohes, welch ein glückliches Los! In seinem Gedächtnis zog seine Vergangenheit vorüber, eine reine und keusche Vergangenheit voller Arbeit, er erinnerte sich an das, was er gelernt hatte und was er selbst andere lehrte, und fand, daß in den Worten des Mönches keine Übertreibung enthalten war.

Tanja kam ihm durch den Park entgegen. Sie hatte schon ein anderes Kleid an.

»Sie sind hier?« fragte sie. »Und wir suchen und suchen Sie ... Aber was ist mit Ihnen?« sagte sie erstaunt, als sie sein begeistertes, strahlendes Gesicht und die Augen sah, die voller Tränen standen. »Wie sind Sie sonderbar, Andrjuša.«

»Ich bin zufrieden, Tanja«, sagte Kovrin und legte ihr die Hände auf die Schultern. »Ich bin mehr als zufrieden, ich bin glücklich! Tanja, liebe Tanja, Sie sind ein außerordentlich sympathisches Wesen. Liebe Tanja, ich bin so froh, so froh!«

Er küßte ihr glühend beide Hände und fuhr fort:

»Ich habe soeben lichte, wunderbare, unirdische Augenblicke erlebt. Aber ich kann Ihnen nicht alles sagen, weil Sie mich einen Wahnsinnigen nennen und mir nicht glauben würden. Wollen wir von Ihnen sprechen. Liebe, entzückende Tanja! Ich liebe Sie und bin es schon gewohnt, Sie zu lieben. Ihre Nähe, unsere Begegnungen – zehnmal am Tage – sind zu einem Bedürfnis meiner Seele geworden. Ich weiß nicht, wie ich ohne Sie auskommen werde, wenn ich nach Hause fahre.«

»Nanu!« Tanja lachte. »Sie werden uns nach zwei Tagen vergessen haben. Wir sind kleine Leute, Sie aber sind ein großer Mann.«

»Nein, lassen Sie uns ernsthaft reden!« sagte er. »Ich werde Sie mit mir nehmen, Tanja. Ja? Werden Sie mit mir fahren? Wollen Sie die Meine sein?«

»Nanu!« sagte Tanja und wollte wieder lachen, aber das Lachen gelang nicht recht, und auf ihrem Gesicht zeigten sich rote Flecke. Sie begann hastig zu atmen und ging schnell weiter, aber nicht dem Haus zu, sondern weiter in den Park hinein.

»Ich habe daran nicht gedacht ... nein, gewiß nicht«, sagte sie und preßte wie in Verzweiflung die Hände zusammen.

Und Kovrin folgte ihr und sprach, immer noch mit demselben strahlenden, begeisterten Gesicht: »Ich will eine Liebe, die mich ganz und gar erfüllt, und diese Liebe können nur Sie, Tanja, Sie mir geben. Ich bin glücklich! Glücklich!«

Sie war wie betäubt, beugte tief den Kopf und zog sich ganz in sich zusammen, es sah aus, als wäre sie um zehn Jahre älter geworden, er aber fand sie wunderschön und äußerte laut seine Begeisterung:

»Wie hübsch sie ist!«

VI

Als Egor Semënyč von Kovrin erfahren hatte, daß sich nicht nur eine Liebelei angebahnt hatte, sondern daß es sogar eine Hochzeit geben würde, ging er lange aus einer Ecke in die andere, bemüht, seine Aufregung zu verbergen. Seine Hände begannen zu zittern, der Hals schwoll an und wurde purpurrot, er befahl, die Renndroschke anzuspannen, und fuhr irgendwohin. Tanja, die gesehen hatte, wie er auf das Pferd einschlug und wie tief, beinahe bis an die Ohren, er die Mütze über den Kopf gezogen hatte, verstand seine Stimmung; sie schloß sich in ihrem Zimmer ein und weinte den ganzen Tag.

In den Orangerien waren schon die Pfirsiche und Pflaumen reif geworden; das Verpacken und der Versand dieser zarten und empfindlichen Fracht erforderte viel Aufmerksamkeit, Arbeit und Mühen. Da der Sommer sehr heiß und trocken war, mußte jeder Baum gegossen werden, was viel Zeit und Arbeitskräfte in Anspruch nahm, und es traten unzählige Raupen auf, die die Arbeiter und sogar Egor Semënyč und Tanja zu Kovrins großem Entsetzen einfach mit den Fingern zerdrückten. Dabei war es bereits notwendig, für den Herbst Bestellungen auf Obst und Bäume entgegenzunehmen und eine große Korrespondenz zu führen. Und in der Zeit, als es die meiste Arbeit gab, als niemand auch nur eine einzige freie Minute zu haben schien, begann die Feldarbeit, die dem Garten mehr als die Hälfte der Arbeiter wegnahm; Egor Semënyč, von der Sonne stark gebräunt, erschöpft und böse, rannte bald in den Garten, bald aufs Feld und schrie, daß man ihn in Stücke reiße und er sich eine Kugel in den Kopf jagen werde.

Und dazu kam noch die Schererei mit der Aussteuer, der die Pesockijs keine geringe Bedeutung beimaßen; vom Klappern der Scheren, dem Lärm der Nähmaschinen, dem Kohlendunst der Bügeleisen und von den Launen der Modistin, einer nervösen und empfindlichen Dame, schwindelte allen im Haus der Kopf. Und wie mit Absicht kamen jeden Tag Gäste, die man unterhalten, verpflegen und sogar über Nacht dabehalten mußte. Aber diese ganze Plackerei verging unmerklich, wie in einem Rausch. Tanja hatte ein Gefühl, als sei sie von der Liebe und dem Glück überrumpelt worden, obwohl sie seit ihrem vierzehnten Lebensjahr aus irgendeinem Grunde davon überzeugt war, daß Kovrin gerade sie heiraten werde. Sie wunderte sich, konnte es nicht begreifen, glaubte sich selbst nicht ... Bald überflutete sie eine solche Freude, daß sie am liebsten zu den Wolken emporgeflogen wäre, um dort zu beten, und dann wieder erinnerte sie sich plötzlich daran, daß sie im August vom heimatlichen Nest Abschied nehmen und den Vater verlassen mußte, oder es überfiel sie, weiß Gott woher, der Gedanke, daß sie unbedeutend, gering und eines so großen Mannes wie Kovrin nicht würdig sei – und dann ging sie fort, schloß sich in ihrem Zimmer ein und weinte bitterlich mehrere Stunden lang. Wenn Besuch da war, schien ihr auf einmal, daß Kovrin ungewöhnlich schön sei und daß alle Frauen ihn liebten und sie beneideten, und ihre Seele war voll Entzücken und Stolz, gerade als hätte sie die ganze Welt besiegt, doch er brauchte nur einer jungen Dame freundlich zuzulächeln, und sie bebte bereits vor Eifersucht, ging in ihr Zimmer – und wieder gab es Tränen. Diese neuen Empfindungen hatten vollkommen von ihr Besitz ergriffen, mechanisch half sie dem Vater und bemerkte weder die Pfirsiche noch die Raupen noch die Arbeiter, noch wie schnell die Zeit verflog.

Mit Egor Semënyč geschah beinahe dasselbe. Er arbeitete vom Morgen bis in die Nacht, eilte ständig irgendwohin, geriet außer sich, war reizbar, aber dies alles wie in einem Zauberschlaf. Es war, als säßen in ihm bereits zwei Menschen: der eine war der richtige Egor Semënyč, der empört war und sich vor Verzweiflung an den Kopf faßte, wenn er dem Gärtner Ivan Karlyč zuhörte, der ihm von Unregelmäßigkeiten Meldung machte, und der andere war der unrichtige, der – gerade wie ein Halbtrunkener – eine geschäftliche Unterredung plötzlich mitten im Wort abbrach, den Gärtner an der Schulter berührte und anfing zu murmeln:

»Was man auch sagen mag, aber das Blut bedeutet viel. Seine Mutter war eine wunderbare, sehr edle und sehr kluge Frau. Es war ein Genuß, in ihr gütiges, klares und reines, engelgleiches Gesicht zu schauen. Sie zeichnete gut, schrieb Gedichte, sprach fünf Fremdsprachen und sang ... Die Ärmste, Gott schenke ihr die himmlische Ruhe, sie starb an der Schwindsucht.«

Der unrichtige Egor Semënyč seufzte und fuhr nach einem kurzen Schweigen fort:

»Als er ein Knabe war und bei mir aufwuchs, hatte er genau solch ein klares und gutes Engelsgesicht. Auch sein Blick, seine Bewegungen, seine Art zu sprechen waren zart und fein wie bei seiner Mutter. Und sein Verstand? Er hat uns immer mit seinem Verstand in Erstaunen versetzt. Ja, und das muß man sagen, er ist nicht umsonst Magister! Nicht umsonst! Und warte nur, Ivan Karlyč, wie er in etwa zehn Jahren sein wird! Dem wird niemand das Wasser reichen können!«

Aber da machte der richtige Egor Semënyč, der sich auf einmal besonnen hatte, ein schreckliches Gesicht, faßte sich an den Kopf und schrie:

»Teufel! Alles haben sie verdorben, verhunzt und besudelt! Der Garten ist verloren! Der Garten ist zugrunde gerichtet!«

Kovrin aber arbeitete weiter mit demselben Eifer und bemerkte den Wirrwarr nicht. Die Liebe hatte nur Öl in das Feuer gegossen. Nach jedem Zusammensein mit Tanja ging er glücklich und begeistert in sein Zimmer zurück, und mit derselben Leidenschaft, mit der er soeben Tanja geküßt und ihr Liebeserklärungen gemacht hatte, setzte er sich an ein Buch oder an sein Manuskript. Was der schwarze Mönch von den

Auserwählten Gottes gesagt hatte, von der ewigen Wahrheit, von der glänzenden Zukunft der Menschheit und so weiter, gab seiner Arbeit eine besondere, ungewöhnliche Bedeutung und erfüllte seine Seele mit Stolz, mit dem Bewußtsein der eigenen Größe.

Ein- oder zweimal in der Woche traf er im Park oder im Haus mit dem schwarzen Mönch zusammen und unterhielt sich lange mit ihm, aber das erschreckte ihn nicht, ganz im Gegenteil, es entzückte ihn, denn er war bereits fest davon überzeugt, daß derartige Erscheinungen nur auserwählte, hervorragende Menschen heimsuchten, solche, die sich dem Dienste einer Idee geweiht haben.

Einmal erschien der Mönch während des Mittagessens und setzte sich im Eßzimmer ans Fenster. Kovrin freute sich und lenkte sehr geschickt das Gespräch mit Egor Semënyč und mit Tanja auf etwas, was für den Mönch interessant sein konnte; und Egor Semënyč und Tanja hörten ihm ebenfalls zu und lächelten fröhlich, ohne zu ahnen, daß Kovrin nicht mit ihnen redete, sondern mit seiner Halluzination.

Unmerklich rückten die Fasten vor Mariä Himmelfahrt heran und bald danach auch der Tag der Hochzeit, die auf den beharrlichen Wunsch von Egor Semënyč ›mit Pomp‹ gefeiert wurde, das heißt mit einer sinnlosen Völlerei, die zwei Tage dauerte. Es wurde für etwa dreitausend Rubel gegessen und getrunken, aber bei der schlechten Musik, den lauten Trinksprüchen und dem Hinundherlaufen der Lakaien, bei dem Lärm und der Enge wurden weder die teuren Weine noch die wunderbaren Delikatessen gewürdigt, die man aus Moskau bestellt hatte.

VII

In einer der langen Winternächte lag Kovrin im Bett und las einen französischen Roman. Die arme Tanja, die abends Kopfschmerzen litt, weil sie das Leben in der Stadt nicht gewohnt war, schlief schon lange und sprach nur hin und wieder im Traum irgendwelche zusammenhanglose Sätze.

Die Uhr schlug drei. Kovrin löschte das Licht und streckte sich aus; lange lag er mit geschlossenen Augen, konnte aber nicht einschlafen, weil es, wie ihm schien, im Schlafzimmer sehr warm war und Tanja phantasierte. Um halb fünf zündete er die Kerze wieder an, und da erblickte er den schwarzen Mönch, der auf einem Sessel neben dem Bett saß.

»Guten Tag«, sagte der Mönch und fragte, nachdem er ein Weilchen geschwiegen hatte: »Woran denkst du jetzt?«

»An den Ruhm«, antwortete Kovrin. »In dem französischen Roman, den ich eben gelesen habe, wird ein Mensch geschildert, ein junger Gelehrter, der Dummheiten macht und vor Sehnsucht nach Ruhm dahinsiecht. Mir ist diese Sehnsucht unbegreiflich.«

»Weil du klug bist. Der Ruhm ist dir gleichgültig wie ein Spielzeug, das dich nicht interessiert.«

»Ja, das ist wahr.«

»Die Berühmtheit macht dir keine Freude. Was kann daran schmeichelhaft oder ergötzlich oder erbaulich sein, daß dein Name auf einem Grabdenkmal eingeschnitten wird und die Zeit dann diese Inschrift mitsamt der Vergoldung verwischt? Ja, und zum Glück sind es eurer allzu viele, als daß das schwache menschliche Gedächtnis eure Namen behalten könnte.«

»Begreiflich«, pflichtete Kovrin bei. »Ja, und warum soll man sie behalten? Aber laß uns von etwas anderem reden. Zum Beispiel vom Glück. Was ist Glück?«

Als die Uhr fünf schlug, saß er auf dem Bett, ließ die Füße

auf den Teppich hängen und sprach, zu dem Mönch gewandt: »Im Altertum erschrak ein glücklicher Mensch zu guter Letzt vor seinem Glück – so groß war es! –, und um die Götter gnädig zu stimmen, brachte er ihnen seinen liebsten Ring zum Opfer. Weißt du? Wie Polykrates beginnt auch mich mein Glück ein bißchen zu beunruhigen. Mir kommt das merkwürdig vor, daß ich vom Morgen bis zum Abend einzig nur Freude empfinde, sie erfüllt mich ganz und betäubt alle anderen Gefühle. Ich weiß nicht, was Betrübnis, Traurigkeit oder Langeweile ist. Da – ich schlafe nicht, ich leide an Schlaflosigkeit, aber ich langweile mich nicht. Im Ernst gesprochen: Ich bekomme langsam Bedenken.«

»Warum denn?« Der Mönch wunderte sich. »Ist Freude etwa ein übernatürliches Gefühl? Muß sie nicht der normale Zustand des Menschen sein? Je höher ein Mensch in seiner geistigen und sittlichen Entwicklung steht, je freier er ist, um so größeres Vergnügen gewährt ihm das Leben. Sokrates, Diogenes und Mark Aurel haben Freude empfunden und keine Traurigkeit. Und der Apostel sagt: Freuet euch allewege. Freue dich also und sei glücklich.«

»Und wenn die Götter plötzlich erzürnt sind?« scherzte Kovrin und lachte. »Wenn sie mir den Komfort nehmen und mich frieren und hungern lassen, dann wird das kaum nach meinem Geschmack sein.«

Tanja war unterdessen aufgewacht und blickte voll Staunen und Entsetzen auf ihren Mann. Er redete, sich an den Sessel wendend, gestikulierte und lachte. Seine Augen blitzten, und in seinem Lachen lag etwas Seltsames.

»Andrjuša, mit wem sprichst du?« fragte sie und griff nach der Hand, die er dem Mönch entgegengestreckt hatte. »Andrjuša! Mit wem?«

»Wie? Mit wem?« Kovrin war verlegen. »Da, mit ihm ... Da sitzt er«, sagte er und wies auf den schwarzen Mönch.

»Hier ist niemand ... niemand! Andrjuša, du bist krank!« Tanja umarmte ihren Mann und schmiegte sich an ihn, als wolle sie ihn vor den Erscheinungen schützen, und verdeckte ihm die Augen mit der Hand.

»Du bist krank!« schluchzte sie, am ganzen Körper zitternd. »Verzeih mir, mein Lieber, Teurer, aber ich habe schon lange gemerkt, daß deine Seele durch irgend etwas verwirrt ist ... Du bist psychisch krank, Andrjuša ...«

Ihr Zittern teilte sich auch ihm mit. Er blickte noch einmal zu dem Sessel hin, der bereits leer war, fühlte plötzlich eine Schwäche in Armen und Beinen, erschrak und begann sich anzukleiden.

»Das macht nichts, Tanja, das macht nichts ...« murmelte er zitternd. »Ich bin tatsächlich ein bißchen unpäßlich ... es ist wirklich an der Zeit, das einzusehen.«

»Ich habe es schon lange bemerkt ... auch Papa hat es bemerkt«, sagte sie, bemüht, das Weinen zu unterdrücken. »Du redest mit dir selbst, lächelst so sonderbar ... schläfst nicht. O mein Gott, mein Gott, hilf uns!« sprach sie voll Entsetzen. – »Aber hab keine Angst, Andrjuša, hab keine Angst, um Gottes willen hab keine Angst ...«

Sie kleidete sich ebenfalls an. Erst jetzt, als er sie ansah, begriff Kovrin die ganze Gefährlichkeit seiner Situation, begriff, was der schwarze Mönch und die Unterhaltungen mit ihm bedeuteten. Für ihn stand es jetzt fest, daß er wahnsinnig war. Ohne zu wissen, warum, zogen sich beide an und gingen in den Saal: sie voran, er hinter ihr her. Dort stand schon, aufgeweckt von dem lauten Weinen, im Schlafrock und mit einer Kerze in der Hand Egor Semënyč, der bei ihnen zu Besuch weilte.

»Hab keine Angst, Andrjuša«, sagte Tanja, wie im Fieber zitternd, »hab keine Angst ... Papa, das wird alles vergehen ... alles wird vergehen ...«

Kovrin konnte vor Aufregung nicht sprechen. Er wollte zu dem Schwiegervater in scherzendem Ton sagen: Gratulieren Sie mir, ich habe, scheint's, den Verstand verloren, aber er bewegte nur die Lippen und lächelte bitter.

Um neun Uhr morgens wurden ihm Rock und Pelz angezogen, man legte ihm einen Schal um und brachte ihn in einem Wagen zum Arzt. Er begab sich nun in Behandlung.

VIII

Wieder kam der Sommer heran, und der Doktor verordnete, daß Kovrin aufs Land fahren sollte. Er war bereits gesund, sah nicht mehr den schwarzen Mönch und mußte nur noch physisch zu Kräften kommen. Beim Schwiegervater auf dem Lande trank er viel Milch, arbeitete nur zwei Stunden am Tag, trank keinen Wein und rauchte nicht.

Am Abend vor dem Eliastag wurde im Haus ein Abendgottesdienst abgehalten. Als der Küster dem Geistlichen das Räucherfaß übergab, begann es in dem alten, riesigen Saal gleichsam nach Friedhof zu riechen, und Kovrin fühlte sich gelangweilt. Er ging hinaus in den Garten. Ohne die prachtvollen Blumen zu bemerken, spazierte er ein bißchen im Garten umher, saß ein wenig auf einer Bank und machte dann einen Gang durch den Park; am Fluß angekommen, stieg er hinunter, und dort stand er eine Weile und blickte in Gedanken versunken auf das Wasser. Die düsteren Kiefern mit den zottigen Wurzeln, die ihn im vorigen Jahr hier so jung, freudig und munter gesehen hatten, flüsterten jetzt nicht miteinander, sondern standen unbeweglich und stumm, als hätten sie ihn nicht erkannt. Und in der Tat, sein Kopf war geschoren, das schöne, lange Haar war nicht mehr da, sein Gang war schlaff, und das Gesicht war im Vergleich zum vergangenen Sommer voller und blasser geworden.

Über den schwimmenden Steg ging er hinüber zum jenseitigen Ufer. Dort, wo im vorigen Jahr Roggen gestanden hatte, lag jetzt in Reihen gemähter Hafer. Die Sonne war bereits untergegangen, und am Horizont lohte ein breiter roter Schein, der für morgen windiges Wetter verhieß. Es war still. Kovrin blieb etwa zwanzig Minuten stehen und blickte aufmerksam in jene Richtung, wo sich ihm im vergangenen Jahr zum erstenmal der schwarze Mönch gezeigt hatte, so lange, bis die Abendröte verblaßte...

Als er erschöpft und unbefriedigt nach Hause kam, war der Abendgottesdienst bereits zu Ende. Egor Semënyč und Tanja saßen auf den Stufen der Terrasse und tranken Tee. Sie sprachen über etwas, als sie jedoch Kovrin erblickten, verstummten sie plötzlich, und er schloß aus ihren Gesichtern, daß sich das Gespräch um ihn gedreht hatte.

»Mir scheint, du mußt jetzt deine Milch trinken«, sagte Tanja zu ihrem Mann.

»Nein, ich muß jetzt nicht...« antwortete er und setzte sich auf die unterste Stufe. »Trink selber. Ich will nicht.«

Tanja wechselte mit dem Vater besorgte Blicke und sagte mit schuldbewußter Stimme:

»Du merkst selbst, daß die Milch dir guttut.«

»Ja, sehr gut!« Kovrin lächelte spöttisch. »Ich gratuliere euch: seit Freitag habe ich noch ein Pfund zugenommen.« Er preßte seinen Kopf fest mit den Händen und sagte melancholisch: »Wozu, wozu habt ihr mich in ärztliche Behandlung gegeben? Die Brompräparate, das Nichtstun, die warmen Bäder, die Aufsicht, die kleinmütige Angst bei jedem Schluck, bei jedem Schritt – das alles macht mich zu guter Letzt zum Idioten. Ich war im Begriff, den Verstand zu verlieren, ich litt an Größenwahn, aber dafür war ich vergnügt, frisch und sogar glücklich, ich war interessant und originell... Jetzt bin ich vernünftiger und ernster, aber dafür bin ich so wie alle: ich bin eine Mittelmäßigkeit, das Leben langweilt mich... Oh, wie grausam seid ihr mit mir umgegangen! Ich habe Halluzinationen gehabt, aber wen hat das gestört? Ich frage: Wen hat das gestört?«

»Du sprichst weiß Gott was!« Egor Semënyč seufzte. »Es ist einfach langweilig, dir zuzuhören.«

»Dann hören Sie nicht zu.«

Die Anwesenheit von Menschen, besonders von Egor Semënyč, brachte Kovrin jetzt schon auf, er antwortete ihm trocken, kalt und sogar grob und blickte auf ihn nicht anders als spöttisch und voller Haß; und Egor Semënyč wurde verlegen und räusperte sich schuldbewußt, obgleich er sich durchaus nicht schuldig fühlte. Tanja, die nicht verstand, weshalb sich ihre herzlichen, friedlichen Beziehungen so schroff geändert hatten, schmiegte sich an den Vater und blickte ihm voller Unruhe in die Augen; sie wollte verstehen und konnte es nicht, und für sie war nur klar, daß die Beziehungen mit jedem Tag schlechter und schlechter wurden, daß der Vater in der letzten Zeit sehr gealtert, ihr Mann aber reizbar, launisch, händelsüchtig und uninteressant geworden war. Sie konnte nicht mehr lachen und singen, zu Mittag aß sie nichts, sie schlief ganze Nächte nicht, weil sie auf irgend etwas Entsetzliches wartete, und hatte sich so aufgerieben, daß sie einmal vom Mittag bis zum Abend in Ohnmacht lag. Während des Abendgottesdienstes war es ihr vorgekommen, als habe der Vater geweint, und jetzt, da sie zu dritt auf der Terrasse saßen, mußte sie sich zwingen, um nicht daran zu denken.

»Wie glücklich waren Buddha und Mohammed oder Shakespeare, daß die lieben Verwandten und die Ärzte sie nicht von der Ekstase und der Inspiration geheilt haben!« sagte Kovrin. »Wenn Mohammed für seine Nerven Bromkali eingenommen, nur zwei Stunden am Tag gearbeitet und Milch getrunken hätte, dann wäre von diesem bemerkenswerten Menschen ebensowenig übriggeblieben wie von seinem Hund. Die Ärzte und die lieben Verwandten werden es zu guter Letzt dahin bringen, daß die Menschheit verdummt, die Mittelmäßigkeit wird als Genie gelten, und die Zivilisation wird untergehen. Wenn ihr wüßtet«, sagte Kovrin voller Ärger, »wie dankbar ich euch bin!«

Er fühlte eine heftige Erbitterung, und um nicht zuviel zu sagen, stand er rasch auf und ging ins Haus. Es war still, und durch die offenen Fenster drang der Duft des Tabaks und der Jalape herein. In dem riesigen dunklen Saal lag auf dem Fußboden und auf dem Flügel in grünen Flecken das Mondlicht. Kovrin kamen die Exaltationen des vergangenen Sommers in Erinnerung, als es ebenso nach Jalape geduftet und der Mond durchs Fenster geschienen hatte. Um die vorjährige Stimmung zurückzurufen, ging er rasch in sein Arbeitszimmer, zündete sich eine starke Zigarre an und befahl dem Diener, Wein zu bringen. Aber von der Zigarre bekam er einen bitteren und widerwärtigen Geschmack im Mund, und der Wein schmeckte auch nicht so wie im vorigen Jahr. Was doch die Entwöhnung ausmachte! Von der Zigarre und den zwei Schluck Wein wurde ihm schwindlig, und sein Herz begann stark zu klopfen, so daß er Bromkali einnehmen mußte.

Vor dem Schlafengehen sagte Tanja zu ihm:

»Vater vergöttert dich. Du zürnst ihm aus irgendeinem Grunde, und das bringt ihn um. Sieh doch: Er altert nicht mit jedem Tag, sondern mit jeder Stunde. Ich flehe dich an, Andrjuša, um Gottes willen, um deines verstorbenen Vaters willen, um meiner Ruhe willen, sei freundlich zu ihm!«

»Ich kann nicht und will nicht.«

»Aber warum?« fragte Tanja und begann am ganzen Leibe zu zittern. »Erkläre mir, warum?«

»Darum, weil er mir unsympathisch ist, das ist alles«, sagte Kovrin geringschätzig und zuckte mit den Achseln, »aber wir wollen nicht von ihm sprechen; er ist dein Vater.«

»Ich kann und kann es nicht begreifen!« sagte Tanja, die Schläfen zusammenpressend und auf einen Punkt blickend. »In unserem Hause geht etwas Unfaßbares, etwas Entsetzliches vor. Du hast dich verändert, bist dir selbst nicht mehr ähnlich... Du, ein kluger, ein ungewöhnlicher Mensch, gerätst wegen Nichtigkeiten in Zorn, mischst dich in Streitigkeiten ein... Dich regen derartige Kleinigkeiten auf, daß man so manches Mal einfach staunt und es nicht glauben kann, daß du das bist! Nun, nun, sei nicht böse, sei nicht böse«, fuhr sie fort, über ihre eigenen Worte erschrocken, und küßte ihm die Hände. »Du bist klug, du bist gut und edel. Du wirst gerecht zum Vater sein. Er ist so gut!«

»Er ist nicht gut, sondern gutmütig. Operettenonkelchen von der Art deines Vaters, mit satten gutmütigen Visagen, die ungewöhnlich gastfrei und schrullenhaft sind, haben mich früher einmal gerührt und zum Lachen gebracht, in Romanen, in Operetten und im Leben, jetzt aber sind sie mir widerwärtig. Das sind Egoisten bis auf die Knochen. Am widerwärtigsten ist mir ihre Sattheit und dieser vom Magen herkommende, rein tierische Optimismus eines Stiers oder Ebers.«

Tanja setzte sich aufs Bett und legte den Kopf auf das Kissen.

»Das ist eine Folter«, sagte sie, und ihrer Stimme war anzuhören, daß sie bereits über die Maßen erschöpft war und daß ihr das Sprechen schwerfiel. »Seit dem Winter schon keine einzige ruhige Minute ... Das ist doch entsetzlich, mein Gott! Ich leide ...«

»Ja, natürlich, ich bin ein Unmensch, und du und dein Vater, ihr seid die ägyptischen Kindlein. Natürlich!«

Sein Gesicht erschien Tanja unschön und unangenehm. Haß und ein spöttischer Ausdruck paßten nicht zu ihm. Ja, und auch früher schon hatte sie bemerkt, daß in seinem Gesicht etwas fehlte, als hätte sich auch sein Gesicht verändert, seit er das Haar kurz geschoren hatte. Sie bekam Lust, ihm etwas Kränkendes zu sagen, ertappte sich aber sogleich bei dem feindseligen Gefühl, erschrak und verließ das Zimmer.

IX

Kovrin hatte einen eigenen Lehrstuhl erhalten. Die Antrittsvorlesung war auf den zweiten Dezember anberaumt, und im Korridor der Universität war eine diesbezügliche Ankündigung ausgehängt worden. Aber am festgesetzten Tag benachrichtigte er den Universitätsinspektor mit einem Telegramm, daß er die Vorlesung wegen Erkrankung nicht halten werde.

Er hatte einen Blutsturz. Blut spuckte er ständig, aber etwa zweimal im Monat geschah es, daß es reichlich floß, und dann wurde er außerordentlich schwach und verfiel in einen Dämmerzustand. Diese Krankheit schreckte ihn nicht besonders, denn ihm war bekannt, daß seine verstorbene Mutter mit einem solchen Leiden zehn Jahre und sogar länger gelebt hatte; auch die Ärzte versicherten, daß es nicht gefährlich sei, und rieten ihm nur, sich nicht aufzuregen, ein geregeltes Leben zu führen und weniger zu sprechen.

Im Januar konnte die Vorlesung aus demselben Grund wieder nicht stattfinden, und im Februar war es bereits zu spät, einen Kursus anzufangen. Er mußte auf das nächste Lehrjahr verlegt werden.

Er lebte nicht mehr mit Tanja zusammen, sondern mit einer anderen Frau, die zwei Jahre älter war als er und ihn wie ein Kind pflegte. Seine Stimmung war friedfertig und ergeben: er ordnete sich gern unter, und als Varvara Nikolaevna – so hieß seine Freundin – sich anschickte, ihn auf die Krim zu bringen, war er einverstanden, obgleich er vorausahnte, daß bei dieser Reise nichts Gutes herauskommen würde.

Sie kamen abends in Sevastopol an und stiegen in einem Gasthof ab, um auszuruhen und am nächsten Tag nach Jalta zu fahren. Beide waren von der Reise ermüdet. Varvara Nikolaevna hatte Tee getrunken, sich niedergelegt und war bald eingeschlafen. Aber Kovrin legte sich nicht hin. Noch zu Hause, eine Stunde vor der Abfahrt zum Bahnhof, hatte er einen Brief von Tanja erhalten und sich nicht entschließen können, ihn zu öffnen, und jetzt lag er in seiner Seitentasche, und der Gedanke daran regte ihn in unangenehmer Weise auf. In der Tiefe seines Herzens glaubte er jetzt aufrichtig, daß seine Ehe mit Tanja ein Irrtum gewesen war, er war zufrieden, daß er sich endgültig von ihr getrennt hatte, und die Erinnerung an diese Frau, die sich zu guter Letzt in einen zum Skelett abgemagerten lebenden Leichnam verwandelt hatte und an der, wie es schien, alles schon gestorben war außer den großen, unverwandt und wachsam blickenden klugen Augen, die Erinnerung an sie erweckte in ihm jetzt einzig Mitleid und Verdruß über sich selbst. Die Handschrift auf dem Umschlag erinnerte ihn daran, wie ungerecht und grausam er vor etwa zwei Jahren gewesen war, wie er seine seelische Leere, sein Mißbehagen, seine Einsamkeit und Unzufriedenheit mit dem Leben an völlig unschuldigen Menschen ausgelassen hatte. Dabei dachte er auch daran, wie er einmal seine Dissertation und sämtliche während seiner Krankheit geschriebenen Aufsätze in kleine Fetzen gerissen und zum Fenster hinausgeworfen hatte und wie die Fetzen, im Wind fliegend, an den Bäumen und Blumen hängengeblieben waren; in jeder Zeile hatte er merkwürdige, jeder Grundlage entbehrende Ansprüche gesehen, ein leichtsinniges Selbstvertrauen, Vermessenheit, Größenwahn, und das hatte auf ihn einen Eindruck gemacht, als läse er die Beschreibung seiner Fehler; als jedoch das letzte Heft zerrissen und zum Fenster hinausgeflogen war, da ärgerte er sich plötzlich, und mit einem Gefühl der Bitterkeit war er zu seiner Frau gegangen und hatte ihr viele unangenehme Dinge gesagt. Mein Gott, wie hatte er sie gequält! Einmal hatte er, weil er ihr weh tun wollte, zu ihr gesagt, ihr Vater habe bei ihrer Liebesgeschichte eine wenig gewinnende Rolle gespielt, da er ihn gebeten habe, sie zu heiraten; Egor Semënyč hatte dies zufällig mit angehört, kam ins Zimmer gelaufen und konnte vor Verzweiflung kein einziges Wort aussprechen; er trat nur auf einem Fleck hin und her und gab sonderbare unartikulierte Laute von sich, als gehorche ihm die Zunge nicht, während Tanja beim Anblick des Vaters mit einem herzzerreißenden Aufschrei in Ohnmacht gefallen war. Es war gräßlich gewesen.

Das alles erstand neu in seinem Gedächtnis beim Anblick

der bekannten Handschrift. Kovrin ging hinaus auf den Balkon; das Wetter war ruhig und warm, und es roch nach dem Meer. Die herrliche Bucht spiegelte den Mond und die Lichter und hatte eine Farbe, der man schwer einen Namen geben konnte. Es war eine zarte und sanfte Verbindung von Blau und Grün; stellenweise ähnelte die Farbe des Wassers dem blauen Kupfervitriol, an anderen Stellen wieder schien sich das Mondlicht verdichtet zu haben und anstatt des Wassers die Bucht anzufüllen, und alles in allem, welch eine Harmonie der Farben, welch eine friedliche, ruhige und erhabene Stimmung!

Im unteren Stockwerk, unterhalb des Balkons, standen wahrscheinlich die Fenster offen, denn man hörte deutlich zwei weibliche Stimmen und Lachen. Offenbar fand dort eine kleine Abendgesellschaft statt.

Kovrin überwand sich mit einiger Anstrengung, öffnete den Brief und las, in sein Zimmer zurückkehrend:

›Soeben ist mein Vater gestorben. Das verdanke ich Dir, denn Du hast ihn getötet. Unser Garten geht zugrunde, in ihm wirtschaften bereits Fremde, das heißt, es geschieht genau das, was der arme Vater so gefürchtet hat. Dies verdanke ich ebenfalls Dir. Ich hasse Dich von ganzem Herzen und wünsche, daß Du recht bald zugrunde gehst. Oh, wie ich leide! In meiner Seele brennt ein unerträglicher Schmerz ... Du sollst verflucht sein! Ich habe Dich für einen ungewöhnlichen Menschen gehalten, für ein Genie, ich hatte Dich liebgewonnen, doch Du warst ein Wahnsinniger ... ‹

Kovrin konnte nicht weiterlesen, er zerriß den Brief und warf ihn fort. Eine der Angst ähnliche Unruhe bemächtigte sich seiner. Hinter dem Wandschirm schlief Varvara Nikolaevna, und man konnte hören, wie sie atmete; aus dem unteren Stockwerk tönten weibliche Stimmen und Lachen herauf, aber er hatte ein Gefühl, als wäre in dem ganzen Gasthof außer ihm keine einzige lebende Seele. Weil die unglückliche, vor Gram vergehende Tanja ihn in ihrem Brief verfluchte und ihm seinen Untergang wünschte, war ihm unheimlich geworden, und er blickte flüchtig auf die Tür, als fürchte er, jene unbekannte Macht, die in kaum zwei Jahren so viel Zerstörung in sein Leben und in das Leben ihm nahestehender Menschen hineingetragen hatte, könnte in das Zimmer treten und wieder über ihn verfügen.

Wenn die Nerven durchgingen, das wußte er schon aus Erfahrung, war das beste Mittel dagegen die Arbeit. Er mußte sich an den Tisch setzen und sich, koste es, was es wolle, mit aller Gewalt auf irgendeinen Gedanken konzentrieren. Er holte aus seinem roten Portefeuille ein Heft hervor, in dem der Konspekt einer wenig umfangreichen kompilatorischen Arbeit entworfen war, die er sich für den Fall ausgedacht hatte, daß er sich auf der Krim langweilen würde. Er setzte sich an den Tisch und beschäftigte sich mit diesem Konspekt, und es schien ihm, seine friedfertige, ergebene, gleichmütige Stimmung kehre zurück. Das Heft mit dem Konspekt brachte ihn sogar zu einer Betrachtung über die Eitelkeit der Welt. Er dachte daran, wieviel das Leben für jene geringen oder überaus gewöhnlichen Güter nimmt, die es den Menschen geben kann. Zum Beispiel, um mit vierzig Jahren einen Lehrstuhl zu erhalten, um ein gewöhnlicher Professor zu sein, in einer müden, langweiligen und schwerfälligen Sprache gewöhnliche und noch dazu fremde Gedanken darzulegen, mit einem Wort, um die Stellung eines durchschnittlichen Gelehrten zu erlangen, hatte er, Kovrin, fünfzehn Jahre studieren, Tage und Nächte hindurch arbeiten, eine schwere psychische Krankheit durchmachen, eine mißglückte Ehe erleben und eine Menge aller möglichen Dummheiten und Ungerechtigkeiten begehen müssen, an die man besser gar nicht dachte. Kovrin erkannte jetzt klar, daß er ein Durchschnittsmensch war, und er fand sich gern damit ab, weil nach seiner Meinung jeder zufrieden sein sollte mit dem, was er war.

Der Konspekt hatte ihn so gut wie ganz beruhigt, aber der zerrissene Brief schimmerte weiß auf dem Fußboden und hinderte ihn, sich zu konzentrieren. Er stand vom Tisch auf, suchte die Stücke des Briefes zusammen und warf sie aus dem Fenster, doch es wehte ein leichter Wind vom Meer, und die Papierfetzen verstreuten sich auf dem Fensterbrett. Wieder bemächtigte sich seiner eine Unruhe, ja fast Angst, und es kam ihm so vor, als wäre in dem ganzen Gasthof außer ihm keine einzige Menschenseele ... Er ging hinaus auf den Balkon. Die Bucht schaute, als wäre sie lebendig, mit zahllosen hell- und dunkelblauen, türkisfarbenen und feurigen Augen auf ihn und lockte ihn zu sich. Es war tatsächlich heiß und schwül, und es konnte nicht schaden, ein Bad zu nehmen.

Plötzlich begann im unteren Stockwerk, unterhalb des Balkons, eine Geige zu spielen, und zwei zarte weibliche Stimmen fingen an zu singen. Es war etwas Bekanntes. In der Romanze, die unten gesungen wurde, war die Rede von einem jungen Mädchen mit einer krankhaften Phantasie, das nachts im Garten geheimnisvolle Klänge hörte und zu der Überzeugung gelangte, dies sei eine heilige und für Sterbliche unbegreifliche Harmonie ... Kovrin stockte der Atem, sein Herz zog sich vor Traurigkeit zusammen, und eine wundersame, süße Freude, die er schon längst vergessen hatte, zitterte in seiner Brust.

Eine hohe schwarze Säule, einem Wirbel oder einer Windhose ähnlich, zeigte sich am jenseitigen Ufer der Bucht. Sie bewegte sich mit furchtbarer Geschwindigkeit über die Bucht auf den Gasthof zu, wurde immer kleiner und dunkler, und Kovrin hatte kaum Zeit, beiseite zu treten, um ihr den Weg frei zu geben ... Der Mönch, mit unbedecktem grauen Haupt und schwarzen Augenbrauen, barfuß, mit auf der Brust gekreuzten Armen, raste heran und blieb mitten im Zimmer stehen.

»Warum hast du mir nicht geglaubt?« fragte er vorwurfsvoll und blickte Kovrin freundlich an. »Wenn du mir damals geglaubt hättest, daß du ein Genie bist, dann hättest du diese zwei Jahre nicht so traurig und armselig verbracht.«

Kovrin glaubte schon wieder, daß er ein Auserwählter Gottes und ein Genie sei, er rief sich rasch alle seine früheren Gespräche mit dem schwarzen Mönch ins Gedächtnis zurück und wollte sprechen, aber aus seiner Kehle floß Blut unmittelbar auf die Brust, er wußte nicht, was er tun sollte, und fuhr sich mit den Händen über die Brust, und die Manschetten wurden naß vom Blut. Er wollte Varvara Nikolaevna rufen, die hinter dem Wandschirm schlief, strengte sich an und sagte:

»Tanja!«

Er fiel zu Boden, und sich auf den Händen erhebend, rief er wieder:

»Tanja!«

Er rief Tanja, er rief den großen Garten mit den prachtvollen, vom Tau benetzten Blumen, rief den Park, die Kiefern mit den zottigen Wurzeln, das Roggenfeld, seine wunderbare Wissenschaft, seine Jugend, Kühnheit, Freude, rief das Leben, das so herrlich war. Er sah auf dem Boden neben seinem Gesicht eine große Blutlache und konnte vor Schwäche kein einziges Wort mehr herausbringen, aber ein unaussprechliches, grenzenloses Glück erfüllte sein ganzes Wesen. Unterhalb des Balkons wurde eine Serenade gespielt, und der schwarze Mönch flüsterte ihm zu, er sei ein Genie und er sterbe nur deshalb, weil sein schwacher menschlicher Körper bereits das Gleichgewicht verloren habe und nicht mehr als Hülle für ein Genie dienen könne.

Als Varvara Nikolaevna erwachte und hinter dem Wandschirm hervorkam, war Kovrin schon tot, und ein seliges Lächeln war auf seinem Gesicht erstarrt.

Weiberwirtschaft

I
Am Vorabend

Da lag ein umfangreiches Geldpaket. Es kam aus dem Forstrevier vom Verwalter. Er schrieb, er schicke anderthalbtausend Rubel, die er von jemandem eingetrieben habe, nachdem er in zweiter Instanz den Prozeß gewonnen habe. Anna Akimovna mochte Ausdrücke wie ›eintreiben‹, ›einen Prozeß gewinnen‹ nicht und fürchtete sie. Sie wußte, daß man nicht ohne Rechtspflege auskommen konnte, aber wenn der Direktor der Fabrik, Nazaryč, oder der Verwalter des Forstreviers, die oft Prozesse führten, eine Sache zu ihren Gunsten gewannen, wurde ihr jedesmal unheimlich zumute, und es war ihr gleichsam peinlich. Auch jetzt wurde ihr bange und unbehaglich; sie hätte am liebsten diese anderthalbtausend irgendwohin, weit weggelegt, um sie nicht zu sehen.

Verdrossen dachte sie daran, daß ihre Altersgenossinnen – sie stand im sechsundzwanzigsten Lebensjahr – sich jetzt mit der Hauswirtschaft abplagten, müde wurden, fest einschliefen und morgen früh in feiertäglicher Stimmung aufwachen würden; viele von ihnen waren längst verheiratet und hatten Kinder. Nur sie allein mußte wie eine alte Frau über diesen Briefen sitzen, Randbemerkungen darauf machen, Antworten schreiben und dann den ganzen Abend bis Mitternacht nichts tun als warten, bis sie Lust bekam, schlafen zu gehen; morgen würde man ihr den ganzen Tag gratulieren und sie mit Bitten überhäufen, und übermorgen würde im Werk unbedingt irgendein Skandal passieren: entweder würde jemand verprügelt werden oder einer am Vodka sterben, und sie würde Gewissensbisse bekommen. Nach den Feiertagen aber würde Nazaryč an die zwanzig Mann wegen Bummelei entlassen, und alle diese zwanzig würden sich barhäuptig vor ihrem Hauseingang drängen, sie aber würde sich genieren, zu ihnen hinauszugehen, und man würde sie wie Hunde wegjagen. Und alle ihre Bekannten würden hinter ihrem Rücken darüber reden und ihr anonyme Briefe schreiben, sie sei eine Millionärin und eine Ausbeuterin, sie zerstöre das Leben anderer und sauge ihren Arbeitern das Blut aus.

Etwas abseits lag ein Packen gelesener und abgelegter Briefe, die von Bittstellern stammten. Da gab es Hungrige, Trinker, kinderreiche Familien, Kranke, Gedemütigte, Verkannte ... Anna Akimovna hatte schon auf jedem Brief vermerkt, dem einen drei Rubel, dem anderen fünf zu geben; diese Briefe sollten noch heute ins Büro gehen, und morgen würde dort die Auszahlung der Unterstützungen oder, wie die Angestellten sagten, die Fütterung der Raubtiere stattfinden.

Auch die vierhundertsiebzig Rubel, die Zinsen von dem Kapital, das der verstorbene Akim Ivanyč den Bettlern und Armen vermacht hatte, sollten in kleinen Summen verteilt werden. Es würde ein scheußliches Gedränge geben. Vom Werktor bis zur Tür des Büros würde sich eine lange Reihe fremder Menschen mit tierischen Gesichtern, in Lumpen gehüllt, frierend, hungrig und schon betrunken, hinziehen, sie würden mit heiserer Stimme die mütterliche Wohltäterin Anna Akimovna und ihre Eltern preisen; die weiter hinten Stehenden würden die vordersten schieben, und diese wieder würden mit häßlichen Worten schimpfen. Der Kontorist, der von dem Lärm, der Zänkerei und dem Gejammer genug hätte, würde herausgelaufen kommen und zum allgemeinen Ergötzen irgend jemandem eine Ohrfeige geben. Die eigenen Leute und Arbeiter aber, die zum Fest nichts außer ihrem Gehalt erhielten und alles bis zur letzten Kopeke schon verbraucht hätten, würden mitten im Hof stehen, zuschauen und lachen – die einen neidisch, die anderen ironisch.

Die Kaufleute und besonders die Kaufmannsfrauen lieben

die Bettler mehr als ihre eigenen Arbeiter, dachte Anna Akimovna. Das ist immer so.

Ihr Blick fiel auf das Geldpaket. Es wäre schön, dieses unnötige, widerliche Geld morgen unter den Arbeitern zu verteilen, aber man durfte einem Arbeiter nichts umsonst geben, sonst würde er es das nächste Mal fordern. Und was bedeuteten schon diese anderthalbtausend, wenn es im Werk mehr als tausendachthundert Arbeiter gab, ihre Frauen und Kinder nicht gerechnet? Oder sollte man vielleicht einen von den Bittstellern aussuchen, die diese Briefe geschrieben hatten, irgendeinen Unglücklichen, der schon längst die Hoffnung auf ein besseres Leben verloren hatte, und ihm diese anderthalbtausend geben? Den Armen würde dieses Geld wie ein Donnerschlag erschüttern, und vielleicht würde er sich zum erstenmal in seinem Leben glücklich fühlen. Dieser Gedanke erschien Anna Akimovna originell und spaßig, er bereitete ihr Vergnügen. Auf gut Glück zog sie aus dem Packen einen Brief heraus und las ihn durch. Irgendein Gouvernementssekretär Čalikov, schon lange ohne Stellung und krank, wohnte im Haus Guščin; seine Frau hatte Lungentuberkulose, und noch fünf minderjährige Töchter waren da. Das vierstöckige Haus Guščin, in dem Čalikov wohnte, kannte Anna Akimovna sehr gut. Ach, es war ein schlechtes, morsches und ungesundes Haus!

Ich gebe es diesem Čalikov, beschloß sie. Ich schicke es nicht hin, sondern bringe es ihm lieber selbst, damit es keine Redereien gibt. Ja, überlegte sie, während sie die anderthalbtausend Rubel in die Tasche steckte, ich sehe mir das an, und vielleicht bringe ich die Mädchen irgendwo unter. Ihr wurde froh zumute, und sie befahl einzuspannen.

Als sie sich in den Schlitten setzte, ging es auf sieben Uhr abends. In allen Gebäuden waren die Fenster hell erleuchtet, daher kam ihr der riesige Hof sehr dunkel vor. Am Tor und weiter hinten im Hof, an den Lagerhäusern und den Baracken der Arbeiter, brannten elektrische Laternen.

Alle diese dunklen, finsteren Gebäude, die Lagerhäuser und die Baracken, in denen die Arbeiter wohnten, hatte Anna Akimovna nicht gern, und sie fürchtete sich vor ihnen. Im Hauptgebäude war sie nach dem Tod ihres Vaters nur einmal gewesen. Die hohen Decken mit den Eisenbalken, die Unmenge riesiger, sich schnell drehender Räder, die Treibriemen und die Hebel, das durchdringende Zischen, das Kreischen des Stahls, das Klirren der Loren, der rauhe Atem des Dampfes, die bleichen, glutroten oder vom Kohlenstaub geschwärzten Gesichter, die schweißnassen Hemden, das Funkeln von Stahl, Kupfer und Feuer, der Geruch nach Öl und Kohle, der bald glühendheiße, bald kalte Wind – all das machte auf sie den Eindruck einer Hölle. Ihr schien, als wären die Räder, Hebel und brennenden, zischenden Zylinder bestrebt, sich von ihren Bändern loszureißen, um die Menschen zu vernichten; die Menschen aber rannten mit besorgten Gesichtern und ohne einander zu hören hin und her und bemühten sich, die furchtbaren Bewegungen der Maschinen anzuhalten. Man hatte Anna Akimovna etwas gezeigt und ehrerbietig erklärt. Sie erinnerte sich, wie man in der Schmiedehalle ein Stück glühendes Eisen aus dem Ofen zog und wie ein alter Mann mit einem Riemen um den Kopf und ein anderer, ein junger Arbeiter in einer dunkelblauen Bluse, mit einem Kettchen um den Hals und einem bösen Gesicht, wahrscheinlich ein Vorarbeiter, mit ihren Hämmern auf ein Eisenstück einschlugen und wie die goldenen Funken nach allen Seiten stoben und wie man etwas später vor ihr mit einem riesigen Stück Eisenblech rasselte; der Alte stand stramm und lächelte, und der Jungarbeiter fuhr sich mit dem Ärmel über das nasse Gesicht und erklärte ihr etwas. Sie entsann sich noch, wie in einer anderen Halle ein einäugiger Alter an einem Stück Eisen sägte und der Metallstaub herabrieselte und wie ein Rothaariger mit einer dunklen Brille und einem durchlöcherten Hemd an der Drehbank arbeitete und mit einem Stück Stahl hantierte; die Drehbank heulte, kreischte und pfiff, Anna Akimovna aber wurde übel von diesem Lärm, und ihr schien, als bohre man in ihren Ohren. Sie schaute und hörte zu, ohne etwas zu verstehen, lächelte wohlwollend und schämte sich. Von einem Unternehmen, von dem man nichts verstand und das man nicht lieben konnte, zu leben und Hunderttausende zu beziehen – wie sonderbar war das!

In den Baracken der Arbeiter aber war sie noch kein einziges Mal gewesen. Man erzählte, daß es dort feucht und verwanzt sei und daß dort Laster und Anarchie herrschten. Eine merkwürdige Sache: Für die Instandhaltung der Baracken wurden jährlich Tausende von Rubeln ausgegeben, die Lage der Arbeiter aber, schenkte man den anonymen Briefen Glauben, wurde von Jahr zu Jahr schlechter ...

Zu Lebzeiten meines Vaters war mehr Ordnung, dachte Anna Akimovna, als sie den Hof verließ. – Er war selbst Arbeiter und wußte, was not tat. Ich dagegen weiß nichts und mache nur Dummheiten.

Ihr wurde wieder langweilig, und sie freute sich schon nicht mehr über diese Fahrt; der Gedanke an den Glückspilz, auf den anderthalbtausend Rubel vom Himmel fallen sollten, erschien ihr nicht mehr originell und spaßig. Zu irgendeinem Čalikov fahren, während zu Hause ein Millionenunternehmen allmählich zusammenbrach und zugrunde ging und die Arbeiter in den Baracken schlimmer als Sträflinge lebten – das hieß eine Dummheit begehen und sein Gewissen betrügen. Auf der Chaussee und über die Felder zu beiden Seiten gingen in Scharen Arbeiter aus den benachbarten Werken, der Kattun- und der Papierfabrik, zur Stadt. Durch die frostkalte Luft tönte Lachen und fröhliche Unterhaltung. Anna Akimovna sah die Frauen und die Minderjährigen an und hatte plötzlich das Verlangen nach Einfachheit, Grobheit und Enge. Sie stellte sich deutlich jene längst vergangene Zeit vor, als man sie Anjutka nannte und sie mit der Mutter unter einer Bettdecke schlief, während im Nebenzimmer die Untermieterin, eine Waschfrau, Wäsche wusch. Aus den Nachbarwohnungen hörte man durch die dünnen Wände Gelächter, Schimpfen, Kinderweinen, die Klänge einer Ziehharmonika und das Surren von Drehbänken und Nähmaschinen; ihr Vater Akim Ivanyč aber, der fast alle Handwerke erlernt hatte, ließ sich durch die Enge und den Lärm nicht stören, er lötete etwas am Ofen, zeichnete oder hobelte. Sie bekam Lust zu waschen, zu bügeln, in den Kaufladen und die Kneipe zu laufen, wie sie das jeden Tag getan hatte, als sie mit der Mutter zusammenlebte. Sie müßte Arbeiterin sein, aber nicht die Herrin! Ihr großes Haus mit den Kronleuchtern und den Gemälden, der Diener Mišenka mit dem sammetweichen Schnurrbärtchen und im Frack, die pompöse Varvaruška und die schmeichlerische Agafjuška und diese jungen Leute beiderlei Geschlechts, die fast jeden Tag zu ihr kamen und um Geld baten und vor denen sie sich jedesmal aus irgendeinem Grund schuldig fühlte, und diese Beamten, Ärzte und Damen, die auf ihre Kosten Wohltätigkeit übten, ihr schmeichelten und sie im stillen wegen ihrer niedrigen Herkunft verachteten – wie war ihr das alles zuwider und fremd!

Da war der Bahnübergang und die Schranke; Häuser wechselten mit Gemüsegärten, und da war endlich auch die breite Straße, wo das berühmte Haus Guščin stand. In der gewöhnlich stillen Straße herrschte jetzt, am Vorabend des Festes, großer Verkehr. In den Wirtshäusern und Bierstuben wurde gelärmt. Wäre jetzt irgend jemand, der nicht aus dieser Gegend stammte, sondern im Zentrum der Stadt wohnte, durch diese Straße gefahren, er hätte nur schmutzige, betrunkene und schimpfende Leute angetroffen. Anna Akimovna aber, die von Kindheit an in dieser Gegend wohnte, erkannte jetzt in der Menge bald ihren verstorbenen Vater, bald ihre Mutter und bald den Onkel wieder. Ihr Vater war in seinem Wesen weich und schwer zu erfassen gewesen, ein Phantast, sorglos und leichtsinnig; er strebte weder nach Geld noch nach Ehrungen noch nach Macht; er meinte, der arbeitende

Mensch habe keine Zeit, sich um Feiertage zu kümmern und in die Kirche zu gehen; und wäre seine Frau nicht gewesen, er hätte während der Fastenzeit verbotene Speisen gegessen und niemals gefastet. Der Onkel Ivan Ivanyč war im Gegensatz dazu ein unbeugsamer Mensch gewesen; in allem, was Religion, Politik und Moral betraf, war er streng und unerbittlich, und er paßte nicht nur auf sich selbst, sondern auch auf alle Angestellten und Bekannten auf. Gott bewahre, wenn man sein Zimmer betrat, ohne sich zu bekreuzigen! Die luxuriösen Gemächer, in denen jetzt Anna Akimovna wohnte, hatte er verschlossen gehalten und nur an großen Feiertagen für angesehene Gäste geöffnet, selbst aber wohnte er im Büro, nur in einem kleinen Zimmer, das vollgestopft war mit Heiligenbildern. Er fühlte sich zum alten Glauben hingezogen und empfing bei sich ständig altgläubige Erzbischöfe und Popen, obwohl er nach dem Ritus der orthodoxen Kirche getauft und getraut war und auch seine Frau danach beerdigt hatte. Seinen Bruder und einzigen Erben Akim hatte er wegen seines Leichtsinns, den er für Einfalt und Dummheit ansah, und wegen seiner Gleichgültigkeit gegenüber dem Glauben nicht geliebt. Er hielt ihn kurz und zahlte ihm sechzehn Rubel im Monat wie einem Arbeiter. Akim hatte zu seinem Bruder Sie gesagt und sich am Versöhnungstag mit seiner ganzen Familie vor ihm bis zur Erde verneigt. Aber drei Jahre vor seinem Tod zog Ivan Ivanyč ihn zu sich heran, vergab ihm und ließ für Anjuta eine Gouvernante einstellen.

Der Torweg zu Guščins Haus war dunkel und tief, und es roch übel; man hörte, wie hinter den Wänden Männer husteten. Anna Akimovna ließ den Schlitten auf der Straße stehen, ging auf den Hof und fragte, wie sie zu der Wohnung Nummer 46, zu dem Beamten Čalikov komme. Man schickte sie zur letzten Tür rechts, in das zweite Stockwerk. Auf dem Hof, an der letzten Tür, sogar im Treppenhaus roch es genauso widerlich wie im Torweg. In ihrer Kindheit, als

Anna Akimovnas Vater noch einfacher Arbeiter war, hatte sie selbst in solchen Häusern gewohnt, und später, als die Verhältnisse sich geändert hatten, besuchte sie diese oft und spielte die Wohltäterin. Die schmale, schmutzige Steintreppe mit den hohen Stufen, in jedem Stockwerk durch einen Treppenabsatz unterbrochen; die schmierige Laterne in den Korridoren; der Gestank auf den Treppenabsätzen; die Waschtröge, Töpfe und Lumpen neben den Türen – wie lange war ihr das alles schon bekannt... Eine Tür stand offen, und man sah auf den Tischen jüdische Schneider sitzen; sie trugen Mützen und nähten. Auf der Treppe begegnete Anna Akimovna Menschen, aber sie kam nicht auf den Gedanken, man könnte ihr zu nahe treten. Vor Arbeitern und Bauern, sie mochten nüchtern oder betrunken sein, hatte sie genausowenig Angst wie vor ihren Bekannten aus der Intelligenz.

Die Wohnung Nummer 46 hatte keinen Flur, man kam gleich in die Küche. In den Wohnungen der Fabrikarbeiter und Handwerker riecht es gewöhnlich nach Lack, Teer, Leder oder Rauch – je nachdem, womit sich der Inhaber beschäftigt; die Wohnungen der verarmten Adligen und Beamten erkennt man an dem muffigen und säuerlichen Geruch. Dieser widerliche Geruch schlug ihr auch jetzt entgegen, kaum daß sie die Schwelle überschritten hatte. In einer Ecke am Tisch, mit dem Rücken zur Tür, saßen ein Mann im schwarzen Gehrock, wahrscheinlich Čalikov selbst, und fünf Mädchen. Das älteste, ein schmächtiges Persönchen, mit einem breiten Gesicht und einem runden Kamm im Haar, schien dem Aussehen nach nicht älter als fünfzehn Jahre, die Jüngste, ein Pummelchen und Struwwelkopf, war etwa drei. Alle sechs aßen. Neben dem Ofen stand, die Ofengabel in der Hand, eine kleine, sehr magere Frau; sie hatte ein gelbes Gesicht, trug einen Rock mit weißer Bluse und war schwanger.

»Ich habe von dir nicht erwartet, daß du so ungehorsam bist, Lizočka«, sagte der Mann vorwurfsvoll. »Oh, oh, was für eine Schande! Du willst also, daß dein Papa dich verprügelt, ja?«

Als die hagere Frau auf der Schwelle eine unbekannte Dame erblickte, fuhr sie zusammen und ließ die Ofengabel los.

»Vasilij Nikityč!« rief sie stockend und mit dumpfer Stimme, als traue sie ihren Augen nicht.

Der Mann sah sich um und sprang auf. Er war ein knochiger, schmalschultriger Mensch mit eingefallenen Schläfen und flacher Brust. Er hatte kleine, tiefliegende Augen, von dunklen Ringen umgeben, die lange Nase glich einem Vogelschnabel und bog sich über dem breiten Mund etwas nach rechts. Der Bart teilte sich, der Schnurrbart war abrasiert, daher ähnelte er eher einem Lakaien als einem Beamten.

»Wohnt hier Herr Čalikov?« fragte Anna Akimovna.

»Jawohl«, antwortete Čalikov streng, erkannte aber sofort Anna Akimovna und schrie auf: »Frau Glagoleva! Anna Akimovna!« Plötzlich kam er außer Atem und schlug die Hände zusammen, als sei er sehr erschrocken. »Unsere Wohltäterin!«

Stöhnend eilte er zu ihr und preßte, wie ein Paralytiker heulend – in seinem Bart hing Kohl, und es roch nach Vodka –, die Stirn an ihren Muff und war wie erstarrt.

»Ihr Händchen! Das heilige Händchen!« keuchte er atemlos. »Ein Traum! Ein herrlicher Traum! Kinder, weckt mich auf!«

Er wandte sich zum Tisch, fuchtelte mit den Fäusten und sagte schluchzend:

»Die Vorsehung hat uns erhört! Unsere Retterin, unser Engel ist da! Wir sind gerettet! Kinder, auf die Knie! Auf die Knie!«

Frau Čalikov und die Mädchen, außer dem allerjüngsten, begannen aus unerfindlichen Gründen eilig den Tisch abzuräumen.

»Sie haben geschrieben, Ihre Frau sei sehr krank«, sagte

Anna Akimovna; sie war peinlich berührt, und sie ärgerte sich.

Anderthalbtausend gebe ich ihm nicht, überlegte sie.

»Da ist sie, meine Frau!« sagte Čalikov mit einem dünnen, weiblichen Stimmchen, als schnürten ihm die Tränen die Kehle ab. »Da ist sie, die Unglückliche! Mit einem Fuß im Grab! Aber, gnädige Frau, wir klagen nicht. Besser sterben, als so leben! Stirb, du Unglückliche!«

Warum stellt er sich so an? dachte Anna Akimovna ärgerlich. Man sieht gleich, daß er gewöhnlich mit Kaufleuten zu tun hat.

»Sprechen Sie bitte wie ein Mensch zu mir«, sagte sie. »Ich mag keine Komödie.«

»Ja, gnädige Frau, fünf verwaiste Kinder, im Schein der Totenkerzen und den Sarg ihrer Mutter, das ist eine Komödie! Oh!« sagte Čalikov voll Bitterkeit und wandte sich ab.

»Schweig!« flüsterte ihm seine Frau zu und zog ihn am Ärmel. »Gnädige Frau«, sagte sie, zu Anna Akimovna gewandt, »bei uns ist nicht aufgeräumt. Sie müssen schon entschuldigen ... In der Familie ist es so, das wissen Sie selbst. Eng, aber gemütlich.«

Ich gebe ihnen keine anderthalbtausend, dachte Anna Akimovna wieder.

Um möglichst schnell von diesen Menschen und dem sauren Geruch wegzukommen, holte sie schon ihr Portemonnaie hervor, entschlossen, nicht mehr als fünfundzwanzig Rubel dazulassen; aber ihr war es plötzlich peinlich, daß sie einen so langen Weg gemacht und die Leute wegen einer Kleinigkeit gestört hatte.

»Wenn Sie mir Papier und Tinte geben, schreibe ich gleich dem Arzt, einem guten Bekannten von mir, er möchte Sie besuchen«, sagte sie errötend. »Es ist ein sehr guter Arzt. Und für Arzneien lasse ich Ihnen Geld hier.«

Frau Čalikov beeilte sich, den Tisch abzuwischen.

»Hier ist es nicht sauber! Was soll das?« zischte Čalikov

und schaute sie wütend an. »Begleite sie zum Untermieter! Belieben gnädige Frau, sich zum Untermieter zu begeben, wenn ich bitten darf«, sagte er zu Anna Akimovna. »Dort ist es sauber.«

»Osip Iljič hat verboten, sein Zimmer zu betreten«, sagte eines der Mädchen streng.

Aber man geleitete Anna Akimovna bereits aus der Küche und führte sie durch ein schmales Durchgangszimmer, in dem zwei Betten standen; an der Aufstellung der Betten sah man, daß auf dem einen zwei Personen der Länge nach, auf dem anderen drei quer schliefen. In dem darauffolgenden Zimmer des Untermieters war es tatsächlich sauber. Ein Bett mit einer roten Wolldecke und einem weißbezogenen Kissen, sogar ein kleiner Schuh für die Uhr, ein Tisch mit einer Hanfdecke, darauf ein milchfarbenes Tintenfaß, Federn, Papier und Fotografien in kleinen Rahmen – alles, wie es sich gehörte. Auf einem anderen, einem schwarzen Tisch, lagen geordnet Uhrmacherwerkzeuge und eine auseinandergenommene Uhr. An den Wänden hingen Hämmer, Zangen, Handbohrer, Stemmeisen, Flachzangen und anderes mehr, ferner gab es da noch drei tickende Wanduhren; die eine war riesengroß und hatte schwere Gewichte, wie es sie in Wirtshäusern gibt.

Als Anna Akimovna sich an den Brief machte, erblickte sie vor sich auf dem Tisch das Bild ihres Vaters und ihr eigenes. Das wunderte sie.

»Wer wohnt hier bei Ihnen?« fragte sie.

»Der Untermieter Pimenov, gnädige Frau.«

»Ja? Ich dachte, ein Uhrmacher.«

»Stundenlang beschäftigt er sich damit nach der Arbeit. Aus Liebhaberei.«

Nach einem kurzen Schweigen, wo man nur die Uhren ticken und die Feder auf dem Papier kratzen hörte, seufzte Čalikov und sagte spöttisch und entrüstet:

»Es heißt sehr richtig: aus Adel und Rang kann man sich keinen Pelz nähen. Eine Kokarde auf der Stirn und ein vornehmer Titel, aber nichts zu essen. Meiner Meinung nach ist ein Mensch von einfacher Herkunft, der den Armen hilft, viel edler als irgendein Čalikov, der tief in Armut und Laster steckt.«

Um Anna Akimovna zu schmeicheln, sagte er noch einige, für seine adlige Herkunft beleidigende Worte, und es war klar, er erniedrigte sich, weil er sich höher dünkte als sie. Unterdessen hatte sie den Brief beendet und zugeklebt. Den Brief würde man wegwerfen und das Geld nicht für Arzneien verwenden – das wußte sie, aber trotzdem legte sie fünfundzwanzig Rubel auf den Tisch, und nach kurzer Überlegung fügte sie noch zwei rote Geldscheine hinzu. Frau Čalikovs hagere Hand, die wie eine Hühnerpfote aussah, tauchte vor ihren Augen auf und ließ das Geld in ihrer kleinen Faust verschwinden.

»Sie beliebten, das für Arznei zu geben«, sagte Čalikov mit zitternder Stimme, »aber reichen Sie auch mir und den Kindern Ihre hilfreiche Hand«, fügte er schluchzend hinzu, »den unglücklichen Kindern! Ich habe nicht Angst um mich, sondern um meine Töchter! Ich fürchte die Hydra des Lasters!«

Anna Akimovna bemühte sich, das Portemonnaie zu öffnen, dessen Verschluß klemmte; sie wurde verlegen und errötete. Es war ihr peinlich, daß die Leute vor ihr standen, auf ihre Hände blickten und warteten und wahrscheinlich in der Tiefe ihres Herzens über sie lachten. In diesem Augenblick trat jemand in die Küche und stampfte mit den Beinen auf, um den Schnee abzuschütteln.

»Der Untermieter ist gekommen«, sagte Frau Čalikov.

Anna Akimovna wurde noch verlegener. Sie wollte nicht, daß jemand aus der Fabrik sie in dieser lächerlichen Situation antraf. Der Untermieter betrat das Zimmer ausgerechnet in dem Augenblick, als sie endlich den Verschluß aufgebrochen hatte und Čalikov einige Geldscheine überreichte; Čalikov heulte wie ein Paralytiker auf und suchte mit den Lippen eine Stelle an ihrem Kleid, die er küssen könnte. In dem Untermieter erkannte sie den Arbeiter, der in der Schmiedehalle vor ihr mit dem Eisenblech gerasselt und ihr einiges erklärt hatte. Er kam offensichtlich geradewegs aus dem Werk – sein Gesicht war rauchgeschwärzt und an der Nase mit Ruß verschmiert. Die Hände waren ganz schwarz, die gürtellose Arbeitsbluse glänzte von öligem Schmutz. Er zählte etwa dreißig Jahre, war mittelgroß, schwarzhaarig, breitschultrig und offenbar sehr kräftig. Auf den ersten Blick schon stellte Anna Akimovna fest, daß er ein Vorarbeiter war, der nicht weniger als fünfunddreißig Rubel monatlich erhielt, ein Schreihals, der streng war und den Arbeitern ins Gesicht schlug, das merkte man an seiner Art zu stehen, an der Haltung, die er plötzlich unwillkürlich annahm, als er in seinem Zimmer eine Dame erblickte, und hauptsächlich daran, daß er die Hosen über den Stiefeln trug, Taschen auf der Brust und ein spitzes, schön beschnittenes Bärtchen hatte. Ihr verstorbener Vater, Akim Ivanyč, der doch der Bruder des Besitzers war, fürchtete sich vor Vorarbeitern vom Schlage dieses Untermieters und versuchte, sich bei ihnen anzubiedern.

»Entschuldigen Sie, wir haben hier in Ihrer Abwesenheit disponiert«, sagte Anna Akimovna.

Der Arbeiter schaute sie erstaunt an, lächelte verlegen und schwieg.

»Sie müssen lauter sprechen, gnädige Frau ...« sagte Čalikov leise. »Herr Pimenov hört manchmal schlecht, wenn er abends aus dem Werk kommt.«

Aber Anna Akimovna war schon froh, daß sie hier nichts mehr zu tun hatte, sie nickte und ging schnell hinaus. Pimenov begleitete sie.

»Sind Sie schon lange bei uns angestellt?« fragte sie laut, ohne sich zu ihm umzudrehen.

»Seit meinem neunten Lebensjahr. Ich habe schon bei Ihrem Onkel angefangen.«

»Das ist aber lange her! Mein Onkel und mein Vater kannten alle ihre Angestellten, doch ich kenne fast niemanden. Ich habe Sie schon früher einmal gesehen, aber ich wußte nicht, daß Sie Pimenov heißen.«

Anna Akimovna hatte den Wunsch, sich vor ihm zu rechtfertigen und so zu tun, als habe sie soeben das Geld nicht im Ernst gegeben, sondern sich nur einen Spaß erlaubt.

»Ach, diese Armut!« sagte sie seufzend. »Wir vollbringen gute Taten an Feiertagen und auch wochentags, und alles hat keinen Sinn. Ich glaube, es ist sinnlos, solchen Menschen wie Čalikov zu helfen.«

»Natürlich ist es sinnlos«, antwortete Pimenov zustimmend. »Was Sie ihm auch geben, er versäuft alles. Und jetzt werden sich Mann und Frau die ganze Nacht ums Geld zanken und sich prügeln«, fügte er hinzu und lachte.

»Ja, man muß zugeben, unsere Philanthropie ist sinnlos, langweilig und lächerlich. Aber, was meinen Sie, man kann doch nicht die Hände in den Schoß legen, man muß etwas tun. Was soll man zum Beispiel mit den Čalikovs machen?«

Sie wandte sich nach Pimenov um und blieb in Erwartung einer Antwort stehen; er blieb ebenfalls stehen und zuckte langsam und wortlos mit den Achseln. Offenbar wußte er, was mit den Čalikovs zu tun sei, aber das war so grob und unmenschlich, daß er es nicht einmal auszusprechen wagte. Die Čalikovs waren für ihn dermaßen uninteressant und unwichtig, daß er sie nach einem Augenblick schon vergessen hatte; er schaute Anna Akimovna in die Augen, lächelte vor Vergnügen, und er machte ein Gesicht, als träumte er etwas sehr Schönes. Anna Akimovna merkte erst jetzt, als sie so nahe bei ihm stand, an seinem Gesicht und besonders an den Augen, wie müde und schläfrig er war.

Ihm sollte man jene anderthalbtausend geben! dachte sie, aber dieser Gedanke erschien ihr unsinnig und für Pimenov beleidigend.

»Sicher tut Ihnen der ganze Körper von der Arbeit weh,

und Sie begleiten mich noch«, sagte sie, als sie die Treppe hinunterstiegen. »Kehren Sie um!«

Er aber hörte nicht darauf. Als sie auf die Straße kamen, lief er voraus, knöpfte die Schlittendecke auf, half Anna Akimovna beim Einsteigen und sagte:

»Wünsche gesunde Feiertage!«

II
Am Morgen

»Man hat schon aufgehört zu läuten! Eine Strafe Gottes, Sie kommen nicht einmal zum Schluß zurecht! Stehen Sie auf!«

»Zwei Pferde laufen, laufen ...« sagte Anna Akimovna und wachte auf; vor ihr stand mit einer Kerze in der Hand ihr Dienstmädchen, die rothaarige Maša. »Was ist? Was willst du?«

»Die Messe ist schon zu Ende!« antwortete Maša verzweifelt. »Zum drittenmal wecke ich Sie! Meinetwegen können Sie auch bis zum Abend schlafen, aber Sie haben selbst befohlen, Sie zu wecken!«

Anna Akimovna stützte sich auf einen Ellenbogen und schaute durchs Fenster. Draußen war es noch ganz dunkel, und nur der untere Rand des Fensterrahmens schimmerte weiß von Schnee. Man hörte ein tiefes, volltönendes Läuten, aber das kam nicht von der Gemeindekirche, sondern von weit her. Die Uhr auf dem Tischchen zeigte drei Minuten nach sechs.

»Gut, Maša ... In drei Minuten ...« sagte Anna Akimovna mit flehentlicher Stimme und zog sich die Decke über den Kopf.

Sie stellte sich den Schnee an der Außentreppe vor, den Schlitten, den dunklen Himmel, die Menschenmenge in der Kirche und den Geruch nach Wacholder, und ihr wurde unheimlich zumute; aber sie beschloß trotzdem, sofort aufzustehen und zur Frühmesse zu fahren. Und während sie sich im Bett wärmte und mit dem Schlaf kämpfte, der wie zum Trotz immer wunderbar süß ist, wenn man nicht schlafen darf, und während ihr bald ein riesiger Garten auf einem Berg, bald Gusčins Haus im Halbtraum erschienen, beunruhigte sie die ganze Zeit der Gedanke, sie müsse sofort aufstehen und in die Kirche fahren.

Als sie aber aufstand, war es schon ganz hell, und die Uhr zeigte halb zehn. In der Nacht war viel Neuschnee gefallen, die Bäume waren ganz in Weiß gehüllt, und die Luft schien ungewöhnlich klar, durchsichtig und zart. Als Anna Akimovna zum Fenster hinaussah, hatte sie das Verlangen, erst einmal ganz tief zu atmen. Als sie sich wusch, regte sich plötzlich in ihrem Inneren ein längst vergessenes kindliches Gefühl: die Freude, daß heute Weihnachten war. Und danach wurde ihr so leicht, frei und rein ums Herz, als sei auch ihre Seele gewaschen oder ganz in weißen Schnee gehüllt worden. Maša kam herein, aufgeputzt und fest in ein Korsett geschnürt, sie gratulierte zum Fest; dann frisierte sie Anna Akimovna lange und half ihr beim Anziehen. Der Wohlgeruch und das neue, prachtvolle, schöne Kleid, sein leichtes Rascheln und der Duft des frischen Parfüms versetzten Anna Akimovna in Erregung.

»Nun ist Weihnachten«, sagte sie heiter zu Maša. »Jetzt werden wir wahrsagen.«

»Im vorigen Jahr kam raus – daß ich einen Alten heirate. Dreimal kam das so raus.«

»Nun, Gott ist gnädig.«

»Was ist denn dabei, Anna Akimovna? Ich meine, ein Alter ist immer noch besser als überhaupt keiner«, sagte Maša traurig und seufzte. »Ich werde schon einundzwanzig, das ist kein Spaß!«

Jeder im Haus wußte, daß die rothaarige Maša in den Diener Mišenka verliebt war und daß diese tiefe, leidenschaftliche, aber hoffnungslose Liebe schon drei Jahre dauerte.

»Nun höre auf, solchen Unsinn zu reden«, meinte Anna Akimovna und versuchte, sie zu trösten. »Ich werde bald dreißig und beabsichtige noch immer, einen jungen Mann zu heiraten.«

Während sich die Hausherrin ankleidete, ging Mišenka, in neuem Frack und in Lackschuhen, im Saal und im Salon auf und ab und wartete auf Anna Akimovna, um ihr zum Fest zu gratulieren. Er hatte einen eigenartigen Gang, er trat weich und zart auf; beobachtete man dabei seine Beine, seine Arme und den geneigten Kopf, konnte man denken, er schreite nicht, sondern lerne die erste Quadrillefigur tanzen. Ungeachtet seines schmalen sammetweichen Schnurrbärtchens und seines schönen Äußeren, das sogar etwas von einem Falschspieler hatte, wirkte er gesetzt, besonnen und fromm wie ein alter Mann. Er betete immer mit tiefen Verbeugungen und räucherte in seinem Zimmer gern mit Weihrauch. Reiche und angesehene Menschen schätzte und verehrte er, Arme und Bittsteller aller Art aber verachtete er mit der ganzen Kraft seiner reinlichen Lakaienseele. Unter dem gestärkten Hemd trug er noch eins aus Flanell, das er Winter wie Sommer anhatte, weil er viel auf seine Gesundheit gab; seine Ohren waren mit Watte zugestopft.

Als Anna Akimovna mit Maša durch den Saal ging, neigte er den Kopf etwas zur Seite und sagte mit seiner angenehmen honigsüßen Stimme:

»Anna Akimovna, ich habe die Ehre, Ihnen zu dem hochheiligen Weihnachtsfest zu gratulieren!«

Anna Akimovna gab ihm fünf Rubel, die arme Maša aber erstarrte. Sie war von seinem festlichen Aussehen, seiner Haltung, seiner Stimme und von dem, was er sagte, stark beeindruckt, und während sie ihrem Fräulein folgte, konnte sie nichts mehr denken, nichts mehr sehen und lächelte nur, bald glückselig, bald bekümmert.

Das obere Stockwerk im Haus wurde die saubere oder vornehme Etage oder die Gemächer genannt, das untere

Stockwerk aber, wo Tante Tatjana Ivanovna wirtschaftete, bezeichnete man als die Handelsetage, die Greisen- oder einfach die Weiberetage. Oben empfing man gewöhnlich die Vornehmen und die Gebildeten, unten die einfacheren Besucher und die persönlichen Bekannten der Tante. Anna Akimovna, schön, üppig, gesund, noch jung und frisch, in dem prächtigen Kleid, von dem, wie ihr schien, ein Strahlen ausging, begab sich in das untere Stockwerk. Hier empfing man sie mit Vorwürfen, sie sei eine gebildete Frau, habe aber Gott vergessen, die Messe verschlafen und sei nicht einmal zum gemeinsamen Fleischessen nach unten gekommen; alle schlugen die Hände zusammen und sagten ihr aufrichtig, sie sei schön und ungewöhnlich, und sie glaubte das, lachte, küßte sich mit allen und gab diesem einen Rubel, jenem drei oder fünf, je nachdem, wer es war. Ihr gefiel es unten. Wohin man auch blickte – Heiligenschreine, Heiligenbilder, Ikonenlämpchen und Bilder von Geistlichen; es roch nach Mönchen. In der Küche klapperte man mit den Messern, und in allen Zimmern roch es nach sehr schmackhaften, in der Fastenzeit verbotenen Speisen. Die gelbgestrichenen Fußböden glänzten, und von den Türen bis hin zu den Ecken lagen schmale hellblaugestreifte Läufer, und die Sonne schien grell durch die Fenster.

Im Speisezimmer saßen einige fremde alte Frauen; in Varvaruškas Zimmer ebenfalls, und mit ihnen war ein taubstummes Mädchen, das sich immerfort schämte und »bly, bly ...« sagte. Zwei magere Mädchen, die über die Feiertage aus einem Heim gekommen waren, näherten sich Anna Akimovna, um ihr die Hand zu küssen, blieben aber, von der Pracht ihres Kleides verblüfft, vor ihr stehen. Sie bemerkte, daß eines der Mädchen schielte, und inmitten der leichten feiertäglichen Stimmung krampfte sich schmerzlich ihr Herz zusammen bei dem Gedanken, daß dieses Mädchen von den Freiern übersehen und niemals heiraten würde. Im Zimmer der Köchin Agafja saßen um den Samovar fünf große Männer in neuen Hemden, aber das waren keine Arbeiter aus der Fabrik, sondern Verwandte des Küchenpersonals. Als sie Anna Akimovna erblickten, sprangen sie von ihren Plätzen hoch und hörten anstandshalber auf zu kauen, obwohl alle den Mund vollgestopft hatten; aus der Küche kam der Koch Stepan ins Zimmer, in weißer Mütze und mit einem Messer in der Hand, und gratulierte; die Hausknechte kamen in Filzstiefeln und gratulierten ebenfalls. Mit Eiszapfen im Bart schaute der Fahrer des Wasserwagens herein, wagte aber nicht einzutreten.

Anna Akimovna ging durch die Zimmer, hinter ihr der ganze Hofstaat: die Tante, Varvaruška, die Nikandrovna, die Näherin Marfa Petrovna und die ›untere Maša‹. Varvaruška, mager, schlank, hochgewachsen, die größte im Haus, ganz in Schwarz gekleidet, nach Zypresse und Kaffee duftend, bekreuzigte und verneigte sich in jedem Zimmer tief vor den Heiligenbildern; jedesmal wenn man sie ansah, meinte man, sie habe schon für die Todesstunde ein Leichenhemd bereitgelegt und in derselben Truhe, wo es lag, auch ihre Lotterielose versteckt.

»Anjutinka, sei gnädig, es ist Feiertag«, sagte sie und öffnete die Tür zur Küche. »Verzeih ihm, laß ihn schon! Was soll man mit ihnen machen!«

Mitten in der Küche lag der Kutscher Pantelej auf den Knien, den man wegen Trunksucht im November entlassen hatte. Er war ein gutmütiger Mensch, aber im Rausch wurde er unberechenbar, er konnte nicht einschlafen, ging immerfort in die Gebäude und schrie dort in drohendem Ton: »Mir ist alles bekannt!« Jetzt sah man seinem geschwollenen Gesicht mit den wulstigen Lippen und den blutunterlaufenen Augen an, daß er vom November bis zum Fest unaufhörlich getrunken hatte.

»Verzeihen Sie mir, Anna Akimovna!« sagte er mit heiserer Stimme, wobei er mit der Stirn auf den Fußboden schlug und seinen Stiernacken zeigte.

»Dich hat Tantchen entlassen, sie mußt du bitten.«

»Was heißt hier Tantchen?« sagte die Tante, als sie schwer atmend die Küche betrat; sie war sehr korpulent, auf ihrem Busen fand ein Samovar und ein Tablett mit Tassen Platz. »Was heißt hier Tantchen? Hier bist du die Hausfrau, du mußt hier schalten und walten, und was mich betrifft, so brauchte es diese Schurken gar nicht zu geben. Na, steh schon auf, du Fettwanst!« schrie sie Pantelej an, da sie es nicht mehr aushalten konnte. »Verschwinde! Zum letztenmal verzeih ich dir, wenn es aber noch einmal passiert – bitte nicht um Gnade!«

Dann ging man ins Eßzimmer, um Kaffee zu trinken. Kaum hatte man sich an den Tisch gesetzt, da kam Hals über Kopf die untere Maša hereingestürzt und rief entsetzt: »Die Chorsänger!« und stürzte wieder hinaus. Man hörte Schneuzen, jemanden tief husten und ein Trampeln, als führte man beschlagene Pferde in die Diele neben dem Saal. Für einen Augenblick wurde alles still ... Plötzlich brüllten die Chorsänger los, und zwar so laut, daß alle zusammenzuckten. Während sie sangen, kam der Priester des Altersheimes und mit ihm der Diakon und der Kirchendiener. Der Priester legte sich das Epitrachelion um und erzählte langsam, in der Nacht, als man zum Frühgottesdienst läutete, habe es geschneit und es sei nicht kalt gewesen, gegen Morgen aber habe der Frost zugenommen und jetzt seien es wahrscheinlich schon zwanzig Grad.

»Viele behaupten allerdings, der Winter sei gesünder für den Menschen als der Sommer«, sagte der Diakon, aber er setzte sofort eine strenge Miene auf und sang dem Priester nach: »Deine Geburt, Christus unser Gott ...«

Bald darauf kam der Priester des Arbeiterkrankenhauses mit dem Kirchendiener, dann erschienen die Gemeindeschwestern, dann die Kinder aus dem Heim, und fast ununterbrochen hörte man singen. Sie sangen, nahmen einen Imbiß ein und gingen wieder fort.

Dann kamen Angestellte aus der Fabrik zur Gratulation, etwa zwanzig Mann. Es waren nur Leute in höherer Stellung: Mechaniker, ihre Gehilfen, Modellierer, der Buchhalter und andere, alles anständig aussehende Männer in neuen schwarzen Röcken. Es waren alles Prachtkerle, wie ausgesucht, jeder kannte seinen Wert, das heißt, jeder wußte, wenn er heute seine Stellung verlor, würde man ihn schon morgen mit Vergnügen in einer anderen Fabrik einstellen. Sie hatten offenbar die Tante gern, denn in ihrer Gegenwart benahmen sie sich ungezwungen und rauchten sogar, und der Buchhalter faßte sie um die breite Taille, als sie alle zusammen zum Imbiß gingen. Vielleicht waren sie zum Teil auch deshalb so dreist, weil Varvaruška, die bei den alten Besitzern über eine große Macht verfügt und auf die Moral der Angestellten geachtet hatte, jetzt im Haus keine Rolle mehr spielte, aber vielleicht auch deshalb, weil viele von ihnen sich noch an die Zeit erinnerten, da Tante Tatjana Ivanovna, die von ihren Brüdern streng gehalten wurde, wie eine einfache Bauersfrau gekleidet ging, ganz wie Agafjuška, und da Anna Akimovna auf dem Hof zwischen den Fabrikgebäuden herumlief und von allen Anjutka genannt wurde.

Die Angestellten aßen, unterhielten sich und musterten erstaunt Anna Akimovna – wie sie gewachsen, wie hübsch sie geworden war! Aber dieses elegante, von Gouvernanten und Lehrern erzogene junge Mädchen war ihnen schon fremd und unverständlich; unwillkürlich hielten sie sich mehr an die Tante, die sie duzte, sie ununterbrochen bewirtete, mit ihnen anstieß und schon zwei Gläschen Ebereschenschnaps getrunken hatte. Anna Akimovna fürchtete immer, man könnte von ihr denken, sie sei stolz, ein Emporkömmling und schmücke sich mit fremden Federn; auch jetzt, während die Angestellten sich um den Imbiß drängten, verließ sie das Eßzimmer nicht und mischte sich in die Gespräche. Ihren gestrigen Bekannten Pimenov fragte sie:

»Warum haben Sie in Ihrem Zimmer so viele Uhren?«

»Ich nehme sie in Reparatur«, antwortete er. »Ich befasse mich damit nach der Arbeit, an Feiertagen oder wenn ich nicht schlafen kann.«

»Wenn also meine Uhr entzweigeht, kann ich sie Ihnen zur Reparatur geben?« fragte Anna Akimovna lachend.

»Warum nicht? Mit Vergnügen«, sagte Pimenov, und auf seinem Gesicht malte sich Rührung, als sie, ohne zu wissen, weshalb, ihre prächtige Uhr vom Mieder abhakte und ihm reichte; er betrachtete sie schweigend und gab sie zurück.

»Warum nicht? Mit Vergnügen«, wiederholte er. »Eigentlich repariere ich keine Taschenuhren mehr. Ich habe schwache Augen, und der Arzt hat mir so feine Arbeit verboten. Aber bei Ihnen kann ich eine Ausnahme machen.«

»Die Ärzte lügen«, meinte der Buchhalter, und alle lachten. »Glaub ihnen nicht«, fuhr er, durch das Lachen geschmeichelt, fort. »Im vorigen Jahr, in der Fastenzeit, sprang von einer Radtrommel ein Zahn ab und traf den alten Kalmykov so an den Kopf, daß man das Gehirn sah, und der Arzt meinte, er würde sterben; er lebt heute noch und arbeitet, nur stottert er seit dieser Geschichte.«

»Die Ärzte lügen, sie lügen alle, aber nur ein bißchen«, sagte die Tante seufzend. »Der selige Pëtr Andreič hatte sein Augenlicht verloren. Den ganzen Tag arbeitete er im Werk, so wie du, am heißen Ofen und wurde blind. Die Augen vertragen die Hitze nicht. Na, was soll man da noch groß reden?« Sie wurde plötzlich wieder lebendig. »Trinken wir noch eins! Meine Lieben, ich gratuliere euch zum Fest. Mit niemandem trinke ich, aber mit euch trinke ich Sünderin. Das walte Gott!«

Anna Akimovna schien es, Pimenov verachte sie nach dem gestrigen Vorfall als eine Philanthropin, finde sie aber als Frau bezaubernd. Sie beobachtete ihn und stellte fest, er benehme sich sehr nett und sei anständig gekleidet. Freilich, bei dem Rock waren die Ärmel etwas zu kurz, und die Taille saß zu hoch; die Hosen waren unmodern, nicht weit genug, aber dafür hatte er die Krawatte geschmackvoll und lässig gebunden, und sie war nicht so grell wie bei den anderen. Er schien ein gutmütiger Mensch zu sein, denn er aß gehorsam alles, was ihm die Tante auf den Teller legte. Sie entsann sich, wie schwarz und schläfrig er gestern ausgesehen hatte, und diese Erinnerungen rührten sie.

Als die Angestellten sich anschickten wegzugehen, reichte Anna Akimovna Pimenov die Hand, sie wollte ihm sagen, er möchte sie einmal zwanglos besuchen, aber sie brachte es nicht über die Lippen: die Zunge gehorchte ihr nicht; und damit die anderen nicht denken sollten, er habe ihr gefallen, reichte sie auch seinen Kameraden die Hand.

Danach kamen die Schüler aus der Schule, an der sie Kuratorin war. Sie waren alle geschoren und trugen einheitliche graue Kittel. Der Lehrer, ein hochgewachsener und noch bartloser junger Mann, mit roten Flecken im Gesicht, sichtlich aufgeregt, stellte die Schüler in Reih und Glied auf; die Jungen sangen harmonisch, aber mit schrillen, unangenehmen Stimmen. Der Direktor der Fabrik, Nazaryč, ein kahlköpfiger Altgläubiger mit lebhaften Augen, hatte sich mit den Lehrern nie gut verstanden, aber diesen, der da unruhig mit der Hand herumfuchtelte, verachtete und haßte er, ohne zu wissen, weshalb. Er benahm sich ihm gegenüber hochmütig und grob, schob die Auszahlung seines Gehaltes hinaus und mischte sich in den Unterricht ein, und um ihn endgültig hinauszuekeln, hatte er etwa zwei Wochen vor dem Fest einen entfernten Verwandten seiner Frau, einen Trunkenbold, der dem Lehrer nicht gehorchte und ihm vor den Schülern Frechheiten sagte, als Schuldiener angestellt.

Anna Akimovna war das alles bekannt, aber sie war machtlos, denn vor Nazaryč hatte sie selbst Angst. Jetzt wollte sie wenigstens freundlich zu dem Lehrer sein und ihm sagen, sie sei mit ihm zufrieden, aber als er nach dem Gesang sehr verlegen wurde und sich wegen irgend etwas entschuldigen wollte und als die Tante, die ihn duzte, ihn vertraulich zum Tisch schleppte, wurde es ihr langweilig und peinlich; sie ordnete an, den Kindern Naschwerk zu geben, und ging nach oben.

»Bei diesen Feiertagsbräuchen gibt es eigentlich viele Härten«, sagte sie etwas später, wie zu sich selbst, als sie durchs Fenster auf die Jungen blickte, wie sie alle zusammen vom Haus zum Tor gingen, sich vor Kälte krümmten und im Gehen ihre Pelze und Mäntel anzogen. »An Feiertagen möchte man sich ausruhen und mit den Angehörigen zu Hause sitzen, die armen Jungen aber, der Lehrer und die Angestellten sind aus irgendeinem Grund verpflichtet, in die Kälte hinauszugehen, zu gratulieren, ihre Hochachtung zum Ausdruck zu bringen und verlegen zu werden...«

Mišenka, der auch hier im Saal war und an der Tür stand, sagte:

»Wir haben das nicht eingeführt und werden es auch nicht abschaffen. Ich bin natürlich ein ungebildeter Mensch, Anna Akimovna, aber ich verstehe das so: Die Armen müssen immer die Reichen achten. Es heißt: Gott zeichnet den Schelm. In Gefängnissen, Nachtasylen und Kneipen halten sich immer nur die Armen auf, die anständigen Menschen, merken Sie wohl, sind immer reich. Von den Reichen wird gesagt: Überfluß ruft Überfluß herbei.«

»Miša, Sie drücken sich immer umständlich und unklar aus«, bemerkte Anna Akimovna und ging zum anderen Ende des Saales.

Es war erst kurz nach elf. Die Stille der riesigen Zimmer, die hin und wieder durch den Gesang, der aus dem unteren Stockwerk heraufschallte, unterbrochen wurde, machte schläfrig. Sie hatte sich an die Bronzestatuen, die Alben und die Bilder an den Wänden, die das Meer mit Schiffchen darauf, eine Wiese mit Kühen und Ansichten des Rheins darstellten, dermaßen gewöhnt, daß ihr Blick nur darüber hinglitt und sie sie gar nicht mehr bemerkte. Sie war der Feststimmung schon überdrüssig. Anna Akimovna hielt sich nach wie vor für schön, gutherzig und ungewöhnlich, aber sie hatte das Gefühl, das nütze niemand etwas, ebensowenig wie dieses teure Kleid, das sie angezogen hatte, ohne zu wissen, für wen und wozu. Und wie zu allen Feiertagen quälte sie schon wieder das Gefühl der Einsamkeit und der lästige Gedanke, ihre Schönheit, ihre Gesundheit und ihr Reichtum seien nur Betrug, weil sie in dieser Welt überflüssig sei, keiner sie brauche und niemand sie liebe. Sie ging durch alle Zimmer, sang vor sich hin und blickte ab und zu durch die Fenster. Im Saal blieb sie stehen und konnte sich nicht enthalten, mit Mišenka zu sprechen.

»Ich weiß nicht, Miša, was Sie sich einbilden«, sagte sie und seufzte. »Wirklich, Gott wird Sie strafen.«

»Wovon sprechen Sie?«

»Sie wissen schon, was ich meine. Entschuldigen Sie, daß ich mich in Ihre persönlichen Angelegenheiten einmische, aber mir scheint, Sie richten aus Eigensinn Ihr Leben zugrunde. Geben Sie zu, für Sie ist es jetzt die richtige Zeit zum Heiraten, und sie ist ein vortreffliches, ordentliches Mädchen. Sie werden niemals eine Bessere finden. Schön, klug, sanft und ergeben ... Und ihre äußere Erscheinung ...! Würde sie zu unseren oder höheren Kreisen gehören, man hätte sich allein schon ihrer wunderbaren fuchsroten Haare wegen in sie verliebt. Schauen Sie doch, wie die Haare zu ihrer Gesichtsfarbe passen. Ach mein Gott, Sie verstehen nichts und wissen selbst nicht, was Sie wollen«, sagte Anna Akimovna mit Bitterkeit, und Tränen traten in ihre Augen. »Armes Mädchen, sie tut mir so leid! Ich weiß, Sie wollen eine mit Geld, aber ich habe Ihnen schon gesagt: Maša bekommt von mir eine Mitgift.«

In seiner Phantasie malte sich Mišenka seine zukünftige Gattin als eine hochgewachsene, korpulente, gesetzte und fromme Frau aus, die den Gang einer Pfauhenne hatte und unbedingt einen langen Schal über den Schultern trug; Maša jedoch war mager, zart, in ein Korsett eingeschnürt und hatte einen unauffälligen Gang; vor allem aber, sie war zu verführerisch, und sie gefiel Mišenka mitunter sehr, doch seiner Meinung nach eignete sich das nicht für die Ehe, sondern nur für einen schlechten Lebenswandel. Eine Weile hatte er geschwankt, als Anna Akimovna eine Mitgift versprochen hatte; aber einmal konnte ein armer Student mit einem braunen Mantel über der Uniform, der zu Anna Akimovna mit einem Brief gekommen war, sich nicht enthalten und umarmte Maša entzückt bei der Kleiderablage, und sie schrie leicht auf. Mišenka, der oben auf der Treppe stand, sah das und ekelte sich seitdem vor ihr. Ein armer Student! Hätte sie ein reicher Student oder ein Offizier umarmt, hätte es andere Folgen gehabt ...

»Warum wollen Sie denn nicht?« fragt Anna Akimovna. »Was brauchen Sie denn noch?«

Mišenka schwieg und starrte mit hochgezogenen Brauen auf den Sessel.

»Lieben Sie eine andere?«

Schweigen. Die rothaarige Maša kam mit Briefen und Visitenkarten auf dem Tablett herein. Als sie merkte, daß sich das Gespräch um sie drehte, schämte sie sich so, daß ihr die Tränen kamen.

»Briefträger waren da«, murmelte sie. »Und dann ist da noch irgendein Beamter, ein gewisser Čalikov, gekommen, er wartet unten. Er sagt, Sie hätten ihm befohlen, heute wegen irgend etwas herzukommen.«

»So eine Frechheit!« sagte Anna Akimovna zornig. »Nichts habe ich ihm befohlen. Sagen Sie ihm, er soll machen, daß er wegkommt, ich sei nicht zu Hause.«

Es läutete. Das waren die Priester aus der eigenen Kirchengemeinde; sie wurden immer oben in der vornehmen Etage empfangen. Gleich nach den Popen machten der Direktor der Fabrik, Nazaryč, und der Fabrikarzt ihre Visite, dann meldete Mišenka den Inspektor der Volksschulen. Der Empfang der Besucher hatte begonnen.

Wenn freie Minuten kamen, setzte sich Anna Akimovna

im Salon in einen tiefen Sessel, schloß die Augen und dachte an ihre Einsamkeit, die sie für völlig natürlich hielt, denn sie hatte nicht geheiratet und würde es nie tun. Aber daran war nicht sie schuld. Das Schicksal selbst hatte sie aus dem einfachen Arbeitermilieu, wo sie sich, wollte man den Erinnerungen glauben, so wohl gefühlt hatte, in diese riesengroße Zimmer verschlagen, wo sie durchaus nichts mit sich anzufangen wußte und nicht verstehen konnte, weshalb vor ihr so viele Menschen auftauchten; was sich jetzt abspielte, kam ihr nichtig und unnötig vor, weil es sie nicht für einen Augenblick glücklich machte und sie auch nicht glücklich machen konnte.

Verlieben sollte man sich, dachte sie, sich rekelnd, und allein schon von dem Gedanken wurde ihr warm ums Herz. Und die Fabrik loswerden ... träumte sie und stellte sich vor, wie sie alle diese schweren Gebäude, Baracken und die Schule von ihrem Gewissen abwälzte ... Dann dachte sie an ihren Vater und überlegte, daß er sie, wäre er länger am Leben geblieben, bestimmt mit einem einfachen Mann verheiratet hätte, zum Beispiel mit Pimenov. Er hätte ihr befohlen, ihn zu heiraten – das wäre alles gewesen. Und es wäre gut so gewesen: dann wäre das Werk in die richtigen Hände gekommen.

Sie stellte sich seinen Lockenkopf vor, das kühne Profil, die schmalen spöttischen Lippen und die Kraft, die furchtbare Kraft in seinen Schultern, den Armen und der Brust, und den rührenden Blick, mit dem er heute ihre kleine Uhr betrachtet hatte.

»Was ist denn dabei?« sagte sie. »Es wäre nicht schlimm ... Ich würde ihn heiraten ...«

»Anna Akimovna!« rief Mišenka, der mit lautlosen Schritten den Salon betrat.

»Wie Sie mich erschreckt haben«, sagte sie, am ganzen Körper zitternd. »Was wollen Sie?«

»Anna Akimovna«, wiederholte er, legte seine Hand aufs Herz und zog die Augenbrauen hoch. »Sie sind meine Herrin und Wohltäterin, und Sie allein haben das Recht, mich betreffs der Ehe zu belehren, weil Sie für mich wie meine leibliche Mutter sind ... Aber befehlen Sie, man möchte nicht über mich lachen und mich nicht necken. Man läßt mir keine Ruhe!«

»Und wie neckt man Sie?«

»Sie sagen: Mašenkas Mišenka.«

»Pfui, was für ein Unsinn!« rief Anna Akimovna empört. »Wie seid ihr alle dumm! Wie dumm Sie sind, Miša! Ich habe Sie satt! Ich will Sie nicht mehr sehen!«

III
Das Mittagessen

Wie schon im Vorjahr, kamen als letzte Besucher der Wirkliche Staatsrat Krylin und der bekannte Rechtsanwalt Lysevič. Sie trafen ein, als es draußen schon dunkel wurde. Krylin, ein alter Mann über sechzig, der mit seinem breiten Mund und dem grauen Backenbart einem Luchs ähnelte, trug auf dem Uniformrock das Band des Annenordens und hatte weiße Hosen an. Er hielt lange Anna Akimovnas Hand zwischen seinen beiden Händen, blickte ihr aufmerksam ins Gesicht, bewegte die Lippen und sagte endlich bedächtig in ein und demselben Ton:

»Ich habe Ihren Onkel ... und Ihren Vater geschätzt und ihr Wohlwollen genossen. Jetzt halte ich es für eine angenehme Pflicht, wie Sie sehen, der verehrten Erbin zu gratulieren ... trotz meiner Krankheit und der beträchtlichen Entfernung. Bin höchst erfreut, Sie bei guter Gesundheit zu sehen.«

Der vereidigte Rechtsanwalt Lysevič, ein hochgewachsener, schöner blonder Mann, an den Schläfen und dem Bart leicht ergraut, zeichnete sich durch ungewöhnlich elegante Manieren aus. Er betrat stets mit federnden Schritten den

Raum, grüßte gleichsam wegwerfend und zuckte im Gespräch mit den Achseln. Das alles machte er mit lässiger Grazie, wie ein stallmüdes, verzogenes Pferd. Er war wohlbeleibt, außerordentlich gesund und reich; einmal hatte er sogar vierzigtausend Rubel gewonnen, doch verheimlichte er das vor seinen Bekannten. Er liebte es, gut zu essen, besonders schätzte er Käse, Trüffeln und geriebenen Rettich und Hanföl, und in Paris hatte er, wie er erzählte, gebratene, ungewaschene Därme gegessen. Er sprach gewandt und fließend, ohne zu stocken, und nur aus Koketterie erlaubte er sich manchmal beim Reden, steckenzubleiben und mit den Fingern zu schnippen, als suche er ein passendes Wort. All das, worüber er im Gericht zu sprechen hatte, glaubte er längst nicht mehr, oder vielleicht glaubte er es auch, maß dem aber gar keinen Wert bei – das alles war längst bekannt, alt und gewöhnlich...
Er glaubte nur an etwas Originelles, nicht Alltägliches. Eine Binsenweisheit in origineller Form rührte ihn zu Tränen. Seine beiden Notizbücher waren mit nicht alltäglichen Ausdrücken vollgeschrieben, die er bei allen möglichen Autoren gelesen hatte; und suchte er manchmal irgendeinen Ausdruck, dann wühlte er nervös in den beiden Notizbüchern, fand aber meist nichts. Noch der selige Akim Ivanyč hatte ihn in einer fröhlichen Minute aus Eitelkeit in der Fabrik als Rechtsvertreter angestellt und ihm ein Gehalt von zwölftausend Rubel ausgesetzt. Seine ganze Tätigkeit für die Fabrik bestand in zwei oder drei kleinen Prozessen, die Lysevič seinen Gehilfen überließ.

Anna Akimovna wußte, daß er im Werk nichts zu tun hatte, aber sie konnte ihn nicht entlassen – ihr fehlte dazu der Mut, und außerdem hatte sie sich auch an ihn gewöhnt. Er nannte sich ihren Rechtsberater, und sein Gehalt, das er an jedem Monatsersten pünktlich abholen ließ, nannte er die rauhe Prosa. Anna Akimovna war bekannt, daß Lysevič, als man nach dem Tode des Vaters ihren Wald für die Herstellung von Eisenbahnschwellen verkaufte, an diesem Verkauf mehr als fünfzehntausend Rubel verdient hatte, die er mit Nazaryč teilte. Als Anna Akimovna von diesem Betrug erfuhr, weinte sie bitterlich, aber später fand sie sich damit ab.

Nachdem Lysevič ihr gratuliert und beide Hände geküßt hatte, musterte er sie mit einem Blick und runzelte die Stirn.

»Nein, das darf nicht sein!« sagte er mit aufrichtigem seelischen Schmerz. »Ich habe Ihnen doch gesagt, meine Liebe, das darf nicht sein...«

»Wovon sprechen Sie denn, Viktor Nikolaevič?«

»Ich sagte: das darf nicht sein, daß Sie voller werden. In Ihrer Familie haben alle die unglückliche Anlage zur Körperfülle. Nein, das darf nicht sein«, wiederholte er mit flehender Stimme und küßte ihre Hand. »Sie sind so hübsch! Sie sind so nett! Hier, Eure Exzellenz«, sagte er, zu Krylin gewandt, »ich stelle vor: die einzige Frau auf der Welt, die ich jemals ernstlich geliebt habe.«

»Das ist kein Wunder. In Ihrem Alter mit Anna Akimovna bekannt zu sein und sie nicht zu lieben – das ist unmöglich.«

»Ich vergöttere sie!« fuhr der Rechtsanwalt aufrichtig, aber mit der üblichen lässigen Grazie fort. »Ich liebe sie, aber nicht, weil ich ein Mann bin und sie eine Frau; wenn wir zusammen sind, kommt es mir vor, als gehöre sie einem dritten Geschlecht an und ich einem vierten, und wir beide fliegen hinauf in die Gefilde der feinsten Farbnuancen und verschmelzen dort zu einem Spektrum. Solche Beziehungen hat am besten Leconte de Lisle beschrieben. Bei ihm gibt es eine herrliche, eine erstaunliche Stelle.«

Lysevič wühlte erst in dem einen, dann in dem anderen Notizbuch, und als er den Ausspruch nicht fand, beruhigte er sich. Man begann über das Wetter, über die Oper zu sprechen und davon, daß bald die Duse kommen würde. Anna Akimovna fiel ein, daß Lysevič und wohl auch Krylin im vorigen Jahr bei ihr zu Mittag gegessen hatten, und als sie sich jetzt zum Gehen anschickten, bewies sie ihnen aufrichtig und mit flehender Stimme, sie müßten bei ihr zu Mittag bleiben, weil sie keine Besuche mehr machen würden. Nach einigem Schwanken willigten die Gäste ein.

Außer dem Mittagessen, das aus Kohlsuppe, Spanferkel, Gans mit Äpfeln und anderem mehr bestand, bereitete man in der Küche an großen Feiertagen ein sogenanntes französisches oder Kochdiner für den Fall, daß jemand von den Gästen des oberen Stockwerks zu speisen wünschte. Als man im Eßzimmer mit dem Geschirr zu klappern begann, zeigte Lysevič eine merkliche Erregung; er rieb sich die Hände, zuckte mit den Achseln, kniff die Augen zu und erzählte gefühlvoll, was für Diners einst die Alten gegeben hätten und was für ein wundervolles Fischragout aus Aalraupen der hiesige Koch zuzubereiten verstehe – das sei kein Fischragout, sondern eine Offenbarung! Er genoß das Mittagessen im voraus, speiste schon in Gedanken und ergötzte sich daran. Als aber Anna Akimovna ihn am Arm in das Speisezimmer führte und er endlich ein Gläschen Vodka getrunken und sich ein Stückchen Lachs in den Mund gesteckt hatte, schnurrte er sogar vor Vergnügen. Er kaute laut und widerwärtig und gab mit der Nase irgendwelche Töne von sich; seine Augen bekamen dabei einen öligen und gierigen Ausdruck.

Die Vorspeisen waren prächtig. Es gab unter anderem frische Steinpilze in saurer Sahne und Sauce provençale aus gebratenen Austern und Krebsschwänzen, stark gewürzt, mit bitteren Mixed Pickles. Das Essen selbst bestand aus festlichen, auserlesenen Speisen, und die Weine waren vortrefflich. Mišenka bediente mit Feuereifer. Wenn er ein neues Gericht auf den Tisch stellte und den Deckel von der glänzenden Kasserolle abnahm oder wenn er Wein einschenkte, so machte er das mit der Wichtigtuerei eines Professors der schwarzen Magie; wenn der Rechtsanwalt sein Gesicht und seinen Gang sah, der an die erste Figur der Quadrille erinnerte, dachte er immer wieder: Ist das ein Dummkopf!

Nach dem dritten Gang sagte Lysevič zu Anna Akimovna gewandt:

»Eine Frau des fin de siècle – ich verstehe darunter eine junge und natürlich eine reiche Frau – muß unabhängig, klug, elegant, intelligent, kühn und etwas lasterhaft sein. Etwas und mit Maßen lasterhaft, denn, geben Sie zu, Sattheit ist schon eine Ermüdungserscheinung. Sie dürfen nicht vegetieren und dahinleben wie alle anderen, meine Liebe, sondern Sie müssen das Leben genießen, und ein wenig Lasterhaftigkeit ist die Würze des Lebens. Vergraben Sie Ihr Gesicht in berauschenden duftenden Blumen, ersticken Sie in Moschus, essen Sie Haschisch, aber die Hauptsache ist: Lieben, lieben, lieben Sie ... Ich an Ihrer Stelle würde mir fürs erste sieben Männer zulegen, für jeden Wochentag einen und den einen würde ich Montag nennen, den zweiten Dienstag, den dritten Mittwoch und so fort, damit jeder seinen Tag kennt.«

Dieses Gespräch regte Anna Akimovna auf. Sie aß nichts und trank nur ein Glas Wein.

»Lassen Sie mich endlich reden!« sagte sie. »Für mich persönlich gibt es keine Liebe ohne Familie. Ich bin einsam, so einsam wie der Mond am Himmel, wie der abnehmende sogar, und was Sie auch sagen mögen, ich bin überzeugt und fühle es, man kann diese Abnahme nur mit einer Liebe im gewöhnlichen Sinn ergänzen. Mir scheint, diese Liebe würde meine Pflichten, meine Arbeit bestimmen und meine Weltanschauung erhellen. Von der Liebe verlange ich Frieden und Ruhe für meine Seele; ich will weit weg von Moschus, von dem ganzen Spiritismus und dem fin de siècle ... mit einem Wort«, sie wurde verlegen, »ich will Mann und Kinder.«

»Heiraten wollen Sie. Nun, das kann man«, stimmte Lysevič zu. »Sie müssen alles erleben: Ehe, Eifersucht, die Wonne der ersten Untreue und sogar Kinder ... Aber beeilen Sie sich zu leben, beeilen Sie sich, meine Liebe, die Zeit vergeht, sie wartet nicht.«

»Ich werde tatsächlich heiraten!« sagte sie und schaute zornig in sein sattes, zufriedenes Gesicht. »Ich heirate auf die gewöhnlichste und banalste Weise und werde vor Glück strahlen. Und stellen Sie sich vor, ich werde einen einfachen Arbeiter heiraten, irgendeinen Mechaniker oder Zeichner.«

»Das ist auch nicht übel. Die Herzogin Josiane verliebte sich in Gwynplaine, und das wurde ihr erlaubt, weil sie eine Herzogin war; Ihnen ist auch alles erlaubt, weil Sie eine ungewöhnliche Frau sind. Wenn Sie, meine Liebe, einen Neger oder einen Mohren lieben wollen, genieren Sie sich nicht, lassen Sie sich einen Neger kommen. Versagen Sie sich nichts. Sie müssen genauso kühn sein wie Ihre Wünsche. Bleiben Sie nicht hinter ihnen zurück.«

»Ist es denn wirklich so schwer, mich zu verstehen?« fragte Anna Akimovna erstaunt, und in ihren Augen glänzten Tränen. »Begreifen Sie doch, ich habe für ein riesiges Unternehmen, für zweitausend Arbeiter zu sorgen, für die ich vor Gott verantwortlich bin, Menschen, die für mich arbeiten, erblinden und taub werden. Ich habe Angst zu leben, ich habe Angst! Ich leide, und es ist grausam von Ihnen, mir von irgendwelchen Negern zu erzählen und dabei ... dabei zu lächeln.« Anna Akimovna schlug mit der Faust auf den Tisch. »Mein Leben so weiterzuführen oder einen ebenso müßigen und unfähigen Menschen, wie ich es bin, zu heiraten wäre einfach ein Verbrechen. Ich kann nicht mehr so weiterleben«, sagte sie heftig, »ich kann es nicht!«

»Wie schön sie ist!« sagte Lysevič entzückt. »Mein Gott, wie schön sie ist! Aber warum ärgern Sie sich, meine Liebe? Mag ich unrecht haben, aber denken Sie wirklich, wenn Sie um der Ideen willen, die ich übrigens sehr respektiere, sich langweilen und auf jede Lebensfreude verzichten, daß es für die Arbeiter deshalb besser wird? Keineswegs! Nein, Laster, Laster!« sagte er entschlossen. »Es ist für Sie unerläßlich, Sie sind verpflichtet, lasterhaft zu sein! Überlegen Sie sich das, meine Liebe, überlegen Sie es!«

Anna Akimovna war froh, daß sie ihre Meinung gesagt hatte, und wurde wieder heiter. Es gefiel ihr, daß sie so gut sprach und so ehrenhaft und schön urteilte, und sie war schon überzeugt, daß sie, hätte zum Beispiel Pimenov sie liebgewonnen, ihn mit Vergnügen heiraten würde.

Mišenka begann Sekt einzuschenken.

»Sie ärgern mich, Viktor Nikolaič«, sagte sie, als sie mit dem Rechtsanwalt anstieß. »Mich ärgert, daß Sie Ratschläge geben und selbst das Leben gar nicht kennen. Ihrer Meinung nach muß ein Mechaniker oder Zeichner unbedingt ein Bauer und Grobian sein. Das sind aber sehr kluge Menschen! Ungewöhnliche Menschen!«

»Ihr Vater und Ihr Onkel... ich kannte und achtete sie«, sagte Krylin, der steif wie ein Ölgötze dasaß und die ganze Zeit ununterbrochen gegessen hatte, bedächtig, »das waren Menschen von großem Verstand und... hohen seelischen Qualitäten«.

»Schon gut, wir kennen diese Qualitäten«, murmelte der Rechtsanwalt und bat um die Erlaubnis, rauchen zu dürfen.

Als das Essen beendet war, führte man Krylin in ein anderes Zimmer, damit er sich ausruhen konnte. Lysevič rauchte seine Zigarre zu Ende und folgte, vor Sattheit schwankend, Anna Akimovna in ihr Kabinett. Behagliche kleine Ecken mit Fotografien und Fächern an den Wänden, mit der unvermeidlichen rosafarbenen oder blauen Ampel an der Decke mochte er nicht, da sie von einem trägen, unoriginellen Charakter zeugten; dazu kamen ihm manche seiner Liebesgeschichten ins Gedächtnis, für die er sich jetzt schämte und die mit dieser Ampel verbunden waren. Anna Akimovnas Kabinett aber mit den kahlen Wänden und den geschmacklosen Möbeln gefiel ihm außerordentlich. Es gefiel ihm, weich und gemütlich auf dem türkischen Diwan zu sitzen und Anna Akimovna immer wieder anzuschauen; sie saß gewöhnlich auf dem Teppich vor dem Kamin, hielt die Knie umschlungen, blickte ins Feuer, blickte und dachte über etwas nach – in solchen Augenblicken schien ihm, in ihr kreise das Blut altgläubiger Bauern.

Jedesmal nach dem Mittagessen, wenn man Kaffee und Liköre servierte, wurde Lysevič lebhaft und erzählte ihr verschiedene literarische Neuigkeiten. Er sprach geziert, begeistert und war selbst hingerissen von seinen Worten, und sie hörte ihm zu und dachte jedesmal, daß man für ein solches Vergnügen nicht nur zwölftausend, sondern dreimal mehr zahlen könnte, und sie verzieh ihm alles, was ihr an ihm nicht gefiel. Es kam vor, daß er ihr den Inhalt von Erzählungen und sogar Romanen erzählte, dann vergingen zwei oder drei Stunden unmerklich wie Minuten. Jetzt begann er verdrießlich, mit schwacher Stimme und geschlossenen Augen.

»Meine Liebe, ich habe schon lange nichts mehr gelesen«, sagte er, als Anna Akimovna ihn bat, ihr etwas zu erzählen. »Im übrigen lese ich manchmal Jules Verne.«

»Und ich dachte, Sie würden mir etwas Neues erzählen.«

»Hm... etwas Neues«, murmelte Lysevič schläfrig und verkroch sich noch tiefer in die Diwanecke. »Die ganze neue Literatur, meine Liebe, eignet sich nicht für uns beide. Natürlich muß sie so sein, wie sie ist, und sie nicht anerkennen, würde bedeuten, den natürlichen Lauf der Dinge nicht anerkennen, und ich erkenne sie an, aber...«

Es schien, als sei Lysevič eingeschlafen. Aber nach einem Weilchen ertönte wieder seine Stimme.

»Die ganze neue Literatur stöhnt und heult wie der Herbstwind im Schornstein: Ach, du Unglücklicher! Ach, dein Leben kann man mit einem Gefängnis vergleichen! Ach, wie ist dein Gefängnis dunkel und feucht! Ach, du gehst unbedingt zugrunde, und es gibt keine Rettung für dich! Das ist herrlich, aber ich würde eine Literatur vorziehen, die da lehrt, wie man aus dem Gefängnis herauskommt. Von allen modernen Schriftstellern lese ich übrigens ab und zu einzig Maupassant.« Lysevič bewegte sich auf dem Diwan. »Ein wunderbarer Künstler! Ein furchtbarer, ungeheuerlicher, übernatürlicher Künstler!« Lysevič erhob sich vom Diwan und hielt die rechte Hand hoch. »Maupassant! Eine Seite von ihm gibt Ihnen mehr als alle Reichtümer der Erde! Jede Zeile, – ein neuer Horizont. Die weichsten und zärtlichsten Regungen der Seele wechseln mit starken, stürmischen Empfindungen; Ihre Seele verwandelt sich, wie unter dem Druck von vierzigtausend Atmosphären, in ein winziges kleines Stückchen irgendeines Stoffes von unbestimmter rosiger Farbe, könnte man ihn auf die Zunge legen, würde man, glaube ich, einen herben, wollüstigen Geschmack verspüren. Was für tolle Übergänge, Motive, Melodien! Sie ruhen auf Maiglöckchen und Rosen, und plötzlich fliegt Ihnen ein furchtbarer, herrlicher, unwiderstehlicher Gedanke gleich einer Lokomotive entgegen, faucht Sie mit heißem Dampf an und betäubt Sie mit seinem Pfeifen. Lesen Sie, lesen Sie Maupassant! Meine Liebe, ich verlange es!«

Lysevič fuchtelte mit den Händen und ging in großer Erregung auf und ab.

»Nein, das ist unmöglich!« sagte er wie verzweifelt. »Sein letztes Werk hat mich erschöpft und berauscht! Aber ich befürchte, es wird Sie gleichgültig lassen. Damit es einen in Begeisterung versetzt, muß man es genießen, aus jeder Zeile langsam den Saft auspressen und trinken... Man muß es trinken!«

Nach einer langen Einleitung, in der viele solcher Worte wie dämonische Wollust, ein Netz aus feinsten Nerven, Samum, Kristall und ähnliches mehr vorkamen, begann er endlich den Inhalt des Romans zu erzählen. Er sprach nun schon weniger hochtrabend, erzählte aber sehr ausführlich und zitierte ganze Beschreibungen und Gespräche auswendig; die handelnden Personen im Roman entzückten ihn, und bei ihrer Charakterisierung warf er sich in Positur und wechselte Gesichtsausdruck und Stimme wie ein echter Schauspieler. Vor Begeisterung lachte er bald im Baß, bald mit sehr feiner Stimme, schlug die Hände zusammen oder faßte sich an den

Kopf, mit einer Miene, als drohe er zu platzen. Anna Akimovna hörte ihm entzückt zu, obwohl sie diesen Roman schon gelesen hatte, aber in der Wiedergabe des Rechtsanwalts erschien er ihr viel schöner und komplizierter als im Buch. Lysevič lenkte ihre Aufmerksamkeit auf verschiedene Feinheiten und unterstrich gelungene Ausdrücke und tiefe Gedanken, sie aber sah nur das Leben, das Leben und nochmals das Leben und sich selbst, als sei sie selbst eine handelnde Person des Romans. Sie kam in Stimmung und dachte nun selber, ebenfalls lachend und die Hände zusammenschlagend, daß man so nicht leben könne, daß es nicht nötig sei, schlecht zu leben, wenn man herrlich leben könne; sie entsann sich ihrer Worte und Gedanken während des Mittagessens und war stolz auf sie, und wenn in ihrer Phantasie plötzlich Pimenov auftauchte, war ihr froh zumute, und sie wünschte sich, von ihm geliebt zu werden.

Als Lysevič mit dem Erzählen fertig war, setzte er sich völlig erschöpft auf den Diwan.

»Wie prächtig Sie sind! Wie gut!« begann er ein Weilchen später mit schwacher Stimme wie ein Kranker. »Ich bin glücklich in Ihrer Gegenwart, meine Liebe, aber trotzdem – warum bin ich zweiundvierzig und nicht dreißig Jahre alt? Unser Geschmack stimmt nicht überein; Sie müssen lasterhaft sein, ich aber habe diese Phase schon längst hinter mir und brauche keine materielle Liebe mehr, sondern eine, die ganz fein ist wie ein Sonnenstrahl, das heißt, vom Standpunkt einer Frau Ihres Alters bin ich schon zu nichts mehr nütze.«

Nach seinen Worten liebte er Turgenev, den Sänger der keuschen Liebe, der Reinheit, der Jugend und der schwermütigen russischen Natur; er selbst aber hatte die keusche Liebe nicht an sich selbst erfahren, er kannte sie nur vom Hörensagen, als etwas Abstraktes, außerhalb der Wirklichkeit Existierendes. Jetzt redete er sich ein, er liebe Anna Akimovna platonisch, ideal, obwohl er selbst nicht wußte, was das bedeutete. Aber er fühlte sich wohl, heimisch und geborgen,

Anna Akimovna erschien ihm bezaubernd und originell, und er dachte, das angenehme Selbstgefühl, das diese Umgebung bei ihm hervorrief, sei gerade das, was man platonische Liebe nennt.

Er schmiegte seine Wange an ihre Hand und sagte in einem Ton, mit dem man gewöhnlich kleine Kinder liebkost:

»Meine Süße, wofür haben Sie mich bestraft?«

»Wie? Wann?«

»Ich habe zum Fest keine Gratifikation von Ihnen erhalten.«

Anna Akimovna, die vorher kein einziges Mal gehört hatte, daß dem Rechtsanwalt zu den Feiertagen Gratifikationen geschickt wurden, befand sich jetzt in einer schwierigen Lage: Wieviel sollte man ihm geben? Und geben mußte man ihm etwas, denn er wartete darauf, obwohl er sie mit Augen voller Liebe anschaute.

»Wahrscheinlich hat es Nazaryč vergessen«, sagte sie. »Aber es ist noch nicht zu spät, um es nachzuholen.«

Plötzlich erinnerte sie sich an die gestrigen anderthalbtausend Rubel, die jetzt in ihrem Schlafzimmer im Toilettentischchen lagen. Als sie dieses unsympathische Geld holte, es dem Rechtsanwalt überreichte und er es mit lässiger Grazie in die Seitentasche steckte, geschah das alles irgendwie nett und natürlich. Die unerwartete Erinnerung an die Gratifikation und diese anderthalbtausend Rubel standen dem Rechtsanwalt gut.

»Merci!« sagte er und küßte ihren Finger.

Krylin kam herein, mit verschlafenem, seligem Gesicht, aber schon ohne Orden.

Er und Lysevič blieben noch ein wenig sitzen, tranken jeder ein Glas Tee und wollten danach aufbrechen. Anna Akimovna war ein wenig verlegen... Sie hatte vollkommen vergessen, wo Krylin angestellt war und ob man ihm Geld geben müsse oder nicht, und wenn, ob man es ihm jetzt geben oder in einem Umschlag schicken solle.

»Wo ist er angestellt?« flüsterte sie Lysevič zu.

»Weiß der Teufel«, murmelte der Rechtsanwalt gähnend.

Sie begriff, daß Krylin nicht ohne Grund bei ihrem Onkel und Vater verkehrt hatte und sie achtete – offenbar tat er auf ihre Kosten gute Werke, als er irgendeinem Wohltätigkeitsverein angehörte. Beim Abschied drückte sie ihm dreihundert Rubel in die Hand; er war anscheinend erstaunt und schaute sie einen Moment schweigend mit bleiernen Augen an, dann schien er zu begreifen und sagte:

»Aber eine Quittung, hochverehrte Anna Akimovna, können Sie nicht vor Neujahr bekommen.«

Lysevič war schon ganz schlapp und schwerfällig geworden und schwankte, als Mišenka ihm in den Pelz half. Als er die Treppe hinabstieg, sah er ganz erschöpft aus, und man merkte, er würde sofort einschlafen, sobald er sich in den Schlitten setzte.

»Euer Exzellenz«, sagte er zu Krylin mit matter Stimme und blieb mitten auf der Treppe stehen, »haben Sie schon einmal das Gefühl gehabt, eine unsichtbare Kraft zöge Sie in die Länge, und Sie dehnen und dehnen sich, bis Sie sich endlich in ganz feinen Draht verwandelt haben? Subjektiv drückt sich das in einem eigenartigen wollüstigen Gefühl aus, das mit nichts zu vergleichen ist.«

Anna Akimovna stand oben und sah, wie die beiden Mišenka einen Geldschein gaben.

»Vergessen Sie mich nicht! Auf Wiedersehen«, rief sie ihnen nach und eilte in ihr Schlafzimmer.

Sie warf schnell das Kleid ab, das sie schon langweilte, zog den Morgenrock über und lief nach unten. Als sie die Treppe hinunterlief, lachte sie und trampelte wie ein Schulbub. Sie hatte große Lust, ausgelassen zu sein.

IV
Am Abend

Die Tante, in einer weiten Kattunbluse, Varvaruška und noch zwei alte Frauen saßen im Eßzimmer beim Abendbrot. Vor ihnen auf dem Tisch standen ein großes Stück Pökelfleisch, Schinken und verschiedene gesalzene Vorspeisen; von dem Pökelfleisch, das dem Aussehen nach sehr fett und schmackhaft war, stieg Dampf zur Decke auf. In dem unteren Stockwerk trank man keine Traubenweine, dafür gab es viele verschiedene Schnäpse und Fruchtliköre. Die Köchin Agafjuška, rundlich, weiß und satt, stand mit verschränkten Armen an der Tür und unterhielt sich mit den Alten; die Speisen aber servierte die untere Maša, eine Brünette mit einem grellroten Band im Haar. Die Alten waren noch vom Morgen her satt, und eine Stunde vor dem Abendbrot hatten sie Tee mit süßem Buttergebäck zu sich genommen, daher aßen sie jetzt nur mit Widerwillen, gleichsam aus Pflichtgefühl.

»Ach, du meine Güte«, ächzte die Tante, als Anna Akimovna plötzlich ins Eßzimmer gerannt kam und sich auf den Stuhl neben ihr setzte. »Hast du mich erschreckt!«

Man sah es im Haus gern, wenn Anna Akimovna bei guter Laune war und Possen trieb; das erinnerte jedesmal daran, daß die alten Herrschaften schon tot waren, die alten Frauen keine Macht mehr im Haus hatten und jeder leben konnte, wie es ihm gefiel, ohne fürchten zu müssen, man könne ihn dafür streng bestrafen. Nur die beiden unbekannten Alten sahen Anna Akimovna erstaunt von der Seite her an – sie sang vor sich hin, und am Tisch zu singen war eine Sünde.

»Unser Mütterchen, unsere Schöne, unser Bild von einem Mädchen!« begann Agafjuška süßlich. »Unser kostbarer Diamant... Wie viele Menschen kamen heute, um unsere Königstochter zu schauen – Herr, dein Wille geschehe! Generale, Offiziere und Herrschaften... Ich sah immerzu durchs Fenster, zählte und zählte und ließ es dann sein.«

»Was mich betrifft, so brauchten sie gar nicht zu kommen, die Strolche!« sagte die Tante; sie blickte ihre Nichte wehmütig an und fügte hinzu: »Nur die Zeit haben sie meiner armen Waise gestohlen.«

Anna Akimovna war hungrig, weil sie vom Morgen an nichts gegessen hatte. Man schenkte ihr einen sehr bitteren Likör ein, sie trank ihn, aß Pökelfleisch mit Senf und fand das ungewöhnlich schmackhaft. Dann servierte die untere Maša Pute, eingemachte Äpfel und Stachelbeeren. Und das gefiel ihr auch. Nur eins war unangenehm: der Kachelofen strömte eine schreckliche Glut aus, und es war so heiß, daß allen die Wangen glühten... Nach dem Abendbrot nahm man die Decke ab und stellte Teller mit Pfefferminzplätzchen, Nüssen und Rosinen auf den Tisch.

»Setz dich auch... brauchst nicht rumzustehen!« sagte die Tante zur Köchin.

Agafjuška seufzte und setzte sich an den Tisch; Maša stellte auch vor sie ein Likörgläschen hin, und Anna Akimovna schien es schon, als strahle nicht nur der Kachelofen, sondern auch Agafjuškas weißer Hals Glut aus. Alle sprachen darüber, wie schwer es jetzt sei zu heiraten, daß die Männer in früheren Zeiten, wenn nicht auf Schönheit, so wenigstens auf Geld erpicht waren, jetzt aber würde man nicht klug, was sie wollten, früher seien nur Bucklige und Lahme unverheiratet geblieben, jetzt aber würden sogar Schöne und Reiche nicht genommen. Die Tante erklärte das mit Unsittlichkeit und damit, daß die Menschen keine Gottesfurcht hätten, plötzlich aber entsann sie sich, daß ihr Bruder Ivan Ivanyč und Varvaruška, die beide ein frommes Leben führten und Gott fürchteten, heimlich Kinder in die Welt gesetzt und sie ins Findelhaus geschickt hatten; da besann sie sich eines anderen und brachte das Gespräch darauf, daß sie einst einen Fabrikarbeiter als Bräutigam hatte und wie sie ihn liebte, aber die Brüder hatten sie gewaltsam mit einem Ikonenmaler, einem Witwer, verheiratet, doch der sei Gott sei Dank nach zwei

Jahren gestorben. Die untere Maša setzte sich ebenfalls an den Tisch und erzählte mit geheimnisvoller Miene, daß schon seit einer Woche jeden Morgen irgendein unbekannter Mann, mit einem schwarzen Schnurrbart und in einem Mantel mit Schafpelzkragen, im Hof auftauche; er betrete den Hof, schaue auf die Fenster des großen Hauses und gehe weiter zu den Fabrikgebäuden; der Mann sehe ganz ordentlich und stattlich aus...

Bei all diesen Gesprächen bekam Anna Akimovna plötzlich Lust zu heiraten, schreckliche, ja geradezu unwiderstehliche Lust; sie meinte, sie würde ihr halbes Leben und das ganze Vermögen hingeben, wenn sie nur wüßte, in dem oberen Stockwerk lebe ein Mann, der für sie der Nächste auf der Welt sei, der sie sehr liebe und sich nach ihr sehne; und der Gedanke an diese wunderschöne, mit Worten nicht auszudrückende Nähe ergriff ihre Seele. Und der Instinkt der Gesundheit und der Jugend schmeichelte ihr und log, die echte Poesie des Lebens sei noch nicht gekommen, sondern liege in der Zukunft, und sie glaubte daran, lehnte sich auf dem Stuhl zurück, wobei sich ihre Haare lösten, und fing an zu lachen, und die anderen blickten sie an und lachten auch. Und dieses grundlose Lachen wollte im Eßzimmer lange nicht verstummen.

Man meldete, der ›Laufkäfer‹ sei zum Übernachten gekommen. Das war die Pilgerin Paša, die Spiridonovna, eine kleine hagere Frau von etwa fünfzig Jahren, im schwarzen Kleid und mit einem weißen Tüchlein auf dem Kopf. Sie hatte stechende Augen, eine spitze Nase und ein spitzes Kinn – ihre Augen blickten schlau und bösartig, und sie zog ein Gesicht, als ob sie alle durchschaue. Ihre Lippen waren herzförmig. Wegen ihrer Bosheit und Gehässigkeit nannte man sie in den Kaufmannshäusern ›Laufkäfer‹.

Als sie das Eßzimmer betrat, begab sie sich, ohne jemanden anzuschauen, zu den Heiligenbildern und begann mit ihrer Altstimme ›Deine Geburt‹ zu singen, dann ›Heute die

Jungfrau‹, dann ›Christ ist geboren‹, darauf wandte sie sich um und durchbohrte alle mit ihrem Blick.

»Frohes Fest!« sagte sie und küßte Anna Akimovna auf die Schulter. »Nur mit Mühe und Not habe ich zu euch, meine Wohltäter, gefunden. Bin schon seit dem Morgen auf dem Weg zu euch, aber unterwegs bin ich bei guten Menschen eingekehrt, um mich auszuruhen. Bleib doch und bleib, Spiridonovna, so hieß es – na, und da merkte ich nicht, wie es Abend wurde.«

Da sie keine Fleischgerichte zu sich nahm, servierte man ihr Kaviar und Lachs. Sie aß, sah alle mürrisch an und trank drei Gläschen Vodka. Nachdem sie sich satt gegessen hatte, betete sie und verbeugte sich vor Anna Akimovna bis zur Erde.

Wie im Vorjahr und vor zwei Jahren spielte man das Kartenspiel ›Könige‹, und die ganze Dienerschaft, so viel es in den beiden Stockwerken gab, drängte sich in den Türen, um dem Spiel zuzusehen. Anna Akimovna schien es, als sei in der Menge der Frauen und Männer zweimal auch Mišenka aufgetaucht mit einem herablassenden Lächeln. Als erste wurde der Laufkäfer König, und Anna Akimovna zahlte ihr als Soldat Tribut; dann war die Tante König, Anna Akimovna aber geriet unter die Bauern oder ›Wichte‹, was allgemeine Begeisterung hervorrief, und Agafjuška wurde Prinz und vor Vergnügen ganz verlegen. Am anderen Tischende kam noch eine Partie zusammen: zwischen den beiden Mašas, Varvaruška und der Näherin Marfa Petrovna; diese hatte man nur wegen des Kartenspiels geweckt, deshalb zeigte sie auch ein so verschlafenes und böses Gesicht.

Während des Spiels drehte sich das Gespräch um die Männer, wie schwer es jetzt sei, einen guten Mann zu finden, und wessen Los besser sei, das eines jungen Mädchens oder das einer Witwe.

»Du bist ein schönes, gesundes, kräftiges Mädchen«, sagte der Laufkäfer zu Anna Akimovna. »Ich kann gar nicht begreifen, meine Beste, für wen du dich schonst.«

»Was soll ich machen, wenn mich keiner nimmt?«

»Aber vielleicht hast du ein Gelübde abgelegt, Jungfrau zu bleiben?« fuhr der Laufkäfer fort, als höre sie nichts. »Nun, das ist eine gute Sache, bleib dabei... bleib«, wiederholte sie und schaute aufmerksam und boshaft in ihre Karten. »So, meine Gute, bleib dabei... ja... Diese frommen Jungfrauen aber sind sehr unterschiedlich«, sagte sie seufzend und kam mit dem König heraus. »Ach, sehr unterschiedlich, meine Beste! Die einen leben tatsächlich wie Nonnen und erlauben sich gar nichts, und wenn sich eine mal versündigt, so quält sich die Arme, und es wäre eine Sünde, sie zu verurteilen. Und es gibt auch junge Mädchen, die gehen in schwarzen Kleidern und nähen sich Leichenhemden, geben sich aber heimlich mit reichen, alten Männern ab. Ja, mein Kanarienvögelchen. So manche Schelmin behext einen Greis und beherrscht ihn, meine Lieben, sie beherrscht ihn und verdreht ihm immerzu den Kopf, und wenn sie genug Geld und Wertpapiere zusammengerafft hat, dann hext sie ihm den Tod an den Leib.«

Als Antwort auf diese Anspielungen seufzte Varvaruška nur und schaute auf ein Heiligenbild. Ihr Gesicht drückte christliche Demut aus.

»Ich kenne ein gewisses junges Mädchen; sie ist meine ärgste Feindin«, fuhr der Laufkäfer fort und musterte alle triumphierend. »Diese Teufelin seufzt und schaut immerfort auf die Heiligenbilder. Als sie noch bei einem Greis herrschte und man sie manchmal besuchte, da gab sie einem ein Stück Brot und befahl, sich mehrmals bis zur Erde zu verneigen, sie selbst aber las: ›Bei der Geburt hast du die Jungfernschaft bewahrt...‹ An Feiertagen gab es ein Stück Brot, und an Werktagen machte sie dann Vorwürfe. Na, aber jetzt mach ich mich über sie lustig! Nach Herzenslust mach ich mich lustig, meine Edelsteine!«

Varvaruška blickte wieder auf das Heiligenbild und bekreuzigte sich.

»Mich nimmt doch keiner, Spiridonovna«, sagte Anna

Akimovna, um das Gesprächsthema zu wechseln. »Was soll man machen?«

»Du bist selbst schuld, meine Liebe. Wartest immer auf Vornehme und Gebildete, heirate doch deinesgleichen, einen Kaufmann.«

»Bloß keinen Kaufmann!« sagte die Tante aufgeregt. »Bewahre uns davor, o Himmelskönigin! Ein Vornehmer verschwendet dein Geld, aber dafür schont er dich, du Dummchen. So ein Kaufmann aber führt strenge Maßnahmen ein, du wirst dich in deinem eigenen Haus nicht mehr wohl fühlen. Du möchtest dich zärtlich an ihn schmiegen, er aber schneidet Kupons, du setzt dich neben ihm zum Essen, er gönnt dir dein eigenes Brot nicht, der Flegel! Heirate einen Vornehmen!«

Alle fingen gleichzeitig an zu sprechen, fielen einander ins Wort, und die Tante klopfte rot und wütend mit dem Nußknacker auf den Tisch und sagte:

»Keinen Kaufmann! Bringst du uns einen Kaufmann ins Haus, so geh ich ins Altersheim!«

»Pst... Still!« rief der Laufkäfer; als sich alle beruhigt hatten, kniff sie ein Auge zu und sagte: »Weißt du was, Annuška, mein Schwälbchen? Du brauchst ja nicht, wie alle, richtig zu heiraten. Du bist ein reicher, freier Mensch, bist deine eigene Königin; aber als alte Jungfer sitzenzubleiben, mein Kind, das schickt sich nicht. Weißt du was, ich suche für dich ein unbedeutendes, einfältiges Männlein, und du heiratest ihn der Form halber, dann kannst du dich austoben, Malaška! Nun, du steckst dem Mann fünf- oder zehntausend Rubel zu – dann soll er gehen, wohin er will, du aber bist im Haus dein eigener Herr, darfst lieben, wen du willst, und keiner kann dich verurteilen. Aber liebe dann die Vornehmen und Gebildeten. Oh, da wirst du leben wie die Made im Speck!« Der Laufkäfer schnippte mit den Fingern und stieß einen Pfiff aus: »Tobe dich aus, Malaška!«

»Aber das ist ja Sünde!« bemerkte die Tante.

»Was heißt hier Sünde«, entgegnete der Laufkäfer lächelnd. »Sie ist gebildet, sie versteht schon. Einem Menschen den Hals abzuschneiden oder einen Greis zu behexen, das ist Sünde, das stimmt, aber einen holden Freund zu lieben ist gar keine Sünde. Was soll das, wirklich? Es gibt überhaupt keine Sünde! Das haben sich alles die Pilgerinnen ausgedacht, um das einfache Volk hinters Licht zu führen. Ich sag doch auch überall – das ist Sünde und noch mal Sünde, aber selbst weiß ich nicht, weshalb es Sünde ist.« Der Laufkäfer trank den Likör aus und seufzte. »Tobe dich aus, Malaška!« sagte sie, diesmal scheinbar zu sich selbst. »Dreißig Jahre, ihr Frauen, dachte ich immerfort an die Sünde und hatte Angst, jetzt aber sehe ich: alles habe ich verpaßt und versäumt!« Sie seufzte. »Frauenleben – kurzes Leben, man sollte jeden Tag genießen. Du bist schön, Annuška, auch sehr reich, aber wenn du fünfunddreißig oder vierzig Jahre auf dem Buckel hast, ist dein Leben vorbei, dann ist Schluß. Hör auf niemanden, meine Liebe, lebe, genieße, bis du vierzig bist, später hast du genug Zeit, die Sünden zu bereuen, tiefe Verbeugungen zu machen und Leichenhemden zu nähen. Stellst du Gott eine Kerze auf, dann gib auch dem Teufel ein Schüreisen! Wirf alles auf einen Haufen. Nun, was ist? Willst du einem Männlein eine Wohltat erweisen?«

»Einverstanden«, sagte Anna Akimovna und lachte. »Mir ist jetzt alles gleich, ich würde auch einen einfachen Mann heiraten.«

»Na also, das wäre doch gut! Ach, was du dir dann einen Prachtkerl aussuchen könntest!« Der Laufkäfer kniff die Augen zu und wiegte den Kopf. »Ach, ach!«

»Ich sage auch immer zu ihr: wenn es kein Vornehmer wird, dann heirate bloß keinen Kaufmann, sondern einen Einfacheren«, sagte die Tante. »Wir hätten wenigstens einen Herrn im Haus. Gibt's denn so wenig gute Menschen? Nehmen wir zum Beispiel unsere Fabrikarbeiter ... Das sind doch alles nüchterne, gesetzte Leute!«

»Und ob!« stimmte der Laufkäfer zu. »Feine Burschen. Wenn du willst, Tantchen, werbe ich für Annuška um Vasilij Lebedinskij.«

»Nein, der Vasja hat zu lange Beine«, antwortete die Tante. »Ist sehr mager, sieht nach nichts aus.«

Die Menge an den Türen brach in Lachen aus.

»Nun, dann Pimenov. Willst du den Pimenov heiraten?« fragte der Laufkäfer Anna Akimovna.

»Gut. Wirb um Pimenov.«

»Bei Gott?«

»Tu es!« sagte Anna Akimovna entschlossen und hieb mit der Faust auf den Tisch. »Mein Ehrenwort, ich heirate ihn.«

»Bei Gott?«

Anna Akimovna schämte sich plötzlich, so daß ihre Wangen glühten und alle sie anblickten; sie mischte die Karten auf dem Tisch und rannte aus dem Zimmer; als sie die Treppe hinauflief und sich dann oben im Salon an den Flügel setzte, hallte aus dem unteren Stockwerk ein dumpfes Getöse, als rausche das Meer; wahrscheinlich sprach man von ihr und Pimenov, und vielleicht benutzte der Laufkäfer ihre Abwesenheit, um Varvaruška zu beleidigen, und natürlich tat sie ihren Worten keinen Zwang an.

Im ganzen oberen Stockwerk brannte nur die Lampe im Saal, ihr schwaches Licht drang durch die Tür in den Salon. Es war noch nicht zehn Uhr. Anna Akimovna spielte einen Walzer, dann noch einen, dann einen dritten; sie spielte ununterbrochen. Sie schaute in die dunkle Ecke hinter dem Flügel, lächelte, sprach in Gedanken, und sie überlegte, ob sie jetzt nicht zu jemandem in die Stadt fahren sollte, zum Beispiel zu Lysevič, um ihm zu erzählen, wie es jetzt in ihrem Herzen aussah. Sie hatte Lust, ununterbrochen zu reden, zu lachen, Dummheiten zu machen, aber die dunkle Ecke hinter dem Flügel schwieg düster, und ringsum, in allen Zimmern des oberen Stockwerks, war es still und menschenleer.

Sie liebte sentimentale Romanzen, aber sie hatte eine grobe, nicht geschulte Stimme, deshalb spielte sie nur die Begleitung und sang kaum hörbar mit. Sie summte leise eine Romanze nach der anderen, meist über Liebe, Trennung und verlorene Hoffnungen, und stellte sich vor, wie sie ihm die Hand reichen und flehentlich und unter Tränen zu ihm sagen würde: »Pimenov, nehmen Sie diese Last von mir.« Und dann würde ihr leicht und froh zumute sein, als hätte man ihr alle Sünden vergeben, und ein freies und vielleicht glückliches Leben würde beginnen. In sehnsüchtiger Erwartung neigte sie sich zu den Tasten, und sie wünschte sich leidenschaftlich, die Veränderung in ihrem Leben möge sofort und unverzüglich eintreten, und ihr war bange bei dem Gedanken, das frühere Leben könne noch einige Zeit dauern. Dann spielte sie wieder und sang kaum hörbar, und ringsum war es still. Aus dem unteren Stockwerk hallte kein Lärm mehr herauf – wahrscheinlich waren dort alle zu Bett gegangen. Schon längst hatte es zehn geschlagen. Eine lange, einsame, langweilige Nacht brach an.

Anna Akimovna wanderte durch alle Zimmer, lag ein Weilchen auf dem Sofa und las dann in ihrem Kabinett die Briefe, die gestern angekommen waren. Es waren zwölf Gratulationsbriefe und drei anonyme ohne Unterschrift. Den einen hatte ein einfacher Arbeiter mit einer furchtbaren, kaum lesbaren Handschrift geschrieben, er beschwerte sich, daß man im Fabrikladen den Arbeitern bitteres Fastenöl verkaufe, das nach Petroleum rieche; in dem zweiten meldete jemand ehrerbietig, Nazaryč hätte bei der letzten Versteigerung, wo er Eisen kaufte, tausend Rubel Bestechungsgeld genommen; in dem dritten bezichtigte man sie der Unmenschlichkeit.

Die festliche Stimmung war schon am Verklingen, und um sie aufrechtzuerhalten, setzte sich Anna Akimovna wieder an den Flügel und begann leise einen der neuesten Walzer zu spielen, dann fiel ihr ein, wie klug und ehrlich sie heute während des Mittagessens gedacht und gesprochen hatte. Sie

blickte um sich, schaute auf die dunklen Fenster und die
Wände mit den Bildern, auf das schwache Licht, das aus dem
Saal hereindrang, und plötzlich fing sie an zu weinen; es
ärgerte sie, daß sie so einsam war, daß sie niemanden hatte,
mit dem sie reden und bei dem sie sich einen Rat holen konnte. Um sich aufzumuntern, versuchte sie, sich Pimenov vorzustellen, aber es gelang ihr nicht.
Es schlug zwölf.
Mišenka kam herein, nicht mehr im Frack, sondern im
Jackett, und zündete schweigend zwei Kerzen an, dann ging
er hinaus und kehrte nach einem Augenblick mit einem Tablett zurück, auf dem eine Tasse Tee stand.
»Warum lachen Sie?« fragte sie, als sie auf seinem Gesicht
ein Lächeln bemerkte.
»Ich war unten und hörte, wie Sie über Pimenov scherz-
ten ...« sagte er und bedeckte mit der Hand seinen lächeln-
den Mund. »Hätte man ihn heute mit Viktor Nikolaevič
und dem General an den Mittagstisch gesetzt, er wäre vor
Angst gestorben.« Mišenkas Schultern bebten vor Lachen.
»Sicher kann er nicht einmal eine Gabel richtig halten.«
Das Lachen des Dieners, seine Worte, sein Jackett und
sein Schnurrbärtchen machten auf sie den Eindruck von etwas
Unsauberem. Sie schloß die Augen, um ihn nicht zu sehen,
und ohne es selbst zu wollen, stellte sie sich Pimenov mit
Lysevič und Krylin bei Tisch vor, und seine schüchterne,
unintelligente Gestalt erschien ihr jämmerlich und hilflos,
und sie empfand Widerwillen. Erst jetzt, zum erstenmal
während des ganzen Tages, wurde ihr klar, daß alles das,
was sie über Pimenov und die Ehe mit einem einfachen
Arbeiter dachte und sprach, Unsinn, Dummheit und Starr-
sinn war. Um sich vom Gegenteil zu überzeugen und den
Widerwillen zu überwinden, wollte sie sich an die Worte ent-
sinnen, die sie bei Tisch gesprochen hatte, aber sie fielen ihr
nicht mehr ein; sie schämte sich wegen ihrer Gedanken und
Handlungen, und die Angst, sie habe vielleicht heute etwas

Überflüssiges gesagt, und der Abscheu gegen ihre Mutlosigkeit verwirrten sie maßlos. Sie nahm die Kerze und lief schnell, als verfolge sie jemand, nach unten, weckte dort die Spiridonovna und beteuerte ihr, sie habe nur Spaß gemacht. Dann ging sie in ihr Schlafzimmer. Die rothaarige Maša, die im Sessel neben dem Bett schlummerte, sprang auf und schob die Kissen zurecht. Ihr Gesicht sah erschöpft und verschlafen aus, und ihr prachtvolles Haar war auf der einen Seite in Unordnung geraten.

»Am Abend war wieder der Beamte Čalikov da«, sagte sie gähnend, »ich wagte nicht, ihn zu melden. Er war so betrunken. Er sagte, er käme morgen wieder.«

»Was will er von mir?« Anna Akimovna wurde böse und warf ihren Kamm auf den Fußboden. »Ich will ihn nicht sehen! Ich will nicht!«

Sie fand, im Leben sei ihr nur dieser Čalikov geblieben; er würde nicht aufhören, sie zu verfolgen, und sie jeden Tag daran erinnern, wie uninteressant und sinnlos sie ihr Leben verbrachte. Sie war doch nur fähig, den Armen zu helfen. Oh, wie dumm das alles war.

Sie ging zu Bett, ohne sich auszuziehen, und begann vor Scham und Langeweile zu schluchzen. Am ärgerlichsten und dümmsten schien ihr, daß die heutigen Träumereien in bezug auf Pimenov ehrlich, erhaben und edelmütig waren, doch gleichzeitig fühlte sie, daß Lysevič und sogar Krylin ihr näher standen als Pimenov und alle Arbeiter. Sie malte sich jetzt aus, wenn es möglich wäre, diesen eben verlebten, langen Tag auf einem Bild darzustellen, so wäre alles Schlechte und Banale, wie zum Beispiel das Mittagessen, die Worte des Rechtsanwalts und das Kartenspiel, die Wahrheit, die Träumereien und Gespräche über Pimenov dagegen wären fehl am Platz, sie würden sich von dem Ganzen als etwas Falsches abheben. Sie dachte weiter, es sei für sie zu spät, von einem Glück zu träumen, es sei für sie schon alles verloren, es sei schon unmöglich, zu dem Leben zurückzukehren, als sie mit ihrer Mutter unter einer Bettdecke schlief, oder ein neues, ungewöhnliches Leben anzufangen.

Die rothaarige Maša kniete vor dem Bett, blickte sie traurig und erstaunt an, schmiegte sich mit ihrem Gesicht an ihre Hand und begann ebenfalls zu weinen: auch ohne Worte schien es klar, weshalb ihr so schwer zumute war.

»Närrinnen sind wir beide«, sagte Anna Akimovna weinend und lachend. »Närrinnen! Ach, was für Närrinnen!«

Rothschilds Geige

Das Städtchen war klein, schlimmer als ein Dorf, und es lebten darin fast nur alte Leute, von denen so selten welche starben, daß es einen beinahe ärgerte. Vom Krankenhaus und vom Gefängnis wurden nur sehr wenig Särge angefordert. Mit einem Wort – die Geschäfte gingen schlecht. Wäre Jakov Ivanov Sargtischler in der Gouvernementsstadt gewesen, er besäße wahrscheinlich sein eigenes Haus und man würde ihn mit Jakob Matveič anreden, hier aber, im Städtchen, nannte man ihn einfach Jakov, und aus irgendeinem Grund hatte er den Spitznamen Bronze. Er lebte arm wie ein einfacher Bauer, in einer kleinen alten Hütte, in der es nur ein einziges Zimmer gab, und in diesem Zimmer befanden sich er, Marfa, der Ofen, ein Doppelbett, Särge, eine Hobelbank und die ganze Wirtschaft.

Jakov zimmerte gute, dauerhafte Särge. Für Bauern und Kleinbürger machte er sie nach seiner eigenen Größe und irrte sich dabei nie, denn es gab niemand, der größer und kräftiger gewesen wäre als er, auch nicht im Gefängnis, obwohl er schon siebzig Jahre zählte. Für die Herrschaften und die Frauen aber arbeitete er nach Maß und benutzte dazu eine eiserne Elle. Bestellungen auf Kindersärge nahm er nur sehr ungern entgegen, und er baute sie voller Verachtung und ohne Maß zu nehmen, und jedesmal, wenn er das Geld für solche Arbeit erhielt, sagte er:

»Offen gestanden, mit Lappalien befasse ich mich nicht gern.«

Neben seinem Handwerk brachte ihm auch das Geigenspiel noch kleinere Einnahmen. Im Städtchen spielte auf den Hochzeiten gewöhnlich ein jüdisches Orchester; es wurde von dem Verzinner Moisej Iljič Šachkes geleitet, der mehr als die Hälfte der Einnahmen für sich beanspruchte. Da Jakov sehr

gut Geige spielte, besonders russische Lieder, forderte ihn
Šachkes zuweilen auf, in seinem Orchester mitzuspielen,
gegen eine Bezahlung von fünfzig Kopeken pro Tag, die
Geschenke der Gäste nicht gerechnet. Wenn Bronze im Orchester saß, dann trat ihm der Schweiß auf die Stirn, und sein
Gesicht rötete sich; im Saal war es heiß, und es roch nach
Knoblauch zum Erbrechen, die Geige winselte, an seinem
rechten Ohr röchelte der Kontrabaß, an seinem linken klagte
die Flöte, gespielt von einem rothaarigen hageren Juden,
dessen Gesicht von einem ganzen Netz roter und blauer
Äderchen überzogen war und der den Namen des berühmten
Krösus Rothschild trug. Dieser verdammte Jude brachte es
fertig, selbst das heiterste Stück wehmütig zu spielen. Ohne
ersichtlichen Grund empfand Jakov allmählich Haß und
Verachtung für die Juden, besonders für Rothschild; er fing
an, Händel zu suchen, ihn mit unschönen Worten zu schelten,
und wollte ihn einmal sogar verprügeln. Rothschild war
gekränkt, sah ihn wütend an und sagte:

»Würde ich Sie nicht wegen Ihres Talents achten, wären
Sie schon längst aus dem Fenster geflogen.«

Darauf weinte er. Bronze wurde deshalb nicht oft eingeladen, sondern nur im äußersten Notfall, wenn einer der
Juden fehlte.

Jakov war niemals guter Laune, weil er ständig furchtbare
Verluste hinnehmen mußte. An Sonn- und Feiertagen zu
arbeiten war zum Beispiel eine Sünde, der Montag war ein
schwieriger Tag, und so kamen im Jahr an die zweihundert
Tage zusammen, an denen er notgedrungen mit den Händen
im Schoß dasitzen mußte. Und was für ein Verlust war das!
Feierte jemand in der Stadt seine Hochzeit ohne Musik oder
wurde Jakov von Šachkes nicht eingeladen, so war das ebenfalls ein Verlust. Der Polizeiinspektor war zwei Jahre krank
und siechte dahin, und Jakov wartete ungeduldig auf seinen
Tod, aber der Inspektor fuhr zur Behandlung in die
Gouvernementsstadt und starb dort auch. Das war schon ein

Verlust von mindestens zehn Rubel, denn man hätte doch einen teuren Sarg mit Glanzbrokat machen müssen. Die Gedanken an die Verluste quälten Jakov besonders nachts; er legte die Geige neben sich aufs Bett, und wenn ihm allerlei Unsinn durch den Kopf ging, strich er über die Saiten, die Geige gab im Dunkeln einen Ton von sich, und ihm wurde leichter ums Herz.

Am sechsten Mai vergangenen Jahres wurde Marfa plötzlich krank. Die alte Frau atmete schwer, trank viel Wasser und konnte sich kaum auf den Beinen halten, trotzdem heizte sie am Morgen selbst den Ofen und holte Wasser. Gegen Abend legte sie sich hin. Jakov spielte den ganzen Tag Geige; als es völlig dunkel geworden war, nahm er das Büchlein, in das er jeden Tag seine Verluste eintrug, und begann aus Langeweile die Bilanz des Jahres zu ziehen. Er kam auf über tausend Rubel. Das erschütterte ihn so, daß er das Rechenbrett auf den Fußboden schleuderte und mit den Füßen stampfte. Dann hob er das Rechenbrett auf, klapperte wieder lange damit und seufzte tief und angestrengt. Sein Gesicht war puterrot und naß von Schweiß. Er dachte daran, daß ihm die verlorenen tausend Rubel, hätte er sie auf die Bank legen können, jährlich mindestens vierzig Rubel Zinsen eingebracht hätten, das heißt, auch diese vierzig Rubel waren als Verlust zu buchen. Kurz und gut – wie er sich drehte und wendete, überall gab es nur Verluste, nichts als Verluste.

»Jakov!« rief Marfa plötzlich. »Ich sterbe!«

Er blickte sich nach seiner Frau um. Ihr Gesicht war rosarot vom Fieber, ungewöhnlich hell und heiter. Bronze, der gewohnt war, ihr Gesicht immer bleich, ängstlich und unglücklich zu sehen, geriet nun in Verwirrung. Es sah ganz so aus, als wollte sie tatsächlich sterben und als wäre sie froh, endlich aus dieser Hütte, von den Särgen und von Jakov für immer fortgehen zu können... Sie blickte zur Decke und bewegte die Lippen, und ihr Gesichtsausdruck war so glückselig, als sähe sie den Tod, ihren Erlöser, und flüsterte mit ihm.

Es dämmerte bereits, durchs Fenster konnte man sehen, wie das Morgenrot aufglühte. Als Jakov die Alte anschaute, mußte er daran denken, daß er sie wohl das ganze Leben nicht ein einziges Mal liebkost oder bedauert hatte und nie darauf gekommen war, ihr ein Tüchlein zu kaufen oder ihr von einer Hochzeit etwas Süßes mitzubringen. Er hatte sie immer nur angeschrien, über seine Verluste geschimpft und sich mit den Fäusten auf sie gestürzt. Geschlagen hatte er sie freilich nie, wohl aber eingeschüchtert, und sie war jedesmal vor Schreck ganz starr gewesen. Ja, er hatte ihr nicht einmal erlaubt, Tee zu trinken, weil die Ausgaben ohnehin schon hoch genug waren, und so trank sie nur heißes Wasser. Da begriff er, weshalb ihr Gesicht jetzt einen so seltsamen, heiteren Ausdruck hatte, und ihm wurde angst.

Als es Morgen war, lieh er sich von seinem Nachbarn ein Pferd und brachte Marfa ins Krankenhaus. Es waren nur wenige Patienten da, deshalb brauchte er nicht lange zu warten, nur etwa drei Stunden. Zu seiner großen Befriedigung wurden die Patienten diesmal nicht vom Arzt empfangen, der selbst krank war, sondern vom Heilgehilfen Maksim Nikolaič, einem alten Mann, von dem es in der ganzen Stadt hieß, er verstehe mehr als der Doktor, wenn er auch trinke und sich prügele.

»Wir wünschen Gesundheit«, sagte Jakov, als er seine Frau in das Sprechzimmer führte. »Entschuldigen Sie, Maksim Nikolaič, daß wir Sie dauernd mit unseren nichtigen Angelegenheiten behelligen. Sehen Sie doch bitte selbst, meine bessere Hälfte ist krank geworden. Meine Lebensgefährtin, wie man so sagt, entschuldigen Sie den Ausdruck...«

Der Heilgehilfe runzelte die Brauen, strich sich den Backenbart und musterte die alte Frau; sie saß zusammengekauert auf einem Schemel, dürr, mit spitzer Nase und offenem Mund, und sah im Profil wie ein Vogel aus, der trinken will.

»Hm ja... so...« meinte der Heilgehilfe langsam und

seufzte. »Influenza, vielleicht auch Fieber. In der Stadt geht jetzt Typhus um. Was ist dabei? Die gute Alte hat das Leben genossen, Gott sei Dank ... Wie alt ist sie denn?«

»Sie wird siebzig, Maksim Nikolaič.«

»Na und? Die Alte hat ihr Leben genossen. Jetzt ist es nun soweit.«

»Das haben Sie natürlich richtig zu bemerken geruht, Maksim Nikolaič«, erwiderte Jakov und lächelte höflich, »und wir danken Ihnen herzlich für Ihre Freundlichkeit, aber erlauben Sie den Ausdruck, jedes Tierchen hängt doch am Leben.«

»Was nicht noch alles!« sagte der Heilgehilfe in einem Ton, als hinge es von ihm ab, ob die alte Frau leben oder sterben werde. »Nun, mein Lieber, leg ihr kalte Kompressen auf den Kopf und gib ihr zwei von diesen Pulvern am Tag. Und damit auf Wiedersehen, bonschur!«

An seiner Miene konnte Jakov erkennen, daß die Sache schlecht stand und keinerlei Pulver mehr helfen würden; es war ihm jetzt klar, Marfa würde sehr bald sterben, wenn nicht heute, dann morgen. Er zupfte den Heilgehilfen am Ärmel, zwinkerte mit einem Auge und sagte halblaut:

»Man müßte ihr vielleicht Schröpfköpfe setzen, Maksim Nikolaič.«

»Keine Zeit, mein Lieber, keine Zeit. Nimm deine Alte und geh mit Gott. Auf Wiedersehen.«

»Seien Sie doch so gut«, bettelte Jakov. »Sie belieben doch selbst zu wissen, Pulver und Tropfen wären gut, wenn ihr, sagen wir mal, der Bauch weh täte oder irgendein Eingeweide, aber sie hat doch eine Erkältung! Bei einer Erkältung ist das erste – Blut abziehen, Maksim Nikolaič.«

Der Heilgehilfe hatte bereits den nächsten Patienten aufgerufen, und eine Bauersfrau mit einem Jungen betrat das Sprechzimmer.

»Geh schon, geh«, sagte er zu Jakov, die Stirn runzelnd. »Du brauchst mir nichts zu erzählen!«

»In diesem Fall setzen Sie ihr wenigstens Blutegel an! Wir werden ewig zu Gott für Sie beten!«

Der Heilgehilfe brauste auf und schrie:

»Red du noch viel! Du Holzkopf...«

Jakov geriet ebenfalls in Wut und wurde ganz rot, aber er sagte kein Wort, sondern nahm Marfa bei der Hand und führte sie aus dem Sprechzimmer. Erst als sie wieder auf den Wagen stiegen, blickte er streng und spöttisch zum Krankenhaus hin und sagte:

»Da hat man die richtigen Künstler hierhergesteckt! Einem Reichen setzt ihr bestimmt Schröpfköpfe, aber für einen armen Menschen ist schon ein Blutegel zu schade! Ihr Halsabschneider!«

Als sie zu Hause anlangten und Marfa wieder in die Hütte kam, blieb sie wohl zehn Minuten lang stehen und hielt sich am Ofen fest. Sie glaubte, wenn sie sich hinlegte, würde Jakov von Verlusten reden und mit ihr schimpfen, daß sie nur immer daliege und nicht arbeiten wolle. Jakov sah sie mißmutig an und dachte daran, daß morgen der Tag Johannes' des Almosenspenders sei, übermorgen der Tag Nikolaus' des Wundertäters, dann Sonntag und dann Montag, der schwierige Tag. Vier Tage würde man nicht arbeiten können, und Marfa würde sicher an einem dieser Tage sterben, das bedeutete, man mußte noch heute einen Sarg machen. Er nahm seine eiserne Elle, trat zu der Alten und nahm bei ihr Maß. Darauf legte sie sich hin, er aber bekreuzigte sich und machte sich daran, einen Sarg zu zimmern.

Als die Arbeit beendet war, setzte Bronze seine Brille auf und schrieb in sein Büchlein: Ein Sarg für Marfa Ivanovna – 2 Rubel 40 Kopeken.

Und er seufzte. Die alte Frau lag die ganze Zeit über schweigend und mit geschlossenen Augen da. Am Abend aber, als es schon dunkelte, rief sie plötzlich ihren Mann.

»Weißt du noch, Jakov?« fragte sie und sah ihn heiter an. »Weißt du noch, wie uns Gott vor fünfzig Jahren ein Kindchen mit blonden Locken schenkte? Wir beide saßen damals immerzu am Flüßchen und sangen Lieder ... unter der Weide.« Und bitter lächelnd fügte sie hinzu: »Gestorben ist das Mädelchen.«

Jakov strengte sein Gedächtnis an, aber er konnte sich weder an das Kindchen noch an die Weide erinnern.

»Das bildest du dir nur ein«, sagte er.

Der Priester kam, um ihr das letzte Abendmahl zu reichen und die Letzte Ölung vorzunehmen. Danach begann Marfa etwas Unverständliches zu murmeln, und gegen Morgen verschied sie.

Alte Frauen aus der Nachbarschaft wuschen sie, kleideten sie an und legten sie in den Sarg. Um nicht unnötig für den Küster bezahlen zu müssen, las Jakov die Psalmen selbst, und für das Grab nahm man nichts von ihm, weil der Friedhofswächter sein Gevatter war. Vier Bauern trugen den Sarg zum Friedhof, aber nicht gegen Bezahlung, sondern aus Achtung. Hinter dem Sarg gingen alte Frauen, Bettler und zwei Gottesnarren; die Leute, die ihnen begegneten, bekreuzigte sich ehrfürchtig ... Jakov war sehr zufrieden: alles war so fein und so anständig und dabei so billig und für niemanden kränkend. Als er zum letztenmal von Marfa Abschied nahm, berührte er mit der Hand den Sarg und dachte: Gute Arbeit!

Auf dem Heimweg vom Friedhof aber übermannte ihn große Schwermut. Er fühlte sich nicht recht wohl – sein Atem war heiß und ging schwer, er konnte die Beine kaum heben und hatte großes Verlangen zu trinken. Ihm ging so allerhand durch den Kopf. Er mußte wieder daran denken, daß er in seinem ganzen Leben kein einziges Mal Marfa bedauert oder liebkost hatte. Die zweiundfünfzig Jahre, die sie zusammen in einer Hütte gelebt hatten, waren lang, sehr lang gewesen, aber irgendwie hatte es sich ergeben, daß er die ganze Zeit über kein einziges Mal an sie gedacht und sie überhaupt nicht beachtet hatte, als sei sie eine Katze oder ein

Hund. Dabei hatte sie doch jeden Tag den Ofen geheizt, gekocht und gebacken, Wasser geholt, mit ihm in einem Bett geschlafen, und jedesmal, wenn er betrunken von einer Hochzeit zurückkehrte, hatte sie andächtig seine Geige an die Wand gehängt und ihn schlafen gelegt – und das alles schweigend, mit schüchterner, besorgter Miene.

Jakov entgegen kam Rothschild, er lächelte und grüßte.

»Ich suche Sie gerade, mein Bester!« sagte er. »Moisej Iljič läßt Sie grüßen und hat befohlen, daß Sie sofort zu ihm kommen.«

Jakov hatte keine Lust, er hätte am liebsten geweint.

»Laß mich in Ruhe!« erwiderte er und ging weiter.

»Wie ist das möglich?« sagte Rothschild aufgeregt und lief vor ihm her. »Moisej Iljič wird beleidigt sein! Er hat doch befohlen: Sofort!«

Jakov war es widerlich, wie der Jude keuchte und blinzelte und daß er so viele rötliche Sommersprossen hatte. Sein grüner Überrock mit den dunklen Flicken und überhaupt seine ganze gebrechliche, schwächliche Gestalt ekelten ihn an.

»Was willst du von mir, du Knoblauch?« schrie Jakov. »Bleib mir vom Leibe!«

Der Jude geriet in Zorn und schrie ebenfalls:

»Wollen Sie sein still, bitte, sonst fliegen Sie über den Zaun!«

»Geh mir aus den Augen!« heulte Jakov und stürzte sich mit geballten Fäusten auf ihn. »Es ist ja nicht auszuhalten mit euch Gesindel!«

Rothschild erstarrte vor Schreck, er hockte sich hin und schwenkte die Arme über dem Kopf, als wolle er sich vor Schlägen schützen; dann sprang er auf und rannte weg, so schnell er konnte. Er hüpfte beim Laufen und fuchtelte mit den Armen, und man konnte sehen, wie sich sein langer hagerer Rücken krümmte. Die Straßenjungen freuten sich über den Vorfall und rannten mit dem Ruf ›Jude! Jude!‹ hinter ihm her. Auch die Hunde liefen ihm bellend nach.

Jemand lachte, dann ertönte ein Pfiff, und die Hunde bellten noch lauter und einmütiger... Darauf mußte ein Hund Rothschild gebissen haben, denn man hörte einen verzweifelten, jammervollen Schrei.

Jakov schlenderte über den Weideplatz, dann am Rand der Stadt entlang, immer der Nase nach, und die Straßenjungen riefen: »Bronze kommt! Bronze kommt!« Da war auch der Fluß. Schnepfen strichen pfeifend darüber hin, und Enten schnatterten. Die Sonne brannte, und das Wasser glitzerte so, daß beim Hinschauen die Augen schmerzten. Jakov wanderte am Ufer einen Pfad entlang, sah eine korpulente rotwangige Dame aus der Badeanstalt kommen und dachte: Du Otter! Unweit der Badeanstalt waren Jungen dabei, mit Fleisch Krebse zu fangen; als sie Jakov erblickten, riefen sie gehässig: »Bronze! Bronze!« Da war auch der breite alte Weidenbaum mit der riesigen Höhlung und den Krähennestern in der Krone... Und plötzlich tauchten vor Jakovs Augen wie lebendig das Kindchen mit den blonden Locken und auch die Weide auf, von der Marfa gesprochen hatte. Ja, das war dieselbe Weide – grün, still, traurig... Wie alt sie geworden war, die Ärmste!

Er setzte sich unter den Baum und hing seinen Erinnerungen nach. Auf dem jenseitigen Ufer, wo jetzt die überschwemmte Wiese war, stand damals ein großer Birkenhain, und drüben auf dem kahlen Berg, am Horizont, erhob sich damals ein dunkler uralter Kiefernwald, und auf dem Fluß schwammen Kähne. Jetzt aber war alles glatt und eben, und auf dem anderen Ufer stand nur noch eine kleine Birke, schlank und rank wie ein junges Mädchen, auf dem Fluß gab es nur Enten und Gänse, und nichts erinnerte mehr daran, daß hier einmal Kähne gefahren waren. Es kam ihm so vor, als seien es gegenüber früher auch weniger Gänse geworden. Jakov schloß die Augen, und in seiner Phantasie zogen gewaltige Schwärme von weißen Wildgänsen vorbei.

Er konnte nicht begreifen, wie es gekommen war, daß er

in den letzten vierzig oder fünfzig Jahren seines Lebens kein einziges Mal am Fluß gewesen war, und wenn vielleicht doch, warum er ihn nicht beachtet hatte. Der Fluß war doch ganz ordentlich und gar nicht so klein; man könnte Fische fangen und sie an Krämer, Beamte oder den Büfettier auf dem Bahnhof verkaufen und dann das Geld auf die Bank tragen. Man könnte in einem Boot von Gutshof zu Gutshof fahren und Geige spielen; und Leute jeden Standes würden ihm Geld dafür zahlen; man könnte auch versuchen, wieder Kähne schwimmen zu lassen, das wäre besser, als Särge zu zimmern. Schließlich könnte man auch Gänse aufziehen, sie schlachten und im Winter nach Moskau schicken; allein schon die Daunen würden wohl an die zehn Rubel einbringen. Er aber hatte es versäumt und nichts dergleichen getan. Was für Verluste! Oh, was für Verluste! Und wenn man alles zusammen nähme – den Fischfang, das Geigenspiel, die Bootsfahrten und das Schlachten der Gänse, was für ein Kapital hätte das gegeben! Doch nicht einmal im Traum gab es etwas von alledem, das Leben floß nutzlos dahin, ohne jegliches Vergnügen, sinnlos war es vertan, für nichts und wieder nichts; für die Zukunft blieb nichts mehr zu hoffen, und blickte man zurück, dann gab es nichts als Verluste, so furchtbare Verluste, daß es einen schauderte. Warum konnte der Mensch nicht so leben, daß diese Verluste nicht entstanden? Er fragte sich, weshalb man den Birkenhain und den Kiefernwald abgeholzt hatte. Weshalb war die Viehweide leer? Warum taten die Menschen immer gerade nicht das, was nötig war? Warum hatte Jakov sein ganzes Leben lang geschimpft, gebrüllt, mit den Fäusten gedroht, seine Frau gekränkt, und, so mußte man fragen, warum hatte er vorhin erst den Juden erschreckt und beleidigt? Was für Verluste ergab das! Was für schreckliche Verluste! Gäbe es nicht soviel Haß und Bosheit, die Menschen hätten gewaltigen Nutzen voneinander.

Am Abend und in der Nacht erschienen ihm das Kindchen, der Weidenbaum, Fische, geschlachtete Gänse und Marfa, die im Profil wie ein Vogel aussah, der trinken will, das blasse, klägliche Gesicht Rothschilds, und irgendwelche Fratzen näherten sich ihm von allen Seiten und murmelten etwas von Verlusten. Er wälzte sich von einer Seite auf die andere und stand an die fünfmal auf, um ein wenig Geige zu spielen.

Am nächsten Morgen erhob er sich nur mit großer Mühe und ging zum Krankenhaus. Derselbe Maksim Nikolaič verordnete ihm kalte Kompressen und gab ihm Pulver, und seinem Gesicht und seinem Tonfall konnte Jakov entnehmen, daß es schlecht um ihn stand und daß keinerlei Pulver mehr helfen würden. Als er dann nach Hause ging, überlegte er sich, daß man vom Tod eigentlich nur Nutzen hatte: Man brauchte weder zu essen noch zu trinken, man brauchte keine Steuern zu zahlen und nicht die Leute zu kränken, und da der Mensch nicht ein Jahr, sondern Hunderte, ja Tausende von Jahren im Grabe liegt, war der Nutzen, wenn man alles zusammenrechnete, gewaltig. Vom Leben hatte der Mensch Verluste, vom Tod hatte er Nutzen. Diese Überlegung war natürlich richtig, trotzdem aber kränkend und bitter – wozu war es auf Erden so sonderbar eingerichtet, daß das Leben, das dem Menschen nur ein einziges Mal gegeben war, ohne Nutzen vorüberging?

Es tat ihm also nicht leid, daß er sterben mußte, kaum aber erblickte er daheim seine Geige, da krampfte sich sein Herz zusammen, und jetzt tat es ihm leid. Die Geige konnte er nicht mit ins Grab nehmen, nun würde sie verwaist zurückbleiben, und mit ihr würde das gleiche geschehen wie mit dem Birkenhain und dem Kiefernwald. Alles auf Erden ging zugrunde, und auch in Zukunft würde es zugrunde gehen! Jakov trat hinaus und setzte sich auf die Schwelle seiner Hütte, die Geige an die Brust gedrückt. Er dachte an sein sinnloses, an Verlusten reiches Leben und fing an zu spielen, ohne zu wissen, was, aber es klang traurig und rührend, und Tränen liefen ihm über die Wangen. Und je mehr er überlegte, desto trauriger sang die Geige.

Die Klinke knarrte ein- oder zweimal, und in der Gartenpforte erschien Rothschild. Kühn ging er über den halben Hof, aber als er Jakov erblickte, blieb er plötzlich stehen, krümmte sich ganz zusammen und machte, wohl aus Angst, mit den Händen Zeichen, als wolle er mit den Fingern anzeigen, wie spät es sei.

»Tritt näher, sei unbesorgt!« sagte Jakov freundlich und winkte ihn zu sich. »Tritt näher!«

Mit ungläubigem, furchtsamem Gesicht näherte sich Rothschild und blieb drei Schritt von ihm entfernt stehen.

»O je, seien Sie so lieb, schlagen Sie mich nicht!« sagte er und machte eine Verbeugung. »Moisej Iljič hat mich noch mal geschickt. ›Hab keine Angst‹, hat er gesagt, ›geh noch mal zu Jakov und sag ihm‹, hat er gesagt, ›daß es ohne ihn nicht geht.‹ Mittwoch ist eine Hochzeit... Jawohl! Herr Šapovanov verheiratet seine Tochter mit einem guten Mann. Und es wird eine reiche Hochzeit sein, ooooh!« setzte der Jude hinzu und zwinkerte mit einem Auge.

»Ich kann nicht...« murmelte Jakov, schwer atmend. »Bin krank geworden, Bruder.«

Wieder fing er an zu spielen, und Tränen tropften auf die Geige. Rothschild lauschte aufmerksam; er stand seitlich von ihm, die Arme auf der Brust gekreuzt. Der erschreckte, mißtrauische Gesichtsausdruck wich allmählich einem traurigen, leidvollen, er rollte mit den Augen, als durchlebe er quälendes Entzücken, und murmelte: »Achhhh!« Langsam liefen die Tränen über sein Gesicht und tropften auf seinen grünen Überrock.

Darauf lag Jakov den ganzen Tag danieder und grämte sich. Als am Abend der Priester ihn bei der Beichte fragte, ob er nicht an eine besondere Sünde denke, da fiel ihm, während er sein schwach gewordenes Gedächtnis anstrengte, Marfas unglückliches Gesicht und der verzweifelte Schrei des Juden ein, den ein Hund gebissen hatte, und er flüsterte kaum hörbar:

»Die Geige geben Sie Rothschild.«

»Gut«, antwortete der Priester.

Und nun fragen sich alle in der Stadt: woher hat der Rothschild so eine schöne Geige? Hat er sie gekauft oder gestohlen, oder hat man sie ihm vielleicht als Pfand überlassen? Das Flötenspiel hat er längst aufgegeben, er spielt nur noch auf der Geige. Er entlockt ihr so klagende Töne wie vordem der Flöte; wenn er aber das zu wiederholen versucht, was Jakov gespielt hat, als er auf der Schwelle saß, dann klingt es so verzagt und traurig, daß die Zuhörer weinen, und er selbst rollt zum Schluß mit den Augen und sagt: »Achhhh!« Und diese neue Melodie hat in der Stadt solchen Anklang gefunden, daß Rothschild ununterbrochen von Kaufleuten und Beamten eingeladen wird, die sie sich wohl zehnmal vorspielen lassen.

Der Student

Anfangs herrschte noch schönes, ruhiges Wetter. Die Drosseln schlugen, und in den Sümpfen der Nachbarschaft gab irgendein Lebewesen einen so kläglichen, dumpfen Laut von sich, als bliese jemand in eine leere Flasche. Eine Waldschnepfe strich vorüber, und der Schuß, der ihr galt, hallte fröhlich durch die Frühlingsluft. Als es aber im Wald dämmerte, kam plötzlich von Osten her ein durchdringender, kalter Wind auf, und alles erstarrte in Schweigen. Die Pfützen überzogen sich mit Nadeln aus Eis, und der Wald war wie ausgestorben, unwirtlich und öde. Es roch nach Winter.

Ivan Velikopolskij, Sohn eines Küsters und Student der geistlichen Akademie, befand sich auf dem Heimweg vom Schnepfenstrich und schritt die ganze Zeit auf einem Pfad, der durch eine überschwemmte Wiese führte. Seine Finger waren steif vor Kälte, sein Gesicht war vom Wind gerötet. Ihm schien, diese unvermittelt hereingebrochene Kälte habe in allem die Ordnung und Harmonie gestört, der Natur selbst sei es unheimlich, und daher falle auch die abendliche Dunkelheit schneller ein als sonst. Ringsum war es öde und irgendwie besonders düster. Nur in den Witwengärten am Fluß leuchtete ein Feuer; im weiten Umkreis jedoch und dort, wo etwa vier Verst entfernt das Dorf lag, versank alles in kaltem Abendnebel. Der Student mußte daran denken, wie seine Mutter, als er aus dem Hause ging, in der Diele barfuß auf dem Fußboden hockte und den Samovar reinigte, der Vater aber lag auf dem Ofen und hustete; da Karfreitag war, wurde nicht gekocht, und er wollte so gern etwas essen. Sich vor Kälte zusammenkrümmend, dachte der Student daran, daß der gleiche Wind auch zu Zeiten Rjuriks, Ivans des Schrecklichen und Peters des Großen geweht hatte und daß zu ihrer Zeit die gleiche grausame Armut und der gleiche

Hunger geherrscht hatten, daß es die gleichen durchlöcherten Strohdächer, die gleiche Unwissenheit und Trübsal gegeben hatte, die gleiche Öde und Finsternis, das gleiche Gefühl der Unterdrückung – all diese Schrecken hatte es gegeben, es gab sie noch, und es würde sie auch in Zukunft geben; und auch in tausend Jahren würde das Leben nicht besser werden. Und er wollte nicht nach Hause zurück.

Die Gemüsegärten wurden Witwengärten genannt, weil zwei Witwen, Mutter und Tochter, sie pflegten. Das Reisigfeuer brannte heiß, es knisterte und erhellte im weiten Umkreis die aufgepflügte Erde.

Die Witwe Vasilisa, eine hochgewachsene rundliche Alte in einer Männerpelzjacke, stand daneben und sah nachdenklich in die Flammen; ihre Tochter Lukerja, klein, pockennarbig und mit einem dümmlichen Gesicht, saß auf der Erde, sie wusch den Kessel und die Löffel. Offenbar hatten sie gerade zu Abend gegessen. Man hörte in der Ferne Männerstimmen; das waren hiesige Landarbeiter, die am Fluß die Pferde tränkten.

»Ist doch der Winter noch einmal zurückgekehrt«, sagte der Student, der ans Feuer trat. »Guten Abend!«

Vasilisa zuckte zusammen, erkannte ihn jedoch sofort und lächelte freundlich.

»Hab dich nicht gleich erkannt, Gott mit dir«, sagte sie. »Wirst reich werden.«

Sie kamen ins Gespräch. Vasilisa, eine erfahrene Frau, die früher bei Herrschaften als Amme und dann als Kindermädchen gedient hatte, drückte sich sehr höflich aus, und ein feines würdevolles Lächeln wich die ganze Zeit nicht aus ihrem Gesicht; ihre Tochter Lukerja hingegen, ein richtiges Bauernweib, das unter der Fuchtel des Ehemannes stand, schaute den Studenten nur verstohlen an und schwieg, und sie hatte einen seltsamen Gesichtsausdruck, wie ihn Taubstumme haben.

»In genauso einer kalten Nacht hat sich der Apostel Petrus

am Lagerfeuer gewärmt«, sagte der Student und streckte die Hände zum Feuer hin. »Auch damals war es kalt. Ach, was für eine furchtbare Nacht war das, Großmütterchen! Eine ungewöhnlich trostlose, endlose Nacht!«

Er blickte in die Dunkelheit, schüttelte krampfhaft den Kopf und fragte:

»Warst du heute zu den zwölf Evangelien?«

»Ja«, antwortete Vasilisa.

»Entsinnst du dich, Petrus sagte beim heiligen Abendmahl zu Jesus: ›Herr, ich bin bereit, mit dir ins Gefängnis und in den Tod zu gehen.‹ Der Herr aber sprach zu ihm: ›Petrus, ich sage dir: Der Hahn wird heute nicht krähen, ehe denn du dreimal verleugnet hast, daß du mich kennest.‹ Nach dem Abendmahl war Jesus zu Tode betrübt und betete im Garten, der arme Petrus aber quälte sich in seiner Seele; er wurde müde, die Lider wurden ihm schwer, und der Schlaf übermannte ihn. Er schlief. Darauf küßte Judas, wie du gehört hast, in derselben Nacht Jesus und überantwortete ihn seinen Peinigern. Sie führten ihn gebunden vor den Hohenpriester und schlugen ihn, und Petrus, erschöpft, gequält von Trauer und Sorge, verstehst du, unausgeschlafen und voller Ahnung, daß auf Erden bald etwas Furchtbares geschehen werde, ging hinterdrein... Er liebte Jesus leidenschaftlich, unaussprechlich, und nun mußte er von ferne mit ansehen, wie sie ihn schlugen...«

Lukerja legte die Löffel weg und heftete ihren starren Blick auf den Studenten.

»Sie kamen zu dem Hohenpriester«, fuhr er fort, »man begann Jesus zu verhören, und die Knechte machten unterdessen auf dem Hof ein Feuer an, denn es war kalt, und sie wärmten sich. Mit ihnen stand Petrus am Feuer und wärmte sich ebenfalls, so wie ich es jetzt tue. Eine Frau, die ihn sah, sagte: ›Dieser war auch mit ihm‹, das heißt, man sollte auch ihn zum Verhör bringen. Und alle Knechte, die mit am Feuer waren, blickten ihn wahrscheinlich mißtrauisch und streng an, denn er wurde verlegen und sagte: ›Ich kenne ihn nicht.‹ Ein wenig später erkannte wieder jemand in ihm einen der Jünger Jesu und sagte: ›Du bist auch deren einer.‹ Aber er leugnete abermals. Und zum drittenmal wandte sich einer an ihn: ›Habe ich dich nicht heute mit ihm im Garten gesehen?‹ Und er leugnete zum drittenmal. Und gleich darauf krähte der Hahn, und Petrus, der Jesus von ferne sah, erinnerte sich der Worte, die dieser ihm beim Abschied gesagt hatte. Er erinnerte sich, kam zur Besinnung, verließ den Hof und weinte bitterlich. Im Evangelium steht geschrieben: ›Und Petrus ging hinaus und weinte bitterlich.‹ Ich kann mir das vorstellen: der totenstille, dunkle Garten, und in der Stille hört man ein dumpfes Schluchzen...«

Der Student seufzte und versank in Nachdenken. Vasilisa, die immer noch lächelte, schluchzte plötzlich auf, große Tränen rollten über ihre Wangen, und sie schützte mit dem Ärmel ihr Gesicht vor der Glut, als schäme sie sich ihrer Tränen; Lukerja aber, die den Studenten unverwandt ansah, wurde rot; ihr Gesicht bekam einen harten und angespannten Ausdruck, wie bei einem Menschen, der einen starken Schmerz unterdrückt.

Die Landarbeiter kehrten vom Fluß zurück, einer von ihnen war auf seinem Pferd bereits so nahe, daß der Schein des Feuers ihn flackernd beleuchtete. Der Student wünschte den Witwen eine gute Nacht und ging weiter. Und wieder umgab ihn Dunkelheit, und wieder fror er an den Händen. Es wehte ein grimmig kalter Wind, der Winter kehrte tatsächlich zurück, und es sah nicht so aus, als sei übermorgen Ostern.

Der Student dachte jetzt an Vasilisa: Wenn sie angefangen hatte zu weinen, so stand also alles, was in jener furchtbaren Nacht mit Petrus geschehen war, auch zu ihr in einer Beziehung.

Er schaute sich um. Einsam und ruhig leuchtete das Feuer in der Dunkelheit, aber die Menschen daneben waren schon nicht mehr zu sehen. Der Student dachte wieder: Die Tatsache, daß Vasilisa weinte und ihre Tochter verlegen war, bedeutete offenbar, daß alles, was er soeben erzählt hatte und was vor neunzehn Jahrhunderten geschehen war, eine Beziehung zur Gegenwart haben mußte – zu diesen beiden Frauen und wahrscheinlich auch zu diesem öden Dorf, zu ihm selbst, zu allen Menschen. Wenn die alte Frau weinte, so nicht deshalb, weil er so rührend erzählt hatte, sondern deshalb, weil Petrus ihr vertraut war und weil sie mit ganzem Herzen erfühlte, was in Petrus' Seele vorgegangen war.

Und Freude regte sich plötzlich in seinem Herzen, und er blieb sogar einige Augenblicke stehen, um Atem zu schöpfen. Die Vergangenheit, so dachte er, ist mit der Gegenwart durch eine ununterbrochene Kette von Ereignissen verknüpft, von denen sich eins aus dem anderen ergibt. Und es schien ihm, er habe soeben die beiden Enden dieser Kette gesehen – er berührte das eine Ende, da erzitterte das andere.

Als er mit der Fähre über den Fluß setzte, darauf den Berg hinanstieg und zuerst auf sein heimatliches Dorf und dann nach Westen blickte, wo als ein schmaler Streifen die kalte purpurne Abendröte glänzte, da dachte er daran, daß die Wahrheit und Schönheit, die das menschliche Leben dort, im Garten und auf dem Hof des Hohenpriesters, geleitet hatten, sich ununterbrochen bis heute fortsetzten und offenbar die Hauptsache bildeten im menschlichen Leben und überhaupt auf Erden; und das Gefühl der Jugend, Gesundheit und Kraft – er war erst zweiundzwanzig Jahre alt – und die unaussprechlich süße Erwartung des Glücks, eines unbekannten, geheimnisvollen Glücks, übermannten ihn, und das Leben schien ihm bezaubernd, wunderbar und von einem tiefen Sinn erfüllt.

Der Literaturlehrer

I

Man hörte das Getrappel von Pferdehufen auf dem Holzpflaster; zunächst führte man den Rappen Graf Nulin aus dem Stall, dann den Schimmel Velikan, dann dessen Schwester Majka. Es waren prächtige, teure Pferde.

Der alte Šelestov sattelte Velikan und sagte zu seiner Tochter Maša:

»Nun, Marie Godefroy, komm und sitz auf. Hoppla!«

Maša Šelestova war die Jüngste in der Familie; aber trotz ihrer achtzehn Jahre behandelte man sie immer noch als die Kleine, und alle nannten sie Manja und Manjusja; nachdem in der Stadt ein Zirkus gewesen war, den sie eifrig besucht hatte, hieß sie bei allen Marie Godefroy.

»Hoppla!« rief sie, sich auf Velikan schwingend.

Ihre Schwester Varja setzte sich auf Majka, Nikitin auf Graf Nulin, die Offiziere schwangen sich auf ihre Pferde, und die lange schöne Kavalkade, in der sich die weißen Offiziersjacken hell von den schwarzen Reitkleidern abhoben, verließ im Schritt den Hof.

Nikitin bemerkte, daß Manjusja nur ihn allein betrachtete, als sie aufsaßen und dann auf die Straße hinausritten. Besorgt musterte sie ihn und Graf Nulin und sagte:

»Halten Sie ihn ständig an der Kandare, Sergej Vasiljič. Passen Sie auf, er scheut gern. Er verstellt sich.«

Vielleicht kam es daher, daß Velikan mit Graf Nulin Freundschaft hielt, vielleicht war es auch ein Zufall – doch sie ritt, wie gestern und vorgestern, die ganze Zeit neben Nikitin. Er betrachtete ihre kleine schlanke Gestalt, die auf dem stolzen weißen Tier saß, ihr feines Profil, den Zylinder, der ihr gar nicht stand und sie älter machte, als sie war, er betrachtete sie voller Freude, Rührung und Entzücken, er hörte ihr zu, verstand nur wenig und dachte: Mein Ehrenwort, ich schwöre bei Gott, daß ich nicht schüchtern sein will und mich ihr heute noch erklären werde...

Es war in der siebenten Abendstunde, die Zeit, da die weißen Akazien und der Flieder so stark duften, daß die Luft und die Bäume sich von ihrem eigenen Duft abzukühlen scheinen. Im Stadtpark spielte bereits eine Musikkapelle. Die Pferde trappelten laut über das Pflaster; von allen Seiten vernahm man Lachen, Sprechen und das Klappen von Gartenpforten. Die Soldaten, die ihnen begegneten, erwiesen den Offizieren die Ehrenbezeigung, die Gymnasiasten grüßten Nikitin; offensichtlich betrachteten alle Spaziergänger, die zur Musik in den Park eilten, die Kavalkade mit Vergnügen. Und wie warm war es, wie weich schienen die unordentlich über den Himmel verstreuten Wolken, wie sanft und gemütlich die Schatten der Pappeln und Akazien, die sich über die ganze breite Straße hinzogen und auf der anderen Seite bis dicht an die Balkone und die ersten Stockwerke der Häuser reichten!

Sie ritten aus der Stadt und fielen auf der Landstraße in Trab. Hier duftete es nicht mehr nach Akazien und Flieder, die Musik war nicht mehr zu hören, dafür aber roch es nach Erde, der junge Roggen und der Weizen grünten, Zieselmäuse piepsten, Saatkrähen krächzten.

Wohin man auch blickte, überall war es grün, nur hier und da schimmerten dunkel Melonenfelder, und in der Ferne, links vom Friedhof, leuchtete ein weißer Streifen verblühender Apfelbäume.

Sie kamen an den Schlachthöfen vorbei, dann an einer Brauerei, und sie überholten einen Trupp Militärmusiker, die zum Vorstadtgarten eilten.

»Poljanskij hat ein sehr gutes Pferd, das will ich nicht bestreiten«, sagte Manjusja zu Nikitin und wies mit den Augen auf den Offizier, der neben Varja ritt. »Aber es ist Ausschuß. Dieser weiße Fleck auf dem linken Fuß ist völlig überflüssig, und sehen Sie mal, wie es den Kopf zurückwirft. Jetzt wird man ihm das nicht mehr abgewöhnen, es wird den Kopf zurückwerfen, bis es krepiert.«

Manjusja liebte die Pferde ebenso leidenschaftlich wie ihr Vater. Sie litt, wenn sie bei anderen ein gutes Pferd sah, und freute sich, wenn sie an fremden Pferden Mängel entdeckte. Nikitin dagegen verstand nichts von Pferden, ihm war es ausgesprochen gleichgültig, ob er das Pferd am Zügel oder an der Kandare hielt, ob er trabte oder galoppierte; er spürte nur, daß seine Haltung unnatürlich und nicht entspannt genug war und daß daher die Offiziere, die sich im Sattel zu halten verstanden, Manjusja besser gefallen mußten als er. Und er war eifersüchtig auf die Offiziere.

Als sie an dem Vorstadtgarten vorbeiritten, schlug jemand vor, einzukehren und Selterswasser zu trinken. Sie ritten hinein. Im Garten wuchsen nur Eichen; die Knospen waren erst vor kurzem aufgebrochen, so daß man durch das junge Grün den ganzen Garten mit der Konzertbühne, den kleinen Tischen und Schaukeln sehen konnte; auch die Krähennester, die großen Mützen glichen, sah man noch. Die Reiter und ihre Damen saßen an einem der Tische ab und bestellten Selterswasser. Zu ihnen traten Bekannte, die im Garten spazierengingen, unter ihnen ein Militärarzt in hohen Stiefeln und der Kapellmeister, der auf seine Musiker wartete. Wahrscheinlich hielt der Arzt Nikitin für einen Studenten, denn er fragte ihn:

»Sie sind sicher für die Ferienzeit hierhergekommen?«

»Nein, ich wohne ständig hier«, antwortete Nikitin. »Ich bin Lehrer am Gymnasium.«

»Tatsächlich?« fragte der Arzt erstaunt. »So jung und schon Lehrer?«

»Wieso jung? Ich bin sechsundzwanzig ... Gott sei Dank.«

»Sie haben Bart und Schnurrbart, trotzdem möchte man Sie dem Äußeren nach nicht für älter als zweiundzwanzig, dreiundzwanzig halten. Wie jung Sie wirken!«

Was für eine Gemeinheit! dachte Nikitin. – Auch der hält mich für einen Grünschnabel!

Es war ihm äußerst unangenehm, wenn jemand die Rede auf seine Jugend brachte, insbesondere in Anwesenheit von Frauen oder Gymnasiasten. Seit er in diese Stadt gekommen und in den Dienst getreten war, haßte er sein jugendliches Aussehen. Die Gymnasiasten respektierten ihn nicht, die alten Leute nannten ihn junger Mann, und die Frauen wollten lieber mit ihm tanzen, als sich seine langen Reden anhören. Er hätte viel darum gegeben, wenn er jetzt zehn Jahre älter sein könnte.

Vom Gartenlokal ritten sie zur Meierei der Šelestovs. Hier machten sie am Tor halt, riefen Praskovja, die Frau des Verwalters, heraus und verlangten frisch gemolkene Milch. Keiner trank von der Milch, alle schauten einander an, lachten, und sie galoppierten zurück. Im Vorstadtgarten spielte bereits die Musikkapelle; die Sonne ging hinter dem Friedhof unter, und die eine Hälfte des Himmels war vom Abendrot purpurfarben.

Manjusja ritt wieder neben Nikitin. Er hätte gern davon gesprochen, wie leidenschaftlich er sie liebte, aber er fürchtete, die Offiziere und Varja könnten ihn hören, und so schwieg er. Manjusja schwieg ebenfalls, und er fühlte, weshalb sie schwieg und warum sie neben ihm ritt, und er war so glücklich, daß alles – die Erde, der Himmel, die Lichter der Stadt und die schwarze Silhouette der Brauerei – sich vor seinen Augen zu etwas sehr Schönem und Zärtlichem vereinigten, und ihm schien, Graf Nulin galoppiere durch die Luft und wolle zu dem purpurroten Himmel emporklettern.

Sie kamen nach Hause. Auf dem Tisch im Garten summte bereits der Samovar; an dem einen Ende des Tisches saß der alte Šelestov mit seinen Freunden, Beamten aus dem Kreisgericht, und wie gewöhnlich kritisierte er etwas.

»Das ist eine Gemeinheit!« sagte er. »Eine Gemeinheit, weiter nichts. Jawohl, eine Gemeinheit!«

Seit Nikitin sich in Manjusja verliebt hatte, gefiel ihm bei den Šelestovs alles – das Haus, der Garten am Haus, der abendliche Tee, die geflochtenen Stühle, die alte Kinderfrau und selbst das Wort Gemeinheit, das der Alte so oft und gern gebrauchte. Ihm mißfielen nur die vielen Hunde und Katzen und die Lachtauben, die in dem großen Käfig auf der Terrasse traurig gurrten. Hof- und Haushunde gab es so viele, daß er während der ganzen Zeit seiner Bekanntschaft mit den Šelestovs nur zwei richtig unterscheiden konnte – Muška und Som. Muška war eine kleine räudige Hündin mit zottiger Schnauze, verwöhnt und böse. Sie haßte Nikitin; jedesmal wenn sie ihn sah, neigte sie den Kopf zur Seite, fletschte die Zähne und knurrte:

»Rrrr... nganganganga... rrr...«

Dann setzte sie sich unter Nikitins Stuhl. Wenn er die Hündin unter seinem Stuhl wegzujagen versuchte, stimmte sie ein durchdringendes Gebell an, und die Besitzer sagten:

»Haben Sie keine Angst, sie beißt nicht. Sie ist unsere Gute.«

Som dagegen war ein riesiger schwarzer Köter mit langen Beinen und einem Schwanz, hart wie ein Stock. Beim Mittagessen und beim Tee kroch er gewöhnlich schweigend unter dem Tisch herum und klopfte mit dem Schwanz gegen Stiefel und Tischbeine. Er war ein gutmütiger, dummer Köter, doch Nikitin konnte ihn nicht leiden, weil er die Angewohnheit hatte, den Tischgästen die Schnauze auf die Knie zu legen und dabei die Hosen zu besabbern. Nikitin hatte wiederholt versucht, ihn mit dem Messergriff auf die große Stirn zu schlagen, er versetzte ihm Nasenstüber, er schimpfte und beschwerte sich, doch niemand bewahrte seine Hose vor Flecken.

Nach dem Spazierritt schienen Tee, Varenje und Zwieback mit Butter besonders gut zu schmecken. Das erste Glas Tee tranken alle schweigend und mit großem Appetit, vor dem zweiten aber begann man zu streiten. Jedesmal war es Varja, die beim Tee und beim Mittagessen mit dem Streit anfing. Sie zählte bereits dreiundzwanzig Jahre, war hübscher als Manjusja, galt als die Klügste und Gebildetste im Haus und benahm sich gesetzt und würdig, wie es sich für die älteste Tochter, die im Haus die Stelle der verstorbenen Mutter einnahm, geziemte. Mit dem Recht der Hausfrau erschien sie vor den Gästen im Morgenkleid, nannte die Offiziere bei ihrem Familiennamen, behandelte Manjusja wie ein kleines Mädchen und sprach mit ihr im Ton einer Klassendame. Sie nannte sich selbst eine alte Jungfer – war also überzeugt, sie würde noch heiraten.

Jedes Gespräch, selbst ein Gespräch übers Wetter, mußte bei ihr unbedingt zu einem Streit ausarten. Sie hatte die Leidenschaft, alle beim Wort zu nehmen, bei Widersprüchen festzunageln und jeden Satz zu bekritteln. Sprach man mit ihr über irgend etwas, dann sah sie einem unverwandt ins Gesicht und fiel einem plötzlich ins Wort: »Erlauben Sie, erlauben Sie, Petrov, vorgestern haben Sie aber etwas ganz anderes gesagt!«

Oder sie lächelte spöttisch und meinte: »Ich merke allerdings, Sie fangen an, die Prinzipien der dritten Abteilung zu predigen. Ich gratuliere Ihnen.«

Wenn jemand Witze erzählte oder Wortspiele machte, hörte man sofort ihre Stimme: »Kennen wir längst!« oder: »Wie banal!« Wenn ein Offizier einen Witz machte, zog sie eine verächtliche Grimasse und sagte: »Typisch Arrrmee!«

Und dieses ›rrr‹ kam so aufreizend heraus, daß Muška unter dem Stuhl unverzüglich antwortete: »Rrrr ... nganganga ...«

Heute begann der Streit damit, daß Nikitin von den Prüfungen im Gymnasium erzählte.

»Erlauben Sie, Sergej Vasiljič«, unterbrach ihn Varja. »Sie sagen da, die Schüler haben es schwer. Aber wer ist denn daran schuld, gestatten Sie die Frage? Zum Beispiel haben Sie den Schülern der achten Klasse das Aufsatzthema ›Puškin als

Psychologe‹ gegeben. Erstens darf man keine so schwierigen Themen geben, und zweitens – was für ein Psychologe war Puškin schon? Nun, bei Ščedrin, oder sagen wir Dostoevskij, ist das eine andere Sache, aber Puškin ist ein großer Dichter und nichts weiter.«

»Ščedrin muß man für sich nehmen und Puškin auch«, antwortete Nikitin finster.

»Ich weiß, an Ihrem Gymnasium wird Ščedrin nicht anerkannt, aber darum geht es nicht. Sagen Sie mir, was für ein Psychologe war Puškin?«

»War er etwa kein Psychologe? Bitte, ich werde Ihnen Beispiele nennen.«

Und Nikitin deklamierte einige Stellen aus ›Eugen Onegin‹, dann aus ›Boris Godunov‹.

»Ich sehe darin keinerlei Psychologie«, erklärte Varja seufzend. »Einen Psychologen nennt man den, der die Regungen der menschlichen Seele beschreibt, aber das hier sind schöne Verse, weiter nichts.«

»Ich weiß, was für eine Psychologie Sie haben wollen!« sagte Nikitin gekränkt. »Sie wollen, daß mir jemand mit einer stumpfen Feile den Finger abfeilt und daß ich aus vollem Halse brülle – das ist nach Ihrer Meinung Psychologie.«

»Wie banal! Dabei haben Sie mir trotzdem nicht bewiesen, warum Puškin ein Psychologe war.«

Wenn Nikitin gegen etwas kämpfen mußte, was er für Routine, Engstirnigkeit oder irgend etwas Ähnliches hielt, sprang er gewöhnlich von seinem Platz auf, faßte sich mit beiden Händen an den Kopf und lief stöhnend von einer Ecke in die andere. Genau das geschah auch jetzt: er sprang auf, griff sich an den Kopf und lief stöhnend um den Tisch herum, dann setzte er sich in einiger Entfernung wieder hin.

Die Offiziere nahmen ihn in Schutz. Stabskapitän Poljanskij versuchte Varja zu überzeugen, Puškin sei tatsächlich Psychologe gewesen, und er führte zum Beweis zwei Verse von Lermontov an; Leutnant Gernet sagte, wäre Puškin kein

Psychologe gewesen, dann hätte man ihm in Moskau kein Denkmal gesetzt.

»Das ist eine Gemeinheit!« tönte es vom anderen Ende des Tisches herüber. »Ich habe auch zu dem Gouverneur gesagt: ›Das ist eine Gemeinheit, Euer Exzellenz!‹«

»Ich mag nicht länger streiten!« schrie Nikitin. »Seine Herrschaft wird kein Ende finden! Basta! Ach, scher dich weg, garstiger Köter!« schrie er Som an, der den Kopf und eine Pfote auf seine Knie gelegt hatte.

»Rrr... nganganga...« tönte es unter dem Stuhl hervor.

»Geben Sie zu, Sie sind im Unrecht!« rief Varja. »Geben Sie es zu!«

Doch es kamen neue Gäste, junge Damen, und der Streit legte sich von selbst.

Alle gingen in den Saal. Varja setzte sich an den Flügel und spielte einige Tänze. Zuerst wurde ein Walzer getanzt, dann eine Polka, dann Quadrille mit grande ronde, die der Stabskapitän Poljanskij durch alle Zimmer führte, dann tanzte man wieder Walzer.

Die alten Herren saßen während des Tanzes im Saal, rauchten und schauten der Jugend zu. Unter ihnen befand sich auch Šebaldin, der Direktor der städtischen Kreditgesellschaft, der für seine Liebe zur Literatur und zur Bühnenkunst berühmt war. Er hatte den örtlichen »Musikalisch-dramatischen Zirkel« gegründet und wirkte selbst bei Aufführungen mit, wobei er immer nur ein und dieselben komischen Diener spielte oder in singendem Tonfall die ›Sünderin‹ las. In der Stadt nannte man ihn die Mumie, weil er hochgewachsen, sehr hager und zäh war, ständig eine feierliche Miene zog und trübe, starre Augen hatte. Die Bühnenkunst liebte er so leidenschaftlich, daß er sich sogar Bart und Schnurrbart rasierte, wodurch er noch mehr einer Mumie glich.

Nach der Quadrille trat er unschlüssig und von der Seite her an Nikitin heran, räusperte sich und sagte:

»Ich hatte das Vergnügen, beim Tee dem Streit beizuwohnen. Ich bin ganz Ihrer Meinung. Wir beide sind Gleichgesinnte, und ich würde mich gern mit Ihnen unterhalten. Haben Sie die ›Hamburgische Dramaturgie‹ von Lessing gelesen, bitte?«

»Nein, habe ich nicht.«

Šebaldin erschrak und fuchtelte mit den Händen, als habe er sich die Finger verbrannt, und ohne noch etwas zu sagen, entfernte er sich von Nikitin. Šebaldins Gestalt, seine Frage und seine Verwunderung kamen Nikitin lächerlich vor, trotzdem aber dachte er: Es ist tatsächlich peinlich. Ich bin Literaturlehrer und habe bis heute noch nicht Lessing gelesen. Ich muß ihn lesen.

Vor dem Abendessen setzten sich alle, Junge wie Alte, hin, um ›Schicksal‹ zu spielen. Man nahm zwei Kartenspiele: das eine wurde an alle gleichmäßig verteilt, das andere legte man verdeckt auf den Tisch.

»Wer diese Karte hat«, begann der alte Šelestov feierlich und hob die oberste Karte des zweiten Spiels ab, »der soll sogleich ins Kinderzimmer gehen und dort die Kinderfrau abküssen.«

Das Vergnügen, die Kinderfrau abzuküssen, fiel Šebaldin zu. Alle umringten ihn sofort, führten ihn ins Kinderzimmer und zwangen ihn unter Gelächter und Händeklatschen, die Kinderfrau zu küssen. Man lärmte und schrie ...

»Nicht so leidenschaftlich!« rief Šelestov, der Tränen lachte. »Nicht so leidenschaftlich!«

Nikitin ereilte das Schicksal, allen die Beichte abzunehmen. Er setzte sich auf einen Stuhl mitten im Saal. Man brachte ein Umschlagtuch und deckte es ihm über den Kopf. Als erste kam Varja zur Beichte.

»Ich kenne Ihre Sünden«, begann Nikitin, der in der Dunkelheit ihr strenges Profil erkannt hatte. »Sagen Sie mir, Gnädigste, wie kommen Sie dazu, jeden Abend mit Poljanskij spazierenzugehen? Nicht ohne Grund fürwahr ging sie mit dem Husar!«

»Wie banal!« sagte Varja und ging weg.

Darauf glänzten unter dem Umschlagtuch zwei große reglose Augen, im Dunkeln zeichnete sich ein liebes Profil ab, und es duftete nach etwas Teurem, längst Vertrautem, was Nikitin an Manjusjas Zimmer erinnerte.

»Maria Godefroy«, sagte er und erkannte seine Stimme nicht wieder, so weich, so zärtlich klang sie, »womit haben Sie gesündigt?«

Manjusja kniff die Augen zu und zeigte ihm die Zungenspitze, dann lachte sie und ging weg. Einige Augenblicke später stand sie bereits in der Mitte des Saales, klatschte in die Hände und rief:

»Abendessen, Abendessen, Abendessen!«

Und alle strömten ins Speisezimmer.

Beim Abendessen fing Varja wieder Streit an, diesmal mit ihrem Vater. Poljanskij langte tüchtig zu, trank Rotwein und erzählte Nikitin, wie er einmal im Winter, während des Krieges, eine ganze Nacht bis zu den Knien im Sumpf gestanden hatte; der Feind war nahe, so daß weder gesprochen noch geraucht werden durfte; die Nacht war dunkel und kalt, und es wehte ein durchdringender Wind. Nikitin hörte zu und schielte dabei zu Manjusja hinüber. Sie sah ihn unbeweglich an, ohne mit der Wimper zu zucken, als denke sie über etwas nach oder träume mit offenen Augen... Für ihn war das angenehm und quälend zugleich.

Weshalb sieht sie mich so an? dachte er ganz verzweifelt. Das ist doch peinlich. Man kann es merken. Ach, wie jung und naiv sie noch ist!

Die Gäste begannen um Mitternacht aufzubrechen. Als Nikitin durch das Tor schritt, klappte im ersten Stock des Hauses ein Fenster, und Manjusja zeigte sich.

»Sergej Vasiljič!« rief sie ihm nach.

»Was befehlen Sie?«

»Folgendes...« murmelte Manjusja, die sich offenbar überlegte, was sie sagen sollte. »Folgendes... Poljanskij hat versprochen, in ein paar Tagen mit seinem Fotoapparat zu kommen und uns alle aufzunehmen. Wir müssen da wieder zusammenkommen.«

»Gut.«

Manjusja verschwand wieder, das Fenster klappte zu, und gleich darauf spielte im Haus jemand auf dem Flügel.

Das ist schon ein Haus! dachte Nikitin, als er die Straße entlangging. – Ein Haus, in dem nur die Lachtauben gurren, und das nur deshalb, weil sie ihre Freude nicht anders ausdrücken können!

Doch nicht allein bei den Šelestovs ging es fröhlich zu. Nikitin hatte noch keine zweihundert Schritte zurückgelegt, da ertönte aus einem anderen Haus Klaviermusik. Als er noch ein Stück weitergegangen war, sah er am Tor einen Bauern Balalajka spielen. Im Park schmetterte ein Orchester ein Potpourri russischer Lieder ...

Nikitin wohnte eine halbe Verst von den Šelestovs entfernt in einer Achtzimmerwohnung, die er für dreihundert Rubel im Jahr gemietet hatte, zusammen mit einem Kameraden, dem Geographie- und Geschichtslehrer Ippolit Ippolityč. Dieser Ippolit Ippolityč, ein nicht mehr ganz junger Mann, stupsnasig, mit rötlichem Bart und einem groben, unintelligenten, dabei aber gutmütigen Gesicht, der wie ein Fabrikarbeiter aussah, saß, als Nikitin nach Hause kam, am Tisch und korrigierte die Kartenzeichnungen der Schüler. Für das Notwendigste und Wichtigste in der Geographie hielt er das Kartenzeichnen, in der Geschichte die Kenntnis der Chronologie; nächtelang saß er da und korrigierte mit seinem Blaustift die Karten, die seine Schüler und Schülerinnen gezeichnet hatten, oder er stellte chronologische Tabellen zusammen.

»Was für ein herrliches Wetter heute ist!« sagte Nikitin, als er eintrat. »Ich bewundere Sie, wie Sie da im Zimmer sitzen können.«

Ippolit Ippolityč war nicht sehr gesprächig; entweder

schwieg er, oder aber er sagte nur das, was jeder längst wußte. Jetzt antwortete er so:

»Ja, prächtiges Wetter. Es ist Mai, bald wird richtig Sommer sein. Aber der Sommer ist nicht das, was der Winter ist. Im Winter muß man die Öfen heizen, im Sommer aber ist es auch ohne Öfen warm. Im Sommer öffnet man nachts die Fenster, und es ist trotzdem warm, im Winter ist es trotz der Doppelfenster kalt.«

Nikitin saß erst einige Augenblicke am Tisch und langweilte sich schon.

»Gute Nacht!« sagte er, stand auf und gähnte. »Ich wollte Ihnen noch etwas von meiner Liebe erzählen, aber Sie sind ja mit der Geographie verheiratet! Man kommt Ihnen mit der Liebe, aber Sie sagen gleich: In welchem Jahr war die Schlacht an der Kalka? Zum Teufel mit Ihren Schlachten und Vorgebirgen der Tschuktschenhalbinsel.«

»Warum sind Sie so böse?«

»Ist doch auch ärgerlich!«

Verärgert darüber, daß er sich Manjusja noch nicht hatte erklären können und daß es niemanden gab, mit dem er über seine Liebe sprechen konnte, ging er in sein Arbeitszimmer und legte sich auf den Diwan. Im Zimmer war es dunkel und still. Als er so dalag und an die Decke starrte, mußte er, ohne zu wissen, warum, daran denken, wie er in zwei oder drei Jahren nach Petersburg fahren und wie ihn Manjusja zum Bahnhof begleiten und weinen würde; in Petersburg würde er von ihr einen langen Brief erhalten, in dem sie ihn bitten würde, möglichst bald wieder nach Hause zu kommen. Und er würde ihr schreiben ... Seinen Brief würde er so beginnen: Meine liebe Ratte ...

»So und nicht anders: Meine liebe Ratte«, sagte er laut und mußte lachen.

Es lag sich unbequem. Er verschränkte die Arme hinter dem Kopf und legte das linke Bein auf die Sofalehne. So war es bequemer. Inzwischen wurde das Fenster merklich heller, und draußen meldeten sich verschlafen die Hähne. Nikitin stellte sich weiter vor, wie er aus Petersburg zurückkehren würde, wie ihn Manjusja auf dem Bahnhof begrüßen und ihm mit einem Freudenschrei um den Hals fallen würde. Oder noch besser: Er würde eine List anwenden – er würde heimlich nachts eintreffen, sich von der Köchin öffnen lassen und auf Zehenspitzen ins Schlafzimmer schleichen, sich lautlos ausziehen, und dann – plumps ins Bett! Sie würde dann aufwachen und – welche Freude!

Es war ganz hell geworden. Das Arbeitszimmer und das Fenster verschwanden. Auf der Außentreppe der Brauerei, derselben, an der sie heute vorbeigeritten waren, saß Manjusja und sagte etwas. Dann nahm sie Nikitin bei der Hand und ging mit ihm in das Gartenrestaurant in der Vorstadt. Hier erblickte er die Eichen mit den Krähennestern, die wie Mützen aussahen. Eins der Nester schwankte, Šebaldin guckte heraus und rief laut: »Sie haben Lessing nicht gelesen!«

Nikitin zitterte am ganzen Leib und schlug die Augen auf. Vor dem Diwan stand Ippolit Ippolityč und band sich mit zurückgezogenem Kopf eine Krawatte um.

»Stehen Sie auf, Sie müssen zum Dienst«, sagte er, »und angekleidet schläft man nicht. Davon wird die Kleidung nicht besser. Man soll ausgezogen und im Bett schlafen...«

Und wie gewöhnlich sprach er lange und mit Unterbrechungen davon, was jeder längst wußte.

In der ersten Stunde hatte Nikitin Russisch in der zweiten Klasse. Als er pünktlich um neun die Klasse betrat, stand hier mit Kreide in großen Buchstaben M. Š. an der Wandtafel. Das bedeutete wahrscheinlich: Maša Šelestova.

Sie haben schon etwas gerochen, die Schufte ... dachte Nikitin. Woher wissen sie das alles?

In der zweiten Stunde gab er Literatur in der fünften Klasse. Auch hier stand M. Š. an der Tafel, und als er am Ende der Stunde die Klasse verließ, erhob sich hinter ihm ein Geschrei wie von einer Theatergalerie: »Hurraaa! Šelestova!«

Das Schlafen in Kleidern war ihm nicht gut bekommen, er fühlte sich erschöpft und wie zerschlagen. Die Schüler, die schon ungeduldig auf die schulfreie Zeit vor den Prüfungen warteten, arbeiteten nicht mit, sie langweilten sich und trieben Unfug. Nikitin langweilte sich ebenfalls, er bemerkte die Unarten nicht und trat dauernd ans Fenster. Er sah die von der Sonne grell beleuchtete Straße vor sich, den durchsichtigen blauen Himmel über den Häusern, die Vögel und weit hinter den grünen Gärten und den Häusern die unendliche Ferne mit dem blauschimmernden Wäldchen und dem Rauch von einem dahineilenden Eisenbahnzug...

Auf der Straße, im Schatten der Akazien, gingen, mit ihren Reitgerten spielend, zwei Offiziere in weißen Jacken vorbei. Auf einem Kremser fuhr eine Gruppe graubärtiger Juden in Schirmmützen vorüber. Die Gouvernante machte mit der Enkelin des Direktors einen Spaziergang ... Som und zwei Hofhunde rannten irgendwohin ... In einem einfachen grauen Kleid und roten Strümpfen, den ›Vestnik Evropy‹ in der Hand, kam Varja gegangen. Wahrscheinlich war sie in der Stadtbibliothek gewesen...

Der Unterricht würde nicht so bald zu Ende sein – erst um drei Uhr! Danach konnte er noch nicht nach Hause und auch nicht zu den Šelestovs gehen, sondern er mußte zu Wolf zum Privatunterricht. Dieser Wolf, ein reicher Jude, der den lutherischen Glauben angenommen hatte, schickte seine Kinder nicht ins Gymnasium, sondern holte die Lehrer des Gymnasiums zu sich ins Haus und bezahlte ihnen fünf Rubel für die Stunde...

Langweilig, o wie langweilig!

Um drei Uhr ging er zu Wolf und saß bei ihm, wie ihm schien, eine Ewigkeit. Um fünf brach er auf, und um sieben mußte er schon wieder im Gymnasium beim Pädagogischen Rat sein, um ein Verzeichnis der mündlichen Prüfungen für die vierte und sechste Klasse zusammenzustellen!

Als er spätabends gleich vom Gymnasium aus zu den Šelestovs ging, klopfte sein Herz, und sein Gesicht glühte. Vor einer Woche und vor einem Monat hatte er jedesmal, wenn er sich erklären wollte, eine ganze Rede mit Einleitung und Schluß vorbereitet, jetzt aber hatte er sich kein einziges Wort zurechtgelegt, in seinem Kopf ging alles drunter und drüber, er wußte nur, daß er sich heute ganz gewiß erklären mußte und daß er unmöglich noch länger warten konnte.

Ich bitte sie in den Garten, überlegte er, gehe ein bißchen mit ihr spazieren und erkläre mich dann...

Im Vorzimmer war keine Menschenseele; er ging in den Saal, dann in den Salon... Hier war auch niemand. Er hörte, wie oben im ersten Stock Varja mit jemandem stritt und wie im Kinderzimmer eine Näherin mit der Schere klapperte.

Im Haus gab es ein Zimmer mit drei Bezeichnungen – es hieß das kleine Zimmer, das Durchgangszimmer und das dunkle Zimmer. Darin stand ein großer alter Schrank mit Medikamenten, Schießpulver und Jagdutensilien. Von hier führte eine schmale Holztreppe, auf der immer ein paar Katzen schliefen, in den ersten Stock. Es gab da zwei Türen, eine zum Kinderzimmer und eine zum Salon. Als Nikitin hier eintrat, um sich nach oben zu begeben, wurde die Tür zum Kinderzimmer aufgerissen und stark zugeschlagen, daß Treppe und Schrank erzitterten; Manjusja erschien in einem schwarzen Kleid und mit einem Stück blauen Stoff in der Hand, und ohne Nikitin zu bemerken, huschte sie zur Treppe.

»Warten Sie«, sagte Nikitin. »Guten Tag, Godefroy... Erlauben Sie...«

Er keuchte und wußte nicht, was er sagen sollte; mit der einen Hand hielt er die ihre, mit der anderen den blauen Stoff. Sie war halb erschreckt, halb verwundert und sah ihn mit großen Augen an.

»Erlauben Sie«, fuhr Nikitin fort, der fürchtete, sie könnte weitergehen. »Ich muß Ihnen etwas sagen... Nur... hier geht es nicht. Ich kann nicht, ich bin nicht in der Lage... Verstehen Sie, Godefroy, ich kann nicht... das ist alles...«

Der blaue Stoff fiel auf den Fußboden, und Nikitin faßte Manjusja bei der anderen Hand. Sie wurde blaß, bewegte die Lippen, wich vor Nikitin zurück und geriet in die Ecke zwischen Wand und Schrank.

»Ehrenwort, ich versichere Ihnen ...« sagte er leise, »Manjusja, Ehrenwort...«

Sie warf den Kopf zurück, und er küßte sie auf die Lippen, und damit dieser Kuß länger dauerte, legte er die Finger an ihre Wangen; irgendwie ergab es sich, daß er selbst in die Ecke zwischen Wand und Schrank geriet, und sie umschlang seinen Hals mit den Armen und schmiegte den Kopf an sein Kinn.

Dann liefen sie beide in den Garten hinaus.

Der Garten der Šelestovs umfaßte vier Desjatinen. Es standen darin etwa zwanzig alte Ahorn- und Lindenbäume und eine alte Tanne, das übrige waren Obstbäume – Weichselkirschen, Apfel- und Birnbäume, Wildkastanien, Silberoliven ... Auch viele Blumen gab es.

Nikitin und Manjusja liefen schweigend durch die Alleen, sie lachten, stellten einander hin und wieder abgerissene Fragen, auf die sie nicht antworteten, und über allem schimmerte der Halbmond, und aus dem dunklen, von diesem Halbmond spärlich beschienenen Gras reckten sich verschlafen Tulpen und Schwertlilien, als würden sie bitten, man solle auch ihnen eine Liebeserklärung machen.

Als Nikitin und Manjusja ins Haus zurückkehrten, waren die Offiziere und die jungen Damen bereits versammelt und tanzten Mazurka. Wieder führte Poljanskij die grande ronde durch alle Zimmer, und wieder spielte man nach dem Tanzen ›Schicksal‹. Als die Gäste zum Abendessen ins Speisezimmer gingen, blieben Manjusja und Nikitin zurück, sie schmiegte sich an ihn und sagte:

»Du mußt mit Papa und Varja allein sprechen. Ich schäme mich ...«

Nach dem Abendessen sprach er mit dem Alten. Šelestov hörte ihn an, dachte nach und sagte:

»Ich bin Ihnen sehr dankbar für die Ehre, die Sie mir und meiner Tochter erweisen, aber gestatten Sie, daß ich freundschaftlich mit Ihnen rede. Ich will nicht wie ein Vater zu Ihnen sprechen, sondern wie ein Gentleman zu einem anderen Gentleman. Sagen Sie bitte, was haben Sie davon, wenn Sie so früh heiraten? Nur die Bauern heiraten früh, aber das ist bekanntlich eine Gemeinheit, und was haben Sie damit zu tun? Macht es denn Spaß, sich schon in jungen Jahren Fesseln anzulegen?«

»Ich bin gar nicht mehr so jung!« erwiderte Nikitin gekränkt. »Ich bin siebenundzwanzig.«

»Papa, der Pferdedoktor ist gekommen!« rief Varja aus dem anderen Zimmer.

Das Gespräch wurde abgebrochen. Varja, Manjusja und Poljanskij begleiteten Nikitin nach Hause. Als sie an seiner Gartenpforte angelangt waren, sagte Varja:

»Warum zeigt sich denn Ihr geheimnisvoller Mitropolit Mitropolityč nirgends, er sollte mal zu uns kommen.«

Der geheimnisvolle Ippolit Ippolityč saß, als Nikitin eintrat, auf seinem Bett und zog gerade die Hosen aus.

»Legen Sie sich noch nicht hin, mein Lieber!« sagte Nikitin ganz außer Atem. »Halt, legen Sie sich noch nicht hin!«

Ippolit Ippolityč zog die Hosen schnell wieder an und fragte beunruhigt:

»Was ist los?«

»Ich heirate!«

Nikitin setzte sich neben seinen Kollegen, sah ihn erstaunt an, als wundere er sich über sich selbst, und sagte:

»Stellen Sie sich vor, ich heirate! Maša Šelestova! Ich habe ihr heute einen Antrag gemacht.«

»Warum nicht? Sie ist sicher ein gutes Mädchen. Nur noch sehr jung.«

»Ja, sie ist sehr jung!« Nikitin seufzte und zuckte besorgt mit den Achseln. »Sehr, sehr jung!«

»Ich habe sie im Gymnasium unterrichtet. Ich kenne sie. In

Geographie ging es ja noch, aber in Geschichte stand sie schlecht. Sie war eine unaufmerksame Schülerin.«

Nikitin tat sein Kollege auf einmal leid, ohne daß er wußte, warum, und er wollte ihm etwas Zärtliches, Tröstendes sagen.

»Warum heiraten Sie denn nicht, mein Lieber?« fragte er. »Ippolit Ippolityč, warum heiraten Sie beispielsweise nicht Varja? Sie ist ein wunderbares, prachtvolles Mädchen! Allerdings streitet sie sehr gern, aber das Herz ... was für ein Herz! Sie hat gerade nach Ihnen gefragt. Heiraten Sie sie, mein Lieber! Na?«

Er wußte sehr wohl, daß Varja diesen langweiligen, stupsnasigen Mann nicht nehmen würde, trotzdem versuchte er ihn zu überreden, sie zu heiraten. Warum?

»Die Heirat ist ein ernster Schritt«, erwiderte Ippolit Ippolityč nach kurzem Überlegen. »Man muß alles bedenken und abwägen, anders geht es nicht. Die Vernunft ist niemals hinderlich, insbesondere beim Heiraten, wenn der Mensch sein Junggesellenleben aufgibt und ein neues Leben beginnt.«

Und er sagte damit, was jeder schon längst wußte. Nikitin hörte gar nicht erst zu, sondern verabschiedete sich und ging in sein Zimmer. Er zog sich schnell aus und legte sich schnell hin, um möglichst schnell über sein Glück, über Manjusja und über die Zukunft nachdenken zu können; er lächelte, und plötzlich fiel ihm ein, daß er Lessing noch nicht gelesen hatte.

Ich muß ihn lesen ... dachte er. Aber warum denn eigentlich? Der Teufel soll ihn holen!

Von seinem Glück erschöpft, schlummerte er sogleich ein und lächelte im Schlaf bis zum Morgen.

Er träumte von Pferdegetrappel auf Holzpflaster; er träumte, wie man zuerst den Rappen Graf Nulin, dann den Schimmel Velikan und dann dessen Schwester Majka aus dem Stall führte ...

II

»In der Kirche war es sehr eng und sehr laut, einmal schrie sogar einer auf, und der Oberpriester, der mich und Manjusja traute, schaute durch seine Brille und sagte streng:

›Laufen Sie nicht in der Kirche herum und lärmen Sie nicht, sondern stehen Sie still und beten Sie. Man muß doch Gottesfurcht besitzen.‹

Hochzeitsmarschall waren bei mir meine beiden Kollegen, bei Manja Stabskapitän Poljanskij und Leutnant Gernet. Der bischöfliche Chor sang herrlich. Das Knistern der Kerzen, der Glanz, die Garderoben, die Offiziere, die vielen heiteren, zufriedenen Gesichter und das eigenartige, liebliche Aussehen Manjas, überhaupt die ganzen Umstände und die Worte der Trauungszeremonie rührten mich zu Tränen und stimmten mich feierlich. Wie poetisch schön ist mein Leben in letzter Zeit geworden, dachte ich, wie ist es erblüht! Vor zwei Jahren war ich noch Student, ich lebte in billigen Pensionen auf dem Neglinnyj ohne Geld, ohne Angehörige und, wie ich damals meinte, auch ohne Zukunft. Jetzt aber bin ich Gymnasiallehrer in einer der besten Städte des Gouvernements, werde versorgt, geliebt und verwöhnt. Nur meinetwegen, so dachte ich, hat sich diese Menge hier versammelt, meinetwegen brennen die drei Kronleuchter, brüllt der Protodiakon, geben sich die Sänger Mühe, und meinetwegen ist dieses junge Geschöpf, das sich wenig später meine Frau nennen wird, so jung, so schön und so froh. Ich entsann mich der ersten Begegnungen, unserer Ritte in die Vorstadt, der Liebeserklärung und des Wetters, das wie absichtlich den ganzen Sommer hindurch ausnehmend schön war; und jenes Glück, das mir damals auf dem Neglinnyj nur in Romanen und Erzählungen möglich schien, dieses Glück erfuhr ich nun am eigenen Leibe, und ich glaubte es mit Händen greifen zu können.

Nach der Trauung umringten alle in wirrem Durcheinander mich und Manja, und alle drückten ihre aufrichtige

Genugtuung aus, gratulierten uns und wünschten uns Glück. Der Brigadegeneral, ein alter Mann Anfang der Siebzig, gratulierte nur Manjusja und sagte mit greisenhafter, krächzender Stimme so laut, daß es durch die ganze Kirche schallte:

›Ich hoffe, meine Liebe, Sie bleiben auch nach der Hochzeit eine solche Rose.‹

Die Offiziere, der Direktor und alle Lehrer lächelten anstandshalber, und auch ich spürte auf meinem Gesicht ein freundliches, unaufrichtiges Lächeln. Der liebe Ippolit Ippolityč, Lehrer für Geschichte und Geographie, der immer sagte, was schon jeder wußte, drückte mir kräftig die Hand und sagte mit Gefühl:

›Bis heute waren Sie nicht verheiratet und allein; jetzt sind Sie verheiratet und zu zweit.‹

Von der Kirche fuhren wir zu dem zweistöckigen unverputzten Haus, das Maša mit in die Ehe bringt. Außer diesem Haus bekommt Maša noch etwa zwanzigtausend Rubel und in Melitonovo ein Stück Brachland mit einem Wächterhäuschen, wo viele Hühner und Enten leben sollen, die ohne Aufsicht verwildern. Nach der Rückkehr aus der Kirche reckte ich meine Glieder, warf mich in meinem neuen Arbeitszimmer auf den türkischen Diwan und rauchte; ich fand es weich, bequem und gemütlich wie noch nie im Leben, währenddessen aber schrien die Gäste hurra, und in der Diele spielte eine schlechte Kapelle Tuschs und allerlei Unsinn. Varja, Manjas Schwester, kam mit einem Pokal in der Hand ins Zimmer gelaufen; ihre Miene war seltsam starr, als habe sie den Mund voller Wasser; sie wollte offenbar weiterlaufen, aber auf einmal fing sie an zu lachen und zu schluchzen, und der Pokal rollte klirrend über den Fußboden. Wir nahmen sie bei den Armen und brachten sie weg.

›Niemand kann mich verstehen!‹ murmelte sie darauf in dem am weitesten entfernten Zimmer, wo sie auf dem Bett der Amme lag. ›Niemand, niemand! Mein Gott, niemand kann mich verstehen!‹

Doch alle verstanden sie sehr gut; sie war vier Jahre älter als ihre Schwester Manja und trotzdem noch nicht verheiratet, und sie weinte nicht aus Neid, sondern der traurigen Gewißheit wegen, daß ihre Zeit verging, ja vielleicht schon vergangen war. Als man Quadrille tanzte, war sie bereits mit verweintem, stark gepudertem Gesicht im Saal, und ich sah, wie der Stabskapitän Poljanskij ihr ein Schüsselchen mit Gefrorenem hinhielt und sie ein Löffelchen davon aß ...

Es ist schon die sechste Morgenstunde. Ich habe mich an mein Tagebuch gemacht, um mein ganzes, vielgestaltiges Glück zu beschreiben; ich dachte, ich schreibe so an die sechs Blatt voll und werde es dann morgen Manja vorlesen, aber seltsam, in meinem Kopf geht alles durcheinander, alles verschwimmt wie ein Traum, und ganz deutlich erinnere ich mich nur an diese Episode mit Varja, und ich möchte schreiben: Arme Varja! Übrigens haben die Bäume angefangen zu rauschen, es wird Regen geben; die Raben krächzen, und meine Manja, die soeben eingeschlafen ist, macht ein trauriges Gesicht.«

Danach rührte Nikitin sein Tagebuch lange nicht mehr an. In den ersten Augusttagen begannen die Nachprüfungen und die Aufnahmeexamen, nach Mariä Himmelfahrt fing der Unterricht wieder an. Gewöhnlich ging er morgens kurz vor neun zum Dienst, und schon um zehn sehnte er sich nach Manja und seinem neuen Haus und schaute immerfort auf die Uhr. In den unteren Klassen ließ er einen der Schüler diktieren, und während die Kinder schrieben, saß er mit geschlossenen Augen auf dem Fensterbrett und träumte; ob er von der Zukunft träumte, ob er an die Vergangenheit dachte – alles war für ihn gleich schön, ganz wie im Märchen. In den oberen Klassen las man aus Gogol oder der Prosa Puškins vor, das vertrieb seine Schläfrigkeit, und vor seinem geistigen Auge tauchten Menschen, Bäume, Felder und Reitpferde auf, und er sagte seufzend, als begeistere er sich für den Autor:

»Wie schön!«

Während der großen Pause schickte ihm Manja in einer schneeweißen Serviette das Frühstück, und er verzehrte es langsam und mit Unterbrechungen, um den Genuß zu verlängern, und Ippolit Ippolityč, der zum Frühstück gewöhnlich nur ein Brötchen zu sich nahm, sah ihn voller Achtung und Neid an und sagte etwas längst Bekanntes, wie zum Beispiel:

»Ohne Nahrung können die Menschen nicht existieren.«

Vom Gymnasium ging Nikitin zu den Privatstunden und kehrte nach fünf Uhr endlich heim, und dann empfand er eine Freude und eine Unruhe, als wäre er ein ganzes Jahr nicht zu Hause gewesen. Atemlos rannte er die Treppe hinauf, suchte Manja, umarmte und küßte sie und schwor, daß er sie liebe und ohne sie nicht leben könne, er beteuerte, er habe furchtbare Sehnsucht gehabt, und fragte sie ängstlich, ob sie gesund sei und warum sie ein so betrübtes Gesicht mache. Dann aßen sie gemeinsam zu Mittag. Nach dem Essen legte er sich in seinem Arbeitszimmer auf den Diwan und rauchte, und sie setzte sich neben ihn und erzählte etwas mit halblauter Stimme.

Die glücklichsten Tage waren für ihn die Sonn- und Feiertage, wenn er vom Morgen bis zum Abend zu Hause sein konnte. An diesen Tagen nahm er teil an dem einfachen, aber ungewöhnlich angenehmen Leben, das ihn an eine Hirtenidylle erinnerte. Er beobachtete, ohne müde zu werden, wie seine kluge und tüchtige Manja das Nest baute, und er selbst tat allerlei Unnützes, um zu zeigen, daß er nicht überflüssig im Hause sei, zum Beispiel zog er den Bankwagen aus dem Schuppen und betrachtete ihn von allen Seiten. Manjusja betrieb mit ihren drei Kühen eine richtige Molkerei, und im Keller und in der Speisekammer standen viele Schüsseln mit Milch und Töpfchen mit Sahne herum, aus der sie Butter machen wollte. Manchmal bat Nikitin sie zum Spaß um ein Glas Milch; sie erschrak dann, weil es nicht vorgesehen war, er aber umarmte sie lachend und sagte:

»Nun, nun, ich habe nur gescherzt, mein Goldstück! Es war nur Scherz!«

Oder er lachte über ihre Knausrigkeit, wenn sie beispielsweise im Schrank ein liegengebliebenes Stück Wurst oder Käse fand, das hart wie Stein war, und allen Ernstes sagte:

»Das können noch die Leute in der Küche essen.«

Er erklärte ihr, so ein kleines Stück tauge nur noch zum Mäusefang, sie aber bewies ihm dann eifrig, die Männer verstünden nichts von der Wirtschaft, und die Dienerschaft wundere sich über nichts, selbst wenn man ihr drei Pud Vorspeisen in die Küche schicke. Er stimmte zu und umarmte sie entzückt. Was an ihren Worten richtig war, kam ihm ungewöhnlich und erstaunlich vor, was aber von seinen Überzeugungen abwich, war seiner Meinung nach naiv und rührend.

Zuweilen bekam er einen philosophischen Rappel, er begann dann über irgendein abstraktes Thema zu reden, und sie hörte ihm zu und blickte ihn dabei neugierig an.

»Ich bin unendlich glücklich mit dir, mein Schatz«, sagte er, wobei er mit ihren Fingern spielte oder ihren Zopf löste und wieder neu flocht. »Aber ich betrachte dieses Glück nicht als etwas, was mir zufällt, gleichsam vom Himmel geschenkt wurde. Dieses Glück ist eine ganz natürliche, folgerichtige und logische Erscheinung. Ich glaube daran, daß jeder Mensch der Schöpfer seines Glückes ist, und jetzt nehme ich mir nur das, was ich mir selber geschaffen habe. Ja, ich sage es, ohne mich zu zieren, dieses Glück habe ich mir selber geschaffen und genieße es zu Recht. Du kennst meine Vergangenheit. Waisentum, Armut, eine unglückliche Kindheit, eine langweilige Jugend – das alles war Kampf, war der Weg, den ich einschlug, um zum Glück zu gelangen...«

Im Oktober erlitt das Gymnasium einen schweren Verlust: Ippolit Ippolityč erkrankte an Gesichtsrose und starb. Die letzten beiden Tage vor seinem Tod war er ohne Besinnung und phantasierte, aber selbst in der Fieberphantasie sagte er nur, was jeder wußte:

»Die Volga fließt ins Kaspische Meer ... Die Pferde fressen Hafer und Heu ...«

An dem Tag, als man ihn zu Grabe trug, fiel im Gymnasium der Unterricht aus. Kollegen und Schüler trugen den Sargdeckel und den Sarg, und der Schulchor sang den ganzen Weg zum Friedhof »O heiliger Gott«. An der Prozession nahmen drei Geistliche, zwei Diakone, das ganze Knabengymnasium und der bischöfliche Chor in Paradekleidung teil. Die Passanten, die dem feierlichen Leichenzug begegneten, bekreuzigten sich und sagten:

»Gebe Gott einem jeden solchen Tod.«

Vom Friedhof nach Hause zurückgekehrt, suchte Nikitin im Schreibtisch sein Tagebuch und notierte gerührt:

»Heute trugen wir Ippolit Ippolityč Ryžickij zu Grabe.

Friede deiner Asche, du bescheidener Arbeiter! Manja, Varja und alle Frauen, die an der Beerdigung teilnahmen, weinten aufrichtig, vielleicht, weil sie wußten, daß diesen uninteressanten, verschüchterten Menschen niemals auch nur eine einzige Frau geliebt hatte. Ich wollte am Grab des Kollegen ein paar herzliche Worte sprechen, aber man warnte mich, es könnte dem Direktor mißfallen, da er den Verstorbenen nicht geschätzt habe. Nach der Hochzeit ist dies wohl der erste Tag, an dem mir schwer ums Herz ist ...«

Danach gab es in der ganzen Schulzeit keinerlei besonderen Ereignisse.

Der Winter war mild, ohne Frost, mit nassem Schnee; die ganze Nacht vor dem Dreikönigstag heulte zum Beispiel der Wind wie im Herbst, es tropfte von den Dächern, und morgens zur Wasserweihe ließ die Polizei niemanden auf den Fluß, weil das Eis, wie es hieß, brüchig und dunkel war. Doch ungeachtet des schlechten Wetters lebte Nikitin ebenso glücklich wie im Sommer. Es war sogar ein neues Vergnügen hinzugekommen – er hatte Whint spielen gelernt. Nur eins erregte und erzürnte ihn zuweilen und hinderte ihn, vollkommen glücklich zu sein: die Hunde und Katzen, die seine

Frau mit in die Ehe gebracht hatte. In den Zimmern roch es immer, besonders morgens, wie in einer Menagerie, und dieser Geruch war mit nichts zu vertreiben; die Katzen balgten sich oft mit den Hunden. Die böse Muška wurde zehnmal am Tag gefüttert; sie hatte nach wie vor nichts für Nikitin übrig und knurrte ihn an:
»Rrr ... nganganga ...«
Einmal, es war in der großen Fastenzeit, kehrte er um Mitternacht aus dem Klub zurück, wo er Karten gespielt hatte. Es regnete, und es war dunkel und schmutzig. Nikitin verspürte ein unangenehmes Gefühl, und er konnte sich gar nicht erklären, woher es kam: vielleicht daher, daß er im Klub zwölf Rubel verloren hatte, oder daher, daß einer seiner Partner bei der Abrechnung gesagt hatte, Nikitin habe Geld wie Heu; wollte er damit auf die Mitgift anspielen? Zwölf Rubel waren nicht schlimm, und die Worte des Partners enthielten nichts Beleidigendes, trotzdem aber war es ihm unangenehm.
»Pfui, wie häßlich!« murmelte er und blieb an einer Laterne stehen.
Er dachte bei sich, daß es ihm um die zwölf Rubel deshalb nicht leid tat, weil sie ihm in den Schoß gefallen waren. Wäre er Arbeiter gewesen, so würde er mit jeder Kopeke rechnen und sich Gewinn und Verlust gegenüber nicht gleichgültig verhalten. Und überhaupt, so dachte er weiter, war ihm das Glück nur in den Schoß gefallen und für ihn eigentlich ein ebensolcher Luxus wie Medizin für einen Gesunden; würde ihn, wie die überwiegende Mehrzahl der Menschen, die Sorge um das tägliche Brot bedrücken und müßte er um seine Existenz kämpfen oder würde ihm von der Arbeit das Kreuz schmerzen, dann wären Abendessen, eine warme gemütliche Wohnung und ein häusliches Glück für ihn ein Bedürfnis, eine Belohnung und die Verschönerung seines Lebens; so aber hatte das alles für ihn eine eigenartige, schwer bestimmbare Bedeutung.

»Pfui, wie häßlich!« wiederholte er, da er sehr wohl begriff, daß diese Überlegungen schon an und für sich ein schlechtes Zeichen waren.

Als er nach Hause kam, lag Manja im Bett. Sie atmete regelmäßig und lächelte, offensichtlich schlief sie selig. Neben ihr lag, zu einem Knäuel zusammengerollt, ein weißer Kater und schnurrte. Als Nikitin eine Kerze anzündete und sich eine Zigarette ansteckte, erwachte Manja und trank gierig ein Glas Wasser.

»Ich habe zuviel Marmelade gegessen«, sagte sie lachend.
»Warst du bei den Unsrigen?« fragte sie nach kurzem Schweigen.

»Nein.«

Nikitin wußte bereits, daß der Stabskapitän Poljanskij, mit dem Varja in der letzten Zeit stark gerechnet hatte, in eines der westlichen Gouvernements versetzt war und in der Stadt bereits seine Abschiedsvisiten machte und daß es deshalb im Haus des Schwiegervaters langweilig war.

»Am Abend kam Varja vorbei«, sagte Manja und richtete sich auf. »Sie hat nichts gesagt, aber man sah ihr an, wie schwer es der Ärmsten ums Herz ist. Ich kann ja Poljanskij nicht leiden. Er ist so dick und aufgeschwemmt, und wenn er geht oder tanzt, dann wackeln seine Backen ... Nicht mein Typ, aber trotzdem habe ich ihn für einen anständigen Menschen gehalten.«

»Ich halte ihn auch jetzt noch für anständig.«

»Und weshalb hat er sich Varja gegenüber so schlecht benommen?«

»Wieso denn schlecht?« fragte Nikitin und blickte gereizt auf den weißen Kater, der den Rücken krümmte und sich dann dehnte. »Soweit mir bekannt ist, hat er ihr keinen Heiratsantrag und keinerlei Versprechungen gemacht.«

»Und warum ist er so oft bei uns gewesen? Wenn man keine Heiratsabsichten hat, tut man das nicht.«

Nikitin löschte die Kerze und legte sich nieder, aber er

konnte weder schlafen noch liegen. Ihm war, als habe er einen Kopf, so riesengroß und so leer wie ein Speicher, und als huschten darin neue, sonderbare Gedanken umher, die langen Schatten glichen. Er dachte daran, daß es außer dem milden Schein des Ikonenlämpchens, das einem traulichen häuslichen Glück zulächelte, außer dieser kleinen Welt, in der er und dieser Kater da so ruhig und angenehm lebten, auch noch eine andere Welt gab ... Und ihn verlangte plötzlich mit schmerzlicher Leidenschaft nach dieser anderen Welt, er wollte irgendwo in einer Fabrik oder in einer großen Werkstatt arbeiten, von einem Katheder herab sprechen, Aufsätze verfassen, publizieren, Aufsehen erregen, müde werden, leiden ... Ihn verlangte nach etwas, das ihn bis zur Selbstvergessenheit ergriff, bis zur Gleichgültigkeit gegenüber dem persönlichen Glück, dessen Empfindungen so einförmig waren. In seiner Phantasie tauchte plötzlich wie lebendig der rasierte Šebaldin auf, der erschrocken zu ihm sagte:

»Sie haben nicht einmal Lessing gelesen! Wie sind Sie zurückgeblieben! Mein Gott, wie sind Sie gesunken!«

Manja trank wieder Wasser. Er betrachtete ihren Hals, die vollen Schultern und ihre Brust und erinnerte sich der Worte, die der Brigadegeneral damals in der Kirche gesagt hatte: Eine Rose.

»Eine Rose«, murmelte er und mußte lachen.

Muška knurrte verschlafen unter dem Bett.

»Rrr ... nganganga ... «

Schwere Erbitterung legte sich kalt wie ein Hammer auf sein Herz, und er wollte Manja etwas Grobes sagen und sogar aufspringen und sie schlagen. Er bekam Herzklopfen.

»Das heißt«, fragte er, sich beherrschend, »weil ich zu euch ins Haus gekommen bin, habe ich dich unbedingt heiraten müssen?«

»Natürlich. Das weißt du selbst sehr gut.«

»Das ist wirklich reizend.«

Einige Augenblicke später wiederholte er:

»Das ist wirklich reizend.«

Um nichts Überflüssiges zu sagen und um sein Herz zu beruhigen, ging Nikitin ins Arbeitszimmer und legte sich dort ohne Kissen auf den Diwan, dann legte er sich auf den Fußboden, auf den Teppich.

Was für ein Unsinn! versuchte er sich einzureden. Du bist Pädagoge und hast einen sehr edlen Beruf ... Was für eine andere Welt brauchst du noch? Was für ein Blödsinn!

Sogleich aber sagte er sich voller Überzeugung, er sei überhaupt kein Pädagoge, sondern Beamter, genauso unpersönlich und unbegabt wie der Tscheche, der Griechischlehrer; er habe niemals eine innere Berufung zur Lehrtätigkeit verspürt, kenne die Pädagogik nicht, habe sich auch nie dafür interessiert und verstehe nicht, mit den Kindern umzugehen; er sei sich der Bedeutung dessen, was er unterrichte, gar nicht bewußt und lehre sogar etwas Überflüssiges. Der verstorbene Ippolit Ippolityč war offensichtlich beschränkt, und alle Kollegen und Schüler wußten, wer er war und was sie von ihm zu halten hatten; er aber, Nikitin, verstand es gleich dem Tschechen, seine Beschränktheit zu verbergen und alle geschickt hinters Licht zu führen, indem er sich den Anschein gab, als sei bei ihm Gott sei Dank alles in Ordnung. Diese neuen Gedanken erschreckten Nikitin, er versuchte, sie zurückzudrängen, nannte sie dumm und glaubte, alles käme von den Nerven und er würde sich selbst auslachen.

Tatsächlich lachte er schon gegen Morgen über seine Nervosität und nannte sich ein altes Weib, aber er war sich bewußt, daß es mit der Ruhe vorbei war, wahrscheinlich für immer, und daß es in dem zweistöckigen unverputzten Haus für ihn kein Glück mehr gab. Er erriet, daß die Illusion entschwunden war und daß bereits ein neues, nervöses und bewußtes Leben begonnen hatte, das mit Ruhe und persönlichem Glück nicht in Einklang stand.

Am nächsten Tag, einem Sonntag, ging er in die Kirche des Gymnasiums und traf sich dort mit dem Direktor und den

Kollegen. Ihm schien, als seien alle nur damit beschäftigt, sorgsam ihre Unwissenheit und ihre Unzufriedenheit mit dem Leben zu verbergen, und er selbst lächelte freundlich und sprach über Nichtigkeiten, um ihnen seine Unruhe nicht zu offenbaren. Dann ging er auf den Bahnhof und sah dort den Postzug ankommen und abfahren, und es freute ihn, daß er allein war und daß er sich mit niemandem zu unterhalten brauchte.

Zu Hause traf er seinen Schwiegervater und Varja an, die zu ihm zum Mittagessen gekommen waren. Varja hatte verweinte Augen und klagte über Kopfschmerzen, und Šelestov aß sehr viel und sprach davon, wie unzuverlässig die jungen Leute heutzutage seien und wie wenig sie sich als Gentlemen benähmen.

»Das ist eine Gemeinheit!« sagte er. »Das werde ich ihm auch ins Gesicht sagen: Das ist eine Gemeinheit, verehrter Herr!«

Nikitin lächelte freundlich und half Manja, die Gäste zu bewirten, doch nach dem Essen ging er in sein Zimmer und schloß sich dort ein.

Die Märzsonne schien schon hell, und durch die Fensterscheiben fielen warme Strahlen auf den Tisch. Es war erst der zwanzigste, aber man fuhr bereits im Wagen, und im Garten lärmten die Stare. Es sah so aus, als würde Manjusja gleich hereinkommen, einen Arm um ihn legen und sagen, daß man die Reitpferde oder den Bankwagen zur Außentreppe gebracht habe, und fragen, was sie anziehen solle, um nicht zu frieren. Der Frühling war gekommen, genauso wunderbar wie im vergangenen Jahr, und er versprach die gleichen Freuden . . . Doch Nikitin dachte daran, wie schön es wäre, jetzt Urlaub zu nehmen und nach Moskau zu fahren und dort auf dem Neglinnyj in den bekannten Pensionen abzusteigen. Im Nebenzimmer trank man Kaffee und sprach über den Stabskapitän Poljanskij, er aber bemühte sich, nicht hinzuhören, und schrieb in sein Tagebuch: »Wo bin ich, mein Gott? Uns umgeben Banalität und noch mal Banalität. Langweilige, unbedeutende Menschen, Töpfchen mit Sahne, Krüge mit Milch, Ungeziefer, dumme Frauen ... Nichts ist furchtbarer, kränkender, langweiliger als Banalität. Nur fliehen, heute noch von hier fliehen, sonst werde ich verrückt!«

Auf dem Gutshof

Pavel Iljič Raševič ging mit weichen Schritten auf dem mit kleinrussischen Läufern bedeckten Fußboden des Zimmers auf und ab, wobei seine Gestalt einen langen, schmalen Schatten auf Wand und Decke warf. Auf dem Diwan saß Meier, sein Gast, der das Amt eines Untersuchungsrichters bekleidete; er hatte die Beine übereinandergeschlagen, rauchte und hörte zu. Die Uhr zeigte bereits elf, und man vernahm, wie im Nebenzimmer der Tisch gedeckt wurde.

»Wie Sie wollen«, sagte Raševič, »vom Standpunkt der Brüderlichkeit, Gleichheit und so weiter ist der Schweinehirt Mitka sicher der gleiche Mensch wie Goethe oder Friedrich der Große; stellen Sie sich aber auf den Boden der Wissenschaft und haben Sie den Mut, den Tatsachen offen ins Auge zu sehen, dann müssen auch Sie erkennen, daß blaues Blut kein Vorurteil, keine Weiberphantasie ist. Das blaue Blut, mein Lieber, besitzt seine naturgeschichtliche Rechtfertigung, und es zu verleugnen ist meiner Meinung nach ebenso seltsam, wie das Geweih des Hirsches zu verleugnen. Man muß mit den Tatsachen rechnen! Sie sind Jurist, haben außer den humanitären keine anderen Wissenschaften kennengelernt und können sich noch hinsichtlich Gleichheit, Brüderlichkeit und so weiter von Illusionen verleiten lassen; ich aber bin ein unverbesserlicher Darwinist, und für mich sind Worte wie Rasse, Aristokratie, adliges Blut nicht Schall und Rauch.«

Raševič war erregt und sprach mit Gefühl. Seine Augen glänzten, der Kneifer war ihm von der Nase gerutscht; er zuckte nervös mit den Achseln und blinzelte mit den Augen, und bei dem Wort Darwinist betrachtete er sich keck im Spiegel und strich sich mit beiden Händen über den grauen Bart. Er trug ein sehr kurzes, abgenutztes Jackett und enge Hosen; die Fahrigkeit der Bewegungen, die Keckheit und dieses kurze Jackett paßten irgendwie nicht zu ihm, und es sah aus, als sei sein großer, langhaariger, würdiger Kopf, der an einen Bischof oder ehrbaren Dichter gemahnte, auf den Rumpf eines hochgewachsenen, hageren, affektierten Jünglings aufgesetzt. Wenn er die Beine spreizte, glich sein langer Schatten einer Schere.

Er redete überhaupt gern und glaubte immer etwas Neues oder Originelles zu sagen. In Gegenwart Meiers aber fühlte er in sich einen ungewöhnlichen geistigen Schwung und einen Ansturm der Ideen. Der Untersuchungsrichter war ihm sympathisch und inspirierte ihn durch seine Jugend, seine Gesundheit, seine Solidität und seine ausgezeichneten Manieren sowie, und das war die Hauptsache, durch das herzliche Verhältnis zu ihm und seiner Familie. Im allgemeinen mochten die Bekannten Raševič nicht, sie mieden ihn, und er wußte, daß sie von ihm erzählten, er habe mit seinen Gesprächen seine Frau ins Grab gebracht, und daß sie ihn hinter seinem Rücken einen Menschenfeind und Kröte nannten. Nur Meier, der noch neu und ohne Vorurteile war, saß oft und gern bei ihm und hatte sogar irgendwo gesagt, Raševič und seine Töchter seien die einzigen Menschen im Kreis, bei denen er sich wohl fühle wie bei Verwandten. Er gefiel Raševič auch deshalb, weil er ein junger Mann war, der für Ženja, die älteste Tochter, eine gute Partie abgeben könnte.

Nun ergötzte sich Raševič an den eigenen Gedanken und am Klang seiner Stimme und betrachtete wohlgefällig den recht schlanken, schön frisierten, adretten Meier. Raševič träumte davon, seine Ženja an einen guten Menschen zu verheiraten, so daß dann alle Sorgen um das Gut auf den Schwiegersohn übergehen würden.

Unangenehme Sorgen waren das! Schon zwei Zahlungstermine für die Bankzinsen waren verstrichen, und die verschiedenen Rückstände und Verzugszinsen beliefen sich auf über zweitausend Rubel.

»Für mich ist Folgendes nicht zu bezweifeln«, fuhr Raševič, der immer mehr in Fahrt kam, fort. »Wenn irgendein Richard Löwenherz oder Friedrich Barbarossa vielleicht tapfer und edelmütig war, dann werden diese Eigenschaften zusammen mit den Gehirnwindungen und Knötchen weitervererbt, und wenn diese Tapferkeit und dieser Edelmut durch Erziehung und Übung bei dem Sohn erhalten bleiben und wenn er eine Prinzessin heiratet, die ebenso edelmütig und tapfer ist, dann werden diese Eigenschaften auf den Enkel vererbt und so weiter, so lange, bis sie eine Eigentümlichkeit der Art werden und sozusagen organisch in Fleisch und Blut übergehen. Dank einer strengen geschlechtlichen Zuchtwahl, die adlige Familien instinktiv vor unebenbürtigen Ehen bewahrte und vornehme junge Männer nicht weiß der Teufel wen heiraten ließ, wurden die hohen seelischen Qualitäten in all ihrer Reinheit von Geschlecht zu Geschlecht weitergegeben, sie blieben erhalten und wurden im Laufe der Zeit durch Übungen immer vollkommener und wertvoller. Was die Menschheit an Gutem besitzt, verdanken wir nämlich der Natur, dem richtigen naturgeschichtlich zweckmäßigen Lauf der Dinge, bei dem Jahrhunderte hindurch das blaue Blut sorgfältig von dem nicht adligen getrennt wurde. Ja, mein Bester! Nicht der Parvenü und nicht der Sohn einer Köchin hat uns Literatur, Wissenschaft, Kunst, Recht und die Begriffe von Pflicht und Ehre gegeben ... All das verdankt die Menschheit ausschließlich dem blauen Blut, und in diesem Sinne, vom naturgeschichtlichen Standpunkt aus, ist der üble Sobakevič allein deshalb, weil er von blauem Blut ist, nützlicher, und er steht höher als der beste Kaufmann, und mag dieser auch fünfzehn Museen gestiftet haben. Wie Sie wollen! Und wenn ich einem Parvenü und dem Sohn einer Köchin nicht die Hand gebe und mich nicht mit ihm an einen Tisch setze, so bewahre ich damit das Beste, was es auf der Welt gibt, und erfülle eine der höchsten Vorschriften der Mutter Natur, die uns zur Vollkommenheit führt...«

Raševič blieb stehen und strich sich mit beiden Händen

den Bart; auch sein Schatten an der Wand, der einer Schere glich, blieb stehen.

»Nehmen Sie unser Mütterchen Rußland«, fuhr er, nachdem er die Hände in die Taschen gesteckt hatte, fort, bald auf den Absätzen, bald auf den Fußspitzen wippend. »Wer sind ihre besten Menschen? Nehmen Sie unsere hervorragenden Maler, Schriftsteller, Komponisten ... Wer sind sie? Sie alle, mein Lieber, waren Repräsentanten des blauen Blutes. Puškin, Gogol, Lermontov, Turgenev, Gončarov, Tolstoj – sie alle waren nicht die Söhne von Kirchendienern!«

»Gončarov war Kaufmann«, sagte Meier.

»Was will das besagen! Ausnahmen bestätigen nur die Regel. Und über die Genialität Gončarovs läßt sich auch noch sehr streiten. Aber lassen wir die Namen und kehren wir zu den Tatsachen zurück. Was sagen Sie zum Beispiel zu einer so beredten Tatsache, mein Herr: Sobald ein Parvenü dort eingedrungen ist, wohin man ihn vorher nicht gelassen hat – in die vornehme Welt, in die Wissenschaft, in die Literatur, in das Zemstvo, in das Gerichtswesen –, dann werden Sie bemerken, daß sich die Natur selbst für die hohen Rechte des Menschen eingesetzt und dieser Bande als erste den Krieg erklärt hat. In der Tat, sobald ein Parvenü dort eindrang, wo er nichts zu suchen hatte, da begann er unschöpferisch zu werden, dahinzusiechen, den Verstand zu verlieren, zu entarten; und nirgends trifft man so viele Neurastheniker, psychische Krüppel, Schwindsüchtige und Kümmerlinge aller Art wie unter diesen Kerlen. Sie sterben wie die Fliegen im Herbst. Wäre nicht diese rettende Entartung, von unserer Zivilisation wäre längst kein Stein mehr auf dem anderen, alles hätte der Parvenü vernichtet. Sagen Sie mir bitte: Was hat uns diese Invasion bis jetzt gegeben? Was hat der Parvenü hervorgebracht?« Raševič machte ein geheimnisvolles, erschrockenes Gesicht und fuhr fort: »Noch niemals standen unsere Wissenschaft und unsere Literatur auf einem so niedrigen Niveau wie jetzt! Bei den Heutigen, mein Herr, gibt es keine Ideale und keine Ideen, und ihre ganze Tätigkeit ist nur von dem einen Bestreben durchdrungen, wie man nämlich den anderen am besten schröpfen und ihm das letzte Hemd vom Leibe ziehen kann. All diese Heutigen, die sich als fortschrittliche, ehrenwerte Menschen ausgeben, kann man für einen Silberrubel kaufen, und unsere modernen Intellektuellen zeichnen sich gerade dadurch aus, daß man sich fest die Taschen zuhalten muß, wenn man mit ihnen spricht, weil sie einem sonst die Brieftasche herausziehen.« Raševič blinzelte und lachte. »Bei Gott, sie ziehen sie heraus!« wiederholte er heiter mit dünner Stimme. »Und die Moral? Was ist das für eine Moral?« Raševič schaute sich nach der Tür um. »Heutzutage wundert es einen nicht mehr, wenn eine Frau ihren Mann bestiehlt und verläßt – das sind nur Bagatellen! Heute trachtet schon ein zwölfjähriges Mädchen danach, einen Geliebten zu haben, und all diese Liebhabervorstellungen und literarischen Abende hat man sich nur ausgedacht, um leichter einen reichen Kulak aufzugabeln und sich von ihm aushalten zu lassen ... Mütter verkaufen ihre Töchter, und Ehemänner werden ganz offen gefragt, zu welchem Preis sie ihre Frauen verkaufen, und man kann da sogar ein bißchen feilschen, mein Lieber ...«

Meier, der die ganze Zeit geschwiegen und unbeweglich dagesessen hatte, stand plötzlich auf und schaute auf die Uhr.

»Entschuldigen Sie, Pavel Iljič«, sagte er, »ich muß nun nach Hause.«

Doch Pavel Iljič, der noch nicht zu Ende gesprochen hatte, umarmte ihn, drückte ihn wieder auf den Diwan und schwor, er würde ihn nicht ohne Abendessen fortlassen. Und Meier saß wieder da und hörte zu, schaute aber Raševič nun schon befremdet und unruhig an, als beginne er ihn erst jetzt zu verstehen. Auf sein Gesicht traten rote Flecken. Als schließlich das Stubenmädchen hereinkam und sagte, die jungen Damen bäten zum Abendessen, da seufzte er leicht und verließ als erster das Kabinett.

Im Nebenzimmer saßen Raševičs Töchter Ženja und Iraida am Tisch, die eine war vierundzwanzig, die andere zweiundzwanzig Jahre alt, sie hatten beide schwarze Augen, waren sehr blaß und von gleichem Wuchs. Ženja trug das Haar offen, Iraida hatte es hochgesteckt. Vor dem Essen tranken beide ein Gläschen Magenbitter mit einer Miene, als würden sie ihn versehentlich und zum erstenmal in ihrem Leben trinken, und beide wurden verlegen und kicherten.

»Seid nicht so albern, Mädchen«, meinte Raševič.

Ženja und Iraida sprachen miteinander französisch, mit dem Vater und dem Gast aber russisch. Sich gegenseitig unterbrechend und das Russische mit dem Französischen vermischend, erzählten sie hastig, wie sie in früheren Jahren gerade um diese Zeit, im August, ins Internat abgereist waren und wie lustig das war. Jetzt aber konnten sie nirgends mehr hinfahren und mußten ständig, Sommer wie Winter, auf dem Gutshof leben. Wie langweilig war das!

»Seid nicht so albern, Mädchen«, wiederholte Raševič.

Er wollte selber reden. Wenn andere in seiner Gegenwart sprachen, empfand er immer so etwas wie Eifersucht.

»So liegen die Dinge, mein Lieber ...« begann er wieder und sah den Untersuchungsrichter zärtlich an. »Aus Gutmütigkeit und Einfalt und aus Angst, man könnte uns der Rückständigkeit bezichtigen, verbrüdern wir uns, entschuldigen Sie, mit allerlei Pöbel, predigen wir Brüderlichkeit und Gleichheit mit Aufkäufern und Kneipenwirten; aber würden wir etwas mehr nachdenken, dann müßten wir erkennen, wie frevelhaft unsere Güte ist. Wir haben es so weit gebracht, daß die Zivilisation nur noch an einem Haar hängt. Mein Lieber! Was unsere Vorfahren in Jahrhunderten aufgebaut haben, wird binnen kurzem von diesen modernen Hunnen beschimpft und vernichtet werden ...«

Nach dem Abendessen gingen alle in den Salon. Ženja und Iraida zündeten auf dem Flügel Kerzen an und legten die Noten zurecht ... Der Vater aber redete weiter, und man wußte nicht, wann er aufhören würde. Die beiden schauten bereits traurig und ärgerlich ihren egoistischen Vater an, für den augenscheinlich das Vergnügen, zu schwatzen und mit seinem Verstand zu glänzen, wertvoller und wichtiger war als das Glück seiner Töchter. Meier war der einzige junge Mann, der in ihrem Haus verkehrte und der, wie sie wußten, um ihrer lieben weiblichen Gesellschaft willen kam; der rastlose Alte aber belegte ihn mit Beschlag und ließ ihn auch nicht eine Sekunde allein.

»So wie die westlichen Ritter den Einfall der Mongolen abwehrten, so müssen auch wir, solange es noch nicht zu spät ist, zusammenhalten und einmütig auf unseren Feind losschlagen«, fuhr Raševič im Ton eines Predigers fort, wobei er die rechte Hand hob. »Mag ich vor dem Parvenü nicht als Pavel Iljič, sondern als der schreckliche, mächtige Richard Löwenherz erscheinen. Hören wir auf, ihn mit Glacéhandschuhen anzufassen, es ist genug! Wir wollen uns alle absprechen, daß wir, sobald uns ein Parvenü zu nahe kommt, ihm voller Verachtung die Worte in die Fresse schleudern: ›Hände weg! Schuster, bleib bei deinem Leisten!‹ Direkt in die Fresse!« fuhr Raševič entzückt fort und stieß mit dem gekrümmten Finger in die Luft. »In die Fresse! In die Fresse!«

»Ich kann das nicht«, murmelte Meier und wandte sich ab.

»Warum denn nicht?« fragte Raševič, der einen interessanten langandauernden Disput witterte, lebhaft. »Warum denn nicht?«

»Weil ich selbst Kleinbürger bin.«

Nachdem Meier das gesagt hatte, wurde er rot, sogar sein Hals schwoll an, und in seinen Augen glänzten Tränen.

»Mein Vater war ein einfacher Arbeiter«, fügte er grob und stoßweise hinzu, »aber ich sehe darin nichts Schlechtes.«

Raševič war furchtbar verwirrt und niedergeschmettert; wie ein auf frischer Tat ertappter Verbrecher blickte er Meier fassungslos an und wußte nicht, was er sagen sollte. Ženja und Iraida erröteten und beugten sich über die Noten, sie schämten sich für ihren taktlosen Vater. Etwa eine Minute verging in Schweigen; und es war unsagbar peinlich, als plötzlich schmerzlich, gezwungen und ungelegen die Worte ertönten:

»Ja, ich bin Kleinbürger, und ich bin stolz darauf.«

Danach verabschiedete sich Meier, er stolperte ungeschickt über ein Möbelstück, und obwohl die Pferde noch nicht eingespannt waren, ging er schnell in den Vorraum.

»Es wird heute ein bißchen dunkel sein zum Fahren«, murmelte Raševič, der ihm folgte. »Der Mond geht jetzt erst spät auf.«

Beide standen im Dunkeln auf der Vortreppe und warteten, bis man die Pferde eingespannt hatte. Es war kühl.

»Eine Sternschnuppe ...« sagte Meier und hüllte sich fester in seinen Mantel.

»Im August gibt es viele.«

Als der Wagen vorfuhr, blickte Raševič aufmerksam zum Himmel empor und meinte seufzend:

»Eine Erscheinung, würdig der Feder eines Flammarion...«

Nachdem Raševič den Gast verabschiedet hatte, schlenderte er durch den Garten, gestikulierte im Finstern mit den Händen und wollte nicht glauben, daß es soeben ein seltsames, dummes Mißverständnis gegeben hatte. Es war ihm peinlich, und er ärgerte sich über sich selbst. Erstens war es von seiner Seite äußerst unvorsichtig und taktlos gewesen, dieses verwünschte Gespräch über das blaue Blut anzufangen, wenn er vorher nicht wußte, mit wem er es zu tun hatte. Etwas Ähnliches war ihm schon früher einmal passiert; er hatte in der Eisenbahn auf die Deutschen geschimpft, und dann stellte sich heraus, daß alle seine Gesprächspartner Deutsche waren. Zweitens fühlte er, daß Meier nicht mehr wiederkommen würde. Diese aus dem Volk hervorgegangenen Intellektuellen waren von einer krankhaften Empfindlichkeit, starrköpfig und nachtragend.

»Scheußlich, einfach scheußlich ...« murmelte Raševič und spuckte aus; ihm war unbehaglich und scheußlich zumute, als habe er Seife gegessen. »Ach, ist das scheußlich!«

Durch ein Fenster konnte man vom Garten aus sehen, wie Ženja mit ihrem offenen Haar im Salon am Flügel stand, ganz blaß und erschrocken, und sehr hastig über etwas sprach ... Iraida schritt nachdenklich aus einer Ecke in die andere; dann begann sie ebenfalls hastig und mit entrüstetem Gesicht zu sprechen. Sie redeten beide auf einmal. Es war kein Wort zu hören, doch Raševič konnte erraten, worüber sie sprachen. Ženja beklagte sich wahrscheinlich darüber, daß der Vater mit seinen Gesprächen alle anständigen Menschen vertrieb und ihnen heute ihren einzigen Bekannten, vielleicht sogar den Bräutigam, genommen hatte, und daß nun der arme junge Mann im ganzen Kreis keinen Ort fand, wo er seelisch ausruhen konnte. Und Iraida sprach, nach den verzweifelt emporgestreckten Armen zu urteilen, über das langweilige Leben und die verlorene Jugend ...

In sein Zimmer zurückgekehrt, setzte sich Raševič aufs Bett und begann sich langsam auszuziehen. Er war in bedrückter Stimmung, und ihn quälte noch immer ein Gefühl, als habe er Seife gegessen. Er schämte sich. Als er sich ausgezogen hatte, besah er seine langen, sehnigen Greisenbeine, und ihm fiel ein, daß man ihn im Kreis die Kröte nannte und daß er sich nach jedem langen Gespräch schämte. Es war irgendwie verhängnisvoll, daß er immer leichthin, freundlich und mit den besten Absichten begann und sich einen alten Studenten und einen Idealisten nannte, einen Don Quijote; aber unmerklich für sich selbst ging er allmählich zu Geschimpfe und Verleumdung über und, was das seltsamste war, kritisierte leidenschaftlich Wissenschaft, Kunst und Moral, obwohl bereits zwanzig Jahre vergangen waren, seit er das letzte Buch gelesen hatte; er war niemals über die Gouvernementsstadt hinausgekommen und wußte in Wirklichkeit gar nicht, was in der Welt vorging. Setzte er sich hin, um etwas zu schreiben, sei es einen Glückwunschbrief, so kam auch hier nur Geschimpfe heraus. Das alles war deshalb sonderbar, weil er im Grunde ein sentimentaler, weinerlicher Mensch war. Ob nicht der Böse in ihm steckte, der ihn gegen seinen Willen haßte und verleumdete?

»Scheußlich ...« seufzte er, als er unter die Decke schlüpfte. »Einfach scheußlich!«

Die Töchter konnten ebenfalls nicht schlafen. Man hörte Kichern und Schreien, als spiele jemand Haschen – Ženja hatte einen hysterischen Anfall. Etwas später schluchzte auch Iraida. Durch den Korridor lief mehrmals barfuß das Stubenmädchen ...

»Eine schöne Geschichte, mein Gott ...« murmelte Raševič seufzend und wälzte sich von einer Seite auf die andere. »Einfach scheußlich!«

Als er schlief, hatte er einen Alptraum. Er träumte, daß er nackt und hochgewachsen mitten im Zimmer stand, mit dem Finger in die Luft stieß und sagte: In die Fresse! In die Fresse! In die Fresse!

Er wachte erschrocken auf und mußte zuallerst daran denken, daß es am Abend ein Mißverständnis gegeben hatte und daß Meier natürlich nicht mehr wiederkommen würde. Weiter fiel ihm ein, daß er die Zinsen auf die Bank bringen und die Töchter verheiraten mußte, daß man zu essen und zu trinken brauchte, da aber gab es Krankheiten, Alter, Unannehmlichkeiten, bald würde Winter sein, und es war kein Brennholz da ...

Es ging bereits auf zehn Uhr morgens. Raševič zog sich langsam an, trank Tee und aß zwei große Butterschnitten. Die Töchter kamen nicht zum Tee; sie wollten nicht mit ihm zusammentreffen, und das kränkte ihn. Er lag eine Weile in seinem Arbeitszimmer auf dem Diwan, setzte sich dann an den Tisch und begann den Töchtern einen Brief zu schreiben. Seine Hand zitterte, und die Augen juckten. Er schrieb, er sei schon alt, niemand brauche ihn mehr und niemand liebe ihn, er bat die Töchter, ihn zu vergessen und ihn, wenn er gestorben sei, in einem einfachen Fichtensarg ohne viel Umstände zu beerdigen oder seinen Leichnam nach Charkov in die Anatomie zu schicken. Er fühlte, jede Zeile roch nach Bosheit und Heuchelei, aber er konnte nicht mehr innehalten und schrieb und schrieb...

»Kröte!« klang es plötzlich aus dem Nebenzimmer; das war die Stimme seiner ältesten Tochter, eine entrüstete, zischende Stimme. »Kröte!«

»Kröte!« wiederholte die jüngere wie ein Echo. »Kröte!«

Die Erzählung des Obergärtners

In der Orangerie des Grafen N. fand der Ausverkauf der Blumen statt. Es waren nur wenige Käufer da: ich, mein Gutsnachbar und ein junger Kaufmann, der mit Holz handelte. Während die Arbeiter unsere prächtigen Einkäufe heraustrugen und auf die Wagen luden, saßen wir am Eingang der Orangerie und redeten von allem möglichen. In der warmen Aprilsonne im Garten zu sitzen, den Vögeln zuzuhören und zu sehen, wie die ins Freie gebrachten Blumen sich in der Sonne wohl fühlten, war außerordentlich angenehm.

Das Verladen der Pflanzen leitete der Gärtner Michail Karlović selbst, ein ehrsamer alter Mann mit vollem bartlosen Gesicht; er trug eine Pelzweste, aber keinen Überrock. Er schwieg die ganze Zeit über, lauschte aber unserem Gespräch und wartete, ob wir nicht irgend etwas Neues erzählten. Er war ein kluger, sehr gutmütiger und von allen geachteter Mann. Jeder hielt ihn aus unerfindlichen Gründen für einen Deutschen, obwohl sein Vater Schwede und seine Mutter Russin war und er der rechtgläubigen Kirche angehörte. Er sprach russisch, schwedisch und deutsch, las viel in diesen Sprachen, und man konnte ihm kein größeres Vergnügen bereiten, als ihm ein neues Buch zum Lesen zu geben oder mit ihm beispielsweise über Ibsen zu sprechen.

Er hatte einige Schwächen, doch recht unschuldige; so nannte er sich selbst Obergärtner, obwohl es keine Untergärtner gab; er setzte gewöhnlich eine wichtigtuerische, arrogante Miene auf, und er duldete keinen Widerspruch und hatte es gern, wenn man ihm ernsthaft und aufmerksam zuhörte.

»Dieser Bursche da, lassen Sie sich's gesagt sein, ist ein furchtbarer Gauner«, sagte mein Nachbar und zeigte auf einen Arbeiter mit einem gebräunten Zigeunergesicht, der auf einem Wasserfaß vorbeigefahren kam. »Vorige Woche hat man in der Stadt über ihn wegen Raub zu Gericht gesessen und ihn freigesprochen. Man hat ihn für geisteskrank erklärt, dabei ist er aber kerngesund, sehen Sie sich nur seine Visage an. In letzter Zeit werden in Rußland sehr häufig Gauner freigesprochen, und man erklärt alles mit krankhaften Zuständen und Affekten, dabei führen aber diese Freisprüche, diese offenkundige Nachsicht und Milde, zu nichts Gutem. Sie demoralisieren die Masse, und das Gerechtigkeitsgefühl ist schon bei allen abgestumpft, weil man sich bereits daran gewöhnt hat, das Laster unbestraft zu sehen; und wissen Sie, über unsere Zeit kann man ohne weiteres mit den Worten Shakespeares sagen: ›In unserer bösen, verderbten Zeit muß sogar die Tugend das Laster um Verzeihung bitten.‹«

»Das ist nur allzu wahr«, stimmte der Kaufmann zu. »Weil die Gerichte so viele freisprechen, haben Morde und Brandstiftungen gewaltig zugenommen. Fragen Sie mal die Bauern.«

Der Gärtner Michail Karlovič wandte sich zu uns um und sagte:

»Was mich betrifft, meine Herren, so begrüße ich Freisprüche immer mit Begeisterung. Ich fürchte nicht für die Sittlichkeit und die Gerechtigkeit, wenn es heißt ›nicht schuldig‹, sondern ich empfinde im Gegenteil Befriedigung. Selbst wenn mein Gewissen mir sagt, daß die Geschworenen einen Irrtum begingen, als sie den Verbrecher freisprachen, selbst dann triumphiere ich. Urteilen Sie doch, meine Herren: Wenn Richter und Geschworene mehr dem *Menschen* glauben als den Beweisstücken, Indizien und Plädoyers, steht dann dieser *Glaube an den Menschen* nicht an und für sich höher als alle alltäglichen Erwägungen? Dieser Glaube ist nur den wenigen zugänglich, die Christus verstehen und empfinden.«

»Ein guter Gedanke«, sagte ich.

»Aber kein neuer Gedanke. Mir fällt ein, daß ich einmal vor sehr langer Zeit sogar eine Legende über dieses Thema gehört habe. Eine ganz entzückende Legende«, sagte der Gärtner und lächelte. »Meine selige Großmutter, die Mutter meines Vaters, hat sie mir erzählt, eine vortreffliche alte Frau. Sie erzählte sie mir auf schwedisch; auf russisch kommt das nicht so schön, nicht so treffend heraus.«

Wir baten ihn jedoch, sie zu erzählen und sich von der Grobheit der russischen Sprache nicht stören zu lassen. Er war sehr zufrieden, rauchte geruhsam sein Pfeifchen an, blickte böse zu den Arbeitern hin und begann:

»In einem kleinen Städtchen ließ sich ein betagter, einsamer, unansehnlicher Herr namens Thomson oder Wilson nieder – nun, das ist gleich, der Name spielt hier keine Rolle. Er hatte einen edlen Beruf – er heilte die Menschen. Er war immer mürrisch und ungesellig und sprach nur, wenn sein Beruf es erforderte. Er besuchte niemanden, schloß mit niemandem eine Bekanntschaft, die weiter als bis zu einer schweigenden Verbeugung geführt hätte, und er lebte bescheiden wie ein Mönch. Er war ein Gelehrter, wie man so sagt, zu jener Zeit aber glichen die Gelehrten nicht gewöhnlichen Menschen. Sie verbrachten ihre Tage und Nächte mit Betrachtungen, mit dem Lesen von Büchern und dem Heilen von Krankheiten; auf alles andere blickten sie wie auf etwas Gemeines herab, und für überflüssige Redereien hatten sie keine Zeit. Die Einwohner der Stadt begriffen das sehr wohl, und sie bemühten sich, ihn nicht mit ihren Besuchen und ihrem leeren Geschwätz zu belästigen. Sie waren sehr froh, daß Gott ihnen endlich einen Menschen geschickt hatte, der Krankheiten zu heilen verstand, und es erfüllte sie mit Stolz, daß in ihrer Stadt ein so hervorragender Mann lebte.

›Er weiß alles‹, sagte man von ihm.

Doch das genügte nicht; man mußte noch hinzufügen: ›Er liebt alle!‹ In der Brust dieses gelehrten Mannes schlug ein wunderbares, engelgleiches Herz. Wie dem auch sei, die Bewohner der Stadt waren ja für ihn Fremde und nicht Verwandte, aber er liebte sie wie seine Kinder, und er schonte für sie nicht einmal sein Leben. Er hatte selbst die Schwindsucht, er hustete, aber rief man ihn zu einem Kranken, vergaß er seine eigene Krankheit; er schonte sich nicht und erstieg keuchend Berge, so hoch sie auch sein mochten. Er kümmerte sich nicht um Hitze und Kälte, er verachtete Hunger und Durst. Geld nahm er nicht, und es war seltsam – wenn ihm ein Patient starb, so ging er zusammen mit den Angehörigen hinter dem Sarg und weinte.

Bald wurde er in der Stadt so unentbehrlich, daß die Einwohner sich wunderten, wie sie früher ohne diesen Menschen hatten auskommen können. Ihre Dankbarkeit kannte keine Grenzen. Erwachsene und Kinder, Gute und Böse, Gerechte und Ungerechte – mit einem Wort: Alle achteten und schätzten ihn. Im Städtchen und in der ganzen Umgebung gab es keinen Menschen, der sich erlaubt hätte, ihm etwas Böses zuzufügen, ja auch nur daran zu denken. Wenn er seine Wohnung verließ, verschloß er niemals Türen und Fenster, er war fest davon überzeugt, es gebe keinen Dieb, der sich entschließen könne, ihn zu kränken. Es geschah oft, daß er als Arzt weite Wege zurücklegen mußte, die ihn durch Wälder und über Berge führten, wo sich zahlreiche hungernde Landstreicher herumtrieben, aber er fühlte sich völlig sicher. Als er eines Nachts von einem Patienten kam, wurde er im Wald von Räubern überfallen; als sie ihn jedoch erkannten, zogen sie vor ihm den Hut und fragten ihn, ob er nicht zu essen wünsche. Als er erklärte, er sei satt, gaben sie ihm einen warmen Mantel und begleiteten ihn bis zur Stadt, glücklich darüber, daß ihnen das Schicksal Gelegenheit gegeben hatte, diesem edelmütigen Menschen ihre Dankbarkeit zu bezeugen. Und weiter erzählte meine Großmutter, und das ist verständlich, daß sogar Pferde, Kühe und Hunde ihn kannten und sich freuten, wenn sie ihm begegneten.

Und dieser Mann, der sich durch seine Erhabenheit von allem Bösen abzugrenzen schien und zu dessen Gönnern sich sogar Räuber und Besessene zählten, wurde eines schönes

Tages ermordet aufgefunden. Blutüberströmt, mit zertrümmertem Schädel, lag er in einer Schlucht; auf seinem bleichen Gesicht malte sich Erstaunen. Ja, nicht Schrecken, sondern Erstaunen war auf seinem Gesicht erstarrt, als er den Mörder vor sich erblickte. Sie können sich nun die Trauer vorstellen, die die Bewohner der Stadt und ihrer Umgebung ergriff. Sie wollten alle ihren Ohren nicht trauen und fragten sich verzweifelt, wer diesen Mann hatte töten können. Die Richter, die die Untersuchung führten und die Leiche des Arztes besichtigten, sagten: ›Hier haben wir alle Anzeichen eines Mordes vor uns; weil es aber auf der Welt keinen Menschen gibt, der unseren Doktor ermorden könnte, liegt hier offenbar kein Mord vor, und das Zusammentreffen der Indizien ist reiner Zufall. Man muß annehmen, daß der Arzt im Dunkeln in die Schlucht gestürzt ist und sich tödlich verletzt hat.‹

Mit dieser Ansicht war die ganze Stadt einverstanden. Der Arzt wurde beigesetzt, und niemand sprach mehr von einem gewaltsamen Tod. Die Existenz eines Menschen, der so viel Niedertracht und Gemeinheit besessen hätte, den Doktor zu töten, erschien unwahrscheinlich, denn auch die Gemeinheit hat ihre Grenzen – ist es nicht so?

Aber können Sie sich vorstellen – plötzlich führte ein Zufall auf die Spur des Mörders. Man sah, wie ein vielfach vorbestrafter Bursche, der durch sein lasterhaftes Leben bekannt war, in einer Schenke eine Uhr und eine Tabaksdose vertrank, die dem Arzt gehört hatten. Als man ihn verhörte, geriet er in Verwirrung und log offensichtlich. Bei der Haussuchung, die man bei ihm vornahm, fand man in seinem Bett ein Hemd mit blutigen Ärmeln und eine in Gold gefaßte Arztlanzette. Welcher Beweise bedurfte es noch? Der Übeltäter wurde ins Gefängnis gesteckt. Die Einwohner waren empört, zugleich aber sagten sie:

›Das ist unwahrscheinlich! Das kann nicht sein! Seht zu, ob es sich nicht um einen Irrtum handelt; es kommt doch vor, daß Indizien lügen!‹

Vor Gericht leugnete der Mörder hartnäckig seine Schuld. Alles sprach gegen ihn, und es war ebenso leicht, von seiner Schuld überzeugt zu sein wie davon, daß diese Erde schwarz ist, aber die Richter gerieten beinahe außer sich: sie wogen ein dutzendmal die Indizien ab, schauten ungläubig auf die Zeugen, sie wurden rot und tranken Wasser ... Die Verhandlung hatte am frühen Morgen begonnen und war erst spät abends zu Ende.

›Angeklagter!‹ sagte der Vorsitzende zu dem Mörder. ›Das Gericht hat dich des Mordes an Doktor Soundso für schuldig befunden und verurteilt dich zu...‹

Der Vorsitzende wollte sagen: ›zum Tode‹, aber er ließ das Blatt mit dem Urteilsspruch sinken, wischte sich den kalten Schweiß aus der Stirn und rief: ›Nein! Wenn ich ungerecht urteile, so mag Gott mich strafen, aber ich schwöre, er ist unschuldig! Ich kann den Gedanken nicht zulassen, daß sich ein Mensch finden konnte, der es wagte, unseren Freund, den Doktor, zu töten! Ein Mensch ist nicht imstande, so tief zu sinken!‹

›Ja, einen solchen Menschen gibt es nicht‹, sagten die anderen Richter zustimmend.

›Nein‹, rief die Menge. ›Laßt ihn frei!‹

Der Mörder wurde freigelassen, und keine Menschenseele bezichtigte die Richter der Ungerechtigkeit. ›Und Gott‹, so sagte meine Großmutter, ›verzieh um dieses Glaubens an den Menschen willen allen Bewohnern des Städtchens ihre Sünden.‹ Er freut sich, wenn man glaubt, daß der Mensch sein Ebenbild ist, und er ist betrübt, wenn man die menschliche Würde vergißt und über Menschen schlimmer als über Hunde urteilt. Mag der Freispruch den Bewohnern des Städtchens Schaden bringen, aber urteilen Sie selbst, welchen wohltuenden Einfluß dieser Glaube an den Menschen auf sie hatte. Der Glaube bleibt doch nicht tot, er fördert edle Gefühle in uns und veranlaßt uns, jeden Menschen zu lieben und zu achten. Jeden! Und das ist wichtig.«

Michail Karlovič hatte geendet. Mein Nachbar wollte etwas einwenden, aber der Obergärtner machte eine Geste, die besagte, daß er keine Einwände liebte. Darauf ging er zu den Wagen und kümmerte sich wieder mit gewichtiger Miene um das Beladen.

Die Gattin

»Ich hatte Sie gebeten, auf meinem Schreibtisch nicht aufzuräumen«, sagte Nikolaj Evgrafyč. »Immer, wenn Sie aufgeräumt haben, findet man nichts mehr. Wo ist das Telegramm? Wo haben Sie es hingesteckt? Suchen Sie gefälligst. Es ist aus Kazan und trägt das gestrige Datum.«

Das bleiche, sehr magere Dienstmädchen mit dem gleichgültigen Gesicht fand im Papierkorb unter dem Schreibtisch einige Telegramme und reichte sie schweigend dem Doktor. Es waren aber nur Telegramme von Patienten aus der Stadt. Dann suchten sie im Salon und im Zimmer von Olga Dmitrievna.

Es war schon ein Uhr nachts. Nikolaj Evgrafyč wußte, daß seine Frau nicht allzubald nach Hause kommen würde, frühestens gegen fünf. Er glaubte ihr nicht, und wenn sie so lange ausblieb, konnte er nicht schlafen, er litt und verachtete gleichzeitig sowohl seine Frau als auch ihr Bett, ihren Spiegel, ihre Bonbonnieren und diese Maiglöckchen und Hyazinthen, die ihr irgend jemand alle Tage schickte und von denen es im ganzen Haus betäubend süß nach Blumenladen roch. In solchen Nächten wurde er kleinlich, launisch und nörglerisch, und jetzt schien ihm, er brauche unbedingt das Telegramm, das er gestern von seinem Bruder bekommen hatte, obwohl es nichts weiter enthielt als Grüße zu den Feiertagen.

Im Zimmer seiner Frau fand er unter der Schachtel mit dem Briefpapier ein Telegramm und warf einen Blick darauf. Es war an die Schwiegermutter adressiert, aber für Olga Dmitrievna bestimmt, kam aus Monte Carlo, und die Unterschrift lautete: ›Michel...‹

Von dem Text verstand der Doktor kein einziges Wort, er war in einer fremden Sprache, anscheinend in Englisch, abgefaßt.

Wer ist dieser Michel? Wieso kommt es aus Monte Carlo? Und wieso ist es an die Schwiegermutter gerichtet?

Während seines siebenjährigen Ehelebens hatte er sich daran gewöhnt, mißtrauisch zu sein, Kombinationen anzustellen, Beweise zu sammeln, und mehr als einmal war ihm der Gedanke gekommen, aus ihm könnte dank seiner häuslichen Erfahrungen ein ausgezeichneter Detektiv werden. Er ging in sein Arbeitszimmer, begann zu überlegen und erinnerte sich sogleich, daß er vor ungefähr anderthalb Jahren mit seiner Frau in Petersburg war und dort bei Kjuba mit einem ehemaligen Schulfreund gefrühstückt hatte, einem Ingenieur für Verkehrswesen, und daß dieser Ingenieur ihm und seiner Frau einen jungen Mann von zweiundzwanzig oder dreiundzwanzig Jahren vorstellte, den man Michail Ivanyč nannte; sein Familienname war kurz und ein wenig seltsam gewesen: er hieß Ris. Zwei Monate später sah der Doktor im Album seiner Frau die Fotografie dieses jungen Mannes mit einer Widmung in französischer Sprache: ›Zur Erinnerung an Gegenwärtiges und in der Hoffnung auf Künftiges‹; dann hatte er ihn noch ein- oder zweimal bei seiner Schwiegermutter gesehen... Und das war gerade zu der Zeit, als seine Frau so oft ausging, erst gegen vier oder fünf Uhr morgens nach Hause kam und ihn dauernd um einen Auslandspaß bat, doch er hatte ihre Bitte abgelehnt, und in ihrem Haus tobte tagelang ein solcher Ehekrieg, daß man sich vor den Dienstboten schämen mußte.

Vor einem halben Jahr stellten seine Berufskollegen, die Ärzte, fest, daß sich bei ihm eine Tuberkulose bemerkte, und sie rieten ihm, alles liegenzulassen und auf die Krim zu fahren. Als Olga Dmitrievna davon erfuhr, tat sie, als sei sie zu Tode erschrocken; sie begann ihren Mann zärtlich zu umschmeicheln und beteuerte immer wieder, auf der Krim sei es kühl und langweilig, es wäre besser, nach Nizza zu fahren, und sie wolle ihn begleiten und dort auf ihn aufpassen, ihn pflegen und alles für ihn tun...

Und jetzt verstand er, weshalb seine Frau unbedingt nach Nizza fahren wollte: ihr ›Michel‹ lebte in Monte Carlo.

Er nahm ein englisch-russisches Wörterbuch, übersetzte die Worte, erriet ihre Bedeutung und entzifferte allmählich folgenden Satz: »Trinke auf die Gesundheit meiner Heißgeliebten, küsse tausendmal Dein kleines Füßchen. Erwarte ungeduldig Deine Ankunft.« Er stellte sich vor, was für eine lächerliche, bemitleidenswerte Rolle er gespielt hätte, wäre er einverstanden gewesen, mit seiner Frau nach Nizza zu fahren, am liebsten hätte er geweint, so beleidigt fühlte er sich, und er wanderte erregt durch alle Zimmer. Sein Stolz empörte sich, in ihm regte sich seine plebejische Abscheu vor Unsauberkeit. Er ballte die Fäuste, verzog angewidert das Gesicht und fragte sich immer wieder, wie er, der Sohn eines Dorfpopen, ein ehemaliger Zögling des Priesterseminars, ein aufrechter, derber Mann, ein Chirurg von Beruf – wie er sich nur so versklaven lassen, so schmachvoll diesem schwachen, nichtigen, käuflichen, niedrigen Geschöpf unterwerfen konnte.

»Dein kleines Füßchen!« murmelte er und zerknüllte dabei das Telegramm. »Dein kleines Füßchen!«

Wenn er an die Zeit dachte, da er sich verliebt und um ihre Hand gebeten hatte, und an die sieben Jahre danach, dann erinnerte er sich nur noch an lange, duftende Haare, eine Unmenge weicher Spitzen und an ihr kleines Füßchen, das wirklich sehr klein und schön war, sogar jetzt schien er noch von den früheren Umarmungen die Seide und die Spitzen an Gesicht und Händen zu spüren – und weiter nichts. Nichts weiter, rechnete man nicht das hysterische Getue, das Geschrei, die Vorwürfe, die Drohungen und die Lüge, diese dreiste Lüge, diese gewissenlose Lüge ... Er erinnerte sich, wie daheim auf dem Dorf manchmal ein Vogel aus Versehen ins Haus geflogen kam, wie er immer wieder gegen die Fenster stieß und alle möglichen Sachen umwarf – genauso war auch diese Frau aus einer völlig fremden Umgebung in sein Leben eingedrungen und hatte dort eine regelrechte Verwüstung angerichtet. Seine besten Jahre brachte er wie in einer Hölle zu, jede Hoffnung auf Glück war zunichte und wirkte wie ein Hohn, die Gesundheit war ruiniert, seine Wohnung hatte etwas geschmacklos Kokottenhaftes, und er war nicht imstande, von den zehntausend Rubel, die er jährlich verdiente, seiner Mutter, der Popenfrau, auch nur zehn Rubel zu schicken, und außerdem hatte er noch eine Wechselschuld von ungefähr fünfzehntausend Rubel. Selbst wenn in seinem Haus eine Räuberbande gehaust hätte, selbst dann wäre das Leben in seinen Augen nicht so hoffnungslos und so unwiederbringlich zerstört gewesen wie durch diese Frau.

Er begann zu husten und nach Luft zu ringen. Er hätte sich jetzt eigentlich ins Bett legen müssen, um sich zu erwärmen, doch er konnte das nicht, er ging in den Zimmern auf und ab oder setzte sich an den Tisch, fuhr nervös mit dem Bleistift über ein Stück Papier und schrieb dann mechanisch:

›Schreibprobe... Dein kleines Füßchen...‹

Gegen fünf Uhr war er erschöpft und warf sich vor, selbst an allem schuld zu sein, ihm schien jetzt, Olga Dmitrievna würde, falls sie einen anderen heiratete, der auf sie einen guten Einfluß hätte, vielleicht letzten Endes – wer weiß? – eine gute ehrliche Frau werden; er selbst war ein schlechter Psychologe und kannte die Seele einer Frau nicht, außerdem wirkte er wenig anziehend und derb...

Ich habe nur noch kurze Zeit zu leben, dachte er, ich bin ein Leichnam und darf den Lebenden nicht im Wege stehen. Im Grunde genommen wäre es jetzt seltsam und dumm von mir, würde ich auf irgendwelchen Rechten bestehen. Ich werde mich mit ihr aussprechen, soll sie ruhig zu dem Mann gehen, den sie liebt... Ich willige in eine Scheidung ein und nehme alle Schuld auf mich...

Olga Dmitrievna kam schließlich angefahren, betrat so, wie sie war, in einem langen weißen Umhang, mit Mütze und in Überschuhen das Arbeitszimmer und ließ sich in einen Sessel fallen.

»Dieser widerliche, dicke Kerl«, sagte sie, atmete schwer und schluchzte auf. »Das ist sogar unehrlich, das ist eine Gemeinheit!« Sie stampfte mit dem Fuß auf. »Ich ertrage das nicht, ich ertrage das nicht, ich ertrage das nicht!«

»Was ist denn?« fragte Nikolaj Evgrafyč und ging zu ihr.

»Mich hat eben der Student Azarbekov begleitet, er hat meine Tasche verloren, und in der Tasche waren noch fünfzehn Rubel. Ich hatte sie mir von Mama geborgt.«

Sie weinte bitterlich wie ein kleines Mädchen, und nicht nur das Taschentuch, auch ihre Handschuhe waren feucht von den Tränen.

»Was soll man machen!« Der Doktor seufzte. »Was weg ist, ist weg, nun, Gott mit ihm. Beruhige dich, ich muß mit dir reden.«

»Ich bin keine Millionärin, ich kann nicht so mit dem Geld um mich werfen. Er sagt, er will es mir zurückgeben, doch ich glaube ihm nicht, er ist arm...«

Der Mann bat sie, sich zu beruhigen und ihn anzuhören, doch sie redete nur von dem Studenten und den verlorenen fünfzehn Rubel.

»Schon gut, ich gebe dir morgen fünfundzwanzig, aber sei doch endlich still, ich bitte dich!« sagte er gereizt.

»Ich muß mich umziehen!« schluchzte sie. »Ich kann doch nicht ernsthaft mit dir reden, wenn ich im Pelz bin! Wie merkwürdig!«

Er half ihr aus dem Pelz und zog ihr die Überschuhe aus, dabei schlug ihm der Geruch von Weißwein entgegen, und zwar von dem, den sie so gern nach einem Austernessen trank (trotz ihrer Zierlichkeit aß sie sehr viel und trank auch viel). Sie ging in ihr Zimmer und kam nach kurzer Zeit umgezogen, gepudert und mit verweinten Augen zurück, setzte sich und kuschelte sich in ihr leichtes, mit Spitzen besetztes Hauskleid; und in diesen Wolken von rosafarbenen Spitzen konnte ihr Mann nur ihr aufgelöstes Haar und einen kleinen Fuß im Pantöffelchen erkennen.

»Worüber wolltest du mit mir reden?« fragte sie und wiegte sich dabei im Sessel hin und her.

»Ich habe zufällig das da gesehen...« sagte der Doktor und gab ihr das Telegramm.

Sie las es und zuckte mit den Schultern.

»Na und?« sagte sie und wiegte sich noch heftiger hin und her. »Das sind gewöhnliche Neujahrsgrüße, weiter nichts. Das sind keine Geheimnisse.«

»Du rechnest damit, daß ich kein Englisch kann. Ja, das stimmt, aber ich habe ein Wörterbuch. Das Telegramm ist von Ris, er trinkt auf die Gesundheit seiner Geliebten und küßt dich tausendmal. Doch lassen wir das, lassen wir das alles...« fuhr der Doktor eilig fort. »Ich will dir nichts vorwerfen und dir auch keine Szene machen. Es hat schon genügend Szenen und Vorwürfe zwischen uns gegeben, man muß endlich damit Schluß machen... Ich wollte dir sagen, du bist frei und kannst leben, wie es dir gefällt.«

Sie schwiegen. Sie fing leise an zu weinen.

»Ich befreie dich von der Notwendigkeit, zu heucheln und zu lügen«, fuhr Nikolaj Evgrafyč fort. »Wenn du diesen jungen Mann liebst, so liebe ihn, und wenn du zu ihm ins Ausland fahren willst, so fahre. Du bist jung und gesund, ich aber bin schon ein Wrack, ich habe nicht mehr lange zu leben. Kurz gesagt... du verstehst mich.«

Er konnte vor Aufregung nicht weitersprechen. Olga Dmitrievna weinte und gestand mit einer Stimme, wie man sie hat, wenn man sich selbst bemitleidet, daß sie Ris liebe, daß sie mit ihm außerhalb der Stadt eine Schlittenfahrt unternommen habe, in seinem Zimmer gewesen sei und daß sie jetzt wirklich sehr gern ins Ausland fahren würde.

»Du siehst, ich verberge nichts«, sagte sie mit einem Seufzer. »Ich bin ganz offen zu dir. Ich bitte dich noch einmal, sei großmütig und gib mir einen Paß.«

»Ich wiederhole: Du bist frei.«

Sie setzte sich auf einen anderen Platz, näher zu ihm, um

seinen Gesichtsausdruck besser sehen zu können. Sie glaubte ihm nicht und wollte seine geheimen Gedanken erraten. Sie glaubte niemandem etwas, und wie edel auch seine Absicht sein mochte, sie hatte immer den Verdacht, daß sich dahinter kleinliche und niedrige Zwecke und egoistische Ziele verbargen. Und als sie ihm prüfend ins Gesicht sah, schien ihm, als glimme in ihren Augen wie bei einer Katze ein grünes Feuer.

»Und wann bekomme ich den Paß?« fragte sie still.

Plötzlich hatte er Lust zu sagen: Niemals, doch er beherrschte sich und sagte:

»Wann du willst.«

»Ich fahre nur für einen Monat fort.«

»Du fährst für immer zu Ris. Ich willige in die Scheidung ein, nehme alle Schuld auf mich, und Ris kann dich heiraten.«

»Aber ich will mich doch überhaupt nicht scheiden lassen!« sagte Olga Dmitrievna lebhaft und machte ein erstauntes Gesicht. »Ich bitte dich doch gar nicht um eine Scheidung! Gib mir den Paß – weiter will ich nichts.«

»Aber warum willst du dich nicht scheiden lassen?« fragte der Doktor und wurde ärgerlich. »Du bist eine sonderbare Frau! Wie sonderbar du bist! Wenn du ihn ernstlich gern hast und auch er dich liebt, dann gibt es doch für euch beide nichts Besseres als die Ehe! Weißt du denn wirklich nicht, wofür du dich entscheiden sollst, wenn du die Wahl zwischen Ehe und Ehebruch hast?«

»Ich verstehe Sie«, sagte sie, trat von ihm zurück, und ihr Gesicht bekam einen bösen, rachsüchtigen Ausdruck. »Ich verstehe Sie ausgezeichnet. Sie sind meiner überdrüssig, Sie wollen mich einfach loswerden und mich zu einer Scheidung zwingen. Danke ergebenst, ich bin nicht so dumm, wie Sie glauben. Eine Scheidung lehne ich ab, und weggehen von Ihnen werde ich niemals, niemals, niemals! Erstens möchte ich nicht meine Stellung in der Gesellschaft verlieren«, fuhr sie schnell fort, als fürchte sie, man könnte sie am Sprechen hindern, »zweitens bin ich schon siebenundzwanzig Jahre, Ris aber ist dreiundzwanzig; nach einem Jahr wird er meiner überdrüssig sein und mich verlassen. Und drittens – wenn Sie es unbedingt wissen wollen – bin ich mir gar nicht sicher, ob meine Gefühle so lange andauern werden ... Da hören Sie es! Ich werde niemals von Ihnen weggehen.«

»Dann jage ich dich eben aus dem Haus!« schrie Nikolaj Evgrafyč und stampfte mit den Füßen. »Ich jage dich fort, du niedriges, gemeines Weib!«

»Das werden wir sehen!« sagte sie und ging hinaus.

Draußen war es schon längst hell, doch der Doktor saß immer noch am Tisch, fuhr mit dem Bleistift über ein Stück Papier und schrieb mechanisch:

›Sehr geehrter Herr ... Dein kleines Füßchen ...‹

Oder aber er ging im Salon auf und ab und blieb vor der Fotografie stehen, die man vor sieben Jahren gleich nach ihrer Hochzeit gemacht hatte, und betrachtete sie lange. Es war eine Familienaufnahme mit seiner Frau Olga Dmitrievna als Zwanzigjähriger, mit ihm als jungem, glücklichem Ehemann, mit dem Schwiegervater, einem glattrasierten, dicken, von der Wassersucht aufgedunsenen, listigen und geldgierigen Geheimrat, und mit der Schwiegermutter – einer korpulenten Dame mit den feinen und raubgierigen Gesichtszügen eines Iltisses, sie liebte ihre Tochter wahnsinnig und half ihr in allem; würde die Tochter einen Menschen erdrosseln, so würde die Mutter kein Wort sagen und sich nur mit ihrem weiten Rock schützend vor sie stellen. Olga Dmitrievna hatte auch feine und raubgierige Gesichtszüge, doch sie waren ausdrucksvoller und dreister als die der Mutter; das war schon kein Iltis mehr, sondern ein größeres Raubtier! Nikolaj Evgrafyč aber wirkte auf dieser Fotografie ausgesprochen einfältig, gutmütig und offenherzig; auf seinem Gesicht breitete sich ein vertrauensseliges Lächeln aus, er glaubte in seiner Naivität, diese Gesellschaft von Raubtieren, in die ihn das Schicksal zufällig gestoßen hatte, würde ihm sowohl Poesie als auch Glück geben und überhaupt alles, wovon er geträumt hatte, als er noch Student war und das Lied sang: ›Wer da bliebe ohne Liebe, der hat nie gelebt...‹

Und wieder fragte er sich voller Verwunderung, wie er, der Sohn des Dorfpopen, ein ehemaliger Zögling des Priesterseminars, ein einfacher, derber und aufrechter Mensch, wie er sich nur so wehrlos diesem nichtigen, lügnerischen, gemeinen, kleinlichen, seiner Natur nach ihm völlig fremden Geschöpf hatte ausliefern können.

Als er sich um elf Uhr den Rock anzog, um ins Krankenhaus zu fahren, trat das Dienstmädchen ins Arbeitszimmer.

»Was ist?« fragte er.

»Die gnädige Frau ist aufgestanden und bittet um die fünfundzwanzig Rubel, die Sie ihr kürzlich versprochen haben.«

Anna am Halse

I

Nach der Trauung gab es nicht einmal einen kleinen Imbiß; die Jungvermählten tranken ein Glas Wein, zogen sich um und fuhren zum Bahnhof. Statt eines fröhlichen Hochzeitsfestes und eines Abendessens, statt Musik und Tanz – eine Wallfahrt von zweihundert Verst. Viele billigten das und sagten, Modest Alekseič habe schon einen hohen Dienstrang und sei nicht mehr jung, eine lärmende Hochzeit könne da vielleicht nicht als besonders schicklich gelten; außerdem stimme die Musik wehmütig, wenn ein Beamter von zweiundfünfzig Jahren ein Mädchen heiratet, das gerade erst achtzehn geworden ist. Viele meinten auch, Modest Alekseič habe als ein Mensch mit Prinzipien diese Fahrt ins Kloster absichtlich unternommen, um seiner jungen Frau begreiflich zu machen, daß er auch in der Ehe in erster Linie auf Religion und Sittlichkeit achten werde.

Man brachte die Jungvermählten zum Bahnhof. Eine ganze Schar von Kollegen und Verwandten stand mit Weingläsern da und wartete darauf, daß sich der Zug in Bewegung setzte, um dann hurra zu schreien, und der Vater, Pëtr Leontjevič, in Zylinder und Lehrerfrack, schon betrunken und sehr blaß, reckte sich mit seinem Weinglas immer wieder zu dem Abteilfenster hoch und sagte flehentlich:

»Anjuta! Anja! Anja, nur noch auf ein Wort!«

Anja beugte sich aus dem Fenster zu ihm herab, und er flüsterte ihr etwas zu, wobei ihr ein Geruch von Wein entgegenschlug, er pustete ihr ins Ohr, doch es war nichts zu verstehen, und bekreuzigte ihr Gesicht, ihre Brust und ihre Hände; er röchelte beim Atmen, und in seinen Augen glänzten Tränen. Anjas Brüder, die beiden Gymnasiasten Petja und Andrjuša, zogen ihn hinten am Frack und flüsterten verwirrt:

»Papa, laß doch . . . Papa, hör doch auf . . .«

Als sich der Zug in Bewegung setzte, sah Anja, wie der Vater noch ein Stückchen hinter dem Wagen herlief, er schwankte, verschüttete seinen Wein und hatte ein mitleiderregendes, liebes, schuldbewußtes Gesicht.

»Hurraaaa!« schrie er.

Die Jungvermählten waren allein. Modest Alekseič sah sich im Abteil um, verteilte die Sachen auf die Gepäcknetze und setzte sich lächelnd seiner Frau gegenüber. Er war Beamter, nicht sehr groß, recht füllig, rundlich und wohlgenährt, er hatte einen langen Backenbart, aber keinen Schnurrbart, und sein glattrasiertes, rundes, ausgeprägtes Kinn ähnelte einer Ferse. Das Charakteristischste an seinem Gesicht war der fehlende Schnurrbart, war diese frischrasierte kahle Stelle, die ganz allmählich in die feisten, wie Gelee zitternden Wangen überging. Er benahm sich würdevoll, seine Bewegungen waren gemessen und seine Manieren voller Sanftmut.

»Ich kann nicht umhin, an ein gewisses Vorkommnis zu denken«, sagte er lächelnd. »Als Kosorotov vor fünf Jahren den Orden der Heiligen Anna zweiter Klasse bekam und sich dafür bedankte, sagte Seine Erlaucht folgendes zu ihm: ›Sie haben jetzt also drei Annen: Eine im Knopfloch und zwei am Halse.‹ Zu dieser Zeit war nämlich Kosorotovs Frau, eine zänkische und leichtsinnige Person, die Anna hieß, wieder zu ihm zurückgekommen. Ich hoffe, Seine Erlaucht wird, wenn ich einmal den Annenorden zweiter Klasse bekomme, keinen Grund haben, mir Gleiches zu sagen.«

Seine kleinen Äuglein lächelten. Und Anja lächelte ebenfalls, ganz außer sich bei dem Gedanken, dieser Mann könne sie jeden Augenblick mit seinen vollen, feuchten Lippen küssen und sie habe schon kein Recht mehr, ihm das zu verweigern. Die weichen Bewegungen seines rundlichen Körpers flößten ihr Furcht ein, sie fühlte sich angewidert. Er stand auf, nahm ohne Eile den Orden vom Hals, zog den Frack und die Weste aus und hüllte sich in seinen Schlafrock.

»Schön«, sagte er und setzte sich neben Anja.

Sie erinnerte sich, wie qualvoll die Trauung gewesen war, als es ihr so vorkam, der Geistliche, die Gäste und alle in der Kirche schauten sie mitleidsvoll an: Weshalb nur, weshalb heiratete sie, die so lieb und hübsch ist, diesen nicht mehr jungen, uninteressanten Mann? Noch heute früh war sie begeistert gewesen, daß alles so gut geklappt hatte, doch während der Trauung und auch jetzt im Zug fühlte sie sich schuldig, betrogen und lächerlich. Jetzt hatte sie also einen reichen Mann geheiratet, doch Geld besaß sie trotz alledem nicht, das Geld für das Brautkleid hatte sie sich borgen müssen, und als der Vater und die Brüder sie heute an den Zug brachten, sah sie ihren Gesichtern an, daß sie über keine einzige Kopeke mehr verfügten. Ob sie heute abend wohl etwas zu essen haben? Und morgen? Und ihr schien, der Vater und die Jungen würden jetzt ohne sie hungrig dasitzen und genauso traurig sein wie am Abend nach dem Begräbnis der Mutter.

Oh, wie unglücklich ich bin! dachte sie. Warum bin ich nur so unglücklich?

Mit der Plumpheit eines gesetzten Mannes, der den Umgang mit Frauen nicht gewohnt ist, berührte Modest Alekseič ihre Taille und klopfte ihr auf die Schulter, sie aber dachte an das Geld, an die Mutter und deren Tod. Als die Mutter gestorben war, fing der Vater, Pëtr Leontjevič, Lehrer für Schönschreiben und Zeichnen am Gymnasium, zu trinken an, und die Not brach über sie herein. Die Jungen hatten keine Stiefel und keine Überschuhe, den Vater schleppte man vor den Friedensrichter, der Gerichtsvollzieher erschien und pfändete die Möbel... Was für eine Schande! Anja mußte den betrunkenen Vater betreuen, den Brüdern die Strümpfe stopfen und auf den Markt gehen, und wenn ihre Schönheit, ihre Jugend und ihre feinen Manieren gelobt wurden, so schien ihr immer, alle Welt würde nur ihr billiges Hütchen und die mit Tinte überpinselten Löcher an den Stiefeln sehen. Und nachts brach sie in Tränen aus, und es beunruhigte sie der Gedanke, der Vater könnte wegen seiner Trunksucht sehr, sehr bald aus dem Gymnasium entlassen werden und er würde dies nicht verwinden und ebenso wie die Mutter sterben. Doch einige Damen aus dem Bekanntenkreis kümmerten sich um sie und hielten nach einem guten Mann Ausschau. Bald darauf fand sich dieser Modest Alekseič, der zwar nicht mehr jung war und nicht hübsch, aber Geld besaß. Er hatte auf der Bank hunderttausend Rubel und außerdem ein Erbgut, das er verpachtete. Er war ein Mann mit Prinzipien und bei Seiner Erlaucht gut angeschrieben; ihn würde es nichts kosten, Seine Erlaucht um einen Brief an den Direktor des Gymnasiums oder sogar an den Schulrat zu bitten, damit Pëtr Leontjevič nicht entlassen würde...

Während ihr diese Einzelheiten durch den Kopf gingen, drang plötzlich Musik und Stimmengewirr zum Fenster herein. Der Zug hielt auf einer kleinen Station. In der Nähe des Bahnsteigs wurde eifrig auf einer Ziehharmonika und einer billigen, quietschenden Geige gespielt, und hinter den hohen Birken und Pappeln, hinter den von Mondschein überfluteten Landhäusern spielte ein Militärorchester – wahrscheinlich fand dort ein Tanzabend statt. Auf dem Bahnsteig gingen die Bewohner der Landhäuser und die Städter auf und ab, die bei diesem schönen Wetter hierhergefahren waren, um die reine Landschaft zu genießen. Unter ihnen befand sich auch Artynov, dem dieser ganze Ort gehörte, ein reicher Mann, groß, dick, brünett, mit dem Gesicht eines Armeniers, vorstehenden Augen und einem seltsamen Gewand. Er trug ein über der Brust offenstehendes Hemd und hohe Stiefel mit Sporen, und von seinen Schultern hing ein schwarzer Umhang herab, der wie eine Schleppe auf dem Boden nachschleifte. Hinter ihm gingen, die spitzen Schnauzen gesenkt, zwei Windhunde.

In Anjas Augen glänzten noch Tränen, doch sie dachte schon nicht mehr an ihre Mutter, an das Geld oder an ihre

Hochzeit, sondern sie schüttelte den bekannten Gymnasiasten und Offizieren die Hände, lachte fröhlich und sagte hastig:

»Guten Tag! Wie geht es Ihnen?«

Sie gingen hinaus auf die Plattform und stellten sich im Mondschein so hin, daß sie jeder in ihrem neuen herrlichen Kleid und in ihrem Hut sehen konnte.

»Weshalb halten wir hier?« fragte sie.

»Hier ist eine Ausweichstelle«, antwortete man ihr, »wir warten auf den Postzug.«

Als sie merkte, daß Artynov sie beobachtete, kniff sie kokett die Augen zusammen und begann laut französisch zu sprechen, und weil ihre Stimme so einen schönen Klang hatte und weil die Musik spielte und der Mond sich im Teich spiegelte und weil Artynov, dieser bekannte Don Juan und Lebemann, sie so begehrlich und neugierig ansah und weil allen so fröhlich zumute war, empfand sie plötzlich große Freude, und als sich der Zug in Bewegung setzte und die ihr bekannten Offiziere zum Abschied die Hand an den Mützenschild legten, summte sie schon die Polka mit, die das Militärorchester dröhnend irgendwo hinter den Bäumen spielte und deren Töne es dem Zug nachsandte, und sie ging in ihr Abteil zurück in einer Stimmung, als hätte man sie eben auf der Station davon überzeugt, daß sie unbedingt glücklich sein würde, was auch immer kommen mochte.

Die Jungvermählten verbrachten zwei Tage in dem Kloster und kehrten dann in die Stadt zurück. Sie wohnten in einer Dienstwohnung. Wenn Modest Alekseič zum Dienst gegangen war, spielte Anja auf dem Flügel oder weinte vor Langeweile, oder sie legte sich auf die Couch und las Romane oder betrachtete ein Modejournal. Beim Mittagessen aß Modest Alekseič sehr viel und sprach von Politik, von Ernennungen, von Beförderungen und Auszeichnungen, er betonte, daß man arbeiten müsse, daß das Familienleben kein Vergnügen, sondern eine Pflicht sei, daß die Kopeke nicht geringer zu achten sei als der Rubel und daß er Reli-

gion und Sittlichkeit über alles in der Welt stelle. Während er sein Messer wie ein Schwert in der Faust hielt, erklärte er:
»Jeder Mensch muß seine Pflichten kennen!«
Und Anja hörte ihm zu, sie ängstigte sich, konnte nichts essen und stand gewöhnlich hungrig vom Tisch auf. Nach dem Essen schlief ihr Mann und schnarchte dabei laut, sie aber ging zu den Ihren. Der Vater und die Jungen sahen sie so seltsam an, als hätten sie kurz vor ihrem Erscheinen schlecht von ihr gesprochen, weil sie wegen des Geldes einen faden und langweiligen Mann geheiratet hatte, den sie nicht liebte; ihre rauschenden Kleider, ihre Armreifen und überhaupt ihr ganzes damenhaftes Aussehen genierte und beleidigte sie; in ihrer Gegenwart wurden sie ein wenig verlegen und wußten nicht, worüber sie mit ihr sprechen sollten; doch trotz alledem liebten sie sie wie früher und hatten sich noch nicht daran gewöhnt, ohne sie zu Mittag zu essen. Sie setzte sich und aß mit ihnen Kohlsuppe, Brei und Kartoffeln, die in Hammelfett gebraten waren, das nach Wachskerzen roch. Pëtr Leontjevič schenkte sich mit zitternder Hand aus der Karaffe ein und trank hastig, gierig und widerwillig, dann trank er ein zweites Glas, dann ein drittes... Petja und Andrjuša, die beiden mageren blassen Jungen mit den großen Augen, nahmen die Karaffe und sagten verwirrt:
»Nicht doch, Papa... hör auf, Papa!«
Und Anja regte sich ebenfalls auf, sie flehte ihn an, nicht zu trinken, doch er brauste plötzlich auf und schlug mit der Faust auf den Tisch.
»Ich erlaube niemandem, mich zu überwachen!« schrie er. »Grüne Jungen seid ihr! Ein dummes Mädchen bist du! Ich jage euch alle aus dem Haus!«
Doch in seiner Stimme schwang Güte und Schwäche mit, und niemand fürchtete ihn. Nach dem Essen machte er sich gewöhnlich fein; blaß, das Kinn vom Rasieren zerschnitten, den dürren Hals gereckt, stand er eine ganze halbe Stunde vor dem Spiegel und putzte sich heraus, er kämmte sich,

zwirbelte seinen schwarzen Schnurrbart, bespritzte sich mit Parfüm und band sich den Schlips; dann zog er die Handschuhe an, setzte den Zylinder auf und ging fort, um Privatstunden zu geben. An Feiertagen blieb er zu Haus und malte in Öl oder spielte auf dem Harmonium, das immer zischte und knarrte; er bemühte sich, ihm klare, harmonische Töne zu entlocken und sang dazu oder schimpfte auf die Jungen:

»Ihr Schurken! Ihr Lumpen! Ihr habt mir das Harmonium verdorben!«

Abends spielte Anjas Mann mit seinen Kollegen, die wie er in dem Haus eine Dienstwohnung innehatten, Karten. Während des Kartenspiels kamen auch die Frauen der Beamten zusammen, sie waren häßlich, geschmacklos gekleidet und grob wie Köchinnen, und in der Wohnung begann ein Geklatsche, das genauso häßlich und geschmacklos war wie das Aussehen der Beamtenfrauen. Es kam vor, daß Modest Alekseič mit Anja ins Theater ging. In den Pausen wich er keinen Schritt von ihrer Seite und ging mit ihr Arm in Arm durch die Korridore und das Foyer. Wenn er sich vor jemandem verbeugte, flüsterte er gleich danach Anja zu: »Ein Staatsrat... hat Zugang bei Seiner Erlaucht...« Oder: »Der ist vermögend... hat ein eigenes Haus...« Als sie am Büfett vorbeikamen, verspürte Anja großen Appetit auf etwas Süßes; sie liebte Schokolade und Apfelkuchen, aber sie hatte kein Geld und schämte sich, ihren Mann darum zu bitten. Er nahm eine Birne, drückte an ihr herum und fragte unentschlossen:

»Wieviel kostet sie?«

»Fünfundzwanzig Kopeken!«

»Na so was!« sagte er und legte die Birne an ihren Platz zurück; doch weil es ihm peinlich war, vom Büfett wegzugehen, ohne etwas gekauft zu haben, verlangte er Selterswasser und trank allein eine ganze Flasche aus, wobei ihm Tränen in die Augen traten, und in diesem Augenblick haßte ihn Anja.

Oder er wurde plötzlich rot und sagte rasch:

»Verbeuge dich vor dieser alten Dame!«

»Aber ich kenne sie doch gar nicht.«

»Ganz egal. Das ist die Gattin des Vorstehers des Kameralhofs! Verbeuge dich doch, hörst du nicht!« knurrte er hartnäckig. »Dir wird schon nicht der Kopf abfallen.«

Anja verbeugte sich, und ihr Kopf fiel in der Tat nicht ab, doch es war eine Qual. Sie tat alles, was ihr Mann von ihr verlangte, und ärgerte sich über sich selbst, daß er sie betrogen hatte wie eine Närrin. Sie hatte ihn nur des Geldes wegen geheiratet, doch jetzt verfügte sie über weniger Geld als vor ihrer Heirat. Früher hatte ihr der Vater wenigstens einmal ein Zwanzigkopekenstück gegeben, doch jetzt besaß sie keinen Heller. Sich heimlich etwas zu nehmen oder ihren Mann darum zu bitten, brachte sie nicht fertig, sie fürchtete ihn, sie zitterte vor ihm. Ihr schien, als trage sie die Furcht vor diesem Mann schon lange mit sich herum. Früher, in ihrer Kindheit, war ihr der Direktor des Gymnasiums als eine riesige entsetzliche Macht erschienen, die gleich einer Wolke oder einer Lokomotive, die sie zermalmen wollte, auf sie zukam. Eine andere, ähnliche Macht, von der innerhalb der Familie immer gesprochen wurde und vor der sich aus irgendeinem Grunde alle fürchteten, war Seine Erlaucht gewesen. Und dann hatte es noch ein Dutzend nicht ganz so starker Mächte gegeben, zu ihnen gehörten auch die Lehrer des Gymnasiums, die schnurrbartlos, streng und unerbittlich waren, und nun war es Modest Alekseič, ein Mann mit Prinzipien, der dem Direktor sogar ähnlich sah. Und in Anjas Vorstellung vereinigten sich alle diese Mächte und gingen in Gestalt eines entsetzlichen, riesigen Eisbären auf die Schwachen und Schuldigen los, auf Menschen wie ihren Vater, und sie fürchtete sich, etwas gegen diese Mächte zu sagen, sie lächelte gezwungen und tat so, als sei sie außerordentlich zufrieden, wenn er sie grob liebkoste und sie mit Umarmungen beschmutzte, die sie mit Angst erfüllten.

Nur ein einziges Mal wagte es Pëtr Leontjevič, ihn um ein

Darlehen von fünfzig Rubel zu bitten, um eine höchst unangenehme Schuld zu bezahlen, doch was war das für eine Qual!

»Gut, ich werde Ihnen diese Summe geben«, sagte Modest Alekseič, nachdem er etwas nachgedacht hatte, »doch ich mache Sie darauf aufmerksam, daß ich Ihnen ein zweites Mal nicht helfen werde, falls Sie nicht aufgehört haben sollten zu trinken. Für einen Mann, der im Staatsdienst steht, ist diese Schwäche beschämend. Ich kann nicht umhin, Sie an die allgemein bekannte Tatsache zu erinnern, daß dieses Laster viele fähige Menschen zugrunde gerichtet hat, die vielleicht bei entsprechender Enthaltsamkeit mit der Zeit noch hochgestellte Persönlichkeiten geworden wären.«

Und nun folgten eine Menge langer Sätze, in denen es von »in dem Maße, wie ...«, »diesen Umstand in Betracht ziehend ...« und »auf Grund des eben Gesagten ...« nur so wimmelte, und der arme Pëtr Leontjevič litt unter dieser Erniedrigung und empfand den starken Wunsch, etwas zu trinken.

Und die Jungen, die Anja meist in ihren zerrissenen Stiefeln und abgetragenen Hosen besuchten, mußten sich diese Belehrungen auch anhören.

»Jeder Mensch muß seine Pflicht kennen!« sagte Modest Alekseič zu ihnen.

Doch Geld gab er nicht. Aber dafür schenkte er Anja Ringe, Armbänder und Broschen und bemerkte dabei, es sei gut, diese Dinge für schlimme Zeiten aufzubewahren. Und häufig machte er ihre Kommode auf und veranstaltete eine Revision, ob noch alle Sachen da seien.

II

Unterdessen war der Winter gekommen. Schon lange vor Weihnachten war in der Lokalzeitung die Anzeige erschienen, daß am 29. Dezember im Adelskasino der übliche Winterball ›sich stattzufinden beehre‹. Jeden Abend flüsterte Modest Alekseič nach dem Kartenspiel aufgeregt mit den Beamtenfrauen und warf besorgte Blicke auf Anja, dann ging er lange aus einer Zimmerecke in die andere und dachte über irgend etwas nach. Schließlich blieb er eines späten Abends vor Anja stehen und sagte:

»Du mußt dir ein Ballkleid machen lassen. Du verstehst mich doch? Aber berate dich bitte vorher mit Marja Grigorjevna und Natalja Kuzminišna.«

Und er gab ihr hundert Rubel. Sie nahm sie; doch als sie sich das Ballkleid bestellte, fragte sie niemanden um Rat, sondern sprach nur mit dem Vater und versuchte sich vorzustellen, wie sich ihre Mutter zu diesem Ball angezogen hätte. Ihre verstorbene Mutter hatte sich immer nach der letzten Mode gekleidet; sie kümmerte sich viel um Anja, sie zog sie geschmackvoll an wie eine Puppe, lehrte sie Französisch sprechen und ausgezeichnet Mazurka tanzen. (Vor ihrer Heirat war sie fünf Jahre Gouvernante gewesen.) Genau wie die Mutter konnte auch Anja aus einem alten Kleid ein neues machen, Handschuhe mit Benzin säubern und sich gegen Geld Schmuck ausleihen, und genau wie die Mutter verstand sie es auch, die Augen zuzukneifen, das R wie ein Franzose auszusprechen, eine schöne Haltung anzunehmen, sich, wenn es nötig war, zu begeistern und traurig oder rätselhaft dreinzuschauen. Vom Vater hatte sie die dunklen Haare und Augen geerbt, eine gewisse Nervosität und die Angewohnheit, sich immer schön zu machen.

Als Modest Alekseič eine halbe Stunde vor der Abfahrt zum Ball ohne Rock in ihr Zimmer kam, um sich vor ihrem Spiegel den Orden um den Hals zu legen, war er von ihrer Schönheit und dem Glanz ihres reizenden, duftigen Ballkleides entzückt, er strich sich selbstzufrieden über den Backenbart und sagte:

»Was für eine Frau ich habe ... was für eine Frau ich habe! Anjuta!« fuhr er fort, und sein Tonfall wurde plötzlich feierlich. »Ich habe dich glücklich gemacht, heute aber kannst du mich glücklich machen. Ich bitte dich, laß dich der Gattin Seiner Erlaucht vorstellen! Bei Gott! Durch sie könnte ich den Posten eines Oberreferenten bekommen!«

Sie fuhren zum Ball. Da waren auch schon das Adelskasino und die Auffahrt mit dem Portier, der Vorraum mit den Garderobenständern, die Pelze, die hin und her laufenden Diener und die dekolletierten Damen, die sich mit ihren Fächern vor der Zugluft zu schützen suchten. Es roch nach Leuchtgas und nach Soldaten. Als Anja am Arm ihres Mannes die Treppe hinaufging, die Musik vernahm und sich bei der Fülle des Lichts in dem großen Spiegel erblickte, regte sich Freude in ihrem Herzen und die gleiche Ahnung des Glücks, die sie schon einmal beim Schein des Mondes auf der Bahnstation gehabt hatte. Ihr Gang war stolz und selbstbewußt, zum erstenmal fühlte sie sich nicht mehr als Mädchen, sondern als Dame, und unwillkürlich ahmte sie in Haltung und Benehmen die verstorbene Mutter nach. Zum erstenmal in ihrem Leben fühlte sie sich reich und frei. Sogar die Gegenwart ihres Mannes störte sie nicht, denn als sie die Schwelle des Kasinos überschritt, hatte sie instinktiv begriffen, daß die Nähe ihres alten Mannes sie nicht im geringsten erniedrigte, sondern, ganz im Gegenteil, ihr den Reiz eines pikanten Geheimnisses verlieh, das den Männern so gefällt. Im großen Saal dröhnte schon das Orchester, und der Tanz begann. Nach der Dienstwohnung kam sich Anja, beeindruckt von dem Licht, der Buntheit, der Musik und dem Stimmengewirr, wie verwandelt vor, sie blickte um sich und dachte: Ach, wie schön! Und sofort bemerkte sie in der Menge alle Bekannten, die sie früher bei Abendgesellschaften oder auf Spaziergängen kennengelernt hatte, all diese Offiziere, Lehrer, Advokaten, Beamten und Gutsherren, Seine Erlaucht Artynov und auch die Damen der höchsten Gesellschaft, die – herausgeputzt, tief dekolletiert und sowohl hübsch als auch häßlich – schon ihre Plätze in den Verkaufsständen und Pavillons des Wohltätigkeitsbasars eingenommen hatten, um mit dem Verkauf zugunsten der Armen zu beginnen. Ein riesiger Offizier mit Epauletten – sie hatte ihn auf der Staro-Kievskaja kennengelernt, als sie noch Gymnasiastin war, sie erinnerte sich jetzt nicht mehr an seinen Namen – stand plötzlich wie aus dem Boden gewachsen vor ihr und forderte sie zu einem Walzer auf, und sie flog ihrem Mann davon, und ihr war zumute, als führe sie bei starkem Sturm auf einem Segelschiff und ihr Mann wäre weit weg am Ufer geblieben ... Sie tanzte voller Leidenschaft und Hingabe Walzer, Polka, Quadrille, sie schwebte von einem Arm in den anderen, sie glühte förmlich bei der Musik und dem Lärm, sie vermengte russische und französische Wörter, sie sprach das R wie ein Franzose aus, lachte und dachte weder an ihren Mann noch an sonst jemanden oder sonst etwas. Sie hatte Erfolg bei den Männern, das war klar, doch das konnte auch gar nicht anders sein, sie holte kaum Luft vor Erregung, preßte kampfhaft den Fächer in den Händen und hatte Durst. Ihr Vater, Pëtr Leontjevič, trat in einem zerknüllten Frack, der nach Benzin roch, an sie heran und reichte ihr ein Schälchen mit rotem Eis.

»Du bist heute bezaubernd«, sagte er und sah sie entzückt an, »noch nie habe ich es so bedauert, daß du so schnell geheiratet hast ... Weshalb nur? Ich weiß, du hast es nur uns zuliebe getan, doch ...« Er zog mit zitternder Hand ein Päckchen Geldscheine hervor und sagte: »Ich habe heute das Honorar für meine Privatstunden bekommen und kann deinem Mann das Darlehen zurückzahlen.«

Sie drückte ihm das Schälchen mit dem Eis in die Hand, flog in den Armen eines anderen davon und sah, als sie flüchtig über die Schulter ihres Kavaliers blickte, wie der Vater, auf dem Parkett leicht ausrutschend, eine Dame umfaßte und mit ihr durch den Saal wirbelte.

Wie lieb er ist, wenn er nicht getrunken hat, dachte sie.

Die Mazurka tanzte sie mit dem riesigen Offizier von vorhin; würdevoll und gewichtig wie ein ausgeweideter Stier in Uniform schritt er dahin, bewegte die Schultern und die Brust und stampfte kaum mit den Füßen – er hatte überhaupt keine Lust zu tanzen, doch sie flatterte um ihn herum, reizte ihn mit ihrer Schönheit und ihrem entblößten Hals, ihre Augen glänzten herausfordernd, und ihre Bewegungen waren voller Leidenschaft, er aber wurde immer gleichmütiger und reichte ihr gnädig die Hände wie ein König.

»Bravo, bravo!« rief man aus der Menge.

Doch auf die Dauer konnte ihr auch der riesige Offizier nicht widerstehen, er wurde lebhaft, leidenschaftlich und kam schließlich – schon völlig ihrem Zauber erlegen – in Wallung und bewegte sich leicht und jugendlich, sie aber zuckte nur mit den Schultern und sah verschmitzt drein, als wäre sie schon die Königin und er der Sklave. Ihr schien, der ganze Saal blicke auf sie und all diese Leute seien entzückt und beneideten sie. Kaum hatte sich der riesige Offizier vor ihr verbeugt, da teilte sich plötzlich die Menge, und die Männer stellten sich alle seltsam aufrecht hin und legten die Hände an die Hosennaht... Es näherte sich ihr Seine Erlaucht im Frack mit zwei Sternen. Ja, Seine Erlaucht ging geradewegs auf sie zu, denn er sah nur sie an, lächelte süßlich und murmelte, was bei ihm immer der Fall war, wenn er hübsche Frauen zu Gesicht bekam.

»Sehr erfreut, sehr erfreut...« begann er. »Werde anordnen, daß man Ihren Mann in Arrest abführt, weil er solch einen Schatz bis jetzt vor uns verborgen hat. Ich komme zu Ihnen im Auftrag meiner Frau«, fuhr er fort und reichte ihr die Hand. »Sie müssen uns helfen... hm, ja... Sie müßten eigentlich einen Schönheitspreis bekommen... wie in Amerika... hm, ja... Die Amerikaner... Meine Frau wartet schon voller Ungeduld auf Sie.«

Er führte sie an einen Verkaufsstand zu einer Dame, deren untere Gesichtshälfte unverhältnismäßig groß war, so daß man glaubte, sie habe einen großen Stein im Mund.

»Helfen Sie uns doch«, sprach sie näselnd und in singendem Tonfall. »Alle hübschen Frauen sind beim Wohltätigkeitsbasar beschäftigt, und nur Sie allein vergnügen sich. Warum wollen Sie uns nicht helfen?«

Sie ging fort, und Anja nahm ihren Platz neben dem silbernen Samovar und den Teetassen ein. Sofort begann ein reger Verkauf. Für eine Tasse Tee nahm Anja nicht weniger als einen Rubel, und den riesigen Offizier zwang sie, drei Tassen zu trinken. Artynov trat heran, der reiche, an Atemnot leidende Mann mit den vorstehenden Augen, er trug jedoch nicht so ein seltsames Gewand wie im Sommer, als ihn Anja zum erstenmal gesehen hatte, sondern einen Frack wie alle. Ohne die Augen von Anja zu wenden, trank er ein Glas Champagner und zahlte hundert Rubel – und all das ohne ein Wort, asthmatisch keuchend... Anja lockte die Käufer an und nahm ihnen das Geld ab, sie war bereits zutiefst davon überzeugt, daß ihr Lächeln und ihre Blicke den Leuten großes Vergnügen bereiteten. Sie hatte schon begriffen, daß sie ausschließlich für dieses lärmende, glänzende und lachende Leben mit Musik, Tanz und Verehrern geschaffen war, und ihre kürzliche Angst vor einer Macht, die drohend auf sie zurollen und sie zermalmen könnte, schien ihr einfach lächerlich; sie fürchtete niemanden mehr und bedauerte nur, daß die Mutter nicht mehr lebte – sie hätte sich jetzt zusammen mit ihr über diesen Erfolg gefreut.

Pëtr Leontjevič, schon bleich, aber noch fest auf den Beinen, trat an den Verkaufsstand heran und bat um ein Gläschen Kognak. Anja errötete und dachte, er würde etwas Unpassendes sagen (sie schämte sich schon ihres armen und gewöhnlichen Vaters), doch er trank nur sein Glas, warf ihr aus seinem Geldpäckchen zehn Rubel hin und verließ würdevoll den Verkaufsstand ohne ein Wort. Etwas später, als er in der grande ronde tanzte, schwankte er schon und schrie irgend etwas zur großen Verwirrung seiner Dame, und Anja erinnerte sich, wie er vor drei Jahren auf einem Ball genauso geschwankt und herumgeschrien hatte – und wie dann alles damit geendet hatte, daß der Polizist ihn zum Schlafen nach Hause brachte und der Direktor am nächsten Tag drohte, ihn zu entlassen. Wie wenig paßte doch diese Erinnerung jetzt hierher!

Als die Feuer unter den Samovaren an den Verkaufsständen erloschen waren und die erschöpften Wohltätigkeitsjüngerinnen ihren Erlös der Dame mit dem Stein im Mund abgeliefert hatten, nahm Artynov Anjas Arm und führte sie in den Saal, wo das Abendessen für alle Teilnehmer des Wohltätigkeitsbasars serviert war. Nicht mehr als zwanzig Personen aßen dort, doch es ging sehr laut und fröhlich zu. Seine Erlaucht brachte einen Trinkspruch aus: »In diesem luxuriösen Speisesaal erscheint es angebracht, auf das Gedeihen der billigen Volksküchen zu trinken, denen der heutige Wohltätigkeitsbasar gewidmet ist.« Der Brigadegeneral erhob sein Glas ›auf die Macht, vor der sogar die Artillerie in Verlegenheit gerät‹, und alle wandten sich den Damen zu, um mit ihnen anzustoßen. Es ging sehr, sehr fröhlich zu.

Als man Anja nach Hause begleitete, wurde es schon hell, und die Köchinnen gingen auf den Markt. Glücklich, beschwipst, voll neuer Eindrücke und an allen Gliedern wie zerschlagen, zog sie sich aus, fiel ins Bett und war sofort eingeschlafen...

Um zwei Uhr weckte sie das Stubenmädchen und meldete, Herr Artynov sei gekommen. Sie zog sich rasch an und ging in den Salon. Kaum war Artynov weg, fuhr Seine Erlaucht vor, um für die Teilnahme am Wohltätigkeitsbasar zu danken. Er blickte sie an, süßlich lächelnd und mummelnd, küßte ihr das Händchen, bat um die Erlaubnis, sie wieder aufsuchen zu dürfen, und fuhr davon, sie aber stand verblüfft und wie verzaubert mitten im Salon und wollte nicht glauben, daß die Änderung in ihrem Leben, diese wunderbare Änderung, sich so schnell vollzogen hatte: Im selben Augenblick kam ihr Mann, Modest Alekseič, ins Zimmer... Und er stand jetzt

vor ihr mit dem gleichen kriecherischen, süßlichen, sklavisch ehrfurchtsvollen Gesichtsausdruck, den sie bei ihm in Gegenwart mächtiger und angesehener Personen zu sehen gewohnt war, und voller Triumph, Entrüstung und Verachtung, bereits davon überzeugt, daß sie nichts mehr zu befürchten habe, sagte sie, jedes Wort deutlich aussprechend:
»Scheren Sie sich hinaus, Sie Trottel!«

Danach hatte Anja schon keinen freien Tag mehr, denn sie nahm bald an einem Picknick, bald an einem Ausflug und bald an einer Aufführung teil. Jeden Tag kam sie erst gegen Morgen nach Haus, sie legte sich dann im Salon auf den Fußboden und erzählte später allen sehr rührend, wie sie unter Blumen schlafe. Sie brauchte sehr viel Geld, doch sie fürchtete sich nicht mehr vor Modest Alekseič und verbrauchte sein Geld, als ob es ihres wäre; sie bat nicht um Geld und forderte es auch nicht, sie schickte ihm nur Rechnungen und Zettelchen, auf denen stand: ›Dem Überbringer sind zweihundert Rubel auszuhändigen‹ oder ›Sofort hundert Rubel auszuzahlen!‹

Zu Ostern erhielt Modest Alekseič den Annenorden zweiter Klasse. Als er seinen Dankbesuch abstattete, legte Seine Erlaucht die Zeitung beiseite und lehnte sich in seinem Sessel zurück.

»Sie haben jetzt also drei Annen«, sagte er und betrachtete seine weißen Hände mit den rosigen Fingernägeln, »eine im Knopfloch und zwei am Halse.«

Modest Alekseič legte zur Vorsicht zwei Finger an die Lippen, um ja nicht laut loszulachen, und erwiderte:

»Jetzt bleibt uns nur noch die Hoffnung auf die Geburt eines kleinen Vladimir. Ich erkühne mich, Euer Erlaucht um die Patenschaft zu bitten.«

Er spielte auf den Vladimirorden vierter Klasse an und stellte sich vor, wie er überall von seinem Wortspiel erzählen würde, das so kühn und treffend war; er wollte noch etwas ebenso Treffendes sagen, doch Seine Erlaucht hatte sich schon wieder in die Zeitung vertieft und nickte nur ...

Anja aber fuhr in der Trojka spazieren, ging mit Artynov auf die Jagd, spielte in Einaktern, nahm an großen Abendessen teil und erschien immer seltener bei den Ihren. Die aßen jetzt schon allein zu Mittag. Pëtr Leontjevič trank noch mehr als früher, es war kein Geld da, und das Harmonium hatten sie schon lange schuldenhalber verkauft. Die Jungen ließen ihn jetzt nicht mehr allein auf die Straße, sie begleiteten ihn und paßten auf, daß er nicht hinfiel; und wenn ihnen auf der Staro-Kievskaja Anja mit einem Zweispänner mit Beipferd und mit Artynov auf dem Kutschbock entgegenkam, zog Pëtr Leontjevič den Zylinder und wollte etwas schreien, doch Petja und Andrjuša nahmen ihn bei den Armen und sagten flehentlich:

»Hör doch auf, Papa ... Laß doch, Papa ...«

Weißstirnchen

Die hungrige Wölfin erhob sich, um auf die Jagd zu gehen. Ihre drei Jungen schliefen fest, sie lagen dicht aneinandergedrängt und wärmten sich gegenseitig. Sie beleckte sie und ging.

Es war schon März, Frühling, doch in den Nächten knarrten von dem Frost die Bäume wie im Dezember, und ließ man die Zunge heraushängen, dann prickelte sie. Die Wölfin war schwach und krankhaft mißtrauisch; sie schreckte bei dem kleinsten Geräusch zusammen und hatte immer Angst, jemand könnte den kleinen Wölfen etwas tun, während sie fort war. Der Geruch von Menschen- und Pferdespuren, die Baumstümpfe, Holzstapel und der dunkle, mit Mist bestreute Weg flößten ihr Furcht ein; ihr schien, als ob im Dunkeln hinter den Bäumen Menschen stünden und irgendwo hinterm Wald Hunde heulten.

Sie war nicht mehr die jüngste, ihre Witterung hatte nachgelassen, es kam vor, daß sie eine Fuchsspur für eine Hundespur hielt, und manchmal täuschte sie ihr Geruchssinn so, daß sie sich verirrte, was ihr in der Jugend nie passiert war. Wegen ihrer Schwäche jagte sie schon keine Kälber und großen Hammel mehr wie früher, und auch um Pferde und Fohlen machte sie einen weiten Bogen, sie nährte sich nur von Aas; frisches Fleisch bekam sie sehr selten zu fressen, höchstens im Frühjahr, wenn sie auf eine Häsin stieß und ihr die Jungen wegnahm oder wenn sie bei den Bauern in einen Stall kletterte, in dem Lämmer waren.

Ungefähr vier Verst von ihrem Lager entfernt stand am Postweg eine Jägerhütte. Hier wohnte der Wächter Ignat, ein alter Mann von etwa siebzig Jahren, der immer hustete und Selbstgespräche führte; gewöhnlich schlief er nachts, und am Tag wanderte er mit seiner Flinte im Wald umher und pfiff, um die Hasen aufzuscheuchen. Er hatte wahrscheinlich früher als Maschinist gearbeitet, denn jedesmal, bevor er stehenblieb, schrie er:

»Lokomotive stop!« und ehe er weiterging, rief er: »Volldampf!« In seiner Nähe befand sich immer eine riesige schwarze Hündin von unbekannter Rasse, Arapka genannt. Wenn sie zu weit vorrannte, rief er: »Dampf ablassen!« Manchmal sang er auch, schwankte dabei sehr stark und fiel oft hin (die Wölfin dachte, das käme vom Wind), und dann schrie er: »Entgleisung!«

Die Wölfin erinnerte sich, daß im Sommer und auch im Herbst bei der Jägerhütte ein Hammel und zwei junge Schafe geweidet hatten, und als sie vor nicht allzu langer Zeit dort vorbeigelaufen war, schien es ihr, als hätte sie im Stall Schafe blöken hören. Und während sie sich jetzt der Jägerhütte näherte, fiel ihr ein, daß schon März war und daß im Stall unbedingt Lämmer sein mußten. Der Hunger quälte sie, und sie dachte daran, mit welcher Gier sie ein Lamm fressen würde, und bei diesem Gedanken knirschte sie mit den Zähnen, und ihre Augen leuchteten in der Dunkelheit wie zwei Lichter.

Ignats Häuschen, sein Schuppen, sein Stall und auch der Brunnen waren von hohen Schneewehen umgeben. Es war still. Arapka schlief wahrscheinlich im Schuppen.

Über eine Schneewehe gelangte die Wölfin auf den Stall und begann mit Pfoten und Schnauze das Strohdach aufzureißen. Das Stroh war verfault und morsch, so daß die Wölfin beinahe durchgebrochen wäre; plötzlich drang ihr die warme Luft und der Geruch von Mist und Schafsmilch in die Nase. Unten blökte sanft ein Lämmchen, das den kalten Luftzug spürte. Die Wölfin sprang durch das Loch und landete mit den Vorderpfoten und der Brust auf etwas Weichem, Warmem, wahrscheinlich war das der Hammel, und in diesem Augenblick fing im Stall etwas zu winseln, zu bellen und mit feinem Stimmchen zu heulen an, die Schafe wichen bis zur Wand zurück, und die erschrockene Wölfin packte, was ihr gerade zwischen die Zähne kam, und stürzte hinaus...

Sie lief aus Leibeskräften, während Arapka, die den Wolf gewittert hatte, ununterbrochen heulte, die Hühner in der Jägerhütte aufgeregt gackerten und Ignat unter dem Vordach erschien und schrie:

»Volldampf! Signal!«

Er pfiff wie eine Lokomotive und schrie dann: »Hohohohooo!« Und dieser ganze Lärm kam vom Wald als Echo zurück.

Als es allmählich wieder stiller wurde, beruhigte sich die Wölfin etwas und merkte, daß ihre Beute, die sie im Maul hielt und über den Schnee schleifte, schwerer und anscheinend auch fester war, als es gewöhnlich Lämmer zu dieser Jahreszeit sind; sie schien auch anders zu riechen und gab so sonderbare Laute von sich... Die Wölfin blieb stehen und legte ihre Last auf den Schnee, um sich auszuruhen und dann mit Fressen zu beginnen, doch plötzlich sprang sie angewidert zurück. Das war kein Lamm, sondern ein junger schwarzer Hund mit großem Kopf und langen Beinen, über die ganze Stirn zog sich ein ebensolcher weißer Fleck wie bei Arapka. Seinem Benehmen nach war er ein Dummkopf, ein einfacher Hofhund. Er leckte seinen zerschundenen und verletzten Rücken, wedelte mit dem Schwanz, als sei überhaupt nichts geschehen, und bellte die Wölfin an. Sie knurrte wie ein Hund und lief von ihm weg. Er folgte ihr. Sie wandte sich um und fletschte die Zähne; er blieb verblüfft stehen und kam dann wahrscheinlich zu dem Schluß, sie wolle mit ihm spielen, er reckte die Schnauze zu der Jägerhütte hin und brach in ein lautes, fröhliches Bellen aus, als rufe er seine Mutter Arapka, damit sie mit ihm und der Wölfin spiele.

Es wurde schon hell, und als die Wölfin durch den dichten Espenwald schlich, war bereits jeder Baum zu erkennen, die

Birkhühner erwachten, und oft flatterten wunderschöne Birkhähne auf, von den unvorsichtigen Sprüngen und dem Bellen des jungen Hundes erschreckt.

Warum läuft er bloß immer hinter mir her? dachte die Wölfin ärgerlich. Er will wohl, daß ich ihn fresse.

Sie lebte mit ihren Jungen in einer flachen Grube. Vor etwa drei Jahren hatte der Sturm eine große alte Kiefer entwurzelt, und es war diese Grube entstanden. Jetzt lagen auf ihrem Boden altes Laubwerk und Moos und auch Knochen und Stierhörner, mit denen die Wolfsjungen spielten. Sie waren schon aufgewacht. Alle drei sahen sich sehr ähnlich, sie standen nebeneinander am Rand der Grube, schauten der heimkehrenden Mutter entgegen und wedelten mit den Schwänzen. Als der junge Hund sie sah, blieb er unweit von ihnen stehen und betrachtete sie lange. Als er merkte, daß sie ihn ebenfalls aufmerksam betrachteten, begann er sie wütend anzubellen, als habe er Fremde vor sich.

Inzwischen war es ganz hell geworden, die Sonne war aufgegangen, und ringsum glitzerte der Schnee. Er aber stand immer noch abseits und bellte. Die Wolfsjungen ließen sich von ihrer Mutter säugen und traten ihr dabei mit den Pfoten in den mageren Leib, sie aber nagte währenddessen an einem weißen, trockenen Pferdeknochen. Der Hunger quälte sie, der Kopf tat ihr weh von dem vielen Hundegebell, und sie hätte sich am liebsten auf diesen ungebetenen Gast gestürzt und ihn zerrissen.

Schließlich wurde der kleine Hund müde und heiser, und als er sah, daß man keine Angst vor ihm hatte und ihn nicht einmal beachtete, näherte er sich – bald sich duckend, bald wieder aufspringend – vorsichtig den Wolfsjungen. Bei Tageslicht konnte man ihn jetzt gut erkennen. Seine weiße Stirn war groß und stark gewölbt wie bei sehr dummen Hunden, die kleinen blauen Augen schimmerten matt, und der Ausdruck seiner Schnauze war außergewöhnlich dumm. Als er ganz nahe an die Wolfsjungen herangekommen war, streckte er seine breiten Pfoten vor, legte die Schnauze darauf und fing an zu winseln:

»Mnja, mnja ... nga, nga, nga!«

Die Wolfsjungen verstanden nichts, doch sie wedelten mit den Schwänzen. Daraufhin schlug der Hund mit der Pfote einem Wolfsjungen auf den großen Kopf. Der junge Wolf schlug ihm ebenfalls mit der Pfote auf den Kopf. Der Hund stellte sich schräg vor ihn hin, betrachtete ihn von der Seite, wedelte mit dem Schwanz, jagte dann plötzlich davon und zog auf dem verharschten Schnee ein paar Kreise. Die Wolfsjungen rannten hinter ihm her, er fiel auf den Rücken, streckte die Beine hoch und alle drei warfen sich, vor Begeisterung winselnd, auf ihn und begannen ihn zu beißen, aber nur aus Spaß und ohne ihm weh zu tun. Auf einer großen Kiefer saßen Krähen; sie sahen von oben der Balgerei zu und waren sehr beunruhigt. Es ging laut und fröhlich zu. Die Sonne brannte schon wie im Frühling, und die Birkhähne, die ab und zu über die entwurzelte Kiefer flogen, sahen im Sonnenglanz smaragdgrün aus.

Gewöhnlich bringen die Wölfinnen ihren Jungen das Jagen bei, indem sie ihnen die Beute zum Spiel überlassen. Als die Wölfin sah, wie die Wolfsjungen auf dem verharschten Schnee hinter dem jungen Hund herrannten und sich mit ihm balgten, dachte sie: Dabei lernen sie es gleich.

Als die Wolfsjungen genug gespielt hatten, gingen sie in die Grube und legten sich schlafen. Der junge Hund heulte noch ein wenig vor Hunger und streckte sich dann ebenfalls in der Sonne aus. Nachdem sie geschlafen hatten, spielten sie wieder.

Den ganzen Tag und auch den ganzen Abend mußte die Wölfin daran denken, wie das Lämmchen vergangene Nacht im Stall geblökt und wie es nach Schafsmilch gerochen hatte; vor Appetit knirschte sie mit den Zähnen und benagte immerzu gierig den alten Knochen, wobei sie sich vorstellte, er sei das Lämmchen. Die Wolfsjungen ließen sich von ihrer Mutter säugen, und der junge Hund, der auch gern etwas fressen wollte, lief immer im Kreise herum und beschnupperte den Schnee.

Am besten, ich fresse ihn, beschloß die Wölfin.

Sie ging zu ihm hin, doch er leckte ihr die Schnauze und begann zu winseln, weil er glaubte, sie wolle mit ihm spielen. Früher hatte sie Hundefleisch gefressen, doch der junge Köter roch zu stark nach Hund, und sie konnte, da sie so erschöpft war, diesen Geruch schon nicht mehr ertragen, er widerte sie an, und sie ging weg ...

Zur Nacht wurde es kühler. Der junge Hund langweilte sich und lief nach Hause.

Als die Wolfsjungen fest eingeschlafen waren, begab sich die Wölfin von neuem auf die Jagd. Genau wie in der vergangenen Nacht fürchtete sie sich vor dem leisesten Geräusch, und sie erschrak vor Baumstümpfen, Holzstapeln und dunklen, einzeln dastehenden Wacholdersträuchern, die von fern wie Menschen aussahen. Sie lief am Rand des Weges, auf dem verharschten Schnee. Plötzlich sah sie, wie sich weit vorn etwas Dunkles bewegte ... Sie kniff die Augen zusammen und spitzte die Ohren: Wirklich, da ging etwas, sogar die gleichmäßigen Schritte waren zu hören. Vielleicht war es ein Dachs? Vorsichtig, kaum atmend und sich immer seitlich haltend, überholte sie den dunklen Fleck, drehte sich nach ihm um und erkannte ihn. Es war der junge Hund mit der weißen Stirn, der gemächlich zur Jägerhütte zurücktrabte.

Hoffentlich stört er mich nicht wieder, dachte die Wölfin und lief schneller.

Doch die Jägerhütte war schon nah. Die Wölfin kroch wieder über die Schneewehe auf den Stall ... Das Loch von gestern war mit Stroh vom Sommer geflickt, und zwei neue Stangen lagen auf dem Dach. Die Wölfin begann rasch mit Pfoten und Schnauze zu arbeiten, sah sich immer um, ob nicht der junge Hund käme, doch kaum spürte sie die warme Stalluft und den Geruch von Dung, da erhob sich hinter ihr ein fröhliches, helles Gebell. Der junge Hund war zurückgekehrt. Er sprang zu der Wölfin aufs Dach und dann durch das Loch, und als er sich wieder warm und geborgen fühlte und auch die Schafe erkannte, fing er noch lauter an zu bellen ... Arapka erwachte im Schuppen, witterte den Wolf und begann zu heulen, die Hühner gackerten, und als Ignat mit seiner Flinte unterm Vordach erschien, war die erschrokkene Wölfin schon weit weg von der Jägerhütte.

»Püüt!« pfiff Ignat. »Püüt! Vorwärts, Volldampf!«

Er drückte ab – die Flinte versagte; er drückte noch einmal ab – die Flinte versagte zum zweitenmal; er drückte zum drittenmal ab – ein ungeheurer Feuerstrahl schoß aus dem Lauf, und ein betäubendes »Bum! Bum!« ertönte. Die Flinte schlug heftig zurück. Er nahm sie in die eine Hand, eine Axt in die andere und ging, um nach der Ursache des Lärms zu forschen.

Kurz darauf kam er in die Hütte zurück.

»Was war denn?« fragte mit heiserer Stimme der Pilger, der bei ihm übernachtete und den der Lärm geweckt hatte.

»Nichts Besonderes ...« antwortete Ignat. »Rein gar nichts. Unser Weißstirnchen hat sich angewöhnt, bei den Schafen im Warmen zu schlafen. Aber er begreift noch nicht, daß er durch die Tür muß, er kriecht immer durchs Dach. Gestern nacht hat er das Loch aufgerissen und ist spazierengegangen, der Schurke, und jetzt ist er zurückgekommen und hat wieder das Dach aufgerissen.«

»So ein Dummkopf!«

»Ja, bei ihm ist wahrscheinlich eine Schraube locker. Ich kann Dummköpfe nicht ausstehen!« Ignat seufzte und kletterte auf den Ofen. »Na, Gottesmann, zum Aufstehen ist es noch zu früh, wir schlafen noch ein Stück mit Volldampf ...«

Am nächsten Morgen aber rief er Weißstirnchen zu sich und zog ihn schmerzhaft an den Ohren, dann schlug er ihn mit einem Reisigbesen und sagte immer wieder:

»Du sollst durch die Tür gehen! Du sollst durch die Tür gehen! Du sollst durch die Tür gehen!«

Der Mord

I

Auf der Station Progonnaja wurde ein Abendgottesdienst abgehalten. Vor dem großen Heiligenbild, das in leuchtenden Farben auf goldenem Grund gemalt war, standen eine Gruppe von Stationsangestellten mit ihren Frauen und Kindern, sowie Holzfäller und Säger, die in der Nähe an der Bahnstrecke arbeiteten.

Sie alle standen schweigend, verzaubert von dem Glanz der Lichter und dem Heulen des Schneesturms, der ganz unvermutet noch jetzt, am Vorabend von Mariä Verkündigung, draußen aufgekommen war. Es zelebrierte der alte Geistliche aus Vedenjapino; der Psalmenleser und Matvej Terechov sangen.

Matvejs Gesicht strahlte vor Freude, und beim Singen reckte er den Hals, als wollte er auffliegen. Er sang die Tenorstimme, und den Kanon rezitierte er ebenfalls im Tenor, hingebungsvoll und überzeugend. Als die ›Stimme des Erzengels‹ gesungen wurde, schwenkte er die Arme wie ein Dirigent, und bemüht, sich dem Altmännerbaß des Küsters anzupassen, vollführte er mit seinem Tenor etwas ungewöhnlich Kompliziertes, und seinem Gesicht war anzusehen, daß es ihm großes Vergnügen bereitete.

Doch nun war der Abendgottesdienst zu Ende, alle gingen still auseinander, alles war wieder dunkel und leer, und es trat jene Stille ein, wie man sie nur auf einsam im Feld oder im Wald gelegenen Bahnstationen antrifft, wenn weiter nichts als das Heulen des Windes zu hören ist und wenn sich diese ganze Leere ringsum, diese ganze Langeweile des langsam dahinfließenden Lebens fühlbar macht.

Matvej wohnte nicht weit von der Station im Wirtshaus seines Vetters. Aber er hatte keine Lust, nach Hause zu gehen. Er saß beim Büfettier an der Theke und erzählte mit halblauter Stimme:

»In der Kachelfabrik hatten wir einen eigenen Chor. Und ich muß Ihnen sagen, obgleich wir nur einfache Handwerker waren, aber wir haben gesungen, wie es sein soll, großartig, großartig. Wir wurden oft in die Stadt eingeladen, und wenn dort der stellvertretende Erzbischof Ioann in der Dreifaltigkeitskirche zu zelebrieren geruhte, dann sangen die erzbischöflichen Sänger auf dem rechten Chor und wir auf dem linken. Nur beklagte man sich in der Stadt, daß wir zu lange sängen: ›Die von der Fabrik‹, sagten sie, ›ziehn alles in die Länge.‹ Das stimmt, wir begannen den Andreasgottesdienst und den Lobgesang in der siebenten Stunde und beendeten ihn nach elf, so daß, wenn wir nach Hause zur Fabrik kamen, es oft schon nach Mitternacht war. Schön war das!« Matvej seufzte. »Sehr schön sogar, Sergej Nikanoryč! Hier aber, im Vaterhaus, hat man keine Freude. Die allernächste Kirche liegt fünf Verst von hier, bei meiner schwachen Gesundheit komm ich gar nicht bis dorthin, Sänger sind nicht da. Und in unserer Familie gibt es kein bißchen Ruhe, den ganzen Tag Lärm, Schimpfen, Unsauberkeit, alle essen aus einer Schüssel wie die Bauern, und in der Kohlsuppe sind Schaben... Gott gibt mir keine Gesundheit, sonst wäre ich längst auf und davon, Sergej Nikanoryč.«

Matvej Terechov war noch nicht alt, etwa fünfundvierzig, aber er sah kränklich aus, sein Gesicht war voller Falten, auch der dünne, schüttere Bart war schon ganz grau, und das machte ihn um viele Jahre älter. Er sprach vorsichtig und mit schwacher Stimme, und wenn er hustete, faßte er sich an die Brust, dabei bekam sein Blick etwas Unruhiges und Besorgtes wie bei Leuten, die sehr um ihre Gesundheit bangen. Er sagte niemals genau, was ihm weh tat, liebte es aber, lang und breit zu erzählen, wie er einmal in der Fabrik eine schwere Kiste gehoben und sich dabei verhoben hatte und wie sich daraus ein Bruch entwickelte und er gezwungen war, den

Dienst in der Fabrik aufzugeben und in die Heimat zurückzukehren. Aber was ein Bruch bedeutete, das konnte er nicht erklären.

»Offen gestanden, ich mag den Vetter nicht«, fuhr er fort und goß sich Tee ein. »Er ist der ältere von uns beiden, man soll niemanden verurteilen, und ich fürchte den Herrgott, aber ich halte das nicht aus. Er ist ein hochmütiger, strenger Mann und schilt immer, er quält seine Anverwandten und Arbeiter, und er geht nicht zur Beichte. Am vorigen Sonntag bitte ich ihn freundlich: ›Lieber Vetter, wollen wir zum Hochamt nach Pachomovo fahren?‹ Aber er: ›Ich fahre nicht hin, der Pope dort‹, so sagt er, ›ist ein Kartenspieler.‹ Und hierher ist er heute nicht gekommen, weil der Vedenjapiner Priester raucht und Schnaps trinkt. Er mag die Geistlichkeit nicht! Er liest den Mittagsgottesdienst, die Stundengebete und die Abendandacht selber, und die Schwester vertritt bei ihm den Kirchendiener. Er: ›Lasset uns beten zum Herrn!‹ Und sie mit dünnem Stimmchen wie eine Truthenne: ›Herr, erbarme Dich unser...!‹ Eine Sünde ist's und weiter nichts. Jeden Tag sag ich zu ihm: ›Nehmen Sie doch Vernunft an, lieber Vetter! Bereuen Sie und bekennen Sie Ihre Sünden!‹ – er aber läßt sich nicht beirren.«

Sergej Nikanoryč, der Büfettier, goß in fünf Gläser Tee ein und trug sie auf einem Tablett ins Damenzimmer. Kaum war er dort eingetreten, ertönte ein Geschrei: »Wie servierst du, du Schweineschnauze? Kannst nicht mal servieren!«

Das war die Stimme des Stationsvorstehers. Man hörte ein schüchternes Murmeln, dann wieder einen ärgerlichen und scharfen Schrei: »Mach, daß du rauskommst!«

Sehr verlegen kam der Büfettier wieder zurück.

»Früher habe ich's Grafen und Fürsten recht gemacht«, sagte er leise, »und jetzt, sehen Sie, kann ich nicht mal Tee servieren... Er hat mich in Gegenwart des Geistlichen und der Damen ausgeschimpft!«

Der Büfettier Sergej Nikanoryč hatte einst viel Geld

gehabt und das Büfett auf einer erstklassigen Bahnstation in einer Gouvernementsstadt geführt, wo sich zwei Linien kreuzten. Damals trug er einen Frack und eine goldene Uhr. Aber seine Geschäfte gingen schlecht, er hatte all sein Geld für prunkvolles Tafelgeschirr ausgegeben, die Dienstboten bestahlen ihn, und nachdem er allmählich in Schulden geraten war, ging er auf eine andere Station, wo es viel ruhiger war; hier verließ ihn seine Frau und nahm das ganze Silber mit, und er ging auf eine dritte, noch schlechtere Station, wo bereits keine warmen Speisen mehr gereicht wurden. Danach auf eine vierte. Er wechselte häufig die Plätze und sank immer tiefer und tiefer, schließlich geriet er auf die Station Progonnaja, und hier handelte er nur mit Tee, billigem Branntwein und servierte zum Imbiß harte Eier und eine Dauerwurst, die nach Teer roch und die er selbst spöttisch Musikantenwurst nannte. Er war fast kahlköpfig, hatte hellblaue, vorstehende Augen und einen dichten, buschigen Backenbart, den er häufig kämmte, wobei er in einen kleinen Spiegel blickte. Die Erinnerungen an die Vergangenheit quälten ihn ständig, er konnte sich einfach nicht an die Musikantenwurst gewöhnen, an die Grobheit des Stationsvorstehers und an die Bauern, die um die Preise feilschten; nach seiner Meinung war das Feilschen am Büfett ebenso unanständig wie das Feilschen in der Apotheke. Er schämte sich seiner Armut und seiner Erniedrigung, und diese Scham bildete jetzt den Hauptinhalt seines Lebens.

»Der Frühling kommt spät in diesem Jahr«, sagte Matvej, auf etwas horchend. »Ist auch besser so, ich liebe den Frühling nicht. Im Frühling ist es sehr schmutzig, Sergej Nikanoryč. In den Büchern schreiben sie: Es ist Frühling, die Vögel singen, die Sonne geht unter – und was ist daran angenehm? Ein Vogel ist eben ein Vogel und weiter nichts. Ich liebe gute Gesellschaft, höre gern den Leuten zu, rede gern von der Lerigion oder singe im Chor etwas Schönes, aber all diese Nachtigallen und Blümchen – Gott mit ihnen!«

Er fing wieder von der Kachelfabrik an, vom Chor, aber der beleidigte Sergej Nikanoryč konnte sich einfach nicht beruhigen, er zuckte immerfort mit den Schultern und murmelte etwas vor sich hin. Matvej verabschiedete sich und ging.

Es fror nicht mehr, und auf den Dächern taute es bereits, doch es schneite in großen Flocken; der Schnee wirbelte flink durch die Luft, und weiße Schwaden jagten einander auf dem Bahngeleise. Der Eichenwald zu beiden Seiten der Strecke, den der Mond, der sich irgendwo hoch oben hinter den Wolken verbarg, kaum beleuchtete, gab ein strenges, langgezogenes Rauschen von sich. Wie schrecklich können Bäume sein, wenn ein starker Sturm sie biegt! Matvej ging die Chaussee am Bahndamm entlang, er zog den Kopf ein und steckte die Hände in die Taschen, und der Wind stieß ihn in den Rücken. Plötzlich tauchte ein kleines Pferd auf, ganz mit Schnee bedeckt, der Schlitten glitt knirschend über die nackten Steine der Chaussee, und ein Bauer mit vermummtem Kopf, auch ganz weiß, knallte mit der Peitsche. Matvej blickte sich um, aber der Schlitten und der Bauer waren bereits nicht mehr zu sehen, gerade als wären sie nur eine Erscheinung gewesen, und er beschleunigte die Schritte, ohne selbst zu wissen, worüber er auf einmal so erschrocken war.

Da war der Übergang und das dunkle Häuschen, in dem der Bahnwärter wohnte. Die Schranke war hoch, ringsum hatte es ganze Berge angeweht, und Schwaden von Schnee wirbelten umher wie die Hexen am Sabbat. Hier wurde die Bahnlinie von einer ehemals großen Landstraße überquert, die bis heute noch die Poststraße genannt wurde. Rechts, unweit vom Übergang, dicht an der Straße, stand das Wirtshaus von Terechov, das früher eine Herberge gewesen war. Hier schimmerte nachts immer ein Licht.

Als Matvej nach Hause kam, roch es in allen Zimmern und sogar im Vorraum stark nach Weihrauch. Sein Vetter Jakov

Ivanyč zelebrierte noch immer den Abendgottesdienst. Im Betraum, wo das geschah, stand im Ehrenwinkel ein Schrein mit altertümlichen, noch vom Großvater stammenden Heiligenbildern in vergoldeten Fassungen, und an den beiden Wänden rechts und links hingen Heiligenbilder im alten und neuen Stil, zum Teil in Schreinen und zum Teil einfach so. Auf einem Tisch, der mit einem bis zum Boden hängenden Tischtuch bedeckt war, stand ein Heiligenbild, das die Verkündigung Mariä darstellte, und daneben ein Kreuz aus Zypressenholz und ein Räucherfaß; es brannten Wachskerzen. Neben dem Tisch stand das Analogion. Im Vorbeigehen blieb Matvej beim Betraum stehen und blickte durch die Tür. Jakov Ivanyč las gerade laut vor dem Analogion; mit ihm betete seine Schwester Aglaja, eine große, hagere alte Frau in einem dunkelblauen Kleid und mit weißem Kopftuch. Da war auch die Tochter von Jakov Ivanyč, Dašutka, ein häßliches, sommersprossiges junges Mädchen von achtzehn Jahren, wie gewöhnlich barfuß und in demselben Kleid, in dem sie gegen Abend das Vieh getränkt hatte.

»Ehre sei dir, der du uns das Licht gewiesen hast!« rief Jakov Ivanyč mit lauter, singender Stimme und verneigte sich tief.

Aglaja stützte das Kinn in die Hand und begann mit dünner, winselnder Stimme und die Töne langziehend zu singen. Und oben über der Zimmerdecke erschollen ebenfalls undeutliche Stimmen, sie schienen zu drohen oder Böses zu prophezeien. Seit einem Brand, der vor sehr langer Zeit stattgefunden hatte, wohnte niemand im oberen Stockwerk, die Fenster waren mit Brettern vernagelt, und auf dem Fußboden, zwischen den Balken, lagen leere Flaschen. Jetzt rumorte und heulte dort der Wind, und es schien, als liefe jemand herum und stolperte über die Balken.

Die eine Hälfte des unteren Stockwerks nahm die Schenke ein, in der anderen wohnte Terechovs Familie, und so konnte man, wenn in der Schenke betrunkene Durchreisende lärmten, in den Zimmern jedes einzelne Wort hören. Matvej wohnte neben der Küche, in einem Zimmer mit einem großen Ofen, wo früher, als hier noch eine Herberge war, jeden Tag Brot gebacken wurde. In demselben Raum, hinter dem Ofen, schlief auch Dašutka, die kein eigenes Zimmer hatte. Nachts zirpten hier immer Heimchen, und Mäuse huschten hin und her.

Matvej zündete eine Kerze an und begann ein Buch zu lesen, das er sich vom Stationsgendarmen geliehen hatte. Während er noch darüber saß, war der Abendgottesdienst zu Ende, und alle legten sich schlafen. Dašutka legte sich auch nieder. Sie fing sogleich an zu schnarchen, wachte aber bald auf und sagte gähnend:

»Onkel Matvej, du solltest nicht unnötig Licht brennen.«

»Das ist meine Kerze«, erwiderte Matvej. »Ich habe sie für mein eigenes Geld gekauft.«

Dašutka wälzte sich noch ein Weilchen hin und her und schlief dann wieder ein. Matvej blieb noch lange sitzen; er hatte keine Lust zum Schlafen, und als er mit der letzten Seite fertig war, holte er aus der Truhe einen Bleistift und schrieb auf das Buch: »Selbiges Buch habe ich, Matvej Terechov, gelesen und finde es von allen von mir gelesenen Büchern als das beste, worüber ich dem Unteroffizier der Gendarmerie-Verwaltung der Eisenbahnen, Kuma Nikolaev Žukov meine Anerkennung darbringe, als dem Besitzer selbigen unschätzbaren Buches.« Derartige Aufschriften auf fremden Büchern zu machen hielt er für eine selbstverständliche Pflicht der Höflichkeit.

II

An dem eigentlichen Mariä-Verkündigungs-Tag saß Matvej, nachdem der Postzug abgefertigt war, am Büfett, trank Tee mit Zitrone und redete.

Der Büfettier und der Gendarm Žukov hörten ihm zu.

»Ich war, möchte ich zu bemerken geben«, erzählte Matvej, »schon im Kindesalter ein Anhänger der Lerigion. Ich war erst zwölf Jährlein alt, da hab ich schon in der Kirche die Apostelgeschichte und die Episteln laut vorgelesen, und meine Eltern hatten große Freude daran, und jeden Sommer machten mein seliges Mamachen und ich eine Wallfahrt. Oft, wenn die anderen Kinder Lieder sangen oder Krebse fingen, hockte ich bei Mamachen. Die Erwachsenen lobten mich, ja, und mir selbst gefiel es, daß ich von so gutem Betragen war. Und wie Mamachen mir für die Fabrik ihren Segen gegeben hat, da habe ich zwischen der Arbeit dort den Tenor in unserem Chor gesungen, und es gab kein größeres Vergnügen. Selbstverständlich trank ich keinen Branntwein, ich rauchte keinen Tabak, bewahrte die körperliche Reinheit, und eine solche Richtung des Lebens, das ist bekannt, gefällt dem Feind des menschlichen Geschlechtes nicht, und der Verdammte bekam Lust, mich zu verderben, und verblendete meinen Verstand, genauso wie jetzt bei meinem Vetter. Zuallererst tat ich ein Gelübde, montags keine in der Fastenzeit verbotenen Speisen zu essen und an keinem Tag Fleisch, und überhaupt kamen mir im Laufe der Zeit allerhand verrückte Ideen in den Kopf. In der ersten Woche der großen Fasten haben die Kirchenväter bis zum Sonnabend den Genuß trockener Speisen vorgeschrieben, doch für Arbeitende und Schwache war es keine Sünde, mal ein bißchen Tee zu trinken, ich aber habe bis zum Sonntag kein Tröpfchen in den Mund genommen, und dann, während der ganzen Fasten, hab ich mir in keinem Falle Öl gestattet, und mittwochs und freitags – da hab ich überhaupt nichts gegessen. Und so hielt ich es auch in den kleinen Fastenzeiten. Oft, wenn unsere Leute von der Fabrik in den Fasten vor Peter und Paul eine Kohlsuppe mit Zander löffelten, lutschte ich abseits von ihnen an einem Zwieback. Die Kräfte der Menschen sind natürlich verschieden, aber von mir muß ich sagen: An den Fasttagen ist es mir nicht schwergefallen, und es ging sogar um so leichter, je größer der Eifer war. Appetit zum Essen hast du nur in den ersten Tagen der Fasten, aber daran gewöhnst du dich, es wird immer leichter, und sieh da, zum Ende der Woche geht es schon ganz gut, und in den Beinen verspürst du so eine Taubheit, als wärst du nicht auf der Erde, sondern auf Wolken. Und außerdem hab ich mir allerhand Bußübungen auferlegt: Nachts bin ich aufgestanden und hab mich bis zum Erdboden verneigt, schwere Steine hab ich von einem Ort zum anderen geschleppt, bin barfuß in den Schnee hinausgegangen, na, und Büßerketten hab ich auch auf dem Leib getragen. Nur, als ich einmal nach Ablauf der Zeit die Beichte ablegte, da kriegte ich plötzlich so einen Einfall: Dieser Priester, denke ich, ist doch verheiratet, er ist ein Fleischesser und Tabakraucher, wie kann er mir denn die Beichte abnehmen, und was für eine Macht hat er, mir die Sünden zu vergeben, wo er doch sündiger ist als ich? Ich nehme mich sogar vor Fastenöl in acht, und er hat vielleicht Störfleisch gegessen. Ich ging zu einem anderen Geistlichen, der war ausgerechnet ein Dickwanst, trug einen seidenen Priesterrock und raschelte damit wie eine Dame und roch ebenfalls nach Tabak. Ich ging in ein Kloster, um zu beichten und zu kommunizieren, aber auch dort fand mein Herz keine Ruhe, immer schien es mir, die Mönche lebten nicht nach der Regel. Und von da an konnte ich keinen Gottesdienst finden, der nach meinem Sinn war; an der einen Stelle hielten sie ihn zu schnell ab, an einer anderen – paßte man auf – hatten sie nicht das richtige Gebet für die Muttergottes gesungen, an einer dritten näselte der Küster ... Oft, Gott möge es mir Sünder verzeihen, stand ich so in der Kirche, und mein Herz bebte vor Zorn. Was kann es da für ein Gebet geben? Und es kam mir vor, als bekreuzigte sich das Volk in der Kirche nicht so, wie sich's schickt, und hörte nicht zu, wie es sollte; wohin ich auch blickte, alle waren Säufer, Fastenbrecher, Tabakraucher, Wüstlinge, Kartenspieler, nur ich allein lebte nach den Geboten. Der böse Satan schlief nicht, je länger es dauerte, desto schlimmer wurde es: ich sang nicht mehr im Chor und ging schon überhaupt nicht mehr in die Kirche; ich meinte schon von mir selber, ich sei ein gerechter Mensch und die Kirche wäre in ihrer Unvollkommenheit für mich nicht mehr das Rechte, das heißt, gleich einem gefallenen Engel wurde ich in meinem Hochmut so eingebildet, daß es geradezu unwahrscheinlich war. Danach bemühte ich mich darum, eine eigene Kirche einzurichten. Ich mietete mir bei einer tauben Kleinbürgerin ein winziges Zimmerchen, weit hinter der Stadt neben dem Friedhof, und richtete mir einen Betraum ein, ganz wie beim Vetter, nur daß ich noch große Kirchenleuchter hatte und ein richtiges Weihrauchfaß. In diesem Betraum hielt ich mich an die Regel des heiligen Berges Athos, das heißt, der Frühgottesdienst begann bei mir jeden Tag unbedingt um Mitternacht, und am Vorabend der besonders hohen zwölf Feiertage des Jahres dauerte die späte Abendandacht bei mir zehn Stunden und manchmal auch zwölf. Die Mönche saßen immerhin, laut Vorschrift, während der Psalmenlesungen und bei den Parömien, aber ich wollte noch gottgefälliger sein als die Mönche und machte alles im Stehen. Ich las und sang mit langgezogener Stimme, unter Tränen und Seufzern, mit erhobenen Händen, und ich ging, ohne geschlafen zu haben, unmittelbar vom Gottesdienst zur Arbeit und arbeitete auch stets mit einem Gebet auf den Lippen. Na, und in der Stadt ging es um: Matvej ist ein Heiliger, Matvej heilt die Kranken und Besessenen. Natürlich habe ich niemanden geheilt, aber das ist ja bekannt, sobald eine Spaltung oder eine Irrlehre auftaucht, dann kann man sich des Weibervolks nicht mehr erwehren. Sie kleben an dir, grad wie die Fliegen am Honig. Allerhand Großmütterchen und alte Jungfern gewöhnten sich an, zu mir zu kommen, sie verneigten sich vor mir bis zur Erde, küßten mir die Hände und schrien, ich sei ein Heiliger und so weiter, und eine hat sogar auf meinem Kopf einen Heiligenschein gesehen. Es wurde eng im Betraum, ich nahm ein größeres Zimmer, und da ging es bei uns wahrhaftig zu wie beim Turmbau zu Babel, der Satan hatte endgültig von mir Besitz ergriffen und das Licht vor meinen Augen mit seinen unsauberen Pferdehufen verdeckt. Wir alle gerieten in eine Art von Raserei. Ich las laut, die Großmütterchen und alten Jungfern sangen, und wenn wir so, ohne zu essen und zu trinken, einen Tag und eine Nacht hindurch oder noch länger auf den Füßen gestanden hatten, bekamen sie plötzlich das Zittern, grad als ob sie im Fieber wären, dann schrie mit einemmal die eine, dann die andere – es konnte einem angst werden dabei! Ich zitterte auch am ganzen Körper wie der Jude auf der Bratpfanne, wußte selber nicht, was für ein Grund dazu da war, und unsere Beine fingen an zu springen. Wunderlich war das, wirklich: du willst nicht, aber springst doch und schlenkerst mit den Armen; und dann dieses Schreien und Kreischen, alle tanzten wir und liefen einer hinter dem anderen her, wir liefen, bis wir hinfielen. Und auf diese Weise, in gänzlicher Besinnungslosigkeit, verfiel ich der Unzucht.«

Der Gendarm begann zu lachen, als er jedoch merkte, daß weiter niemand lachte, wurde er ernst und sagte:

»Das sind die Molokanen. Ich hab's gelesen, im Kaukasus ist das auch so.«

»Aber der Blitz hat mich nicht erschlagen«, fuhr Matvej fort, nachdem er sich, zu dem Heiligenbild gewandt, bekreuzigt und die Lippen bewegt hatte. »Mein seliges Mamachen hat sicher im Jenseits für mich gebetet. Als man mich in der Stadt schon wie einen Heiligen verehrte und sogar Damen und feine Herren heimlich zu mir gefahren kamen, um Trost zu suchen, ging ich einmal zu unserem Fabrikherrn Osip Varlamyč, um ihn um Vergebung zu bitten – es war grade der Versöhnungstag. Er aber verschloß die Tür mit so einem Riegelchen, und wir blieben allein, unter vier Augen. Und da fing er an, mich abzukanzeln. Und ich möchte bemerken, Osip Varlamyč war ein Mann ohne Bildung, aber von großem Verstand, und alle ehrten und fürchteten ihn, weil er ein gar strenges, gottgefälliges Leben führte und ein arbeitsamer Mensch war. Bürgermeister und Ratsältester ist er wohl an die zwanzig Jahre gewesen, und er hat viel Gutes getan; die Novo-Moskovskaja-Straße hat er ganz und gar mit Kies decken lassen, die Kathedrale ließ er streichen und die Säulen auf Malachit bemalen. Nun, er verriegelte die Tür und sagte: ›Lang schon‹, sagte er, ›hab ich vor, dir die Hammelbeine langzuziehen, daß dich dieser und jener ... Du‹, sagt er, ›meinst, daß du ein Heiliger bist? Nein, du bist kein Heiliger, sondern ein Abtrünniger Gottes, ein Ketzer und Bösewicht ...!‹ Und so weiter und so weiter ... Ich kann euch das nicht so wiedergeben, wie er das gesagt hat, so schön und so klug, grad als wär's geschrieben, und so herzbewegend. Zwei Stunden hat er geredet. Mit seinen Worten hat er mich ganz mürbe gemacht, sie öffneten mir die Augen. Ich hörte immerfort zu und – da fang ich doch an zu schluchzen! ›Sei ein gewöhnlicher Mensch‹, sagt er, ›iß, trink, zieh dich an und bete wie alle, denn alles, was über das Gewöhnliche hinausgeht, ist vom Satan. Deine Büßerketten‹, sagt er, ›sind vom Satan, deine Fasten sind vom Satan, dein Betraum – vom Satan; das alles‹, sagt er, ›ist Hochmut.‹ Am nächsten Tag, dem ersten Fastenmontag, ließ mich Gott krank werden. Ich überhob mich, man brachte mich ins Krankenhaus; ich hab mich über alle Maßen gequält und bitterlich geweint und gezittert. Ich dachte, daß mein Weg geradenwegs aus dem Krankenhaus in die Hölle führt, und bin beinahe gestorben. Ein halbes Jahr lang hab ich mich auf dem Krankenlager gequält, und als ich entlassen wurde, da hab ich erst einmal richtig gebeichtet und kommuniziert und bin wieder ein Mensch geworden. Osip Varlamyč ließ mich nach Hause gehen und belehrte mich: ›Denk also daran, Matvej, alles, was über das Gewöhnliche hinausgeht, das ist vom Satan.‹ Und ich esse jetzt und trinke wie alle, und ich bete wie alle ... Und sollte es jetzt mal vorkommen, daß der geistliche Vater nach Tabak oder Branntwein riecht, dann erfreche ich mich nicht, ihn zu verurteilen, denn auch der geistliche Vater ist ein gewöhnlicher Mensch. Sobald aber davon gesprochen wird, daß da in der Stadt oder in einem Dorf ein Heiliger aufgetaucht sei, der wochenlang nicht ißt und seine eigenen Regeln einführt, dann versteh ich schon, wessen Werke das sind. Eine solche Geschichte also, meine Herren, hat sich in meinem Leben zugetragen. Jetzt belehre auch ich, wie Osip Varlamyč den Vetter und die Base und mache ihnen Vorwürfe, aber das ist wie die Stimme eines Predigers in der Wüste. Gott hat mir nicht diese Gabe verliehen.«

Matvejs Erzählung hatte augenscheinlich keinerlei Eindruck gemacht. Sergej Nikanoryč sagte nichts und fing an, den Imbiß von der Theke wegzuräumen, und der Gendarm begann davon zu reden, wie reich Matvejs Vetter Jakov Ivanyč sei.

»Er hat mindestens an die dreißigtausend«, sagte er.

Der Gendarm Žukov, ein rothaariger, gesunder und wohlgenährter Mann mit einem runden Gesicht (wenn er ging, zitterten seine Wangen), saß gewöhnlich, wenn keine Vorgesetzten da waren, nachlässig mit übereinandergeschlagenen Beinen da; beim Sprechen wiegte er sich hin und her und pfiff gedankenlos vor sich hin, und dann zeigte sein Gesicht einen selbstzufriedenen, satten Ausdruck, als hätte er eben erst zu Mittag gegessen. Geld hatte er immer, und er sprach davon stets mit dem Gehaben eines großen Kenners. Er befaßte sich mit Kommissionsgeschäften, und wenn jemand ein Landgut verkaufen mußte, ein Pferd oder eine gebrauchte Equipage, dann wandte er sich an ihn.

»Ja, dreißigtausend werden's wohl sein«, pflichtete Sergej Nikanoryč ihm bei. »Ihr Großvater hatte ein ungeheures Vermögen«, sagte er, zu Matvej gewandt. »Ein ungeheures! Alles ist nachher Ihrem Vater und Ihrem Onkel verblieben. Ihr Vater ist in jungen Jahren verstorben, nach ihm hat der Onkel alles in die Hände genommen und danach also Jakov

Ivanyč. Während Sie mit Ihrem Mamachen auf Wallfahrten gegangen sind und in der Fabrik den Tenor gesungen haben, hat man hier keine Maulaffen feilgehalten.«

»Auf Ihren Anteil kommen etwa fünfzehntausend«, sagte der Gendarm, sich hin und her wiegend. »Das Wirtshaus gehört euch gemeinsam, also auch das Kapital. Ja. An Ihrer Stelle hätte ich längst eine Klage beim Gericht eingereicht. Versteht sich, die Klage hätte ich eingereicht, aber bis es zum Prozeß gekommen wäre, hätte ich ihm unter vier Augen die Fresse blutig ge...«

Jakov Ivanyč war nicht beliebt, denn wenn jemand nicht so seinem Glauben nachgeht wie alle, dann regt das sogar Leute auf, die dem Glauben gegenüber gleichgültig sind. Der Gendarm aber konnte ihn auch deshalb nicht leiden, weil er ebenfalls Pferde und gebrauchte Equipagen verkaufte.

»Sie haben keine Lust, mit dem Vetter zu prozessieren, weil Sie viel eigenes Geld haben«, sagte der Büfettier zu Matvej, wobei er ihn voller Neid ansah. »Wer nicht mittellos ist, dem geht's gut, aber ich werde wahrscheinlich auch in dieser Lage sterben...«

Matvej versicherte, er besitze überhaupt kein Geld, aber Sergej Nikanoryč hörte nicht mehr zu; die Erinnerungen an die Vergangenheit, an die Beleidigungen, die er jeden Tag erdulden mußte, stürzten auf ihn ein; sein kahler Schädel schwitzte, er wurde rot und zwinkerte mit den Augen.

»Verdammtes Leben!« sagte er ärgerlich und schmiß die Wurst auf den Fußboden.

III

Man erzählte, die Herberge sei schon unter Alexander I. erbaut worden, von einer Witwe, die sich hier mit ihrem Sohn angesiedelt hatte; sie hieß Avdotja Terechova. Wer hier früher mit Postpferden vorbeifuhr, der empfand, besonders in den Mondnächten, beim Anblick des dunklen Hofes mit dem Schutzdach und des ständig verriegelten Tores Mißbehagen und eine unerklärliche Unruhe, als lebten auf diesem Hof Zauberer oder Räuber; und jedesmal, wenn der Postkutscher bereits vorbeigefahren war, schaute er sich um und trieb die Pferde an. Man kehrte hier ungern ein, denn die Wirtsleute waren immer unfreundlich und ließen sich von den Reisenden alles sehr teuer bezahlen. Im Hof war es sogar im Sommer schmutzig; hier lagen riesige fette Schweine im Dreck, und die Pferde, mit denen die Terechovs Handel trieben, liefen frei herum, und es geschah häufig, daß die Pferde, wenn es ihnen zu langweilig wurde, zum Hof hinausliefen, wie die Besessenen auf der Landstraße dahinrasten und die Pilgerinnen in Angst versetzten. Zu dieser Zeit herrschte hier starker Verkehr; lange Wagenzüge mit Handelswaren kamen durch, und es hat verschiedene Vorkommnisse gegeben, wie etwa jenes zum Beispiel, als vor nahezu dreißig Jahren die in Zorn geratenen Fuhrleute eine Schlägerei angefangen und einen vorbeifahrenden Kaufmann getötet hatten, und ungefähr eine halbe Verst vom Hof entfernt steht heute noch ein inzwischen windschief gewordenes Kreuz; Postdreigespanne kamen mit Glöckchengebimmel vorbeigefahren und schwere herrschaftliche Dormeusen; brüllend und in Wolken von Staub gehüllt, zogen Herden von Hornvieh vorbei.

Als die Eisenbahn gebaut wurde, befand sich hier in der ersten Zeit nur eine Haltestelle, die einfach Ausweichstelle genannt wurde, später jedoch, nach etwa zehn Jahren, hatte man die jetzige Station Progonnaja gebaut. Der Verkehr auf der alten Poststraße hörte beinahe ganz auf, und sie wurde bereits nur noch von den ortsansässigen Gutsbesitzern und Bauern benutzt, und im Frühjahr und Herbst kamen in Haufen Arbeiter vorbei. Die Herberge hatte sich in eine Schenke verwandelt; das obere Stockwerk war ausgebrannt, das Dach war vom Rost gelb geworden, das Schutzdach allmählich eingestürzt, aber auf dem Hof wälzten sich noch immer, rosig und widerwärtig, riesige, fette Schweine herum. Wie früher liefen manchmal die Pferde zum Hof hinaus und rasten mit hoch erhobenem Schweif wild die Landstraße entlang. In der Schenke wurde mit Tee, Heu, Hafer und Mehl Handel getrieben, auch mit Branntwein und Bier, in und außer dem Hause; beim Verkauf von Spirituosen war man vorsichtig, weil die Genehmigung dazu nie eingeholt wurde.

Die Terechovs hatten sich im allgemeinen stets durch Religiosität ausgezeichnet, so daß man ihnen sogar den Spitznamen ›die Betbrüder‹ gab. Aber vielleicht, weil sie abseits von allen lebten wie die Bären, die Menschen mieden und in allem ihren eigenen Kopf hatten, neigten sie zu Phantastereien und zu Schwankungen im Glauben, und fast jede Generation hatte einen besonderen Glauben. Großmutter Avdotja, die die Herberge gebaut hatte, war altgläubig gewesen, ihr Sohn jedoch und beide Enkel (die Väter von Matvej und Jakov) gingen in die rechtgläubige Kirche, empfingen bei sich die Geistlichkeit und beteten zu den neuen Heiligenbildern mit derselben Ehrfurcht wie zu den alten; der Sohn hatte im Alter kein Fleisch gegessen und sich, jegliches Gespräch für eine Sünde haltend, die ruhmvolle Regel des Schweigens auferlegt; die Enkel hatten die Besonderheit, daß sie die Schrift nicht einfach auslegten, sondern immer einen verborgenen Sinn darin suchten, und sie versicherten, in jedem heiligen Wort müsse irgendein Geheimnis enthalten sein. Avdotjas Urenkel, Matvej, kämpfte von Kindheit an mit Phantastereien und wäre beinahe zugrunde gegangen; der andere Urenkel, Jakov Ivanyč, war rechtgläubig, ging aber nach dem Tode seiner Frau plötzlich nicht mehr in die Kirche und betete zu Hause. Durch sein Beispiel kam auch die Schwester Aglaja auf Abwege: sie ging ebenfalls nicht in die Kirche und ließ auch Dašutka nicht hingehen. Von Aglaja erzählte man sich noch, sie sei in jungen Jahren angeblich zu den Geißlern in Vedenjapino gegangen und sei insgeheim noch immer eine Geißlerin und trage darum auch ein weißes Kopftuch.

Jakov Ivanyč war zehn Jahre älter als Matvej. Er war ein sehr schöner Greis und von hohem Wuchs, er hatte einen breiten, grauen Bart, der ihm beinahe bis an den Gürtel reichte, und seine dichten Augenbrauen verliehen seinem Gesicht einen strengen, ja bösen Ausdruck. Er trug einen langen Schoßrock aus gutem Tuch oder einen kurzen schwarzen Romanov-Pelz und war überhaupt bemüht, sich sauber und anständig zu kleiden; Gummischuhe trug er sogar bei trockenem Wetter. In die Kirche ging er deshalb nicht, weil nach seiner Meinung in der Kirche die Gottesdienstordnung nicht genau eingehalten wurde und weil die Geistlichen außerhalb der festgelegten Zeiten Vodka tranken und Tabak rauchten. Bei sich zu Hause las und sang er jeden Tag zusammen mit Aglaja. In Vedenjapino wurde der Kanon bei der Frühmesse überhaupt nicht gelesen und der Abendgottesdienst nicht einmal an ganz hohen Feiertagen abgehalten, während er bei sich zu Hause alles las, was für den betreffenden Tag vorgeschrieben war, ohne eine einzige Zeile auszulassen und ohne sich zu beeilen, und in der freien Zeit las er laut das Leben der Heiligen. Auch im Alltag hielt er sich streng an die Vorschriften; wenn deshalb in den großen Fasten an irgendeinem Tag nach der Regel ›um der Mühe der Wachsamkeit willen‹ Wein gestattet war, dann trank er unbedingt Wein, sogar wenn er keine Lust dazu verspürte.

Er las, sang, räucherte und fastete, nicht um von Gott irgendwelche Güter zu erlangen, sondern der Ordnung halber. Der Mensch kann nicht ohne Glauben leben, und der Glaube muß seinen regelrechten Ausdruck finden, jahraus, jahrein, tagaus, tagein in einer bestimmten Ordnung, so daß der Mensch sich jeden Morgen und jeden Abend genau mit den Worten und mit den Gedanken an Gott wendet, die dem betreffenden Tag und der betreffenden Stunde angemessen sind. Man muß so leben und also auch so beten, wie es Gott gefällig ist, und daher gehört es sich, daß jeden Tag nur das gelesen und gesungen wird, was Gott beliebt, das heißt das, was die Kirchenordnung vorschreibt; so soll man das erste Kapitel Johanni nur am Ostertag lesen, und von Ostern bis Himmelfahrt darf das ›Würdig ist‹ nicht gesungen werden und so fort. Das Bewußtsein dieser Ordnung und ihrer Wichtigkeit gewährte Jakov Ivanyč beim Gebet eine große Befriedigung. Wenn die Notwendigkeit ihn zwang, diese Ordnung zu verletzen, zum Beispiel, wenn er in die Stadt fahren mußte, um Waren zu holen oder zur Bank zu gehen, dann quälte ihn das Gewissen, und er fühlte sich unglücklich.

Vetter Matvej, der unerwartet von der Fabrik zurückgekommen war und sich in der Schenke niedergelassen hatte, als wäre er hier zu Hause, hatte gleich von den ersten Tagen an diese Ordnung verletzt. Er wollte nicht zusammen mit ihnen beten, aß und trank nicht zur rechten Zeit, stand spät auf, trank mittwochs und freitags Milch, gewissermaßen seiner schwachen Gesundheit wegen; beinahe jeden Tag kam er während des Gebets in den Betraum und schrie: »Nehmen Sie Vernunft an, lieber Vetter! Tun Sie Buße, lieber Vetter!« Bei diesen Worten überlief es Jakov Ivanyč heiß, und Aglaja, die nicht an sich halten konnte, begann zu schimpfen. Oder Matvej schlich sich nachts zum Betraum, trat ein und sagte leise: »Lieber Vetter, Ihr Gebet ist Gott nicht gefällig. Darum, weil gesagt ist: ›Gehe zuvor hin und versöhne dich mit deinem Bruder, und alsdann komm und opfre deine Gabe.‹ Sie aber leihen Geld auf Zinsen aus und handeln mit Branntwein. Tun Sie Buße!«

In Matvejs Worten erblickte Jakov die übliche Ausrede nichtsnutziger und nachlässiger Leute, die nur deswegen von der Liebe zum Nächsten, von der Versöhnung mit dem Bruder und dergleichen reden, damit sie nicht beten, nicht fasten und keine heiligen Bücher lesen müssen, und die sich nur darum verächtlich über Gewinn und Prozente äußern, weil sie nicht gerne arbeiten. Arm sein, nichts sparen und nichts bewahren ist ja doch viel leichter als reich sein.

Nichtsdestoweniger regte es ihn auf, und er konnte schon nicht mehr wie früher beten. Kaum war er in den Betraum getreten und hatte das Buch aufgeschlagen, da fürchtete er bereits, der Vetter könnte jeden Augenblick eintreten und ihn stören; und in der Tat, Matvej erschien bald darauf und schrie mit zitternder Stimme: »Kommen Sie zur Vernunft, lieber Vetter! Tun Sie Buße, lieber Vetter!« Die Schwester schalt, und Jakov geriet auch außer sich und brüllte: »Scher dich hinaus aus meinem Hause!« Jener aber antwortete: »Das ist unser gemeinsames Haus.«

Jakov fing von neuem an zu lesen und zu singen, konnte sich aber schon nicht mehr beruhigen, und ohne es selbst zu merken, versank er über dem Buch plötzlich in Gedanken; wenn er die Worte des Vetters auch für Nichtigkeiten hielt, so erinnerte er sich in letzter Zeit aus irgendeinem Grunde immer häufiger daran, daß es für einen Reichen schwer war, ins Himmelreich zu gelangen, daß er vor drei Jahren sehr vorteilhaft ein gestohlenes Pferd gekauft hatte, daß noch zu Lebzeiten seiner seligen Frau einmal ein Trunkenbold bei ihm in der Schenke vom Schnaps gestorben war ...

In den Nächten schlief er jetzt nicht gut, sein Schlaf war leicht, und er hörte, daß Matvej auch nicht schlief und immerfort seufzte, weil er sich nach seiner Kachelfabrik sehnte. Und während Jakov sich nachts von einer Seite auf die andere wälzte, kamen ihm das gestohlene Pferd und der Trunkenbold und die Worte des Evangeliums vom Kamel ins Gedächtnis.

Es sah danach aus, als finge es bei ihm wieder mit den Phantastereien an. Und wie zum Tort schneite es jeden Tag, obwohl es schon Ende März war, und der Wald rauschte winterlich, und man glaubte nicht recht, daß der Frühling jemals kommen würde. Das Wetter machte geneigt zu Schwermut, zu Streitigkeiten und zum Haß, und nachts, wenn der Wind über der Zimmerdecke heulte, schien es, als wohnte jemand dort oben in dem leeren Stockwerk; wirre Vorstellungen überfluteten allmählich den Verstand, der Kopf brannte, und man hatte keine Lust zu schlafen.

IV

Am Montagmorgen in der Karwoche hörte Matvej in seinem Zimmer, wie Dašutka zu Aglaja sagte:

»Onkel Matvej hat neulich gesagt, zu fasten, hat er gesagt, braucht man nicht.«

Matvej erinnerte sich an das Gespräch, das er am Tag zuvor mit Dašutka gehabt hatte, und war gekränkt.

»Mädchen, sündige nicht!« sagte er, wie ein Kranker stöhnend. »Ohne Fasten geht es nicht, selbst unser Herrgott hat vierzig Tage lang gefastet. Ich habe dir nur erklärt, daß einem schlechten Menschen auch das Fasten keinen Gewinn bringt.«

»Und du hör nur auf deine Leute von der Fabrik, sie werden dich schon was Gutes lehren«, sagte Aglaja spöttisch, während sie den Fußboden scheuerte (an Wochentagen scheuerte sie gewöhnlich die Fußböden und ärgerte sich dabei über alle). »Man weiß ja, was das in der Fabrik für ein Fasten ist. Du, frag ihn doch, deinen Onkel, frag ihn nach seinem Herzchen, wie er mit ihr, der Giftschlange, an Fasttagen Milch gesoffen hat. Andere belehrt er, aber seine Giftschlange hat er vergessen. Und frag ihn, wem er das Geld vermacht hat, wem?«

Sorgfältig wie eine unsaubere Wunde verbarg Matvej vor allen, daß er in jener Periode seines Lebens, als die alten Weiber und Jungfern mit ihm zusammen gesprungen und gelaufen waren, eine Verbindung mit einer Kleinbürgerin eingegangen war und von ihr ein Kind hatte. Vor seiner Abreise hatte er dieser Frau alles gegeben, was er auf der

Fabrik gespart hatte, für die Heimfahrt aber ließ er sich vom Fabrikherrn Geld geben, und jetzt besaß er nur noch einige Rubel, die er für Tee und Kerzen ausgab. Das ›Herzchen‹ teilte ihm später mit, daß das Kind gestorben sei, und fragte im Brief, wie sie es mit dem Geld halten solle. Diesen Brief hatte der Knecht von der Station mitgebracht. Aglaja hatte ihn abgefangen und gelesen und dann jeden Tag Matvej das ›Herzchen‹ vorgehalten.

»Ist denn das ein Spaß, neunhundert Rubel!« fuhr Aglaja fort. »Neunhundert Rubel hat er der fremden Giftschlange, einer Fabrikstute, gegeben, platzen sollst du!« Sie war bereits ganz außer sich und kreischte: »Du schweigst? Zerreißen möcht ich dich am liebsten, dich Taugenichts! Neunhundert Rubel, als wär's eine lumpige Kopeke! Hättest sie Dašutka verschreiben sollen – die gehört zur Familie, die ist keine Fremde – oder nach Belev schicken können, an Marjas arme Waisen. Und sie ist nicht erstickt daran, deine Giftschlange, dreimal verwünscht und verflucht soll sie sein, die Teufelin, daß sie den Ostertag nicht mehr erleben soll!«

Jakov Ivanyč rief sie; es war an der Zeit, mit den Stundengebeten anzufangen. Sie wusch sich, band sich ein weißes Dreiecktuch um und begab sich, bereits still und bescheiden, zu ihrem Lieblingsbruder in den Betraum. Wenn sie mit Matvej sprach oder den Bauern in der Schenke Tee auftrug, war sie eine magere, scharfäugige, böse alte Frau, im Betraum jedoch schien ihr Gesicht klar und gerührt, sie wurde irgendwie jünger, knickste manierlich und schürzte sogar die Lippen zu einem Herzchen.

Jakov Ivanyč begann leise und eintönig die Stundengebete zu lesen, so wie er sie immer in den großen Fasten las. Als er ein wenig gelesen hatte, hielt er inne, um der Stille zu lauschen, die im ganzen Haus herrschte, und las dann mit einem Gefühl der Befriedigung weiter; er faltete die Hände zum Gebet, verdrehte die Augen, wiegte den Kopf und seufzte.

Doch plötzlich hörte er Stimmen. Zu Matvej waren der Gendarm und Sergej Nikanoryč zu Besuch gekommen. Jakov Ivanyč genierte sich, laut zu lesen und zu singen, wenn Fremde im Haus waren, und als er jetzt die Stimmen vernahm, begann er langsam und im Flüsterton zu lesen. Im Betraum konnte man hören, wie der Büfettier sagte:

»Der Tatar in Ščepovo gibt sein Geschäft für anderthalb Tausend her. Man kann ihm jetzt fünfhundert geben und für das übrige Wechsel. Also, Matvej Vasiljič, schenken Sie mir so viel Vertrauen, leihen Sie mir diese fünfhundert Rubel. Ich gebe Ihnen zwei Prozent im Monat.«

»Was habe ich denn für Geld!« Matvej staunte. »Woher soll ich Geld haben!«

»Zwei Prozent im Monat, das ist für Sie wie vom Himmel«, erklärte der Gendarm. »Wenn aber Ihr Geld bei Ihnen liegenbleibt, fressen es nur die Motten, und es gibt weiter kein Resultat.«

Danach gingen die Gäste weg, und es trat Schweigen ein. Doch kaum hatte Jakov Ivanyč wieder angefangen, laut zu lesen und zu singen, da sagte hinter der Tür eine Stimme:

»Lieber Vetter, erlauben Sie mir, die Pferde zu nehmen, um nach Vedenjapino zu fahren!«

Das war Matvej.

Und Jakov wurde wieder unruhig.

»Womit wollen Sie denn fahren?« fragte er nach kurzem Nachdenken. »Mit dem Braunen hat der Knecht ein Schwein weggebracht, und mit dem jungen Hengst fahre ich selber nach Šutejkino, sobald ich fertig bin.«

»Lieber Vetter, warum können Sie über die Pferde verfügen und ich nicht?« fragte Matvej gereizt.

»Weil ich nicht spazierenfahre, sondern geschäftlich unterwegs bin.«

»Das ist unser gemeinsamer Besitz, folglich sind auch die Pferde unser gemeinsamer Besitz, Sie müssen das verstehen, lieber Vetter.«

Schweigen trat ein. Jakov betete nicht, er wartete, bis Matvej von der Tür weggehen würde.

»Lieber Vetter«, sagte Matvej, »ich bin ein kranker Mensch, ich will keinen Besitz, Gott mit ihm, behalten Sie alles, aber geben Sie mir wenigstens einen kleinen Teil zu meinem Unterhalt während meiner Krankheit. Geben Sie mir etwas, und ich gehe.«

Jakov schwieg. Er wäre Matvej sehr gern losgeworden, aber Geld konnte er ihm nicht geben, weil das ganze Geld im Geschäft steckte; ja, und in Terechovs Sippe gab es noch kein Beispiel dafür, daß Brüder eine Teilung vorgenommen hätten; teilen hieß sich ruinieren.

Jakov schwieg, er wartete darauf, daß Matvej fortgehen würde, und blickte immerfort zur Schwester hin, weil er Angst hatte, sie könnte sich einmischen und es würden dieselben Schmähreden beginnen wie am Morgen. Als Matvej schließlich weggegangen war, las er weiter, aber er verspürte bereits keine Befriedigung mehr dabei, von den Verneigungen bis zum Boden wurde ihm der Kopf schwer, und es flimmerte ihm vor den Augen, und es war niederdrückend, seine eigene leise, eintönige Stimme zu hören. Wenn eine solche trübe Stimmung ihn in den Nächten überkam, dann erklärte er es damit, daß ihm der Schlaf fehlte, am Tag jedoch erschreckte ihn das, und ihm schien, auf seinem Kopf und den Schultern säßen Teufel.

Als er die Stundengebete mit Mühe und Not beendet hatte, fuhr er, unzufrieden und verärgert, nach Šutejkino. Im Herbst hatten Erdarbeiter bei der Station Progonnaja einen Abgrenzungsgraben ausgehoben und in der Schenke für achtzehn Rubel gegessen und getrunken, und jetzt mußte Jakov nach Šutejkino zu ihrem Unternehmer, um von ihm dieses Geld zu holen. Durch die Wärme und die Schneestürme fuhr es sich auf der Landstraße sehr schlecht, sie war dunkel und holprig geworden und stellenweise bereits eingesunken; an den Seiten war der Schnee zusammengesackt und niedriger als auf dem Fahrweg, so daß man wie auf einer schmalen Aufschüttung fahren mußte, und es war schwer, bei Begegnungen auszuweichen. Der Himmel hatte sich schon am Morgen bezogen, und es wehte ein feuchter Wind ...

Ein langer Schlittenzug kam ihm entgegen: Frauen fuhren Ziegelsteine. Jakov mußte vom Fahrweg herunter; sein Pferd versank bis zum Bauch im Schnee, der Einspänner-Schlitten legte sich nach rechts auf die Seite, und Jakov selbst mußte sich, um nicht herauszufallen, nach links beugen, und so saß er die ganze Zeit, während der Schlittenzug sich langsam an ihm vorbeibewegte; durch den Wind hörte er, wie die Schlitten knarrten und die mageren Pferde atmeten und die Weiber von ihm sagten: »Da fährt der Betbruder«, und eine, die einen mitleidigen Blick auf sein Pferd geworfen hatte, sagte schnell:

»Das sieht so aus, als bliebe der Schnee bis zum Georgstag liegen. Ganz abgerackert sind sie!«

Jakov saß unbequem, zusammengekrümmt und kniff die Augen zusammen vor dem Wind, und vor ihm tauchten bald die Pferde, bald die roten Ziegel auf. Vielleicht, weil es so unbequem war und ihm die Seite weh tat, wurde er plötzlich ärgerlich, und die Sache, um derentwillen er jetzt unterwegs war, erschien ihm unwichtig; er überlegte, ob er morgen nicht den Knecht nach Šutejkino schicken könnte. Wieder fielen ihm wie in der vergangenen schlaflosen Nacht aus unbestimmten Gründen die Worte von dem Kamel ein, und dann kamen ihm allerhand Erinnerungen, bald an den Bauern, der das gestohlene Pferd verkauft hatte, bald an den Trunkenbold, bald an die Weiber, die ihm ihre Samovare zum Verpfänden brachten. Natürlich, jeder Kaufmann ist bestrebt, mehr zu nehmen, aber Jakov ermüdete es jetzt, daß er Händler war, in ihm regte sich der Wunsch, irgendwohin zu gehen, recht weit weg von dieser Ordnung der Dinge, und der Gedanke, daß er heute noch die Abendandacht lesen mußte, verdroß ihn. Der Wind schlug ihm geradewegs ins

Gesicht und verfing sich in seinem Kragen, und es schien, daß er es war, der alle diese Gedanken von dem weiten weißen Feld herübertrug und sie ihm zuflüsterte...

Beim Anblick dieses Feldes, das ihm von Kindheit an vertraut war, erinnerte sich Jakov, daß er genau dieselbe Unruhe und die gleichen Gedanken in seinen jungen Jahren gehabt hatte, als die Phantastereien über ihn gekommen waren und sein Glaube ins Schwanken geriet.

Ihm wurde unheimlich, allein im Feld zu bleiben; er kehrte um und fuhr langsam hinter dem Schlittenzug her, und die Weiber lachten und sprachen:

»Der Betbruder ist umgekehrt.«

Zu Hause hatten sie wegen der Fasten nichts gekocht und den Samovar nicht aufgestellt; der Tag erschien daher sehr lang. Jakov Ivanyč hatte schon längst das Pferd versorgt, Mehl für die Station ausgegeben und ein paarmal angefangen, den Psalter zu lesen, aber bis zum Abend war es immer noch weit. Aglaja hatte bereits sämtliche Fußböden gescheuert, und weil es sonst nichts zu tun gab, räumte sie ihre Truhe auf, deren Deckel innen mit lauter Flaschenetiketten beklebt war. Matvej, hungrig und betrübt, saß und las oder trat zu dem holländischen Ofen hin und betrachtete lange die Kacheln, die ihn an die Fabrik erinnerten. Dašutka schlief, und als sie aufwachte, ging sie das Vieh tränken. Beim Wasserholen aus dem Brunnen riß ihr der Strick, und der Eimer fiel ins Wasser. Der Knecht suchte nach einer Stange mit Haken, um den Eimer herauszuziehen, und Dašutka ging mit bloßen Füßen, die rot wie bei einer Gans waren, auf dem schmutzigen Schnee hinter ihm her und wiederholte immerzu: »Da drunter!« Sie wollte sagen, daß der Brunnen tiefer sei, als die Stange hinunterreichte, aber der Knecht verstand sie nicht, und offenbar ärgerte sie ihn, denn er drehte sich plötzlich um und schalt sie mit unguten Worten aus. Jakov Ivanyč, der in diesem Augenblick auf den Hof hinausgekommen war, hörte, wie Dašutka zur Antwort einen ganzen

Schwall gemeinster Schimpfwörter hervorsprudelte, die sie nur in der Schenke bei den betrunkenen Bauern gelernt haben konnte.

»Was soll das, schämst du dich nicht?« rief er ihr zu und erschrak richtig. »Was sind das für Worte?«

Aber sie blickte den Vater fassungslos und stumpf an, denn sie verstand nicht, warum man solche Worte nicht aussprechen durfte. Er wollte ihr eine Strafpredigt halten, aber sie erschien ihm so roh und dumpf, und zum erstenmal in all der Zeit, die sie bei ihm war, begriff er, daß sie überhaupt keinen Glauben hatte. Und dieses ganze Leben im Wald, im Schnee, mit den betrunkenen Bauern, mit den Schimpfreden kam ihm ebenso roh und dumpf vor wie dieses junge Mädchen, und statt ihr eine Strafpredigt zu halten, machte er nur eine hoffnungslose Handbewegung und kehrte ins Zimmer zurück.

Um diese Zeit kamen der Gendarm und Sergej Nikanoryč wieder zu Matvej. Jakov Ivanyč dachte daran, daß auch diese Leute überhaupt keinen Glauben hatten und daß dies sie in keiner Weise beunruhigte, und das Leben kam ihm merkwürdig, sinnlos und hoffnungslos vor wie das eines Hundes; ohne Mütze machte er einen Gang durch den Hof, ging dann auf die Landstraße hinaus und schritt weiter, mit geballten Fäusten; um diese Zeit fiel der Schnee in großen Flocken, sein Bart wehte im Wind, er schüttelte immerfort den Kopf, weil ihn etwas auf Kopf und Schultern drückte, gerade als säßen Teufel darauf, und er meinte, daß nicht er das war, der da ging, sondern ein reißendes Tier, ein riesiges, furchtbares Tier, und wenn er anfinge zu schreien, dann würde seine Stimme als ein Gebrüll über das ganze Feld und den Wald schallen und alle erschrecken...

V

Als er ins Haus zurückkehrte, war der Gendarm schon weg, und der Büfettier saß in Matvejs Zimmer und errechnete etwas auf dem Rechenbrett. Er war auch früher oft, beinahe jeden Tag, in der Schenke gewesen; ehemals kam er zu Jakov Ivanyč, in der letzten Zeit aber zu Matvej. Er rechnete immer auf dem Rechenbrett, und dabei bekam sein Gesicht einen angespannten Ausdruck und schwitzte, oder er bat um Geld, oder er erzählte, sich den Backenbart streichend, wie er einst auf einer erstklassigen Station für die Offiziere Bowlen bereitet und bei Galadiners persönlich die Fischsuppe aus Störfleisch in die Teller gefüllt habe. Ihn interessierte nichts auf der Welt außer Büfetts, und er konnte nur von Speisen, vom Servieren und von Weinen sprechen. Einmal, als er einer jungen Frau, die ihrem Kind die Brust gab, Tee servierte, wollte er ihr etwas Angenehmes sagen und drückte das folgendermaßen aus:

»Die Brust der Mutter ist das Büfett für den Säugling.«

Während er in Matvejs Zimmer auf dem Rechenbrett rechnete, bat er um Geld, er sagte, daß er auf der Progonnaja schon nicht mehr bleiben könne, und wiederholte einige Male in einem Ton, als würde er gleich in Tränen ausbrechen:

»Wo soll ich denn hingehen? Sagen Sie mir bloß, wohin soll ich jetzt gehen?«

Dann kam Matvej in die Küche und fing an, gekochte Kartoffeln zu pellen, die er wahrscheinlich von gestern aufgehoben hatte. Es war still, und Jakov Ivanyč kam es so vor, als sei der Büfettier fortgegangen. Es war schon lange an der Zeit, mit der Abendandacht zu beginnen; er rief Aglaja, und weil er dachte, es sei niemand zu Hause, begann er, ohne sich einen Zwang anzutun, laut zu singen. Er sang und las, in seinen Gedanken jedoch sprach er andere Worte: »Herrgott, verzeih mir! Herrgott, erlöse mich!« – und unablässig verneigte er sich ein um das andere Mal bis zum Boden, gerade als wollte er sich müde machen, und schüttelte immerfort den Kopf, so daß Aglaja ihn erstaunt ansah. Er fürchtete, Matvej könnte eintreten, und war sicher, daß er eintreten würde, er fühlte einen Groll gegen ihn, den er weder mit dem Gebet noch mit den häufigen Verneigungen bezwingen konnte.

Matvej öffnete ganz leise die Tür und trat in den Betraum.

»Diese Sünde, was für eine Sünde!« sagte er vorwurfsvoll und seufzte. »Tun Sie Buße! Kommen Sie zu sich, lieber Vetter!«

Mit geballten Fäusten, ohne ihn anzusehen, um ihn nicht zu schlagen, verließ Jakov Ivanyč rasch den Betraum. Ebenso wie vorhin auf der Landstraße fühlte er sich als ein riesiges, furchtbares Tier; er ging durch den Vorraum in die andere, graue, schmutzige, von Qualm und Rauch erfüllte Hälfte des Hauses, wo die Bauern gewöhnlich Tee tranken, und dort schritt er lange aus einer Ecke in die andere, wobei er schwer auftrat, so daß das Geschirr auf den Regalen klirrte und die Tische wackelten. Er wußte bereits, daß er selber mit seinem Glauben unzufrieden war und schon nicht mehr wie sonst beten konnte. Er mußte Buße tun, er mußte sich besinnen, zur Vernunft kommen, irgendwie anders leben und beten. Aber wie beten? Doch vielleicht war das alles nur der Teufel, der ihn verwirrte, und er brauchte nichts dergleichen zu tun ...? Was mußte geschehen? Was sollte er machen? Wer konnte ihn belehren? Welche Hilflosigkeit! Er blieb stehen, griff sich an den Kopf und begann nachzudenken, aber der Umstand, daß Matvej sich in der Nähe befand, hinderte ihn, ruhig zu überlegen. Und er ging rasch in seine Zimmer zurück.

Matvej hockte in der Küche vor einer Schüssel mit Kartoffeln und aß. Am Ofen saßen Aglaja und Dašutka einander gegenüber und wickelten Garn. Zwischen dem Ofen und dem Tisch, an dem Matvej saß, war ein Bügelbrett aufgestellt, darauf stand das kalte Bügeleisen.

»Liebe Base«, bat Matvej, »geben Sie mir etwas Öl!«

»Wer ißt denn an einem solchen Tag Öl?« fragte Aglaja.

»Ich bin kein Mönch, liebe Base, sondern ein weltlicher Mensch. Meiner schwachen Gesundheit wegen darf ich nicht nur Öl, sondern auch Milch zu mir nehmen.«

»Ja, bei euch in der Fabrik darf man alles.«

Aglaja holte eine Flasche Fastenöl vom Regal und stellte sie heftig, mit einem schadenfrohen Lächeln und offenbar befriedigt, daß er solch ein Sünder war, vor Matvej hin.

»Ich aber sage dir, du darfst kein Öl essen!« schrie Jakov.

Aglaja und Dašutka fuhren zusammen, Matvej goß sich, als habe er nicht gehört, Öl in die Schüssel und aß weiter.

»Ich aber sage dir, du darfst kein Öl essen!« schrie Jakov noch lauter, er wurde ganz rot, und plötzlich ergriff er die Schüssel, hob sie hoch über den Kopf empor und schleuderte sie mit aller Kraft zu Boden, daß die Scherben flogen. »Wage nicht zu reden!« schrie er wütend, obwohl Matvej kein Wort gesagt hatte. »Wage nicht!« wiederholte er und schlug mit der Faust auf den Tisch.

Matjev erbleichte und stand auf.

»Lieber Vetter!« sagte er und kaute weiter. »Lieber Vetter, kommen Sie zu sich!«

»Hinaus aus meinem Haus, noch in diesem Augenblick!« schrie Jakov; Matvejs runzeliges Gesicht war ihm zuwider, ebenso seine Stimme, die Krümchen am Schnurrbart und sein Kauen. »Hinaus, sage ich dir!«

»Lieber Vetter, halten Sie ein! Der Hochmut des Satans hat sich Ihrer bemächtigt!«

»Schweig!« (Jakov begann mit den Füßen zu stampfen.) »Geh fort, du Teufel!«

»Wenn Sie es wissen wollen«, fuhr Matvej, der jetzt ebenfalls zornig wurde, fort, »so sind Sie ein Abtrünniger Gottes, ein Ketzer. Die verdammten Teufel haben Sie das wahre Licht nicht erkennen lassen, Ihr Gebet ist Gott nicht wohlgefällig. Bereuen Sie, ehe es zu spät ist! Der Tod eines Sünders ist schrecklich! Bereuen Sie, lieber Vetter!«

Jakov packte ihn bei den Schultern und zerrte ihn hinter dem Tisch hervor, Matvej aber wurde noch bleicher und murmelte erschrocken und verwirrt: »Was soll denn das? Was soll denn das?« und er stemmte und wand sich, um sich aus Jakovs Händen zu befreien; dabei griff er zufällig am Hals nach dessen Hemd und zerriß den Kragen, Aglaja aber kam es vor, als wollte er Jakov schlagen, sie schrie auf, nahm die Flasche mit dem Fastenöl und schlug damit aus aller Kraft den ihr verhaßten Vetter geradewegs auf den Scheitel. Matvej wankte, und sein Gesicht bekam im selben Augenblick einen ruhigen und gleichgültigen Ausdruck; erregt, schwer atmend und zufrieden darüber, daß die Flasche, als sie gegen den Kopf schlug, wie ein lebendes Wesen geächzt hatte, ließ Jakov ihn nicht niederfallen, er zeigte Aglaja mehrmals (daran erinnerte er sich sehr gut) mit dem Finger das Bügeleisen, und erst als das Blut über seine Hände floß und das laute Weinen Dašutkas zu hören war, als das Bügelbrett krachend herunterfiel und Matvej schwer darauf stürzte, spürte Jakov keine Erbitterung mehr, und er begriff, was vorgefallen war.

»Soll er krepieren, der Fabrikhengst!« sagte Aglaja voller Abscheu, ohne das Bügeleisen abzustellen; das weiße, blutbespritzte Tüchlein war ihr auf die Schultern gerutscht, und die grauen Haare hatten sich gelöst. »Das geschieht ihm ganz recht!«

Alles war schrecklich. Dašutka saß auf dem Fußboden neben dem Ofen mit dem Garn in den Händen, schluchzte und verneigte sich immerfort, bei jeder Verneigung sagte sie: »Ham! Ham!« Aber nichts war so schrecklich für Jakov wie die im Blut liegenden gekochten Kartoffeln, auf die zu treten er sich fürchtete, und es gab noch etwas Schreckliches, das ihn bedrückte wie ein schwerer Traum, das ihm als das Allergefährlichste erschien und das er im ersten Augenblick durchaus nicht begreifen konnte. Das war der Büfettier Sergej Nikanoryč, der ganz bleich mit dem Rechenbrett in den Händen auf der Schwelle stand und mit Entsetzen auf das blickte, was in der Küche vorging. Erst als er sich umdrehte und rasch in den Vorraum ging und von dort ins Freie, begriff Jakov, wer das war, und folgte ihm.

Im Gehen wischte er sich die Hände mit Schnee ab und überlegte. Ihn durchfuhr der Gedanke, daß der Knecht um Urlaub zum Übernachten daheim im Dorf gebeten hatte und schon lange weggegangen war; gestern hatten sie ein Schwein geschlachtet, und auf dem Schnee und dem Schlitten waren riesige Blutflecken, auch die eine Seite des Brunnenkastens war mit Blut bespritzt, so daß, wäre jetzt Jakovs ganze Familie mit Blut befleckt gewesen, das nicht hätte verdächtig erscheinen können. Es würde qualvoll sein, den Mord zu verheimlichen, aber daß der Gendarm von der Station erscheinen und ständig pfeifen und spöttisch lächeln würde, daß die Bauern kommen und Jakov und Aglaja fest die Hände binden und sie im Triumph zur Gemeindeverwaltung führen würden und von dort in die Stadt und daß unterwegs alle auf sie zeigen und fröhlich sagen würden: »Da werden die Beter abgeführt!« – das stellte sich Jakov als das Allerqualvollste vor, und er hätte gern die Zeit irgendwie hinausgezogen, um diese Schande nicht jetzt, sondern irgendwann später erleben zu müssen.

»Ich kann Ihnen tausend Rubel leihen ...« sagte er, als er Sergej Nikanoryč eingeholt hatte. »Wenn Sie jemandem etwas sagen, ist das von keinerlei Nutzen ... und einen Menschen kann man sowieso nicht wieder lebendig machen«, und kaum imstande, dem Büfettier zu folgen, der sich nicht umschaute und bemüht war, immer schneller zu gehen, fuhr er fort: »Auch anderthalbtausend kann ich geben ...«

Er blieb stehen, weil er außer Atem gekommen war, Sergej Nikanoryč aber ging noch ebenso schnell weiter, wahrscheinlich hatte er Angst, daß er auch erschlagen werden könnte. Erst als er den Bahnübergang hinter sich und die Hälfte der Chaussee passiert hatte, die vom Bahnübergang zur Station führte, sah er sich flüchtig um und ging langsamer. Auf der

Station und auf der Strecke brannten bereits die Lichter, rote und grüne; der Wind hatte sich gelegt, doch der Schnee fiel immer noch in dichten Flocken, und die Landstraße war wieder weiß geworden. Aber da blieb Sergej Nikanoryč beinahe unmittelbar vor der Station stehen, dachte einen Augenblick lang nach und ging entschlossen zurück. Es wurde dunkel.

»Meinetwegen, geben Sie mir anderthalbtausend, Jakov Ivanyč«, sagte er leise, am ganzen Leib zitternd. »Ich bin einverstanden.«

VI

Jakov Ivanyč hatte sein Geld auf der städtischen Bank liegen und in zweiten Hypotheken angelegt; im Haus behielt er wenig, nur das, was er für den Umsatz brauchte. Als er die Küche betrat, tastete er nach der Blechbüchse mit den Streichhölzern, und während das Schwefelholz mit blauer Flamme brannte, erspähte er Matvej, der wie zuvor auf dem Fußboden neben dem Tisch lag, aber er war bereits mit einem weißen Laken bedeckt, und man sah nur seine Stiefel. Ein Heimchen zirpte. Aglaja und Dašutka waren nicht in den Zimmern: beide saßen in der Schankstube hinter der Theke und wickelten schweigend Garn. Jakov Ivanyč begab sich mit einem Lämpchen in sein Zimmer und zog unter dem Bett eine kleine Truhe hervor, in der er das Geld für verschiedene Ausgaben aufbewahrte. Diesmal fanden sich alles in allem nicht mehr als vierhundertzwanzig Rubel in kleinen Banknoten und fünfunddreißig in Silber an; von dem Papiergeld ging ein unguter, dumpfer Geruch aus. Nachdem er das Geld in seine Mütze gestopft hatte, trat Jakov hinaus auf den Hof und dann durchs Tor. Dort schaute er sich nach allen Seiten um, aber der Büfettier war nicht da.

»Hopp!« rief Jakov.

Unmittelbar am Bahnübergang löste sich eine dunkle Gestalt von der Schranke und ging unentschlossen auf ihn zu.

»Was laufen Sie denn immer hin und her?« sagte Jakov ärgerlich, als er den Büfettier erkannte. »Da haben Sie es: es fehlt ein wenig an fünfhundert ... Ich hab nicht mehr im Hause.«

»Gut ... Ich bin Ihnen sehr dankbar«, murmelte Sergej Nikanoryč, indem er gierig nach dem Geld griff und es sich in die Taschen stopfte; er zitterte am ganzen Leibe, und das war trotz der Dunkelheit zu merken. »Seien Sie ruhig, Jakov Ivanyč ... Wozu sollte ich schwatzen? Meine Sache steht so: Ich war da und bin weggegangen. Wie man zu sagen pflegt, ich weiß nichts, ich weiß ganz und gar nichts davon ...« Und mit einem Seufzer fügte er hinzu:

»Verfluchtes Leben!«

Einen Augenblick standen sie schweigend, ohne einander anzusehen.

»So ist das also bei Ihnen, wegen einer Kleinigkeit, Gott weiß wie ...« sagte der Büfettier zitternd. »Ich sitze da und rechne so für mich, und plötzlich ein Lärm ... Ich blicke zur Tür hinein, und Sie haben wegen des Fastenöls ... Wo ist er jetzt?«

»Er liegt dort in der Küche.«

»Sie sollten ihn irgendwo hinbringen ... Wozu warten?«

Jakov begleitete ihn schweigend bis zur Station, dann kehrte er nach Hause zurück und spannte das Pferd an, um Matvej nach Limarovo zu bringen. Er beschloß, ihn in den Limarover Wald zu fahren und dort auf der Straße zurückzulassen, und nachher würde er zu allen sagen, Matvej sei nach Vedenjapino gegangen und nicht zurückgekehrt, und alle würden dann denken, vorübergehende Leute hätten ihn erschlagen. Er wußte, daß man damit niemanden täuschen konnte, aber sich bewegen, etwas tun, sich um etwas kümmern war nicht so qualvoll, wie dazusitzen und zu warten. Er rief Dašutka und brachte mit ihr zusammen Matvej fort. Aglaja aber blieb zurück, um in der Küche aufzuräumen.

Als Jakov und Dašutka zurückkehrten, wurden sie am

Bahnübergang durch die heruntergelassene Schranke aufgehalten. Ein langer Güterzug fuhr durch, der von zwei Lokomotiven gezogen wurde, die schwer keuchten und aus den Zuglöchern Garben von purpurrotem Feuer spien. Angesichts der Station stieß die vordere Lokomotive auf dem Bahnübergang einen durchdringenden Pfiff aus.

»Sie pfeift...« sagte Dašutka.

Endlich war der Zug vorbei, und der Bahnwärter zog gemächlich die Schranke hoch.

»Bist du das, Jakov Ivanyč?« sagte er. »Hab dich nicht erkannt, wirst reich werden.«

Und dann, als sie nach Hause gekommen waren, mußte man schlafen. Aglaja und Dašutka machten sich auf dem Fußboden in der Schankstube das Bett zurecht und legten sich nebeneinander nieder, und Jakov streckte sich auf dem Schanktisch aus. Sie beteten nicht, bevor sie sich niederlegten, und zündeten auch die Öllämpchen vor den Heiligenbildern nicht an. Alle drei konnten bis zum Morgen nicht schlafen, sprachen aber kein einziges Wort, und es schien ihnen die ganze Nacht hindurch, als gehe oben in dem leeren Stockwerk jemand herum.

Zwei Tage später kamen der Bezirksvorsteher der Landpolizei und der Untersuchungsrichter aus der Stadt und nahmen eine Haussuchung vor, zuerst in Matvejs Zimmer, dann im ganzen Wirtshaus. Sie verhörten vor allem Jakov, und der sagte aus, Matvej sei am Montag gegen Abend nach Vedenjapino gegangen, um zu beichten, wahrscheinlich hätten ihn unterwegs die Säger, die jetzt an der Bahnstrecke arbeiteten, umgebracht. Als aber der Untersuchungsrichter ihn fragte, wieso es geschehen konnte, daß Matvej auf der Straße gefunden wurde, seine Mütze aber im Haus – sollte er etwa ohne Mütze nach Vedenjapino gegangen sein? –, und wieso man neben ihm auf der Straße im Schnee keinen einzigen Tropfen Blut gefunden habe, während doch sein Kopf gespalten war und das Gesicht und die Brust schwarz waren von Blut, da geriet Jakov in Verwirrung; er wußte nicht, was er sagen sollte, und antwortete:

»Was weiß ich.«

Und es geschah gerade das, was Jakov so gefürchtet hatte: der Gendarm kam, der Wachtmeister der Landpolizei rauchte im Betraum, und Aglaja fiel mit Gekeife über ihn her und sagte dem Bezirksvorsteher Grobheiten, und als Jakov und Aglaja dann vom Hof geführt wurden, drängten sich am Tor die Bauern und sagten: »Sie führen den Betbruder ab!« und es schien, als wären sie alle froh.

Der Gendarm sagte beim Verhör ohne Umstände aus, daß Matvej von Jakov und Aglaja umgebracht worden sei, damit sie nicht mit ihm teilen müßten, und daß Matvej eigenes Geld gehabt habe, und wenn es bei der Haussuchung nicht gefunden wurde, dann hätten offensichtlich Jakov und Aglaja es sich angeeignet. Auch Dašutka wurde gefragt. Sie erzählte, daß der Onkel Matvej und die Tante Aglaja sich jeden Tag wegen des Geldes gezankt und beinahe geprügelt hätten und der Onkel reich gewesen sei, denn er hätte sogar einem gewissen Herzchen neunhundert Rubel geschenkt.

Dašutka blieb allein in der Schenke zurück; niemand kam jetzt mehr, um Tee und Branntwein zu trinken, und sie räumte bald die Zimmer auf, bald trank sie Honigmet und aß Kringel; aber einige Tage darauf wurde der Wächter vom Bahnübergang verhört, und er sagte, er hätte am Montag spätabends gesehen, wie Jakov und Dašutka aus Limarovo zurückgekommen seien. Dašutka wurde ebenfalls verhaftet, in die Stadt abgeführt und ins Gefängnis gesetzt. Bald darauf wurde aus Aglajas Worten bekannt, daß während des Mordes Sergej Nikanoryč zugegen war; bei ihm wurde eine Haussuchung vorgenommen und an einem ungewöhnlichen Ort Geld gefunden, in einem Filzstiefel unterm Ofen, und es war alles kleines Geld, allein dreihundert Einrubelscheine. Er beteuerte, er habe dieses Geld durch Handel erworben und sei bereits über ein Jahr nicht mehr in der Schenke gewesen, die Zeugen aber sagten aus, er wäre arm und habe sich in letzter Zeit in großer Geldnot befunden und sei täglich in die Schenke gegangen, um bei Matvej Geld zu borgen, und der Gendarm erzählte, wie er selbst am Tage des Mordes zweimal mit dem Büfettier in die Schenke gegangen war, um ihm bei einer Anleihe zu helfen. Bei der Gelegenheit erinnerte man sich, daß Sergej Nikanoryč am Montagabend nicht zu dem Güterpersonenzug herausgekommen, sondern irgendwo hingegangen war. Und er wurde ebenfalls verhaftet und in die Stadt gebracht.

Nach elf Monaten fand die Gerichtsverhandlung statt.

Jakov Ivanyč war stark gealtert, mager geworden und sprach jetzt leise wie ein Kranker. Er fühlte sich schwach, kläglich und von Wuchs kleiner als alle; es hatte den Anschein, als wäre seine Seele von den Gewissensqualen und den Phantastereien, die ihn auch im Gefängnis nicht verließen, ebenso gealtert und abgemagert wie sein Körper. Als die Rede davon war, daß er nicht in die Kirche ginge, fragte ihn der Vorsitzende:

»Sind Sie Sektierer?«

»Was weiß ich«, antwortete er.

Er hatte bereits überhaupt keinen Glauben mehr, wußte nichts und verstand nichts, und der frühere Glaube war ihm jetzt widerwärtig und erschien ihm unvernünftig und finster. Aglaja war keineswegs sanfter geworden; sie fuhr fort, den verstorbenen Matvej zu beschimpfen, indem sie ihm an allem Unglück die Schuld gab. Sergej Nikanoryč war an Stelle der Bartkoteletten ein ganzer Bart gewachsen; bei der Gerichtsverhandlung schwitzte er, wurde rot und schämte sich offensichtlich, daß er einen grauen Kittel trug und man ihn mit gewöhnlichen Bauern auf dieselbe Bank gesetzt hatte. Er rechtfertigte sich ungeschickt, und um zu beweisen, daß er ein ganzes Jahr lang nicht in der Schenke gewesen sei, fing er mit jedem Zeugen Streit an, und das Publikum lachte über ihn. Dašutka war im Gefängnis voller geworden; bei der Verhandlung verstand sie die Fragen nicht, die ihr vorgelegt wurden, und sagte nur, sie hätte sich sehr erschrocken, als der Onkel Matvej totgeschlagen wurde, aber dann nichts weiter.

Alle vier wurden des Totschlags aus eigensüchtigen Beweggründen für schuldig befunden. Jakov Ivanyč wurde zu zwanzig Jahren Zwangsarbeit verurteilt, Aglaja zu dreizehneinhalb, Sergej Nikanoryč zu zehn, Dašutka zu sechs Jahren.

VII

Auf der Reede von Dui auf Sachalin ging spät am Abend ein ausländischer Dampfer vor Anker, um Kohle zu bunkern. Der Kapitän wurde gebeten, sich bis zum Morgen zu gedulden, aber er wollte nicht eine einzige Stunde warten und sagte, wenn sich das Wetter während der Nacht verschlechtern würde, riskiere er es, ohne Kohlen weiterzufahren. Im Tataren-Sund kann das Wetter innerhalb einer halben Stunde völlig umschlagen, und dann werden die Küsten von Sachalin gefährlich. Und es war bereits frischer geworden und der Seegang beträchtlich.

Aus dem Voevodsker Gefängnis, dem allerunansehnlichsten und strengsten von sämtlichen Gefängnissen auf Sachalin, schickte man einen Trupp Häftlinge zum Bergwerk. Sie sollten die Barken mit Kohle beladen, sie danach mit Hilfe eines Kutters bis zum Bord des Schiffes schleppen, das mehr als eine halbe Verst von der Küste entfernt lag, und dort mit der Verladung beginnen – eine qualvolle Arbeit, wenn die Barke gegen das Schiff geworfen wird und die Arbeiter sich vor Seekrankheit kaum auf den Füßen halten können. Die Zuchthäusler, die eben erst aus den Betten geholt worden waren, gingen schläfrig am Ufer entlang, stolperten im Dunkel und klirrten mit den Fesseln. Links gewahrte man nur undeutlich die hohe, steile und überaus düstere Küste, und rechts war vollkommene, undurchdringliche Finsternis, in der das Meer stöhnte und einen langgezogenen, eintönigen Laut von sich gab: ›A ... a ... a ... a ...‹ Nur wenn der Aufseher die Pfeife ansteckte und dabei für einen Augenblick der Wachsoldat mit dem Gewehr und zwei, drei der nächsten Häftlinge mit ihren groben Gesichtern beleuchtet wurden oder wenn er mit der Laterne ganz dicht an das Wasser heranging, dann konnte man die weißen Kämme der vordersten Wellen erkennen.

Bei diesem Trupp befand sich Jakov Ivanyč, den sie im Zuchthaus wegen seines langen Bartes den Besen nannten. Mit Namen und Vatersnamen redete ihn schon lange niemand mehr an, man rief einfach Jaška. Er war hier schlecht angeschrieben, weil er etwa drei Monate nach seinem Eintreffen im Zuchthaus, da er eine heftige, unbezwingbare Sehnsucht nach der Heimat verspürte, der Versuchung nachgegeben hatte und geflohen war; man griff ihn jedoch bald auf, verurteilte ihn zu lebenslänglicher Zwangsarbeit und gab ihm vierzig Peitschenhiebe; danach wurde er noch zweimal mit Ruten gestraft wegen Veruntreuung staatlicher Kleidungsstücke, obgleich man ihm diese Kleidungsstücke beide Male gestohlen hatte. Das Heimweh begann bei ihm genau zu der Zeit, als er nach Odessa überführt wurde und der Zug mit den Gefangenen nachts auf der Station Progonnaja hielt; Jakov hatte sich damals, an das Fenster gepreßt, bemüht, den heimatlichen Hof zu erblicken, und im Dunkel nichts gesehen.

Mit niemandem konnte er über die Heimat sprechen. Seine Schwester Aglaja war über Sibirien zur Zwangsarbeit abtransportiert worden, und niemand wußte, wo sie sich jetzt befand. Dašutka war auf Sachalin, aber man hatte sie einem Ansiedler zur Ehegenossin gegeben, in einer weit entfernten Niederlassung. Es gab keinerlei Nachricht von ihr, und nur einmal hatte ein Ansiedler, der in das Vojevoden-Gefängnis geraten war, Jakov erzählt, Dašutka hätte schon drei Kinder. Sergej Nikanoryč stand als Lakai bei einem Beamten in Diensten, nicht weit von hier, in Dui, aber es war nicht damit zu rechnen, daß man jemals mit ihm zusammenkam, denn er schämte sich der Bekanntschaft mit Zuchthäuslern von niederem Stande.

Der Trupp erreichte das Bergwerk und blieb am Landungsplatz stehen. Es hieß, die Verladung würde nicht stattfinden, da sich das Wetter immer mehr verschlechtere und der Dampfer im Begriff sei abzufahren. Man sah drei Lichter. Eines davon bewegte sich: das war der Kutscher, der zu dem Schiff gefahren war und jetzt bereits zurückzukehren schien, um mitzuteilen, ob es Arbeit geben würde oder nicht. Zitternd von der herbstlichen Kälte und der Feuchtigkeit des Meeres wickelte sich Jakov Ivanyč fester in seinen kurzen, zerrissenen Halbpelz und blickte unverwandt, ohne zu blinzeln, in die Richtung, wo die Heimat lag. Seitdem er im Gefängnis mit Leuten lebte, die von überallher hier zusammengetrieben worden waren – mit Russen, Ukrainern, Tataren, Grusiniern, Chinesen, Finnen, Zigeunern, Juden –, und seitdem er ihren Gesprächen gelauscht, genug von ihren Leiden gesehen hatte, begann er wieder, sich zu Gott zu erheben, und ihm schien, er habe endlich den richtigen Glauben gefunden, ebenjenen Glauben, nach dem er so gedürstet, den er so lange gesucht und den sein ganzes Geschlecht, angefangen von der Großmutter Avdotja, nicht gefunden hatte. Alles wußte und verstand er jetzt, wo Gott war und wie man ihm dienen mußte, unbegreiflich blieb nur, weshalb das Los der Menschen so verschieden war, warum dieser einfache Glaube, den andere von Gott umsonst zusammen mit dem Leben erhielten, ihm so teuer zu stehen kam, daß von allen diesen Schrecken und Leiden, die offensichtlich ohne Unterbrechung bis zu seinem Tod andauern würden, ihm wie einem Trunkenbold Arme und Beine zitterten. Angestrengt schaute er in die Finsternis, und ihm schien, als sähe er durch die Tausende von Verst, über die sich dieses Dunkel erstreckte, die Heimat, sähe das heimatliche Gouvernement, seinen Landkreis, die Station Progonnaja, sähe die Unwissenheit und Roheit, die

Herzlosigkeit und die stumpfe, harte, viehische Gleichgültigkeit der Menschen, die er dort verlassen hatte; Tränen verschleierten ihm die Augen, aber er blickte immer weiter in die Ferne, wo kaum sichtbar die Lichter des Dampfers leuchteten, und sein Herz krampfte sich zusammen vor Heimweh, und es verlangte ihn zu leben, heimzukehren, dort von seinem neuen Glauben zu erzählen und wenigstens einen Menschen vor dem Verderben zu erretten und noch einmal, und sei es auch nur einen Tag lang, ohne Leiden zu leben.

Der Kutter war gekommen, und der Aufseher verkündete laut, daß es keine Verladung geben würde.

»Zurück!« kommandierte er. »Stillgestanden!«

Man konnte hören, wie auf dem Dampfer die Ankerkette eingeholt wurde. Es wehte bereits ein starker, durchdringender Wind, und irgendwo oben auf dem Steilufer knarrten die Bäume. Wahrscheinlich kam ein Sturm auf.

Ariadna

Auf dem Deck eines Dampfers, der von Odessa nach Sevastopol fuhr, trat ein recht gut aussehender Herr mit rundem Bärtchen auf mich zu, bat um Feuer und sagte:

»Sehen Sie sich doch einmal die Deutschen dort an, die neben der Kommandobrücke sitzen. Immer, wenn sich Deutsche und Engländer treffen, reden sie von Wollpreisen, von der Ernte und von ihren persönlichen Angelegenheiten, doch wenn wir Russen einmal zusammenkommen, dann sprechen wir aus einem unbegreiflichen Grund nur von Frauen und höheren Dingen. Doch hauptsächlich von Frauen.«

Das Gesicht dieses Herrn kannte ich schon. Gestern abend waren wir in ein und demselben Zug aus dem Ausland zurückgekehrt, und in Voloćijsk hatte ich gesehen, wie er bei der Zollrevision zusammen mit einer Dame, seiner Gefährtin, vor einem ganzen Berg von Koffern und Körben voller Frauenkleider stand und wie verlegen und niedergeschlagen er war, als er für ein Seidenfähnchen Zoll zahlen mußte und seine Gefährtin protestierte und drohte, sich bei irgend jemand zu beschweren; auf der Fahrt nach Odessa hatte ich noch gesehen, wie er bald Kuchen, bald Apfelsinen in das Damenabteil trug.

Es war ein wenig feucht, das Schiff schaukelte leicht, und die Damen gingen in ihre Kabinen. Der Herr mit dem runden Bärtchen setzte sich neben mich und fuhr fort:

»Ja, wenn Russen zusammenkommen, dann reden sie nur von Frauen und höheren Dingen. Wir sind so intelligent und kommen uns so wichtig vor, daß wir nur Wahrheiten von uns geben und nur höhere Probleme lösen können. Ein russischer Schauspieler ist nicht in der Lage, Possen zu reißen, selbst in einem Vaudeville spielt er tiefsinnig. Und so ist es auch mit uns: Wenn wir über Nichtigkeiten reden, so behandeln wir sie nie anders als von der allerhöchsten Warte aus. Das ist ein Mangel an Mut, Offenheit und Schlichtheit. Und von den Frauen reden wir so oft, weil wir – so scheint es mir jedenfalls – mit ihnen nicht zufrieden sind. Wir sehen die Frauen zu ideal und stellen Anforderungen, die mit der Wirklichkeit nicht in Einklang zu bringen sind, unsere Erwartungen werden enttäuscht, und das Resultat ist dann Unzufriedenheit, zerschlagene Hoffnungen, seelischer Schmerz, und was einen bedrückt, davon spricht man auch. Langweilt es Sie nicht, mir zuzuhören?«

»Nein, nicht im geringsten.«

»In diesem Fall gestatten Sie, daß ich mich vorstelle«, sagte mein Gesprächspartner und erhob sich ein wenig. »Ivan Iljič Šamochin, gewissermaßen Moskauer Gutsbesitzer ... Sie kenne ich gut.«

Er setzte sich und sprach weiter, wobei er mir freundlich und aufrichtig ins Gesicht sah.

»Diese ewigen Unterhaltungen über Frauen würde ein mittelmäßiger Philosoph vom Rang eines Max Nordau mit Erotomanie erklären oder damit, daß wir Anhänger der Leibeigenschaft waren und dergleichen mehr, doch ich sehe die Sache anders. Ich wiederhole: Wir sind unzufrieden, weil wir Idealisten sind. Wir wollen, daß die Wesen, die uns zur Welt gebracht haben und unsere Kinder gebären, höher stehen als wir und höher als alles auf der Welt. In der Jugend idealisieren wir jene, in die wir uns verlieben, und beten sie an; Liebe und Glück sind bei uns Synonyme. Bei uns in Rußland verachtet man jede Eheschließung, die nicht auf Liebe beruht, Sinnlichkeit kommt uns lächerlich vor und flößt uns Ekel ein, und den größten Erfolg haben die Romane und Erzählungen, in denen die Frauen schön, poetisch und erhaben sind, und wenn der Russe seit eh und je für die Madonna von Raffael schwärmt oder sich für die Frauenemanzipation einsetzt, so ist das – Sie können es mir glauben – nichts Vorgetäuschtes. Doch das Unglück besteht darin: Kaum haben wir eine Frau geheiratet oder leben mit ihr und es vergehen zwei, drei Jahre, dann sind wir schon enttäuscht und fühlen uns betrogen; wir wenden uns anderen Frauen zu, und wieder werden wir enttäuscht und sind entsetzt, und schließlich kommen wir zu dem Schluß, daß die Frauen falsch, kleinlich, eitel, ungerecht, unentwickelt und grausam sind – mit einem Wort, sie stehen keinesfalls höher als wir Männer, sondern sogar unermeßlich viel tiefer. Und uns Unzufriedenen, Betrogenen bleibt nichts anderes übrig, als zu murren und hin und wieder davon zu reden, daß wir so grausam enttäuscht worden sind.«

Während Šamochin sprach, merkte ich, daß ihm die russische Sprache und die russische Umgebung großes Vergnügen bereiteten. Wahrscheinlich hatte er sich im Ausland sehr nach der Heimat gesehnt. Obwohl er die Russen lobte und ihnen einen seltenen Idealismus zuschrieb, äußerte er sich nicht abfällig über die Ausländer, und das nahm mich für ihn ein. Man merkte auch, daß ihn etwas bedrückte, daß er lieber von sich selbst als von den Frauen sprechen wollte und daß ich gezwungen sein würde, mir eine lange Geschichte anzuhören, die einer Beichte ähnelte.

Und wirklich, kaum hatten wir uns eine Flasche Wein bestellt und jeder ein Glas getrunken, da begann er auch schon:

»Ich glaube, in einer Erzählung von Weltmann sagt irgend jemand: ›Das ist aber eine Geschichte!‹ Und ein anderer antwortet ihm: ›Nein, das ist noch nicht die Geschichte, sondern nur die Introduktion zu der Geschichte.‹ Und genauso ist alles, was ich bisher gesagt habe, nur eine Introduktion, denn eigentlich möchte ich Ihnen von meiner letzten Liaison erzählen. Entschuldigen Sie, ich frage Sie noch einmal: Langweilt es Sie nicht, mir zuzuhören?«

Ich versicherte, es langweile mich nicht, und er fuhr fort:

»Die Handlung spielt in einem Moskauer Gouvernement, und zwar in einem der nördlichen Bezirke. Die Natur ist dort, das muß ich Ihnen sagen, einfach herrlich. Unser Gutshaus steht am Steilufer eines munter strömenden kleinen Flüßchens, nahe dem sogenannten Strudel, wo das Wasser Tag und Nacht unentwegt rauscht; stellen Sie sich nun einen großen alten Garten vor, hübsche Blumenbeete, Bienenkörbe, einen Gemüsegarten, unten den Fluß mit dem struppeligen Weidengebüsch, das bei starkem Tau einen matten, gleichsam grauen Schimmer zu bekommen scheint, auf der anderen Seite eine Wiese und hinter der Wiese auf dem Hügel einen furchterregenden dunklen Wald. In diesem Wald wachsen unwahrscheinlich viele Reizker, und wo er am dichtesten ist, da leben Elche. Wenn ich einmal gestorben bin und man über mir den Sargdeckel zugenagelt hat, dann werde ich wohl immer noch von den frühen Morgenstunden träumen, da die Sonne so blendet, wissen Sie, daß einem geradezu die Augen schmerzen, oder auch von den herrlichen Frühlingsabenden, da im Garten und auch außerhalb die Nachtigallen und Wachtelkönige singen, im Dorf eine Ziehharmonika ertönt, im Haus jemand auf dem Flügel spielt, der Fluß rauscht – mit einem Wort, eine Musik, daß man laut weinen, zugleich aber auch singen möchte. Ackerland haben wir nicht sonderlich viel, doch dafür Wiesen, sie bringen zusammen mit dem Wald jährlich ungefähr zweitausend Rubel ein. Ich bin der einzige Sohn, mein Vater und ich haben immer ein bescheidenes Leben geführt, und das Geld und die Pension des Vaters reichten völlig. Nachdem ich die Universität absolviert hatte, verbrachte ich die ersten drei Jahre auf dem Lande, befaßte mich mit der Wirtschaft und wartete immer darauf, daß ich irgendwohin gewählt würde, doch die Hauptsache: ich war heftig in ein ungewöhnlich schönes, bezauberndes Mädchen verliebt. Sie war die Schwester meines Nachbarn Kotlovič, eines heruntergekommenen Gutsbesitzers, der auf seinem Gut Ananas und hervorragende Pfirsiche züchtete, einen Blitzableiter und einen Springbrunnen im Hof hatte und gleichzeitig keine einzige Kopeke besaß. Er tat nichts und verstand nichts, er war so weich, als sei er aus einer gekochten Rübe gemacht, er kurierte die Bauern mit Homöopathie und beschäftigte sich mit Spiritismus. Im übrigen war er ein taktvoller, weichherziger Mensch und nicht dumm, doch ich mag nun einmal diese Herren nicht, die sich mit Geistern unterhalten und die Bauernweiber mit Magnetismus heilen. Erstens gehen bei geistig unfreien Menschen immer die Begriffe durcheinander, so daß es außerordentlich schwer ist, sich mit ihnen zu unterhalten, und zweitens lieben sie gewöhnlich niemanden, sie leben mit keiner Frau zusammen, und diese ganze Geheimnistuerei macht auf empfindsame Menschen einen unangenehmen Eindruck. Auch sein Äußeres gefiel mir nicht. Er war groß und dick, hatte eine weiße Hautfarbe, einen kleinen Kopf, glänzende Äuglein und weiße dickliche Finger. Er drückte einem nicht die Hand, sondern knetete sie. Und immer entschuldigte er sich. Wenn er um etwas bat – entschuldigen Sie; wenn er etwas gab – entschuldigen Sie. Was aber seine Schwester anbelangt, so war sie das ganze Gegenteil. Ich muß Ihnen sagen, daß ich die Kotlovičs in meiner Kindheit und Jugend nicht gekannt habe, denn mein Vater war Professor in N., und außerdem lebten wir lange in der Provinz; als ich mit ihnen bekannt wurde, zählte das Mädchen bereits zweiundzwanzig Jahre, sie hatte schon längst das staatliche Internat absolviert und war zwei, drei Jahre bei einer reichen Tante in Moskau gewesen, die sie auch in die Gesellschaft einführte. Als ich sie kennenlernte und zum erstenmal mit ihr sprach, verblüffte mich vor allem ihr seltener und schöner Name – Ariadna. Er paßte so gut zu ihr! Sie war brünett, sehr schlank, sehr feingliedrig, geschmeidig, gut gewachsen, außerordentlich graziös und besaß schöne, in höchstem Grade edle Gesichtszüge. Ihre Augen glänzten ebenfalls, doch während sie bei dem Bruder kalt und süßlich glänzten, wie Fruchtbonbons, leuchteten aus ihrem Blick die Schönheit und der Stolz der Jugend. Sie nahm mein Herz schon am ersten Tag unserer Bekanntschaft gefangen – und anders konnte es auch nicht sein. Der Eindruck war so gewaltig, daß ich mich bis heute noch nicht von meinen Illusionen trennen kann und immer denken muß, daß die Natur, als sie dieses Mädchen schuf, etwas Großes und Erstaunliches mit ihr vorgehabt hat. Ariadnas Stimme, ihr Gang, ihr Hut und sogar ihre Fußspuren auf dem sandigen Ufer, wo sie Gründlinge angelte, weckten in mir Freude und einen leidenschaftlichen Lebenshunger. Von ihrem herrlichen Gesicht und ihren herrlichen Körperformen schloß ich auf ihr Inneres, und jedes Wort Ariadnas und jedes Lächeln entzückten mich und zwangen mich zu der Annahme, sie habe ein edles Herz. Sie war freundlich, gesprächig, fröhlich, einfach im Umgang, glaubte in einer poetischen Weise an Gott und urteilte auch sehr poetisch über den Tod. In ihrer Seele gab es einen solchen Reichtum an feinen Nuancen, daß sie es sogar fertigbrachte, ihren Fehlern etwas Besonderes und Liebenswertes zu verleihen. Nehmen wir an, sie brauchte ein neues Pferd, hatte aber kein Geld – nun, was macht das schon? Man konnte irgend etwas verkaufen oder verpfänden, und wenn der Verwalter schwor, es gebe nichts mehr zum Verkaufen oder Verpfänden, dann konnte man von den Nebengebäuden die Eisendächer abreißen lassen und sie der Fabrik verkaufen oder auch in der arbeitsreichsten Zeit die Zugpferde auf den Markt treiben lassen und dort für einen Pappenstiel verschleudern. Diese unbeherrschten Wünsche brachten manchmal das ganze Gut zur Verzweiflung, doch sie wurden immer mit solch einer Eleganz vorgetragen, daß man ihr letzten Endes alles verzieh und ihr wie einer Göttin oder wie der Frau Cäsars alles erlaubte. Meine Liebe zu ihr war einfach rührend, und bald wußten auch alle davon – sowohl mein Vater als auch die Nachbarn und die Bauern. Wenn ich manchmal die Arbeiter mit Vodka bewirtete, dann verbeugten sie sich und sagten:

›Gott gebe Ihnen das Fräulein Kotlovič zur Frau.‹

Und auch Ariadna wußte, daß ich sie liebte. Sie kam oft

zu uns geritten oder in einem zweirädrigen Wagen angefahren und verbrachte ganze Tage bei mir und meinem Vater. Mit dem Alten schloß sie Freundschaft, er brachte ihr sogar das Radfahren bei – das war seine Lieblingsbeschäftigung. Ich erinnere mich noch, wie sie eines Abends spazierenfahren wollten und ich ihr aufs Rad hinaufhalf, sie war damals so schön, daß mir schien, ich müßte mir die Hände verbrennen, wenn ich sie berührte, ich zitterte vor Entzücken, und als mein Alter und sie, beide schön und gut gewachsen, die Chaussee entlangfuhren und der Rappe durchging, auf dem der Verwalter uns gerade entgegengeritten kam, da glaubte ich, das Pferd sei nur durchgegangen, weil es von ihrer Schönheit verwirrt war. Meine Liebe und meine Verehrung rührten Ariadna und ergriffen sie, sie wollte leidenschaftlich gern ebenso begeistert sein wie ich und mir mit der gleichen Liebe antworten. Denn das ist doch so poetisch!

Doch wirklich lieben, so wie ich, das konnte sie nicht, denn sie war kalt und auch schon recht verdorben. In ihr saß ein Teufel, der ihr Tag und Nacht einflüsterte, sie sei bezaubernd und göttlich, und sie, die überhaupt nicht wußte, wofür sie eigentlich geschaffen und weshalb ihr das Leben gegeben war, sah sich in der Zukunft nie anders als außerordentlich reich und angesehen, sie träumte von Bällen, Pferderennen, Livreen, einem luxuriösen Empfangszimmer, einem eigenen literarischen Salon und einer Menge von Grafen, Fürsten, Gesandten, berühmten Malern und Schauspielern, und sie alle würden sie anbeten und von ihrer Schönheit und ihrer Toilette entzückt sein. Diese Gier nach Macht und persönlichen Erfolgen läßt die Menschen nüchtern und gleichgültig werden, und Ariadna war allem gegenüber gleichgültig: gegen mich, gegen die Natur und gegen die Musik. Unterdessen verging die Zeit, aber die Gesandten hatten sich noch nicht eingestellt, und Ariadna wohnte weiterhin bei ihrem Bruder, dem Spiritisten. Es ging ihr immer schlechter, sie hatte bereits kein Geld mehr, um sich ein Kleid oder einen Hut zu kaufen, und sie mußte alle möglichen Listen und Kunstgriffe anwenden, um ihre Armut zu verbergen.

Wie zum Hohn hatte sie, als sie noch in Moskau bei ihrer Tante wohnte, ein gewisser Fürst Maktuev um ihre Hand gebeten, ein zwar reicher, aber völlig nichtssagender Mann. Sie gab ihm sofort einen Korb. Doch jetzt peinigte sie manchmal die Reue, und sie fragte sich, warum sie ihm nicht ihr Jawort gegeben hatte. Wie ein Bauer, der auf den Kvas pustet, in dem die Schaben herumschwimmen, und ihn dann trotzdem trinkt, so angewidert verzog auch sie das Gesicht, wenn sie an den Fürsten dachte, aber trotzdem erklärte sie mir:

›Was man auch sagen mag, aber so ein Titel hat etwas Unerklärliches, etwas Anziehendes...‹

Sie träumte von einem Titel, von einem glanzvollen Leben, aber gleichzeitig wollte sie auch mich nicht verlieren. So viel man von Gesandten träumen mag, das Herz ist nun mal nicht aus Stein, und manchmal tut einem auch seine Jugend leid. Ariadna versuchte sich zu verlieben, sie tat, als liebte sie, und sie schwor mir sogar, daß sie mich liebe. Doch ich bin ein feinfühliger, empfindsamer Mensch; wenn mich jemand liebt, dann merke ich das sogar auf größere Entfernung, ohne Beteuerungen und ohne Schwüre, hier aber schlug mir nur Kälte entgegen, und wenn sie von Liebe sprach, schien es mir immer, als sänge eine metallene Nachtigall. Ariadna merkte selbst, daß ihr der Wind in den Segeln fehlte, sie ärgerte sich darüber, und oft sah ich sie deshalb weinen. Stellen Sie sich vor – eines Tages umarmte sie mich plötzlich heftig und küßte mich, das war abends, am Ufer des Flusses, aber an ihren Augen merkte ich, daß sie mich nicht liebte und mich bloß aus Neugier umarmt hatte, um sich zu prüfen: sie wollte einmal sehen, wohin das führt. Ich war entsetzt. Ich nahm ihre Hände und sagte verzweifelt:

›Diese Zärtlichkeiten ohne Liebe sind für mich eine Qual!‹

›Wie ... wie seltsam Sie doch sind!‹ sagte sie ärgerlich und ging weg.

Aller Wahrscheinlichkeit nach wären noch zwei, drei Jahre ins Land gegangen, und ich hätte sie geheiratet, damit wäre die Geschichte zu Ende gewesen, doch das Schicksal wollte es anders mit unserer Liebe. Zu dieser Zeit tauchte bei uns eine neue Persönlichkeit auf. Zu Ariadnas Bruder kam dessen ehemaliger Studienfreund, Michail Ivanyč Lubkov gefahren, ein liebenswerter Mensch, von dem die Kutscher und Diener sagten: ›Ein luuustiger Herr!‹ Er war mittelgroß, mager, hatte eine Glatze und das Gesicht eines Durchschnittsbürgers, uninteressant, doch angenehm, blaß, mit einem gepflegten borstigen Schnurrbart, am Hals hatte er Gänsehaut und Hitzepickel, und der Kehlkopf war sehr groß. Er trug einen Zwicker an einem breiten schwarzen Band, redete durch die Nase und sprach dabei weder das R noch das L richtig aus, so daß bei ihm zum Beispiel das Wort Lachen wie Wachen klang. Er war immer fröhlich, und alles kam ihm komisch vor. Geheiratet hatte er auf eine ungewöhnlich dumme Weise, als er zwanzig war; die Mitgift bestand aus zwei Häusern am Moskauer Jungfernfeld, er hatte sich mit der Reparatur und dem Bau eines Badehauses beschäftigt, sich völlig ruiniert, und jetzt wohnten seine Frau und seine vier Kinder im ›Gasthof Orient‹; sie litten Not, und er mußte ihren Lebensunterhalt bestreiten – und das kam ihm komisch vor. Er war sechsunddreißig Jahre alt, seine Frau aber schon zweiundvierzig – und das kam ihm ebenfalls komisch vor. Seine Mutter, eine hochnäsige, aufgeblasene Person mit den Ansprüchen einer Aristokratin, verachtete seine Frau und lebte allein mit einer ganzen Herde von Hunden und Katzen, und er mußte ihr monatlich fünfundsiebzig Rubel zahlen. Er selbst war ein Mann mit Geschmack, er liebte es, im ›Slavjanskij Bazar‹ zu frühstücken und in der ›Eremitage‹ zu Mittag zu speisen, er brauchte sehr viel Geld, doch sein Onkel gab ihm jährlich nur zweitausend Rubel, und das langte nicht, und darum lief er, wie man so sagt, mit hängender Zunge in Moskau herum und suchte jemanden, der ihm etwas leihen würde – und das kam ihm auch komisch vor. Zu den Kotlovičs war er gefahren, um sich, wie er sich ausdrückte, im Schoße der Natur vom Familienleben zu erholen. Bei den Mahlzeiten und Spaziergängen erzählte er uns von seiner Frau, von seiner Mutter, von den Gläubigern und Gerichtsvollziehern und lachte über sie; er lachte auch über sich selbst und versicherte immer wieder, er habe dank seiner Fähigkeit, sich Geld zu borgen, viele angenehme Bekanntschaften gemacht. Er lachte immer, und wir lachten ebenfalls. Zusammen mit ihm verbrachten wir unsere Zeit anders. Ich neige mehr zu stillen, sozusagen idyllischen Vergnügungen: ich angelte gern, liebte abendliche Spaziergänge und suchte gern Pilze; Lubkov dagegen bevorzugte Picknicks, Feuerwerke und Jagden mit Hunden. Etwa dreimal wöchentlich veranstaltete er Picknicks, und Ariadna schrieb mit ernstem, begeistertem Gesicht auf einen Zettel, was sie brauchte – Austern, Champagner und Konfekt –, und schickte mich damit nach Moskau, natürlich ohne zu fragen, ob ich überhaupt Geld hatte. Und auf den Picknicks gab es Trinksprüche, Gelächter und lebensfrohe Erzählungen darüber, wie alt seine Frau sei, was für dicke kleine Hündchen seine Mutter habe und was für nette Menschen doch die Gläubiger seien...

Lubkov liebte die Natur, doch betrachtete er sie wie etwas längst Bekanntes, das in Wirklichkeit unvergleichlich viel tiefer stand als er selbst und nur zu seinem persönlichen Vergnügen geschaffen war. Es geschah manchmal, daß er vor einer herrlichen Landschaft stehenblieb und sagte: ›Hier müßte man Tee trinken!‹ Als er einmal Ariadna erblickte, wie sie in einiger Entfernung mit einem Sonnenschirm spazierenging, wies er mit dem Kopf auf sie und sagte:

›Sie ist mager, doch mir gefällt das. Ich habe nichts für volle Frauen übrig.‹

Das stieß mich ab. Ich bat ihn, sich in meiner Gegenwart nicht so über Frauen zu äußern. Er sah mich erstaunt an und meinte:

›Was ist denn Schlimmes dabei, wenn ich die Mageren liebe und die Vollen nicht?‹

Ich antwortete nichts darauf. Später einmal, als er in ausgezeichneter Stimmung war und leicht angeheitert, sagte er:

›Ich habe gemerkt, daß Sie Ariadna Grigorjevna gefallen. Ich wundere mich nur, warum Sie die Gelegenheit nicht beim Schopfe packen.‹

Ich fühlte mich durch diese Worte peinlich berührt, und voller Empörung erklärte ich ihm meinen Standpunkt zu der Liebe und den Frauen.

›Ich weiß nicht recht‹, sagte er seufzend. ›Meiner Meinung nach bleibt eine Frau immer eine Frau und ein Mann immer ein Mann. Wenn Ariadna Grigorjevna, wie Sie sagen, auch poetisch und erhaben ist, so heißt das noch lange nicht, daß sie außerhalb der Naturgesetze stehen muß. Sie sehen doch selbst, daß sie schon in einem Alter ist, in dem sie entweder einen Mann oder einen Liebhaber braucht. Ich achte die Frauen nicht geringer als Sie, aber ich glaube, bestimmte Beziehungen schließen die Poesie nicht aus. Die Poesie schließt doch einen Liebhaber nicht aus. Das ist genauso wie in der Landwirtschaft: Die Schönheit der Natur schließt doch die Einkünfte aus den Wäldern und Feldern nicht aus.‹

Wenn ich mit Ariadna Gründlinge angelte, lag Lubkov neben uns im Sand und hänselte oder belehrte mich, wie ich zu leben hätte.

›Ich wundere mich nur, mein Herr, wie Sie ohne Liebe leben können!‹ sagte er. ›Sie sind jung, schön, interessant – kurz, Sie sind ein Prachtstück von einem Mann, aber leben tun Sie wie ein Mönch. Ach, diese alten Männer von achtundzwanzig Jahren! Ich bin fast zehn Jahre älter als Sie, aber wer von uns beiden ist jünger? Ariadna Grigorjevna, wer ist jünger?‹

›Natürlich Sie‹, antwortete Ariadna.

Und als ihm unser Schweigen und die Aufmerksamkeit, mit der wir auf die Schwimmer sahen, über wurde, ging er

zum Haus zurück, sie aber sah mich ärgerlich an und sagte:
›Wahrhaftig, Sie sind kein Mann, sondern, Gott verzeih mir, eine Schlafmütze. Ein Mann muß sich begeistern, muß toll sein, Fehler machen, leiden! Eine Frau verzeiht Ihnen sowohl Frechheit als auch Unverschämtheit, doch sie verzeiht Ihnen niemals diese Ihre Bedachtsamkeit!‹
Sie war ernstlich wütend und fuhr fort:
›Um Erfolg zu haben, muß man entschlossen und kühn sein, Lubkov ist nicht so schön wie Sie, doch er ist interessanter, er wird immer Erfolg bei den Frauen haben, denn er ist das ganze Gegenteil von Ihnen, er ist ein Mann ...‹
Ihre Stimme verriet sogar eine gewisse Verbitterung. Eines Abends beim Essen sprach sie, ohne sich an mich zu wenden, davon, daß sie, wäre sie ein Mann, nicht auf dem Lande versauern würde, sondern sie würde Reisen unternehmen und den Winter irgendwo im Ausland verbringen, zum Beispiel in Italien. Oh, Italien! Hier goß mein Vater noch ungewollt Öl ins Feuer, er erzählte des langen und breiten von Italien, wie schön es dort sei, was es dort für herrliche Landschaften und was für Museen es gebe! In Ariadna entbrannte der Wunsch, nach Italien zu fahren. Sie schlug sogar mit der Faust auf den Tisch, und ihre Augen funkelten: Sie würde um jeden Preis fahren!
Und dann unterhielt man sich nur noch darüber, wie schön es doch in Italien sei – ach, Italien, ach und oh –, so ging das jeden Tag, und wenn mir Ariadna einen Blick über die Schulter zuwarf, dann sah ich an ihrem kühlen und eigensinnigen Gesicht, daß sie in ihren Träumen schon ganz Italien mit all seinen Salons, angesehenen Ausländern und Touristen erobert hatte und daß sie nicht mehr zurückzuhalten war. Ich riet ihr, zu warten und die Reise um ein oder zwei Jahre zu verschieben, doch sie zog ein verächtliches Gesicht und sagte:
›Sie sind ängstlich wie ein altes Weib!‹
Lubkov dagegen war für die Reise. Er meinte, sie würde gar nicht viel Geld kosten und er führe mit Vergnügen nach

Italien, um sich dort vom Familienleben zu erholen. Ehrlich gesagt, ich benahm mich so naiv wie ein Gymnasiast. Nicht aus Eifersucht, sondern weil ich etwas Entsetzliches, Ungewöhnliches ahnte, bemühte ich mich, soweit es möglich war, sie nicht allein zu lassen, und sie hänselten mich deswegen – wenn ich zum Beispiel ins Zimmer trat, taten sie, als hätten sie sich eben geküßt und dergleichen mehr.

Doch eines schönen Morgens erschien ihr aufgeschwemmter bleicher Bruder, der Spiritist, bei mir und äußerte den Wunsch, mich unter vier Augen zu sprechen. Er war ein willenloser Mensch; trotz seiner Erziehung und trotz seines Taktes konnte er nicht der Versuchung widerstehen, einen fremden Brief zu lesen, wenn er vor ihm auf dem Tisch lag. Und jetzt gestand er mir, er habe zufällig einen Brief Lubkovs an Ariadna gelesen.

›Diesem Brief entnahm ich, daß sie bald ins Ausland fahren wird. Lieber Freund, ich bin ganz außer mir! Um Gottes willen, erklären Sie mir das, ich verstehe überhaupt nichts mehr!‹

Als er das sagte, keuchte er schwer und blies mir seinen Atem ins Gesicht – er roch nach gekochtem Rindfleisch.

›Entschuldigen Sie, daß ich Sie in die Geheimnisse dieses Briefes einweihe‹, fuhr er fort, ›doch Sie sind Ariadnas Freund, und sie achtet Sie! Vielleicht wissen Sie etwas Näheres? Sie will fortfahren, doch mit wem? Herr Lubkov hat ebenfalls die Absicht, mit ihr zu fahren. Entschuldigen Sie, aber das ist doch ein wenig sonderbar von Herrn Lubkov. Er ist verheiratet und hat Kinder, aber hier in dem Brief gesteht er ihr seine Liebe und nennt sie *du*. Entschuldigen Sie, aber das ist sonderbar!‹

Mir lief es eiskalt den Rücken hinunter, ich spürte meine Arme und Beine nicht mehr und empfand einen Schmerz in der Brust, als hätte man einen dreikantigen Stein hineingewälzt. Kotlovič ließ sich erschöpft in einen Sessel fallen, und seine Arme hingen herab wie zwei Peitschenschnüre.

›Und was kann ich da tun?‹ fragte ich.

›Sie könnten sie davon abbringen, sie überreden ... Urteilen Sie selbst: Was soll sie mit Lubkov? Ist er etwa ein Mann für sie? Oh, mein Gott, wie entsetzlich das ist, wie entsetzlich!‹ fuhr er fort und griff sich an den Kopf. ›Was für glänzende Partien könnte sie machen, da ist der Fürst Maktuev, und ... und auch noch andere. Der Fürst betet sie an; erst vorige Woche, Mittwoch, hat sein seliger Großvater Ilarion ganz positiv und so sicher, wie zweimal zwei vier ist, bestätigt, daß Ariadna die Frau seines Enkels wird. Ganz positiv! Der Großvater Ilarion ist schon tot, doch er ist ein erstaunlich kluger Mann. Wir rufen seinen Geist täglich.‹

Nach dieser Unterhaltung schlief ich die ganze Nacht nicht, ich wollte mich erschießen. Am nächsten Morgen schrieb ich fünf Briefe und zerriß sie alle, dann weinte ich in der Getreidescheune, dann lieh ich mir von meinem Vater Geld und fuhr, ohne mich zu verabschieden, in den Kaukasus.

Natürlich, eine Frau bleibt eine Frau und ein Mann ein Mann, doch sollte in unserer Zeit alles so einfach sein wie vor der Sintflut, und sollte ich, ein kultivierter Mensch mit einem komplizierten Seelenmechanismus, sollte ich meine tiefe Liebe zu einer Frau nur damit erklären können, daß ihre Körperformen anders sind als meine? Oh, wie entsetzlich wäre das! Ich möchte eher glauben, der menschliche Genius, der mit der Natur kämpft, hat auch mit der physischen Liebe wie mit einem Feind gekämpft, und wenn er sie auch nicht besiegt hat, so ist es ihm doch gelungen, sie mit einem Netz der Illusionen von Brüderlichkeit und Liebe zu überziehen. Für mich jedenfalls bedeutet dies nicht nur einfach eine Befriedigung meines tierischen Organismus wie bei einem Hund oder einem Frosch, sondern wahre Liebe, und jede Umarmung wird vergeistigt von einem reinen, aus dem Herzen kommenden Gefühl und von der Achtung vor der Frau. Wahrhaftig, der Abscheu vor dem tierischen Instinkt ist Jahrhunderte hindurch unzähligen Generationen anerzogen worden, er ist ein

Teil meiner Erbmasse und stellt einen Teil meines eigenen Ichs dar, und wenn ich nun die Liebe poetisiere, dann ist das vielleicht genauso natürlich und notwendig wie die Tatsache, daß meine Ohrmuscheln sich nicht bewegen lassen und ich nicht mit Fell bedeckt bin. Mir scheint, die Mehrzahl aller kultivierten Menschen denkt so, denn gegenwärtig wird das Fehlen eines sittlichen und poetischen Elements in der Liebe als Atavismus betrachtet; es heißt auch, dies sei ein Symptom der Entartung und vieler Geisteskrankheiten. Natürlich, wenn wir die Liebe poetisieren, dann glauben wir immer, daß diejenigen, die wir lieben, Vorzüge besitzen, die sie oft gar nicht haben, nun, und das ist für uns dann die Quelle ständiger Irrtümer und ständigen Leidens. Doch ich denke, es ist besser so – das heißt, es ist besser zu leiden, als sich damit zufriedenzugeben, daß eine Frau eine Frau bleibt und ein Mann ein Mann.

In Tiflis bekam ich von meinem Vater einen Brief. Er schrieb, Ariadna Grigorjevna sei an dem und dem Tag ins Ausland gereist und beabsichtige, dort den Winter zu verbringen. Einen Monat später kehrte ich nach Hause zurück. Es war schon Herbst. Jede Woche erhielt mein Vater von Ariadna Briefe, das Papier war parfümiert, sie waren sehr interessant und in einer literarisch hervorragenden Sprache geschrieben. Ich bin der Meinung, jede Frau kann eine Schriftstellerin sein. Ariadna beschrieb sehr ausführlich, wie schwer es war, sich wieder mit der Tante auszusöhnen und nach vielem Bitten die tausend Rubel für die Reise zu bekommen, und wie lange sie in Moskau nach einer entfernten Verwandten, einer uralten Frau, gesucht hatte, die sie schließlich überredete, mit ihr zu fahren. Diese Unmenge an Einzelheiten sah sehr nach Erfindung aus, und ich begriff natürlich, daß sie gar keine Begleiterin hatte. Kurze Zeit darauf bekam auch ich von ihr einen Brief, er war gleichfalls parfümiert und sehr literarisch. Sie schrieb, sie habe nach mir und meinen schönen, klugen und verliebten Augen Sehnsucht, und sie warf mir freundschaftlich vor, daß ich meine Jugend sinnlos vertue und auf dem Lande versauere, obwohl ich doch genau wie sie im Paradies leben, unter Palmen wandeln und den Duft der Apfelsinenbäume einatmen könnte. Darunter stand: ›die von Ihnen verlassene Ariadna‹. Ungefähr zwei Tage danach bekam ich noch einen Brief dieser Art; die Unterschrift lautete: ›die von Ihnen Vergessene‹. Mir drehte sich der Kopf. Ich liebte sie leidenschaftlich, ich träumte jede Nacht von ihr, und hier hieß es ›die Verlassene‹, ›die Vergessene‹ – Warum? Wozu? Und dann diese Langeweile auf dem Land, die langen Abende und die niederdrückenden Gedanken Lubkovs wegen ... Die Ungewißheit quälte mich, vergiftete mir die Tage und die Nächte und wurde unerträglich. Ich hielt es nicht mehr aus und machte mich auf den Weg.

Ariadna hatte mich nach Abbazia eingeladen. Ich kam dort an einem klaren, warmen Tag an, es mußte gerade geregnet haben, die Tropfen hingen noch an den Zweigen der Bäume, und ich stieg in derselben riesigen, kasernenähnlichen Dépendance ab, in der auch Ariadna und Lubkov wohnten. Sie waren nicht zu Hause. Ich ging in den Park, schlenderte durch die Alleen und setzte mich dann. Ein österreichischer General ging vorüber, er hielt die Hände auf dem Rücken und hatte dieselben roten Streifen, die auch unsere Generale tragen. Ein kleines Kind wurde in einem Kinderwagen vorbeigefahren, und der feuchte Sand knirschte unter den Rädern. Dann kam ein gebrechlicher, gelbsüchtiger Alter, dann eine Schar Engländerinnen, dann ein katholischer Geistlicher und dann wieder der österreichische General. Zu dem Pavillon gingen langsam ein paar Musikanten vom Militärorchester, sie waren eben aus Fiume gekommen, die Posaunen blitzten in der Sonne, und bald darauf erklang Musik. Waren Sie schon einmal in Abbazia? Das ist ein schmutziges slavisches Städtchen mit einer einzigen Straße; sie stinkt, und nach einem Regen kann man sie nicht ohne

Galoschen überqueren. Ich hatte viel und jedesmal mit großer Ergriffenheit von diesem Paradies auf Erden gelesen; doch als ich später mit hochgekrempelten Hosen vorsichtig über die enge Straße ging und aus Langeweile harte Birnen bei einem alten Weib kaufte, das, sobald es in mir den Russen erkannte, die Preise in gebrochenem Russisch nannte, und als ich mich verblüfft fragte, wohin ich mich eigentlich wenden sollte und was ich hier zu tun hatte, und als ich immerfort auf Russen stieß, die sich ebenso betrogen fühlten wie ich – da überkam mich ein Gefühl des Ärgers und der Scham. Es gibt dort eine stille Bucht, über die Boote mit bunten Segeln und Dampfer ziehen, von hier aus sieht man Fiume und auch die fernen, von lila Nebeln verhüllten Inseln, und all das wäre sehr malerisch, würde der Blick auf die Bucht nicht verdeckt von den Hotels und ihren Dépendancen in diesem häßlichen kleinbürgerlichen Baustil. Das ganze grüne Ufer ist von habgierigen Händlern bebaut worden, so daß Sie in dem Paradies meist nichts sehen außer Fenstern, Terrassen und freien Plätzen mit weißen Tischchen und schwarzen Dienerfräcken. Es gibt dort einen Park, wie Sie ihn in jedem ausländischen Kurort finden. Und das dunkle, reglose, schweigende Grün der Palmen, der hellgelbe Sand in den Alleen, die hellgrünen Bänke, das Glänzen der schmetternden Militärposaunen, die roten Generalsstreifen – all das hat man schon nach zehn Minuten satt. Und doch ist man aus irgendeinem Grund verpflichtet, hier zehn Tage oder gar zehn Wochen zuzubringen! Als ich mich so gegen meinen Willen in diesen Kurorten herumtrieb, überzeugte ich mich immer mehr davon, wie unbequem und dürftig die Satten und Reichen leben, wie saft- und kraftlos doch ihre Phantasie ist, wie sehr es ihrem Geschmack und ihren Wünschen an Kühnheit mangelt. Um wieviel glücklicher sind doch die alten und jungen Touristen, die nicht das Geld haben, um in Hotels zu wohnen, die unterkommen, wo es sich gerade trifft, die auf den Bergen im Gras liegen und sich am Anblick des Meeres erfreuen, die zu

Fuß gehen, Wälder und Dörfer aus der Nähe sehen, die Sitten des Landes kennenlernen und auch dessen Lieder, und die sich in dessen Frauen verlieben...

Während ich im Park saß, wurde es allmählich dunkel, und in der Dämmerung erschien meine Ariadna, schön und herausgeputzt wie eine Prinzessin, hinter ihr ging Lubkov in neuer und prächtiger Kleidung, die er wahrscheinlich in Wien gekauft hatte.

›Weshalb sind Sie ärgerlich?‹ sagte er. ›Was habe ich Ihnen getan?‹

Als sie mich erblickte, stieß sie einen Freudenschrei aus, und wären wir nicht im Park gewesen, sie hätte sich bestimmt an meinen Hals geworfen; sie drückte mir kräftig die Hand und lachte, und ich lachte auch und weinte fast vor Aufregung. Dann kamen die Fragen – wie es jetzt auf dem Land aussehe, was der Vater mache, ob ich den Bruder gesehen hätte und so weiter. Sie verlangte, ich solle ihr in die Augen blicken, und fragte, ob ich mich noch an die Gründlinge erinnere, an unsere kleinen Streitereien, an die Picknicks...

›Wie schön das alles doch in Wirklichkeit war‹, sagte sie mit einem Seufzer. ›Aber hier ist es auch nicht langweilig. Wir haben sehr viele Bekannte, mein Lieber, mein Guter! Morgen werde ich Sie hier einer russischen Familie vorstellen. Nur kaufen Sie sich bitte einen anderen Hut.‹ Sie betrachtete mich und runzelte die Stirn. ›Abbazia ist kein Dorf‹, sagte sie. ›Hier muß man schon comme il faut sein.‹

Dann gingen wir in ein Restaurant. Ariadna lachte die ganze Zeit, sie scherzte, nannte mich lieb, gut und klug und schien einfach nicht glauben zu wollen, daß ich bei ihr war. So saßen wir bis gegen elf Uhr und trennten uns dann, sehr zufrieden mit dem Abendessen und miteinander. Am nächsten Tag stellte mich Ariadna der russischen Familie als ›Sohn des bekannten Professors, unser Gutsnachbar‹ vor. Mit dieser Familie sprach sie nur über Landgüter und Ernten, und dabei berief sie sich immer auf mich. Sie wollte gern für eine sehr reiche Gutsbesitzerin gelten, und wahrhaftig, das gelang ihr auch. Sie hatte ausgezeichnete Manieren, sie benahm sich wie eine echte Aristokratin, die sie übrigens der Abstammung nach auch war.

›Doch wie finden Sie das mit meiner Tante!‹ sagte sie plötzlich und sah mich lächelnd an. ›Wir hatten uns ein bißchen gezankt, und da ist sie gleich nach Meran gefahren. Was meinen Sie dazu?‹

Als wir dann im Park spazierengingen, fragte ich sie:

›Von was für einer Tante haben Sie denn vorhin gesprochen? Was ist das für eine Tante?‹

›Das war eine Notlüge‹, sagte Ariadna lachend. ›Sie sollen nämlich nicht wissen, daß ich ohne Begleiterin bin.‹ Sie schwieg ungefähr eine Minute, schmiegte sich dann an mich und sagte: ›Mein Bester, mein Lieber, schließen Sie doch Freundschaft mit Lubkov. Er ist so unglücklich! Seine Mutter und seine Frau sind einfach entsetzlich.‹

Sie sprach Lubkov mit *Sie* an, und wenn sie schlafen ging, verabschiedete sie sich von ihm genauso wie von mir mit einem ›bis morgen‹, außerdem wohnten sie in verschiedenen Etagen – dies ließ mich hoffen, das alles sei Unsinn und sie hätten nichts miteinander, und wenn ich mit ihm zusammen war, fühlte ich mich unbeschwert. Als er mich eines Tages um ein Darlehen von dreihundert Rubel bat, gab ich es ihm mit dem allergrößten Vergnügen.

Jeden Tag gingen wir spazieren, immer nur spazieren. Entweder schlenderten wir im Park herum, oder wir aßen oder tranken. Jeden Tag unterhielten wir uns mit der russischen Familie. Allmählich gewöhnte ich mich daran, daß ich, jedesmal wenn ich in den Park kam, unbedingt dem gelbsüchtigen Alten begegnete, dem katholischen Geistlichen und auch dem österreichischen General, der ein kleines Kartenspiel bei sich trug, sich, wo es nur ging, hinsetzte und eine Patience legte, wobei er nervös mit den Schultern zuckte. Und die Musik spielte immer ein und dasselbe. Zu Hause hatte ich mich vor den Bauern geschämt, wenn ich an gewöhnlichen Wochentagen mit einer Gesellschaft zum Picknick fuhr oder wenn ich angelte, und so ging es mir auch hier mit den Dienern, Kutschern und Arbeitern, die mir entgegenkamen; mir schien, sie würden mich alle ansehen und denken: Warum arbeitest du nicht? Und diese Scham empfand ich jeden Tag, von früh bis spät. Diese ganze Zeit hatte etwas Sonderbares, Unangenehmes und Monotones. Die einzige Abwechslung bestand darin, daß sich Lubkov bald hundert und bald fünfzig Gulden auslieh, durch das Geld wieder auflebte wie ein Morphinist vom Morphium und sich laut über seine Frau, über sich selbst oder auch über seine Gläubiger lustig machte.

Doch nun kam die Regenperiode, und es wurde kalt. Wir fuhren nach Italien, und ich telegrafierte dem Vater, er möge mir doch um Gottes willen achthundert Rubel nach Rom überweisen. Wir machten in Venedig, in Bologna und in Florenz Station, und in jeder Stadt gerieten wir ganz bestimmt in ein teures Hotel, wo man uns für Beleuchtung, Bedienung, Heizung, für das Brot zum Frühstück und für das Recht, nicht im allgemeinen Saal zu speisen, noch zusätzlich Geld abnahm. Wir aßen entsetzlich viel. Morgens servierte man uns einen Café complet. Um ein Uhr gab es Frühstück: Fleisch, Fisch, irgendein Omelett, Käse, Obst und Wein. Um sechs Uhr folgte das Mittagessen, das aus acht Gängen mit langen Pausen bestand, in denen wir Bier und Wein tranken. Gegen neun Uhr gab es Tee. Vor Mitternacht erklärte Ariadna, daß sie etwas essen möchte, und verlangte Schinken und weichgekochte Eier. Um ihr Gesellschaft zu leisten, aßen auch wir. In den Pausen zwischen den Mahlzeiten liefen wir durch die Museen und Ausstellungen, immer nur von dem Gedanken beseelt, ja nicht zu spät zum Mittagessen oder Frühstück zu kommen. Die Bilder machten mich schwermütig, es zog mich nach Hause, um mich ein wenig hinzulegen, ich wurde müde, suchte mit den Augen nach einem Stuhl und sprach heuchlerisch den anderen nach: ›Wie schön! Wieviel Atmosphäre!‹ Wie die satten Riesenschlangen richteten wir unsere Aufmerksamkeit nur auf glänzende Dinge, die Schaufenster der Läden hypnotisierten uns, wir begeisterten uns an unechten Broschen und kauften eine Menge unnötiger und wertloser Sachen.

Genauso war es in Rom. Es regnete, und ein kalter Wind wehte. Nach einem überreichlichen Frühstück fuhren wir los, um uns die Peterskirche anzusehen, und dank unserer Übersättigung und vielleicht auch wegen des schlechten Wetters machte sie nicht den geringsten Eindruck auf uns, wir warfen uns gegenseitig Gleichgültigkeit gegenüber der Kunst vor und hätten uns beinahe entzweit.

Vom Vater kam das Geld. Ich machte mich auf den Weg, um es in Empfang zu nehmen, ich erinnere mich noch, es war an einem Morgen. Lubkov begleitete mich.

›Die Gegenwart kann nicht ausgefüllt und glücklich sein, wenn es eine Vergangenheit gibt‹, sagte er. ›Die Vergangenheit hat mir einen schweren Packen aufgeladen. Übrigens, wenn ich Geld hätte, wäre alles halb so schlimm, aber so bin ich nackt und bloß ... Ob Sie es glauben oder nicht, ich besitze nur noch acht Franken‹, fuhr er mit gesenkter Stimme fort, ›dabei muß ich meiner Frau hundert schicken und meiner Mutter ebensoviel. Und hier brauche ich auch etwas zum Leben. Ariadna ist wie ein Kind, sie will die Lage nicht begreifen, sie wirft mit dem Geld um sich wie eine Herzogin. Warum mußte sie sich gestern eine Uhr kaufen? Und sagen Sie, warum müssen wir immer so tun, als wären wir brave kleine Kinder? Wenn sie und ich unsere Beziehungen vor der Dienerschaft und vor den Bekannten verbergen, so kostet uns das pro Tag zusätzlich zehn oder fünfzehn Franken, denn ich muß ja noch ein Zimmer für mich mieten. Warum das alles?‹

Ein spitzer Stein drehte sich in meiner Brust. Jetzt gab es keine Ungewißheit mehr, mir war alles klar, es überlief mich eiskalt, und ich faßte sofort den Entschluß, die beiden nie wiederzusehen, vor ihnen zu fliehen und auf der Stelle nach Hause zu fahren ...

›Mit einer Frau zusammenzukommen ist leicht‹, fuhr Lubkov fort, ›man braucht sie nur auszuziehen, doch wie schwer, wie unsinnig ist all das danach!‹

Als ich das Geld, das ich erhalten hatte, zählte, sagte er:

›Wenn Sie mir nicht tausend Franken leihen, bin ich verloren. Ihr Geld ist meine einzige Rettung.‹

Ich gab sie ihm, er lebte sofort auf und begann über seinen Onkel zu lachen, den Kauz, der nicht einmal seine Adresse vor der Frau geheimhalten konnte. Als ich ins Hotel kam, packte ich meine Sachen und bezahlte die Rechnung. Ich mußte mich nur noch von Ariadna verabschieden.

Ich klopfte an ihre Tür.

›Entrez!‹

In ihrem Zimmer herrschte morgendliche Unordnung: Auf dem Tisch stand Teegeschirr, daneben lagen ein angebissenes Brötchen und Eierschalen; ein starker, atembeklemmender Parfümduft schlug mir entgegen. Das Bett war noch nicht gemacht, und man konnte deutlich sehen, daß zwei Personen darin geschlafen hatten. Ariadna selbst war erst vor kurzem aufgestanden, sie trug ein Morgenkleid aus Flanell und war noch ungekämmt.

Ich begrüßte sie, saß eine Minute schweigend da, während sie versuchte, ihr Haar in Ordnung zu bringen, und fragte dann, am ganzen Körper zitternd:

›Weshalb ... weshalb haben Sie mich hierher ins Ausland kommen lassen?‹

Anscheinend erriet sie meine Gedanken, sie ergriff meine Hand und sagte:

›Ich möchte Sie hier haben. Sie sind solch ein reiner Mensch!‹

Ich schämte mich meiner Erregung, meines Zitterns. Womöglich fange ich noch an zu weinen! Ich ging hinaus, ohne ein Wort zu sagen, und eine Stunde später saß ich schon im Zug. Die ganze Fahrt über stellte ich mir Ariadna aus irgendeinem Grund schwanger vor, sie war mir zuwider, und alle Frauen, die ich im Zug und auf den Stationen sah, sie waren mir ebenso zuwider und wirkten mitleiderregend auf mich. Mir war zumute wie einem geldgierigen, hemmungslosen Geizkragen, der plötzlich entdeckt, daß alle seine Goldstücke unecht sind. Die reinen, graziösen Bilder, die so lange meine von der Liebe gestützte Phantasie in Anspruch genommen hatten, meine Pläne, meine Hoffnungen, meine Erinnerungen, meine Ansichten über die Liebe und die Frauen – all das schien sich jetzt über mich lustig zu machen und zeigte mir die Zunge. Sollte Ariadna, so fragte ich mich voller Entsetzen, dieses junge, bemerkenswert schöne, intelligente Mädchen, die Tochter eines Senators, sollte sie ein Verhältnis mit solch einem mittelmäßigen, uninteressanten Hohlkopf haben? Doch warum sollte sie Lubkov nicht lieben? antwortete ich mir selbst. Ist er denn schlechter als ich? Oh, mag sie doch lieben, wen sie will, doch warum lügen? Aber warum sollte sie aufrichtig zu mir sein? Und so weiter, immer das gleiche, bis sich mir der Kopf drehte. Und im Zug war es kalt. Ich fuhr erster Klasse, doch dort sitzt man zu dritt auf der Polsterbank, Doppelfenster gibt es nicht, die Außentür führt direkt ins Abteil – und ich kam mir vor wie ein Strafgefangener im Fußblock, eingeklemmt, verlassen und kläglich, ich fror entsetzlich an den Füßen, und gleichzeitig dachte ich immer wieder daran, wie bezaubernd sie heute in ihrem Morgenkleid und mit ihrem offenen Haar ausgesehen hatte, und plötzlich packte mich eine derart heftige Eifersucht, daß ich vor innerer Qual aufsprang und meine Nachbarn mich verwundert, ja sogar furchtsam ansahen.

Zu Hause fand ich Schneewehen und zwanzig Grad Kälte vor. Ich liebe den Winter, ich liebe ihn, weil mir in dieser Jahreszeit – sogar bei klirrendem Frost – die Wärme zu Hause besonders wohltut. Wie angenehm ist es doch, den Halbpelz und die Filzstiefel anzuziehen und an einem klaren Frosttag irgend etwas im Garten oder auf dem Hof zu besorgen, im stark geheizten Zimmer etwas zu lesen, im Arbeitszimmer des Vaters am Kamin zu sitzen oder sich in der ländlichen Badstube zu waschen ... Nur wenn im Haus keine Mutter, keine Schwestern und keine Kinder sind, dann ist es einem an den Winterabenden unheimlich zumute, sie kommen einem dann ungewöhnlich lang und still vor. Und je wärmer und behaglicher es ist, desto stärker empfindet man das Fehlen einer Familie. In diesem Winter, da ich aus dem Ausland zurückgekehrt war, zogen sich die Abende geradezu endlos hin, ich wurde ganz schwermütig und vermochte nicht einmal zu lesen, am Tage fand sich noch die eine oder andere Beschäftigung, bald fegte ich den Schnee von den Gartenwegen, bald fütterte ich die Hühner und Kälber, doch an den Abenden wußte ich einfach nicht, wohin mit mir.

Früher mochte ich keine Gäste, jetzt aber freute ich mich über sie, weil ich wußte, das Gespräch würde unbedingt auf Ariadna kommen. Oft erschien der Spiritist Kotlovič bei uns, um über seine Schwester zu reden, und manchmal brachte er auch seinen Freund mit, den Fürsten Maktuev, der nicht weniger als ich in Ariadna verliebt war. In Ariadnas Zimmer zu sitzen, die Tasten ihres Klaviers zu berühren, in ihren Noten zu blättern – all das war dem Fürsten schon eine Notwendigkeit geworden, er konnte es nicht mehr entbehren, und der Geist des Großvaters Ilarion prophezeite nach wie vor, daß sein Enkel früher oder später Ariadna heiraten würde. Gewöhnlich saß der Fürst sehr lange bei uns, vom Frühstück bis Mitternacht, und sprach nie ein Wort; schweigend trank er zwei oder drei Flaschen Bier aus, und ganz selten, nur um zu zeigen, daß er auch am Gespräch teilnahm, brach er in ein abgehacktes, trauriges und dümmliches Lachen aus. Bevor er nach Hause fuhr, führte er mich jedesmal beiseite und fragte mit gedämpfter Stimme:

›Wann haben Sie Ariadna Grigorjevna zum letztenmal

gesehen? Ist sie gesund? Ich hoffe, sie langweilt sich dort nicht?‹

Der Frühling kam. Die Schnepfenjagd begann, und dann mußten das Sommergetreide und der Klee ausgesät werden. Über allem lag eine leise Wehmut, aber schon eine frühlingshafte – ich empfand den Wunsch, mich mit meinem Verlust abzufinden. Während ich auf dem Feld arbeitete und den Lerchen zuhörte, fragte ich mich, ob ich nicht ein für allemal mit der Frage des persönlichen Glücks Schluß machen und ohne jeden Hintergedanken einfach ein schlichtes Bauernmädchen heiraten sollte. Plötzlich, mitten in der größten Arbeit, erhielt ich einen Brief mit einer italienischen Marke. Und der Klee und die Imkerei und die Kälber und das Bauernmädchen – alles zerflatterte wie Rauch im Wind. Dieses Mal schrieb mir Ariadna, sie sei zutiefst unglücklich, unendlich unglücklich. Sie warf mir vor, ich hätte ihr nicht meine hilfreiche Hand gereicht, sondern von der Höhe meiner Tugend auf sie herabgeschaut und sie im Augenblick der Gefahr verlassen. All das war in einer großen, flüchtigen Schrift niedergeschrieben, mit Verbesserungen und Klecksen, und man sah, daß sie sich beeilt hatte und daß sie litt. Am Schluß bat sie mich, zu kommen und sie zu retten.

Und wieder riß es mich vom Anker los und trieb mich fort. Ariadna lebte in Rom. Ich kam am späten Abend bei ihr an, und als sie mich sah, begann sie zu weinen und warf sich mir an den Hals. Während des Winters hatte sie sich kein bißchen verändert, sie war immer noch so jung und reizvoll wie früher. Wir aßen zusammen zu Abend und fuhren dann bis Sonnenaufgang in Rom herum, und die ganze Zeit erzählte sie mir von ihrem Leben. Ich fragte, wo Lubkov sei.

›Erinnern Sie mich nicht an diese Kreatur!‹ rief sie. ›In meinen Augen ist er widerlich und gemein!‹

›Aber Sie haben ihn doch, wie es scheint, geliebt‹, sagte ich.

›Niemals! In der ersten Zeit fand ich ihn originell, und er

erregte mein Mitleid – weiter nichts. Er ist frech, er überrumpelt eine Frau, und das ist anziehend. Doch sprechen wir nicht von ihm. Er stellt ein trauriges Kapitel in meinem Leben dar. Er ist nach Rußland gefahren, um Geld zu beschaffen – soll er ruhig dort bleiben! Ich habe ihm gesagt, er soll es nicht wagen zurückzukommen.‹

Sie wohnte schon nicht mehr in einem Hotel, sondern privat in einer Zweizimmerwohnung, die sie nach ihrem Geschmack eingerichtet hatte – kalt und prunkvoll. Nach Lubkovs Abreise hatte sie bei Bekannten ungefähr fünftausend Franken Schulden gemacht, und meine Ankunft war für sie in der Tat die Rettung. Ich hatte geglaubt, ich könnte sie aufs Land bringen, doch das gelang mir nicht. Sie hatte Heimweh, doch die Erinnerung an die Armut, an all die Mängel, an das verrostete Dach auf dem Haus des Bruders riefen bei ihr Abscheu hervor, sie zitterte, und als ich ihr vorschlug, nach Hause zu fahren, drückte sie mir hastig die Hände und sagte:

›Nein, nein! Dort sterbe ich vor Langeweile!‹

Dann trat meine Liebe in ihre letzte Phase, in ihr letztes Stadium.

›Seien Sie doch so wie früher, haben Sie mich doch ein wenig lieb‹, sagte Ariadna und beugte sich zu mir herab. ›Sie sind mürrisch und so besonnen, Sie haben Angst, sich einer Gefühlsaufwallung hinzugeben, Sie denken nur an die Folgen, und das ist langweilig. Nun, ich bitte Sie, ich flehe Sie an, seien Sie zärtlich! Mein Reiner, mein Heiliger, mein Lieber – ich liebe Sie so sehr!‹

Ich wurde ihr Geliebter. Mindestens einen Monat lang war ich wie wahnsinnig, und ich empfand nichts als Entzücken. Einen jungen, herrlichen Körper in den Armen zu halten, ihn zu genießen, bei jedem Erwachen die Wärme ihres Körpers zu spüren und sich daran zu erinnern, daß sie hier ist, sie, meine Ariadna – oh, daran gewöhnt man sich nicht so leicht! Doch ich gewöhnte mich trotz alledem daran und erfaßte allmählich meine neue Lage auch mit dem Verstand. Vor allem begriff ich, daß Ariadna – wie früher – mich nicht liebte. Doch sie wollte ernsthaft lieben, sie fürchtete die Einsamkeit, und die Hauptsache: ich war jung, gesund und kräftig, und sie war sinnlich wie im allgemeinen alle kalten Naturen, und so taten wir denn beide so, als hätten wir aus leidenschaftlicher Liebe zueinander gefunden. Später begriff ich noch einiges mehr.

Wir wohnten in Rom, in Neapel und in Florenz; dann fuhren wir nach Paris, doch dort erschien es uns zu kühl, und so kehrten wir nach Italien zurück. Wir gaben uns überall als Ehepaar aus, als reiche Gutsbesitzer, man schloß gern mit uns Bekanntschaft, und Ariadna hatte großen Erfolg. Da sie Unterricht im Malen nahm, galt sie überall als Künstlerin, und stellen Sie sich vor, das stand ihr ausgezeichnet, obwohl sie nicht das geringste Talent besaß. Sie schlief jeden Tag bis zwei oder drei Uhr und nahm den Kaffee und das Frühstück im Bett ein. Zum Mittagessen aß sie Suppe, Langusten, Fisch, Fleisch, Spargel und Wild, und wenn sie schlafen ging, brachte ich ihr noch etwas ans Bett, zum Beispiel ein Roastbeef, das sie dann mit trauriger, besorgter Miene verspeiste, und wenn sie nachts aufwachte, aß sie noch Äpfel und Apfelsinen.

Doch die hauptsächliche, sozusagen die grundlegende Eigenschaft dieser Frau war eine erstaunliche Verschlagenheit. Sie war ständig unaufrichtig, fast zu jeder Minute, und augenscheinlich ohne jede Notwendigkeit, nur rein instinktiv, aus demselben Grund, aus dem ein Spatz tschilpt und eine Schabe ihre Fühler bewegt. Sie war unaufrichtig zu mir, zu den Dienern, zum Portier, zu den Händlern in den Läden, zu den Bekannten; ohne Heuchelei und Verstellung gab es kein Gespräch und keine einzige Begegnung mit ihr. Es brauchte nur ein Mann unser Zimmer zu betreten – egal, ob Page oder Baron –, schon änderte sie den Blick, den Gesichtsausdruck, die Stimme, sogar die Konturen ihrer Gestalt änderten sich. Wenn Sie sie damals auch nur einmal gesehen hätten, Sie wären zu dem Schluß gekommen, daß es in ganz Italien keinen Menschen gibt, der sich mit uns, was Eleganz und Reichtum anbelangt, hätte messen können. Keinen einzigen Maler oder Musiker ließ sie sich entgehen, jedem log sie irgendeinen Unsinn über sein außergewöhnliches Talent vor.

›Sie sind ein solches Talent!‹ flötete sie mit süßlicher Stimme. ›Mir wird sogar bange vor Ihnen. Ich glaube, Sie durchschauen die Leute völlig.‹

Und all das tat sie nur, um zu gefallen, um Erfolg zu haben, um bezaubernd zu wirken! Jeden Morgen erwachte sie mit dem Gedanken: Ich muß gefallen! Das war das Ziel und der Sinn ihres Lebens. Wenn ich ihr gesagt hätte, in der und der Straße und in dem und dem Haus wohne jemand, dem sie nicht gefalle, sie hätte ernsthaft darunter gelitten. Jeden Tag mußte sie jemanden becircen, bezaubern und um den Verstand bringen. Die Tatsache, daß ich mich in ihrer Hand befand und mir vor ihrer Schönheit wie ein Nichts vorkam, bereitete ihr dasselbe Vergnügen, das früher die Sieger auf den Turnieren empfunden haben müssen. Meine Erniedrigung reichte ihr noch nicht, und so las sie nachts, hingestreckt wie eine Tigerin und entblößt – ihr war immer heiß –, die Briefe, die ihr Lubkov schickte; er flehte sie an, nach Rußland zurückzukehren, sonst müßte er – so schwor er – jemanden berauben oder totschlagen, um zu Geld zu kommen und sie aufsuchen zu können. Sie haßte ihn, doch seine leidenschaftlichen und sklavischen Briefe erregten sie. Sie hatte eine ungewöhnlich hohe Meinung von ihren Reizen. Ihr schien, sie könnte, wenn eine vielköpfige Versammlung ihren schönen Körperbau und ihre Hautfarbe zu Gesicht bekäme, ganz Italien, ja die ganze Welt erobern. Diese Gespräche über ihre Figur und ihre Hautfarbe verletzten mich, sie bemerkte das, und wenn sie wütend war und mich ärgern wollte, dann gab sie alle möglichen Geschmacklosigkeiten von sich, um mich zu reizen. Einmal kam es sogar dazu, daß sie in dem Landhaus einer Dame in Wut geriet und zu mir sagte:

›Wenn Sie nicht endlich mit Ihren ewigen Belehrungen aufhören, ziehe ich mich auf der Stelle aus und lege mich nackt auf dieses Blumenbeet!‹

Oft dachte ich mir, wenn ich sah, wie sie schlief oder aß oder sich bemühte, ihrem Blick einen naiven Ausdruck zu geben: wozu hat ihr der Himmel diese ungewöhnliche Schönheit, diese Anmut, diese Klugheit verliehen? Wirklich nur dazu, um sich im Bett zu rekeln, zu essen und zu lügen, ohne Ende zu lügen? Und war sie überhaupt klug? Sie hatte Angst vor drei Kerzen und vor der Zahl dreizehn, der Gedanke an den bösen Blick und schlimme Träume konnten sie in Schrecken versetzen, und von der freien Liebe und der Freiheit überhaupt redete sie wie eine alte Betschwester; sie versicherte immer wieder, Boleslav Markevič sei besser als Turgenev. Doch sie war teuflisch schlau und geistreich, und in Gesellschaft konnte sie einen sehr gebildeten und fortschrittlichen Eindruck erwecken.

Es machte ihr nichts aus, auch wenn ihr froh ums Herz war, eine Dienerin zu beleidigen oder ein Insekt zu töten; sie liebte Stierkämpfe, sie liebte Mordgeschichten und war wütend, wenn die Angeklagten freigesprochen wurden.

Bei dem Leben, das ich und Ariadna führten, brauchten wir viel Geld. Mein armer Vater sandte mir seine Pension, seine geringfügigen Einnahmen, versuchte überall, wo es nur möglich war, Geld zu leihen, und als er mir eines Tages schrieb: ›non habeo‹, schickte ich ihm ein verzweifeltes Telegramm, in dem ich ihn bat, das Gut zu verpfänden. Nicht lange danach bat ich ihn, eine zweite Hypothek aufzunehmen. Beides tat er ohne Widerrede, und er schickte mir das Geld bis auf die letzte Kopeke. Ariadna aber verachtete die praktische Seite des Lebens, sie interessierte sich nicht im geringsten dafür, und während ich, nur um ihre Wahnsinnswünsche zu erfüllen, Tausende zum Fenster hinauswarf und dabei ächzte wie ein alter Baum, trällerte sie leichten Herzens ›Addio, bella Napoli‹. Allmählich erkalteten meine Gefühle für sie, und ich begann mich unseres Zusammenlebens zu schämen. Schwangerschaften und Geburten sind mir eigentlich zuwider, doch jetzt wünschte ich mir manchmal ein Kind, das wenigstens formell unser Leben rechtfertigen könnte. Um nicht noch den letzten Rest Selbstachtung zu verlieren, besuchte ich Museen und Galerien und las Bücher, ich aß wenig und hörte auf zu trinken. So hetzt man sich von morgens bis abends ab wie an einer Longe, und es scheint einem leichter ums Herz zu werden.

Auch ich war Ariadna zuwider geworden. Die Leute, bei denen sie Erfolg hatte, waren übrigens alle recht mittelmäßig, einen Gesandten oder einen Salon hatte sie immer noch nicht, das Geld reichte nicht, und das kränkte sie bis zu Tränen, und schließlich erklärte sie mir, sie hätte jetzt nichts dagegen, nach Rußland zu fahren. Und nun sind wir auf der Heimreise. In den letzten Monaten vor der Abreise hat sie eifrig mit ihrem Bruder korrespondiert, anscheinend schmiedete sie irgendwelche geheimen Pläne, doch was für welche, das weiß Gott allein! Ich habe es schon satt, ihr immer hinter die Schliche zu kommen. Doch wir fahren nicht aufs Land, sondern nach Jalta und von dort in den Kaukasus. Jetzt kann sie nur noch in Kurorten leben, aber wenn Sie wüßten, wie sehr ich all diese Kurorte hasse, wie beengt ich mich fühle und wie peinlich mir dort zumute ist! Ich müßte jetzt aufs Land! Ich müßte jetzt arbeiten, mir das Brot im Schweiße meines Angesichts verdienen und meine Fehler wiedergutmachen. Ich fühle jetzt einen Überschuß an Kräften in mir, ich bilde mir ein, ich könnte das Gut, wenn ich all diese Kräfte anspanne, in fünf Jahren schuldenfrei machen. Aber Sie sehen ja, was sich mir für Schwierigkeiten in den Weg stellen. Hier ist kein Ausland mehr, hier ist Mütterchen Rußland, ich muß an eine gesetzliche Eheschließung denken. Natürlich, die Zeit der ersten Verliebtheit ist längst vorbei, von der früheren Zuneigung kann nicht einmal mehr die Rede sein, doch wie dem auch sei, ich bin verpflichtet, sie zu heiraten.«

Der von seiner eigenen Erzählung erregte Šamochin und ich begaben uns nach unten und sprachen dort weiter über Frauen. Es war schon spät. Es stellte sich heraus, daß wir beide in derselben Kajüte untergebracht waren.

»Vorläufig bleibt nur die Frau auf dem Dorf nicht hinter dem Manne zurück«, sagte Šamochin, »dort denkt und fühlt sie genauso wie ein Mann und kämpft im Namen der Kultur gegen die Natur. Die Städterin dagegen, die bürgerliche, die intelligente Frau, ist längst zurückgeblieben, sie kehrt jetzt in ihren Urzustand zurück, zur Hälfte ist sie schon ein menschliches Tier, und dank ihrer ist sehr viel von dem, was der menschliche Genius errungen hat, bereits wieder verlorengegangen; die Frau verschwindet allmählich, ihre Stelle nimmt das urzeitliche Weibchen ein. Diese Zurückgebliebenheit der intelligenten Frau droht für die Kultur eine ernsthafte Gefahr zu werden; sie versucht in diese Rückentwicklung auch den Mann mit hineinzuziehen und hält sein Voranschreiten auf. Das unterliegt gar keinem Zweifel.«

Ich fragte ihn: Warum er verallgemeinere, warum er von Ariadna auf alle anderen Frauen schließe? Allein das Streben der Frauen nach Bildung und Gleichberechtigung, das ich für ein Streben nach Gerechtigkeit halte, mache an sich jede Rückentwicklung unmöglich. Aber Šamochin hörte mir kaum zu und lächelte ungläubig. Er war bereits ein leidenschaftlicher, überzeugter Frauenfeind, und es war unmöglich, ihn davon abzubringen.

»Ach, hören Sie auf!« unterbrach er mich. »Wenn eine Frau in mir nicht den ebenbürtigen Menschen sieht, sondern das Männchen, und sich ihr ganzes Leben lang nur darum bemüht, mir zu gefallen, das heißt, mich zu beherrschen, kann da noch die Rede von Gleichberechtigung sein? Ach, glauben Sie ihnen nicht, sie sind ja so schlau, so verteufelt schlau! Wir Männer bemühen uns um ihre Freiheit, doch sie wollen diese Freiheit gar nicht, sie tun nur so, als ob sie sie wollten. Sie sind furchtbar schlau, unglaublich schlau!«

Ich hatte schon keine Lust mehr zu streiten, und außerdem wollte ich schlafen. Ich drehte mich zur Wand.

»Ja, mein Herr«, hörte ich noch beim Einschlafen. »Ja. Und schuld daran ist unsere Erziehung, mein Bester. In den Städten ist die ganze Erziehung und Bildung der Frau im Grunde genommen darauf ausgerichtet, aus ihr ein menschliches Tier zu machen, sie soll dem Männchen gefallen und das Männchen besiegen. Ja, mein Herr.« Šamochin seufzte. »Die Mädchen müßten zusammen mit den Jungen erzogen und unterrichtet werden, beide Geschlechter müßten immer zusammen sein. Die Frau müßte so erzogen werden, daß sie – genau wie der Mann – in der Lage ist, ihr Unrecht einzusehen, denn jetzt ist sie ihrer Meinung nach immer im Recht. Machen Sie einem Mädchen von den Windeln an klar, daß der Mann nicht in erster Linie ein Kavalier und Heiratskandidat ist, sondern ihr Nächster, der ihr in allem gleichgestellt ist. Bringen Sie ihr logisches Denken und die Fähigkeit zu verallgemeinern bei, und reden Sie ihr nicht ein, daß ihr Hirn weniger wiegt als das des Mannes und daß sie infolgedessen gegenüber den Wissenschaften, den Künsten, überhaupt gegenüber allen kulturellen Aufgaben gleichgültig sein darf. Ein Schusterjunge oder ein Malerlehrling hat auch ein kleineres Gehirn als ein erwachsener Mann, doch er nimmt am allgemeinen Existenzkampf teil; er arbeitet, er leidet. Man sollte auch mit dieser Manier aufhören, sich auf die Physiologie zu berufen, auf die Schwangerschaft und die Geburt, denn erstens gebiert eine Frau nicht jeden Monat, zweitens kommen gar nicht einmal alle Frauen nieder, und drittens arbeitet jede normale Bauersfrau bis kurz vor der Niederkunft auf dem Feld – und es schadet ihr gar nichts. Dann müßte auch noch völlige Gleichberechtigung im alltäglichen Leben herrschen. Wenn ein Mann einer Dame einen Stuhl holt oder ein heruntergefallenes Taschentuch aufhebt, dann sollte sie das aber auch bei den Männern tun. Ich werde überhaupt nichts dagegen haben, wenn mir ein Mädchen aus guter Familie in den Mantel hilft oder mir ein Glas Wasser reicht...«

Mehr hörte ich nicht, denn ich schlief ein. Am nächsten Morgen, als wir uns Sevastopol näherten, war das Wetter unangenehm und feucht. Das Schiff schlingerte. Šamochin saß mit mir in der Kabine, dachte über irgend etwas nach und schwieg. Männer mit hochgeschlagenen Mantelkragen und Frauen mit blassen verschlafenen Gesichtern kamen herunter, als zum Tee gegongt wurde. Eine junge und sehr schöne Dame, es war dieselbe, die sich in Voločijsk über die Zollbeamten geärgert hatte, blieb vor Šamochin stehen und sagte zu ihm mit der Miene eines launischen, verzogenen Kindes:

»Jean, dein Vögelchen ist seekrank geworden!«

Als ich später in Jalta wohnte, sah ich diese schöne Dame auf einem Paßgänger so schnell dahingaloppieren, daß ihr zwei Offiziere kaum folgen konnten, und dann sah ich sie noch eines Morgens, in phrygischer Mütze und Schürzchen, am Strand an einer Ölskizze malen, und in einiger Entfernung stand eine Schar Menschen und bewunderte sie. Auch ich wurde mit ihr bekannt gemacht. Sie schüttelte mir sehr kräftig die Hand, sah mich voller Begeisterung an und dankte mir mit süßlich-singender Stimme für das Vergnügen, das ich ihr mit meinen Schriften bereitet hätte.

»Glauben Sie ihr nicht«, flüsterte mir Šamochin entgegen, er schleppte große Pakete mit Backwerk und Obst.

»Der Fürst Maktuev ist hier«, sagte er freudig. »Gestern ist er mit ihrem Bruder, dem Spiritisten, angekommen. Jetzt verstehe ich auch, was sie ihm immer zu schreiben hatte. Herrgott!« fuhr er fort, sah zum Himmel auf und drückte die Pakete an seine Brust, »wenn das mit dem Fürsten klappt, dann wäre das für mich die Freiheit, dann könnte ich aufs Land fahren, zu meinem Vater!«

Und er lief weiter.

»Ich beginne an Geister zu glauben!« rief er mir noch zu, wobei er sich umwandte. »Der Geist des Großvaters Ilarion scheint die Wahrheit prophezeit zu haben! Wenn es doch nur so wäre!«

Am Tage nach dieser Begegnung verließ ich Jalta, und wie Šamochins Liaison endete – das weiß ich nicht.

Das Haus mit dem Zwischenstock
Die Erzählung eines Künstlers

I

Es war vor etwa sechs, sieben Jahren, als ich in einem der Landkreise des Gouvernements T. auf dem Herrenhof des Gutsbesitzers Belokurov lebte, eines jungen Mannes, der sehr spät aufstand, einen altrussischen Schoßrock trug, abends Bier trank und sich ständig bei mir beklagte, er fände nirgends und bei niemandem Anteilnahme. Er wohnte im Garten in einem Nebengebäude und ich in dem alten Herrenhaus, in einem riesigen Saal mit Säulen, in dem es außer einem breiten Sofa, auf dem ich schlief, und einem Tisch, auf dem ich Patiencen zu legen pflegte, keinerlei Möbel gab. Sogar bei ruhigem Wetter summte es hier immer dumpf in den alten Amosov-Öfen, aber bei Gewitter bebte das ganze Haus und schien in Stücke zu bersten, und es war ein bißchen zum Fürchten, besonders nachts, wenn alle zehn großen Fenster plötzlich von einem Blitz erleuchtet wurden.

Vom Schicksal zu ständigem Müßiggang verurteilt, tat ich reinweg nichts. Stundenlang betrachtete ich durch meine Fenster den Himmel, die Vögel, die Alleen, las alles, was mir von der Post mitgebracht wurde, und schlief. Manchmal ging ich aus dem Haus und wanderte bis zum späten Abend irgendwo umher.

Einmal, auf dem Rückweg nach Hause, geriet ich zufällig auf ein unbekanntes Gut. Die Sonne hatte sich schon versteckt, und auf dem blühenden Roggen breiteten sich abendliche Schatten aus. Zwei Reihen alter, eng gepflanzter, sehr hoher Tannen standen wie zwei massive Mauern und bildeten eine düstere, schöne Allee. Ich kletterte mit Leichtigkeit über die Umzäunung und schritt durch die Allee, auf den Tannennadeln gleitend, die den Boden hier einen Veršok hoch bedeckten. Es war still, dunkel, und nur hoch über den Wipfeln zitterte hier und da ein heller goldener Schein und ließ das Netz einer Spinne in Regenbogenfarben schillern. Es roch stark und beklemmend nach Tannennadeln. Danach bog ich in eine lange Lindenallee ein. Und auch hier Verwahrlosung und Alter; das vorjährige Laub raschelte traurig unter den Füßen, und in der Dämmerung zwischen den Bäumen verbargen sich Schatten. Rechts, in einem alten Obstgarten, sang unlustig mit schwacher Stimme eine Goldamsel, wahrscheinlich ebenfalls ein altes Weibchen. Doch jetzt war auch die Lindenallee zu Ende; ich kam an einem weißen Haus mit einer Terrasse und einem Zwischenstock vorbei, und vor mir öffnete sich unerwartet der Blick auf einen Herrenhof und einen großen Teich mit einem Badehaus, einer Gruppe grüner Weiden, einem Dorf am anderen Ufer und einem hohen, schmalen Glockenturm mit einem funkelnden Kreuz, in dem sich die untergehende Sonne spiegelte. Für einen Augenblick kam ich mir wie verzaubert vor, von etwas Heimatlichem, sehr Bekanntem, gerade als hätte ich dieses Panorama bereits irgendwann in der Kindheit gesehen.

Und an dem steinernen Tor, das von dem Hof ins Freie führte, einem altertümlichen, festen Tor mit Löwen, standen zwei junge Mädchen. Die eine von ihnen, die etwas ältere, war schlank, blaß und sehr schön, sie hatte einen ganzen Schopf kastanienbrauner Haare auf dem Kopf und einen kleinen, eigensinnigen Mund. Sie wirkte streng und beachtete mich kaum; die andere jedoch, noch ganz jung – sie mochte nicht älter als siebzehn, achtzehn sein –, ebenfalls schlank und blaß, mit einem großen Mund und großen Augen, betrachtete mich verwundert, als ich vorbeiging, sagte etwas auf englisch und geriet in Verwirrung; mir schien, als wären mir auch diese zwei lieben Gesichter schon lange bekannt. Und ich kehrte nach Hause zurück mit einem Gefühl, als hätte ich einen guten Traum gehabt.

Bald darauf, es war um die Mittagszeit, als ich und Belokurov in der Nähe des Hauses spazierengingen, fuhr unerwartet, durch das Gras rauschend, eine gefederte Kalesche in den Hof, in der eines der jungen Mädchen saß. Es war die Ältere. Sie kam mit einer Einzeichnungsliste, um für Abgebrannte zu sammeln. Ohne uns anzusehen, erzählte sie uns sehr ernst und ausführlich, wieviel Häuser in dem Dorf Sijanovo niedergebrannt, wieviel Männer, Frauen und Kinder obdachlos geworden seien und was das Brandschadenkomitee, dessen Mitglied sie jetzt war, vorläufig zu unternehmen gedächte. Nachdem sie uns hatte unterzeichnen lassen, verwahrte sie das Blatt und begann sich sogleich zu verabschieden.

»Sie haben uns ganz vergessen, Pëtr Petrovič«, sagte sie zu Belokurov und reichte ihm die Hand. »Kommen Sie zu uns, und wenn Monsieur N.« (sie nannte meinen Familiennamen) »Lust hat, sich anzuschauen, wie die Verehrer seines Talentes leben, und uns besuchen will, dann werden Mama und ich uns sehr freuen.«

Ich verneigte mich.

Als sie weggefahren war, fing Pëtr Petrovič an zu erzählen. Dieses junge Mädchen stammte seinen Worten nach aus guter Familie und hieß Lidija Volčaninova, und das Gut, auf dem sie mit der Mutter und der Schwester lebte, hieß ebenso wie das Dorf auf dem anderen Ufer des Teiches Šelkovka. Ihr Vater hatte ehemals in Moskau ein ansehnliches Amt bekleidet und war im Rang eines Geheimrats gestorben. Obwohl sie über ausreichende Mittel verfügten, lebten die Volčaninovs ständig auf dem Lande, im Sommer und im Winter, und Lidija war Lehrerin in der Zemstvo-Schule in ihrem heimischen Šelkovka und erhielt fünfundzwanzig Rubel im Monat. Sie gab nur dieses Geld für sich aus und war stolz, daß sie ihren Lebensunterhalt selbst bestritt.

»Eine interessante Familie«, sagte Belokurov. »Meinetwegen, gehen wir gelegentlich zu ihnen. Sie werden sich über Ihren Besuch freuen.«

Einmal nach dem Mittagessen, an einem der Feiertage, erinnerten wir uns der Volčaninovs und begaben uns zu ihnen nach Šelkovka. Sie waren zu Hause, die Mutter und beide Töchter. Die Mutter, Ekaterina Pavlovna, früher augenscheinlich eine schöne Frau, jetzt jedoch aufgedunsen, was ihrem Alter noch gar nicht entsprach, asthmatisch, bekümmert und zerstreut, bemühte sich, mich durch ein Gespräch über Malerei zu unterhalten. Als sie von der Tochter gehört hatte, daß ich vielleicht nach Šelkovka kommen würde, rief sie sich eilends zwei, drei meiner Landschaftsbilder, die sie auf Ausstellungen in Moskau gesehen hatte, ins Gedächtnis und fragte nun, was ich darin hatte ausdrücken wollen. Lidija oder, wie sie zu Hause genannt wurde, Lida sprach mehr mit Belokurov als mit mir. Ernst und ohne zu lächeln, fragte sie ihn, warum er im Zemstvo keinen Posten bekleide und warum er bis jetzt auf keiner einzigen Zemstvo-Versammlung gewesen sei.

»Das ist nicht schön, Pëtr Petrovič«, sagte sie vorwurfsvoll. »Nicht schön. Sie sollten sich schämen.«

»Das ist wahr, Lida«, pflichtete ihr die Mutter bei. »Das ist nicht schön.«

»Unser ganzer Landkreis befindet sich in den Händen Balagins«, fuhr Lida, an mich gewandt, fort. »Er ist selbst Verwaltungsvorsitzender, und alle Ämter im Kreis hat er unter seine Neffen und Schwiegersöhne verteilt; und er macht, was er will. Man muß dagegen ankämpfen. Die Jugend muß sich zu einer starken Partei vereinigen, aber Sie sehen, wie unsere Jugend ist. Schämen Sie sich, Pëtr Petrovič!«

Die jüngere Schwester, Ženja, schwieg, solange vom Zemstvo gesprochen wurde. Sie beteiligte sich nicht an ernsten Gesprächen, in der Familie wurde sie noch nicht als erwachsen betrachtet und wie ein kleines Mädchen Missjus gerufen, weil sie in der Kindheit die *Miss*, ihre Gouvernante, so genannt hatte. Sie schaute mich die ganze Zeit über voller Neugierde an, und als ich die Fotografien in einem Album betrachtete, erklärte sie mir: »Das ist der Onkel ... Das ist der Taufpate«, und fuhr mit dem Fingerchen über die Bilder, gleichzeitig berührte sie mich kindlich mit der Schulter, und ich sah ganz nahe ihre schwache, unentwickelte Brust, die zarten Schultern, den Zopf und den schmächtigen, von einem Gürtel fest umspannten Körper.

Wir spielten Krocket und Lawn-Tennis, gingen im Garten spazieren, tranken Tee, dann saßen wir lange beim Abendessen. Nach dem ungeheuer großen Saal mit den Säulen war mir irgendwie seltsam zumute in dem kleinen, gemütlichen Haus, wo es keine Öldrucke an den Wänden gab und wo man Sie zu den Dienstboten sagte und mir dank der Anwesenheit von Lida und Missjus alles jung und rein erschien und alles Wohlanständigkeit atmete. Beim Abendessen sprach Lida mit Belokurov wieder vom Zemstvo, von Balagin, von Schulbibliotheken. Sie war ein lebhaftes, aufrichtiges, von ihren Anschauungen überzeugtes junges Mädchen, und es war interessant, ihr zuzuhören, wenngleich sie viel und laut sprach – vielleicht deshalb, weil sie gewohnt war, in der Schule zu reden. Dafür sprach mein Pëtr Petrovič, der seit seiner Studentenzeit die Manier beibehalten hatte, jedwedes Gespräch in einen Disput zu verwandeln, langweilig, schläfrig und langatmig, wobei er offensichtlich bestrebt war, als ein kluger und fortschrittlicher Mann zu erscheinen. Beim Gestikulieren stieß er mit dem Ärmel die Soßenschüssel um, und auf dem Tischtuch bildete sich eine große Pfütze, aber außer mir schien das niemand zu bemerken.

Als wir nach Hause gingen, war es dunkel und still.

»Die gute Erziehung besteht nicht darin, daß du keine Soße auf dem Tischtuch vergießt, sondern darin, daß du es nicht bemerkst, wenn ein anderer das tut«, sagte Belokurov und seufzte. »Ja, eine ausgezeichnete, gebildete und kultivierte Familie. Ich habe die Verbindung zu anständigen Leuten verloren, ach, wie sehr! Aber man hat immer zu tun, immer zu tun! Die Arbeit!«

Er redete davon, wieviel man arbeiten müsse, wenn man ein vorbildlicher Landwirt werden wolle. Ich aber dachte: Was ist das für ein schwerfälliger, fauler Bursche! Wenn er ernsthaft über etwas sprach, dann zog er immer angestrengt das E in die Länge, und er arbeitete ebenso, wie er sprach: langsam, bummlig, die Termine nicht einhaltend. An seine Geschäftstüchtigkeit glaubte ich schon darum nicht recht, weil er die Briefe, die ich ihm zur Post mitgab, ganze Wochen lang in seiner Tasche herumschleppte.

»Am allerschwersten«, murmelte er, neben mir hergehend, »am allerschwersten ist es, daß man arbeitet und bei niemandem Anteilnahme findet. Keinerlei Anteilnahme!«

II

Ich begann die Volčaninovs oft zu besuchen. Gewöhnlich saß ich auf der untersten Stufe der Terrasse; mich plagte eine Unzufriedenheit mit mir selber, es tat mir leid um mein Leben, das so rasch und uninteressant verstrich, und ich dachte immerfort daran, wie gut es wäre, sich das Herz, das mir so schwer geworden war, aus der Brust zu reißen. Und währenddessen wurde auf der Terrasse gesprochen, man hörte das Rascheln von Kleidern, die Seiten eines Buches wurden umgeblättert. Ich gewöhnte mich bald daran, daß Lida tagsüber Kranke behandelte, Bücher austeilte und oft mit unbedecktem Kopf, nur von einem Sonnenschirm geschützt, ins Dorf ging und abends laut vom Zemstvo und von Schulen sprach. Dieses schlanke, schöne, unveränderlich strenge Mädchen mit dem kleinen, fein gezeichneten Mund sagte jedesmal, wenn ein sachliches Gespräch begann, trocken zu mir:

»Das ist für Sie nicht interessant.«

Ich war ihr nicht sympathisch. Sie konnte mich deswegen nicht leiden, weil ich ein Landschaftsmaler war und auf meinen Bildern nicht die Nöte des Volkes darstellte und weil ich, wie es ihr schien, gleichgültig war gegenüber dem, woran sie so fest glaubte. Ich entsinne mich, als ich am Ufer des Bajkalsees entlang fuhr, begegnete mir hoch zu Roß ein junges burjätisches Mädchen in Hemd und Hosen aus dunkelblauem chinesischem Baumwollstoff; ich fragte sie, ob sie mir nicht ihre Pfeife verkaufen wolle, und während wir miteinander redeten, blickte sie verächtlich auf mein europäisches Gesicht und meinen Hut, und mit einemmal hatte sie es satt, mit mir zu sprechen; sie stieß einen lauten Hetzruf aus und galoppierte davon. Und genauso verachtete Lida in mir den Fremden. Nach außen gab sie ihrer Abneigung gegen mich in keiner Weise Ausdruck, aber ich fühlte sie, und wenn ich so auf der untersten Stufe der Terrasse saß, geriet ich wohl in Zorn und sagte, es wäre ein Betrug an den Bauern, wenn man sie behandelte, ohne Arzt zu sein, und man könne sich leicht als Wohltäter aufspielen, wenn man zweitausend Desjatinen Land besitze.

Doch ihre Schwester Missjus hatte keinerlei Sorgen und verbrachte ihr Leben in völligem Müßiggang wie ich. Morgens nach dem Aufstehen nahm sie sofort ein Buch vor und las, auf der Terrasse in einem tiefen Sessel sitzend, so daß ihre Füßchen kaum den Boden berührten, oder sie verbarg sich mit ihrem Buch in der Lindenallee, oder sie ging zum Tor hinaus ins freie Feld. Sie las den ganzen Tag und blickte begierig in das Buch, nur daran, daß ihr Blick manchmal müde und geistesabwesend wurde und ihr Gesicht erblaßte, konnte man erraten, wie dieses Lesen ihr Gehirn ermüdete. Wenn ich kam, errötete sie leicht, sobald sie mich erblickte, legte das Buch beiseite, und während sie mich mit ihren großen Augen anblickte, erzählte sie, was alles passiert war: zum Beispiel, daß in der Gesindestube der Ruß in Brand geraten sei oder daß ein Hofknecht im Teich einen großen Fisch gefangen habe. An Wochentagen trug sie gewöhnlich eine helle Hemdbluse und einen dunkelblauen Rock. Wir gingen zusammen spazieren, pflückten Kirschen zum Einkochen, fuhren Boot, und wenn sie hochsprang, um eine Kirsche zu erreichen, oder ruderte, dann schimmerten durch die weiten Ärmel ihre dünnen, schwachen Arme. Oder ich malte eine Studie, und sie stand neben mir und schaute voller Entzücken zu.

An einem Sonntag Ende Juli kam ich morgens gegen neun Uhr zu den Volčaninovs. Ich ging ein Stück vom Haus entfernt im Park umher und suchte Steinpilze, von denen es in diesem Sommer sehr viele gab, und stellte neben ihnen Merkzeichen auf, um sie nachher zusammen mit Ženja einzusammeln. Ein warmer Wind wehte. Ich sah, wie Ženja und ihre Mutter, beide in hellen Festtagskleidern, von der Kirche nach Hause kamen und wie Ženja im Wind ihren Hut festhielt. Dann hörte ich, wie auf der Terrasse Tee getrunken wurde.

Für mich, einen sorglosen Menschen, der nach einer Rechtfertigung für seinen ständigen Müßiggang suchte, waren diese festtäglichen Vormittage im Sommer auf unseren Landgütern immer von besonderem Reiz. Wenn der grüne Garten, noch feucht vom Tau, in der Sonne strahlt und glücklich zu sein scheint, wenn es am Haus nach Reseda und Oleander duftet, die jungen Leute soeben aus der Kirche zurückgekehrt sind und im Garten Tee trinken und wenn alle so nett angezogen und fröhlich sind und wenn man weiß, alle diese gesunden, satten, schönen Menschen werden den lieben langen Tag über nichts tun, dann möchte man gern, daß das ganze Leben so wäre. Auch jetzt dachte ich das und ging im Garten umher, bereit, so – ohne Arbeit und ohne Ziel – den ganzen Tag, den ganzen Sommer umherzugehen.

Ženja kam mit einem Korb; ihr Gesicht sah aus, als habe sie gewußt oder vorausgeahnt, daß sie mich im Garten finden würde. Wir sammelten die Pilze ein und redeten, und wenn sie mich nach etwas fragte, dann ging sie ein bißchen voraus, um mein Gesicht zu sehen.

»Gestern ist bei uns im Dorf ein Wunder geschehen«, sagte

sie. »Die lahme Pelageja war ein ganzes Jahr krank, keine Ärzte und keine Medikamente halfen ihr, und gestern hat eine alte Frau sie besprochen, und alles ist vergangen.«

»Das ist nichts Besonderes«, sagte ich. »Man soll Wunder nicht bei Kranken und alten Weibern suchen. Ist nicht die Gesundheit ein Wunder? Und das Leben selbst? Was unbegreiflich ist, das ist eben ein Wunder.«

»Und ist Ihnen nicht bange vor dem, was unbegreiflich ist?«

»Nein. An die Erscheinungen, die ich nicht begreife, gehe ich mutig heran und unterwerfe mich ihnen nicht. Ich stehe über ihnen. Ein Mensch muß sich dessen bewußt sein, daß er höher steht als die Löwen, die Tiger, die Sterne, höher als alles in der Natur, sogar höher als das, was unbegreiflich ist und als ein Wunder erscheint, andernfalls ist er kein Mensch, sondern eine Maus, die sich vor allem fürchtet.«

Ženja dachte, ich als Künstler wüßte sehr vieles und sei imstande, das, was ich nicht wußte, richtig zu erraten. Sie hätte es gern gehabt, daß ich sie in das Gebiet des Ewigen und Schönen einführte, in diese höhere Welt, in der ich nach ihrer Meinung zu Hause war, und sie sprach mit mir von Gott, vom ewigen Leben, vom Wunderbaren. Und ich, der ich nicht zugeben wollte, daß ich und meine Vorstellungskraft nach dem Tode auf ewig untergehen würden, antwortete:

»Ja, die Menschen sind unsterblich« oder »ja, uns erwartet ein ewiges Leben«. Und sie hörte zu, glaubte und verlangte keine Beweise.

Als wir auf das Haus zugingen, blieb sie plötzlich stehen und sagte:

»Unsere Lida ist ein bemerkenswerter Mensch. Nicht wahr? Und ich liebe sie heiß und könnte jeden Augenblick mein Leben für sie hingeben. Aber sagen Sie«, Ženja berührte mit dem Finger meinen Ärmel, »sagen Sie, warum streiten Sie immer mit ihr? Warum sind Sie gereizt?«

»Weil sie im Unrecht ist.«

Ženja schüttelte verneinend den Kopf, und Tränen zeigten sich in ihren blauen Augen.

»Wie unbegreiflich ist das!« sprach sie.

Zu dieser Zeit war Lida soeben von irgendwoher zurückgekehrt, sie stand, schlank, schön, von der Sonne beleuchtet, mit einer Peitsche in der Hand auf der Vortreppe des Hauses und gab einem Knecht Befehle. Eilig und laut redend empfing sie zwei, drei Kranke, dann ging sie mit geschäftiger und besorgter Miene in den Zimmern umher, öffnete bald den einen, bald den anderen Schrank und begab sich dann in den Zwischenstock; sie wurde lange gesucht und zum Mittagessen gerufen, und sie kam erst, als wir bereits die Suppe gegessen hatten. Alle diese kleinen Einzelheiten habe ich, ich weiß nicht, warum, im Gedächtnis behalten, und ich liebe sie und kann mich an diesen ganzen Tag lebhaft erinnern, obgleich nichts Besonderes geschehen war. Nach dem Mittagessen las Ženja, in einem tiefen Sessel liegend, und ich saß auf der untersten Stufe der Terrasse. Wir schwiegen. Der Himmel hatte sich umwölkt, und ein feiner, leichter Regen begann zu tröpfeln. Es war heiß, der Wind hatte sich schon lange gelegt, und es schien, als würde dieser Tag niemals enden. Ekaterina Pavlovna kam zu uns auf die Terrasse heraus, verschlafen und mit einem Fächer.

»Oh, Mama«, sagte Ženja und küßte ihr die Hand, »es schadet dir, wenn du am Tage schläfst.«

Sie liebten einander abgöttisch. Wenn die eine in den Garten ging, stand die andere bestimmt auf der Terrasse und rief ihr, auf die Bäume blickend, zu: »Huhu, Ženja!« oder »Mamočka, wo bist du?« Sie beteten stets gemeinsam, und beide glaubten in gleicher Weise und verstanden einander gut, sogar wenn sie schwiegen. Und auch ihr Verhältnis zu den Menschen war das gleiche. Ekaterina Pavlovna hatte sich ebenfalls bald an mich gewöhnt und eine Zuneigung zu mir gefaßt, und wenn ich zwei, drei Tage nicht erschienen war, schickte sie jemanden und ließ fragen, ob ich gesund sei. Auf meine Studien blickte sie mit Entzücken, und mit derselben Freude am Plaudern und ebenso offenherzig wie Missjus erzählte sie mir, was vorgekommen war, und vertraute mir oft ihre häuslichen Geheimnisse an.

Sie schaute zu ihrer ältesten Tochter auf. Lida schmiegte sich niemals zärtlich an sie und sprach nur von ernsten Dingen; sie lebte ihr eigenes, besonderes Leben, und für die Mutter und die Schwester war sie eine ebenso heilige, ein bißchen rätselhafte Person wie für die Matrosen der Admiral, der ständig in seiner Kajüte sitzt.

»Unsere Lida ist ein bemerkenswerter Mensch«, sagte die Mutter häufig. »Nicht wahr?«

Auch jetzt, während der Regen niedertröpfelte, sprachen wir von Lida.

»Sie ist ein bemerkenswerter Mensch«, sagte die Mutter und fügte, in dem halblauten Ton einer Verschwörerin und sich ärgstlich umblickend, hinzu: »Solche kann man am Tage mit der Laterne suchen, obgleich, wissen Sie, ich fange an, mir ein bißchen Sorgen zu machen. Die Schule, die Apotheken, die Bücher – das ist alles gut, aber wozu die Übertreibungen? Sie ist ja schon vierundzwanzig Jahre alt, und sie müßte nun ernsthaft an sich denken. Hinter Büchern und in Apotheken merkt man nicht, wie das Leben vergeht... Heiraten sollte sie.«

Ženja, blaß vom Lesen, mit zerdrückter Frisur, hob den Kopf und sagte, die Mutter anblickend, wie für sich selbst: »Mamočka, alles hängt von Gottes Willen ab!«

Und versenkte sich wieder in die Lektüre.

Belokurov kam im altrussischen Schoßrock und gestickten Hemd. Wir spielten Krocket und Lawn-Tennis; nachher, als es dunkel geworden war, aßen wir lange zu Abend, und Lida sprach wieder von den Schulen und von Balagin, der den ganzen Landkreis in seine Hände genommen hatte. Als ich an diesem Abend von den Volčaninovs wegging, nahm ich den Eindruck eines langen, langen, müßigen Tages mit und das traurige Bewußtsein, daß alles auf dieser Welt ein Ende nimmt, so lange es auch dauern mochte. Ženja begleitete uns bis zum Tor, und vielleicht, weil sie den ganzen Tag vom Morgen bis zum Abend mit mir verbracht hatte, war mir, als sei es ohne sie trübselig und langweilig und als stünde mir diese ganze liebe Familie nahe; und zum erstenmal während des ganzen Sommers verspürte ich Lust zu malen.

»Sagen Sie, warum führen Sie ein so langweiliges, farbloses Leben?« fragte ich Belokurov, als wir zusammen nach Hause gingen. »Mein Leben ist trübselig, langweilig, niederdrückend, eintönig, weil ich ein Künstler bin; ich bin ein seltsamer Mensch, seit jungen Jahren zerrissen von Neid, von Unzufriedenheit mit mir selbst, von dem Unglauben an meinen Beruf, ich war stets arm, ich bin ein Vagabund, aber Sie – Sie, ein gesunder, normaler Mensch, ein Gutsbesitzer, ein wohlhabender, gebildeter Mann –, warum leben Sie so uninteressant, warum gewinnen Sie dem Leben so wenig ab? Warum, zum Beispiel, haben Sie sich bis heute noch nicht in Lida oder Ženja verliebt?«

»Sie vergessen, daß ich eine andere Frau liebe«, antwortete Belokurov.

Er meinte seine Freundin Ljubov Ivanovna, die zusammen mit ihm in dem Nebengebäude wohnte. Ich sah jeden Tag, wie diese üppige, rundliche und würdevolle Dame gleich einer gemästeten Gans im Garten umherspazierte, in russischer Volkstracht mit Glasperlen, immer unter einem Sonnenschirm, und das Dienstmädchen rief sie immerfort bald zum Essen, bald zum Teetrinken. Vor etwa drei Jahren hatte sie eines der Nebengebäude als Sommerfrische gemietet und war dann bei Belokurov wohnen geblieben, offensichtlich für immer.

Ljubov Ivanovna war ungefähr zehn Jahre älter als er und beherrschte ihn vollkommen; sie war so streng, daß Belokurov sie um Erlaubnis fragen mußte, wenn er aus dem

Haus gehen wollte. Sie weinte oft mit einer männlichen Stimme, und dann schickte ich jemanden zu ihr und ließ sagen, ich würde die Wohnung aufgeben, wenn sie nicht aufhörte; und sie hörte immer auf.

Als wir nach Hause kamen, setzte sich Belokurov auf das Sofa und runzelte gedankenvoll die Stirn, und ich ging, gleich einem Verliebten eine leise Erregung verspürend, im Saal auf und ab. Ich hatte Lust, von den Volčaninovs zu sprechen.

»Lida kann nur einen Zemstvo-Abgeordneten liebgewinnen, der sich ebenso wie sie für Krankenhäuser und Schulen begeistert«, sagte ich. »Oh, um eines solchen Mädchens willen kann man nicht nur Zemstvo-Abgeordneter werden, sondern sogar, wie es im Märchen heißt, eiserne Schuhe tragen. Und Missjus? Was für ein reizendes Geschöpf ist diese Missjus!«

Belokurov begann, langatmig und das E dehnend, von der Krankheit des Jahrhunderts zu sprechen – vom Pessimismus. Er sprach voller Überzeugung und in einem Ton, als stritte ich mit ihm. Hunderte Verst öder, eintöniger, ausgebrannter Steppe können einen nicht so melancholisch machen wie ein einziger Mensch, wenn er dasitzt und redet und man nicht weiß, wann er weggehen wird.

»Es dreht sich nicht um den Pessimismus und nicht um den Optimismus«, sagte ich gereizt, »sondern darum, daß neunundneunzig von hundert keinen Verstand haben.«

Belokurov bezog das auf sich, war gekränkt und ging fort.

III

»In Malosëmovo ist der Fürst auf Besuch, er läßt dich grüßen«, sagte Lida zur Mutter, als sie von einer Ausfahrt zurückkam und die Handschuhe auszog. »Er hat viel Interessantes erzählt... Er versprach, in der Gouvernementsver-

sammlung wieder die Frage einer Sanitätsstelle in Malosëmovo anzuschneiden, sagt aber, es sei wenig Hoffnung.« Und zu mir sagte sie: »Entschuldigen Sie, ich vergesse immer, daß das für Sie nicht interessant sein kann.«
Ich verspürte eine Gereiztheit.
»Warum denn nicht interessant?« fragte ich und zuckte mit den Schultern. »Sie belieben, meine Meinung nicht wissen zu wollen, aber ich versichere Ihnen, diese Frage interessiert mich lebhaft.«
»Ja?«
»Ja. Meiner Meinung nach ist eine Sanitätsstelle in Malosëmovo überhaupt nicht notwendig.«
Meine Gereiztheit übertrug sich auch auf sie; sie blickte mich an, kniff die Augen zusammen und fragte:
»Was ist denn notwendig? Landschaftsbilder?«
»Auch Landschaftsbilder sind nicht notwendig. Gar nichts ist notwendig.«
Sie war mit dem Ausziehen der Handschuhe fertig und entfaltete die Zeitung, die soeben von der Post gebracht worden war; eine Minute später sagte sie leise, wobei sie sich offensichtlich beherrschte:
»In der vorigen Woche ist Anna bei der Geburt eines Kindes gestorben, wäre in der Nähe eine Sanitätsstelle gewesen, dann wäre sie am Leben geblieben. Und die Herren Landschaftsmaler, scheint mir, sollten diesbezüglich irgendwelche Überzeugungen haben.«
»Ich habe diesbezüglich eine sehr bestimmte Überzeugung, versichere ich Ihnen«, erwiderte ich, doch sie versteckte sich vor mir hinter der Zeitung, als wünschte sie nicht zuzuhören. »Meiner Meinung nach dienen die Sanitätsstellen, die Schulen, Bibliothekchen und Apothekchen unter den bestehenden Verhältnissen nur der Versklavung. Das Volk ist von einer ungeheuren Kette umstrickt, und Sie hauen diese Kette nicht durch, sondern fügen nur neue Glieder hinzu – da haben Sie meine Überzeugung.«

Sie hob die Augen zu mir auf und lächelte spöttisch, ich aber fuhr fort, bemüht, meine Hauptgedanken darzulegen:

»Nicht das ist von Bedeutung, daß Anna bei der Geburt eines Kindes gestorben ist, sondern daß alle diese Annas, Mavras und Pelagejas vom frühen Morgen bis zur Dämmerung den Rücken beugen, daß sie krank sind von der über ihre Kräfte gehenden Arbeit, daß sie das ganze Leben lang um ihre hungrigen und kranken Kinder zittern, das ganze Leben lang Angst haben vor Tod und Krankheiten, ihr Leben lang herumkurieren, früh welken, früh alt werden und in Schmutz und Gestank sterben; bei ihren heranwachsenden Kindern fängt dieselbe Leier an, und so vergehen Hunderte von Jahren, und Milliarden Menschen leben schlechter als die Tiere – in ständiger Angst, nur um eines Stückchen Brotes willen. Die ganze Entsetzlichkeit ihrer Lage besteht darin, daß sie keine Zeit haben, an ihre Seele zu denken, keine Zeit, sich daran zu erinnern, nach wessen Ebenbild sie erschaffen sind; Hunger, Kälte, tierische Angst, die Unmenge der Arbeit haben ihnen gleich Schneelawinen alle Wege zu einer geistigen Betätigung versperrt, eben zu dem, was den Menschen vom Tier unterscheidet und was das einzige ist, um dessentwillen es sich lohnt zu leben. Sie kommen ihnen mit Krankenhäusern und Schulen zu Hilfe, aber damit befreien Sie sie nicht von ihren Fesseln, im Gegenteil, Sie versklaven sie nur noch mehr, denn indem Sie in ihr Leben neue Vorurteile hineintragen, vergrößern Sie die Zahl ihrer Bedürfnisse, ganz davon zu schweigen, daß sie für die Pflästerchen und Bücherchen dem Zemstvo Geld bezahlen und folglich noch mehr den Rücken beugen müssen.«

»Ich will mit Ihnen nicht streiten«, sagte Lida und ließ die Zeitung sinken. »Das habe ich schon gehört. Ich sage Ihnen nur eines: Man darf nicht dasitzen und die Hände in den Schoß legen. Es ist wahr, wir retten die Menschheit nicht, und vielleicht irren wir in vielem, aber wir tun, was wir können, und wir haben recht. Die höchste und heilige Aufgabe eines kultivierten Menschen ist – den Nächsten zu dienen, und wir versuchen zu dienen, wie wir es verstehen. Ihnen gefällt das nicht, aber man kann es ja nicht allen recht machen.«

»Das ist wahr, Lida, das ist wahr«, sagte die Mutter.

In Lidas Anwesenheit war sie immer ängstlich, und wenn sie sich unterhielt, blickte sie unruhig zu ihr hin, weil sie fürchtete, etwas Überflüssiges oder Unangebrachtes zu sagen; und niemals widersprach sie ihr, sondern pflichtete ihr stets bei: Das ist wahr, Lida, das ist wahr.

»Die Tatsache, daß die Bauern lesen und schreiben können, sowie die Büchlein mit den kläglichen Belehrungen, den Sprichwörtern und Redensarten und die Sanitätsstellen vermögen weder die Unwissenheit noch die Sterblichkeit zu verringern, ebensowenig wie das Licht aus Ihren Fenstern diesen riesigen Garten erleuchten kann«, sagte ich. »Sie geben nichts, mit Ihrer Einmischung in das Leben dieser Leute schaffen Sie nur neue Bedürfnisse, einen neuen Anlaß zur Arbeit.«

»Ach, mein Gott, aber man muß doch irgend etwas tun!« sagte Lida ärgerlich, und an ihrem Ton war zu merken, daß sie meine Einwendungen für nichtig hielt und sie verachtete.

»Die Menschen müssen von der schweren physischen Arbeit befreit werden«, sagte ich. »Man muß ihnen ihr Joch erleichtern, ihnen eine Atempause gönnen, damit sie nicht ihr ganzes Leben an den Öfen, den Trögen und auf dem Feld verbringen, sondern Zeit haben, an die Seele, an Gott zu denken, damit sie ihre geistigen Fähigkeiten in größerem Umfang zum Ausdruck bringen können. Die Berufung jedes Menschen besteht in der geistigen Betätigung – in dem ständigen Suchen nach der Wahrheit und dem Sinn des Lebens. Machen Sie doch, daß diese grobe, viehische Arbeit für sie unnötig wird, lassen Sie sie fühlen, daß sie frei sind, und dann werden Sie sehen, was für eine Verhöhnung im Grund genommen diese Bücherchen und Apothekchen sind. Wenn sich der Mensch einmal seiner wahren Bestimmung bewußt geworden ist, dann können ihn nur die Religion, die Wissenschaften und die Künste befriedigen und keine Nichtigkeiten.«

»Von der Arbeit befreien!« Lida lächelte spöttisch. »Ist das denn möglich?«

»Ja. Nehmen Sie einen Teil ihrer Arbeit auf sich. Wenn wir alle, wir Stadt- und Dorfbewohner, alle ohne Ausnahme übereinkämen, die Arbeit, die von der Menschheit für die Befriedigung der physischen Bedürfnisse aufgewendet wird, unter uns aufzuteilen, dann kämen vielleicht auf jeden von uns nicht mehr als zwei, drei Stunden am Tag. Stellen Sie sich vor, daß wir alle, die Reichen und die Armen, nur drei Stunden am Tag arbeiten, die übrige Zeit aber für uns freihaben. Stellen Sie sich dazu vor, daß wir, um noch weniger von unserem Körper abzuhängen und noch weniger zu arbeiten, Maschinen erfinden, welche die Arbeit ersetzen, daß wir uns bemühen, die Menge unserer Bedürfnisse auf ein Minimum einzuschränken. Wir härten uns, unsere Kinder ab, damit sie Hunger und Kälte nicht fürchten und wir nicht beständig um ihre Gesundheit zittern müssen wie Anna, Mavra und Pelageja. Stellen Sie sich vor, daß wir keine ärztliche Hilfe in Anspruch nehmen, keine Apotheken, Tabakfabriken, Branntweinbrennereien unterhalten werden; wieviel freie Zeit wird uns zu guter Letzt übrigbleiben! Wir alle widmen diese Muße gemeinsam den Wissenschaften und den Künsten. Wie die ganze Gemeinde der Bauern manchmal die Landstraße ausbessert, so würden auch wir gemeinschaftlich nach der Wahrheit und dem Sinn des Lebens suchen, und – ich bin dessen gewiß – die Wahrheit würde sehr bald entdeckt sein, der Mensch würde sich dadurch von der ständigen, niederdrückenden Angst befreien und sogar von dem Tode selbst.«

»Sie widersprechen aber sich selber«, sagte Lida. »Sie sagen – Wissenschaft, Wissenschaft und lehnen eine elementare Schulbildung ab.«

»Eine Schulbildung, die es dem Menschen ermöglicht, nur

die Aushängeschilder der Kneipen zu lesen und hin und wieder Bücher, die er nicht versteht, solch eine Schulbildung ist bei uns seit Rjuriks Zeiten vorhanden, Gogols Petruška kann längst schon lesen, indessen ist das Dorf bis zum heutigen Tag so geblieben, wie es unter Rjurik war. Nicht eine elementare Schulbildung ist notwendig, sondern die Freiheit zu einer umfassenden Offenbarung geistiger Fähigkeiten. Es sind nicht Schulen notwendig, sondern Universitäten.«
»Sie lehnen auch die Medizin ab.«
»Ja. Sie würde nur zum Studium der Krankheiten als Erscheinungen der Natur notwendig sein, nicht aber zu ihrer Heilung. Wenn schon geheilt werden soll, dann nicht die Krankheiten, sondern ihre Ursachen. Beseitigen Sie die Hauptursache – die physische Arbeit, und dann wird es keine Krankheiten mehr geben. Ich erkenne keine Wissenschaft an, die heilt«, fuhr ich erregt fort. »Wissenschaften und Künste, wenn es echte sind, streben nicht nach zeitlichen, nach privaten Zielen, sondern nach dem Ewigen und dem Gemeinsamen; sie suchen nach der Wahrheit und nach dem Sinn des Lebens, sie suchen Gott und die Seele, wenn man sie aber für die Nöte und Alltäglichkeiten des Lebens einspannt, für die Apothekchen und Bibliothekchen, dann erschweren und belasten sie nur das Leben. Wir haben eine Menge Mediziner, Pharmazeuten, Juristen, genug Leute mit elementarer Schulbildung, aber wir haben keine Biologen, Mathematiker, Philosophen, Dichter. Der ganze Verstand, die ganze seelische Energie sind verausgabt worden zur Befriedigung zeitlicher, vergänglicher Erfordernisse ... Bei den Gelehrten, den Schriftstellern und Künstlern wird mit Feuereifer gearbeitet, ihnen verdanken wir, daß die Bequemlichkeiten des alltäglichen Lebens mit jedem Tage anwachsen, die Bedürfnisse des Körpers vermehren sich, indessen, es ist noch weit bis zur Wahrheit und Gerechtigkeit, und der Mensch bleibt das allerräuberischste und allerunsauberste Tier, und alles läuft darauf hinaus, daß die Menschheit in ihrer Mehrheit entartet

ist und für immer jegliche Lebensfähigkeit verloren hat. Unter solchen Bedingungen hat das Leben eines Künstlers keinen Sinn, und je talentvoller er ist, desto merkwürdiger und unverständlicher ist seine Rolle, denn in Wirklichkeit stellt es sich heraus, daß er zur Belustigung eines räuberischen, unsauberen Tieres arbeitet und die bestehende Ordnung unterstützt. Und ich will und werde nicht arbeiten ... Nichts ist notwendig, mag die Erde zur Hölle fahren!«

»Missjuska, geh hinaus«, sagte Lida zur Schwester, da sie offenbar meine Worte für ein so junges Mädchen schädlich fand.

Ženja warf einen traurigen Blick auf die Schwester und auf die Mutter und ging hinaus.

»Derart nette Dinge werden gewöhnlich gesagt, wenn man die eigene Gleichgültigkeit rechtfertigen will«, sagte Lida. »Krankenhäuser und Schulen verneinen ist leichter als heilen und lehren.«

»Das ist wahr, Lida, das ist wahr«, stimmte die Mutter zu.

»Sie drohen damit, daß Sie nicht arbeiten werden«, fuhr Lida fort. »Offenbar schätzen Sie Ihre Arbeiten hoch ein. Wollen wir doch aufhören zu streiten, wir werden niemals einer Meinung sein, denn die allerunvollkommenste von sämtlichen Bibliothekchen und Apothekchen, über die Sie sich soeben so verächtlich geäußert haben, stelle ich höher als alle Landschaftsbilder der Welt.« Und sie begann sogleich, zur Mutter gewendet, in einem ganz anderen Ton zu sprechen: »Der Fürst ist sehr abgemagert und hat sich sehr verändert, seitdem er bei uns gewesen ist. Man schickt ihn nach Vichy.«

Sie erzählte der Mutter von dem Fürsten, um nicht mit mir sprechen zu müssen. Ihr Gesicht brannte, und um ihre Erregung zu verbergen, neigte sie sich, als wäre sie kurzsichtig, tief über den Tisch und tat, als läse sie die Zeitung. Meine Anwesenheit war unangenehm. Ich verabschiedete mich und ging nach Hause.

IV

Draußen war es still; das Dorf jenseits des Teiches schlief bereits, kein einziges Lichtchen war zu sehen, nur auf dem Teich schimmerten matt die blassen Spiegelbilder der Sterne. An dem Tor mit den Löwen stand unbeweglich Ženja, sie wartete auf mich, um mich zu begleiten.

»Im Dorf schläft alles«, sagte ich zu ihr, bemüht, in der Dunkelheit ihr Gesicht zu erkennen, und ich erblickte dunkle, traurige, auf mich gerichtete Augen. »Auch der Schankwirt und die Pferdediebe schlafen ruhig, während wir, anständige Leute, uns aufstacheln und streiten.«

Es war eine wehmutsvolle Augustnacht; wehmutsvoll, weil man bereits den Geruch des Herbstes spürte; verdeckt von purpurnen Wolken, ging der Mond auf und beleuchtete nur schwach die Landstraße und die zu beiden Seiten liegenden dunklen Felder mit der Wintersaat. Des öfteren fielen Sternschnuppen. Ženja ging neben mir und versuchte, nicht auf den Himmel zu schauen, um die Sternschnuppen nicht zu sehen, die sie aus irgendeinem Grund erschreckten.

»Mir scheint, Sie haben recht«, sagte sie, von der Feuchtigkeit der Nacht zitternd. »Wenn die Menschen alle gemeinsam sich einer geistigen Betätigung hingeben könnten, dann würden sie bald alles erfahren.«

»Natürlich. Wir sind höhere Wesen, und wenn wir tatsächlich die ganze Stärke des menschlichen Genius erkennen und nur für die höchsten Ziele leben wollten, dann könnten wir schließlich wie Götter werden. Aber das wird niemals sein; die Menschheit wird entarten, und vom Genius wird nicht einmal eine Spur übrigbleiben.«

Als das Tor nicht mehr zu sehen war, blieb Ženja stehen und drückte mir hastig die Hand.

»Gute Nacht«, sagte sie zitternd; ihre Schultern waren einzig mit dem Hemdblüschen bedeckt, und sie preßte vor Kälte die Arme fest an sich. »Kommen Sie morgen wieder.«

Mir wurde unheimlich bei dem Gedanken, daß ich allein bleiben würde, und ich war gereizt und unzufrieden mit mir und den Menschen; ich versuchte bereits selbst, die Sternschnuppen nicht zu sehen.

»Bleiben Sie noch einen Augenblick bei mir«, bat ich. »Ich bitte Sie.«

Ich liebte Ženja. Wahrscheinlich liebte ich sie, weil sie mir immer entgegenkam und mich begleitete, weil sie mich zärtlich und voller Entzücken ansah. Wie rührend schön waren ihr blasses Gesicht, ihr dünner Hals, die dünnen Arme, ihre Schwäche, ihr Müßiggang, ihre Bücher! Und der Verstand? Ich vermutete in ihr einen überdurchschnittlichen Verstand, mich entzückte die Großzügigkeit ihrer Anschauungen, vielleicht weil sie anders dachte als die strenge, schöne Lida, die mich nicht leiden konnte. Ich gefiel Ženja als Künstler, ich hatte durch mein Talent ihr Herz erobert, und ich verspürte den leidenschaftlichen Wunsch, nur für sie zu malen, und träumte von ihr als von meiner kleinen Königin, die gemeinsam mit mir über diese Bäume und Felder, über den Nebel und die Himmelsröte herrschen wird, über diese wundersame, bezaubernde Natur, inmitten derer ich mich bis jetzt jedoch hoffnungslos einsam und unnütz gefühlt hatte.

»Bleiben Sie noch einen Augenblick«, bat ich. »Ich flehe Sie an.«

Ich zog meinen Überzieher aus und bedeckte damit ihre frierenden Schultern; sie fürchtete, in einem männlichen Kleidungsstück lächerlich und häßlich zu erscheinen, lachte und warf ihn ab, und in diesem Augenblick umarmte ich sie und bedeckte ihr Gesicht, ihre Schultern und Hände mit Küssen.

»Bis morgen!« flüsterte sie, und vorsichtig, als fürchte sie, die nächtliche Stille zu stören, umarmte sie mich. »Wir haben keine Geheimnisse voreinander, ich muß sofort alles Mama und meiner Schwester sagen ... Das ist so schrecklich! Mama – das macht nichts, Mama mag Sie, aber Lida!«

Sie lief zum Tor.

»Leben Sie wohl!« rief sie.

Und danach hörte ich wohl zwei Minuten lang, wie sie lief. Ich mochte noch nicht heimkehren, und es hatte auch gar keinen Zweck heimzukehren. Ich blieb eine Weile in Gedanken versunken stehen und ging dann langsam zurück, um noch einmal einen Blick auf das Haus zu werfen, in dem sie lebte, auf das liebe, naive, alte Haus, das, so kam es mir vor, mit den Fenstern seines Zwischenstocks wie mit Augen auf mich schaute und alles verstand. Ich ging an der Terrasse vorbei, setzte mich auf eine Bank neben dem Tennisplatz im Dunkel unter eine alte Ulme und blickte von hier auf das Haus. In den Fenstern des Zwischenstocks, wo Missjus wohnte, blitzte grelles Licht auf, das dann einem ruhigen grünen wich: die Lampe war mit einem Schirm bedeckt worden. Schatten begannen sich zu bewegen ... Ich war erfüllt von Zärtlichkeit, Stille und Zufriedenheit mit mir selbst, von Zufriedenheit, weil ich es vermocht hatte, in Leidenschaft zu entbrennen und zu lieben, und gleichzeitig hatte ich ein peinliches Gefühl bei dem Gedanken, daß zu dieser selben Zeit, einige Schritte von mir entfernt, in einem der Zimmer dieses Hauses Lida wohnte, die mich nicht leiden konnte und vielleicht haßte. Ich saß und wartete immerfort, ob Ženja nicht herauskäme, ich lauschte, und mir schien, daß im Zwischenstock gesprochen wurde.

Es verging etwa eine Stunde. Das grüne Licht erlosch, und es waren keine Schatten mehr zu sehen. Der Mond stand bereits hoch über dem Haus und beleuchtete den schlafenden Garten, die schmalen Pfade; man konnte die Georginen und Rosen auf dem Blumenbeet vor dem Haus deutlich sehen, und alle schienen von der gleichen Farbe zu sein. Es wurde sehr kalt. Ich verließ den Garten, hob auf der Landstraße meinen Überzieher auf und schlenderte gemächlich heim.

Als ich am anderen Tag nach dem Mittagessen zu den Volčaninovs kam, war die Glastür, die zum Garten führte, weit

geöffnet. Ich blieb ein Weilchen auf der Terrasse sitzen und wartete, daß jeden Augenblick Ženja hinter dem Blumenbeet auf dem Vorplatz hervorkommen oder in einer der Alleen erscheinen oder daß ihre Stimme aus den Zimmern herüberklingen würde; dann ging ich in den Salon, ins Eßzimmer. Keine Menschenseele. Aus dem Eßzimmer ging ich durch einen langen Korridor ins Vorzimmer, dann zurück. Hier im Korridor waren einige Türen, und hinter einer ertönte Lidas Stimme.
»Die Krähe ... hatte irgendwo ...«, sagte sie laut und langgezogen, wahrscheinlich diktierte sie, »... ein Käsestück gefunden ... Die Krähe ... hatte ... Wer ist da?« rief sie plötzlich, als sie meine Schritte hörte.
»Das bin ich.«
»Ah! Entschuldigen Sie, ich kann jetzt nicht zu Ihnen herauskommen, ich unterrichte Daša.«
»Ist Ekaterina Pavlovna im Garten?«
»Nein, sie ist mit meiner Schwester heute morgen zur Tante ins Penzaer Gouvernement gefahren. Und im Winter werden sie wahrscheinlich ins Ausland reisen ...« fügte sie nach einem kurzen Schweigen hinzu. »Die Krähe hatte ... irgendwo ... ein Kä-se-stück gefunden ... Hast du's?«
Ich ging ins Vorzimmer, und ohne an etwas zu denken, stand ich und schaute von dort auf den Teich und das Dorf, und bis zu mir schallte es:
»Ein Käsestück ... Die Krähe hatte irgendwo ein Käsestück gefunden ...«
Und ich verließ das Gut auf demselben Weg, auf dem ich das erste Mal hierhergekommen war, nur in umgekehrter Reihenfolge: zuerst vom Hof in den Garten, dann am Hause vorbei, dann durch die Lindenallee ... Dort holte mich ein kleiner Junge ein und überreichte mir ein Briefchen. »Ich habe alles meiner Schwester erzählt, und sie verlangt, daß ich mich von Ihnen trenne«, las ich. »Ich hätte nicht die Kraft gehabt, sie durch meinen Ungehorsam zu betrüben. Gott

wird Ihnen Glück schenken, verzeihen Sie mir. Wenn Sie wüßten, wie bitterlich ich und Mama weinen!«

Dann die dunkle Tannenallee, die eingefallene Umzäunung ... Auf dem Feld, wo damals der Roggen blühte und die Wachteln riefen, weideten jetzt Kühe und gefesselte Pferde. Hier und da auf den Hügeln leuchtete grün die Wintersaat. Eine nüchterne Alltagsstimmung bemächtigte sich meiner, und ich begann mich all dessen zu schämen, was ich bei den Volčaninovs gesagt hatte, und wie früher langweilte mich das Leben. Nach Hause gekommen, packte ich und reiste am Abend nach Petersburg.

Ich habe die Volčaninovs nicht wiedergesehen. Auf einer Reise in die Krim begegnete ich unlängst im Eisenbahnwagen Belokurov. Er trug wie früher einen altrussischen Schoßrock und ein gesticktes Hemd, und als ich ihn nach seiner Gesundheit fragte, erwiderte er: »Dank Ihren Gebeten.« Wir kamen ins Gespräch. Sein Landgut hat er veräußert und ein anderes gekauft, ein kleineres, auf den Namen von Ljubov Ivanovna. Über die Volčaninovs berichtete er nicht viel. Lida lebt, nach seinen Worten, nach wie vor in Šelkovka und unterrichtet die Kinder in der Schule; es ist ihr allmählich gelungen, einen Kreis ihr sympathischer Menschen um sich zu sammeln, die eine starke Partei darstellen, und auf den letzten Zemstvo-Wahlen haben sie Balagin ›durchfallen‹ lassen, der bis dahin den ganzen Landkreis in den Händen gehalten hatte. Von Ženja teilte Belokurov nur mit, daß sie nicht zu Hause lebe und es unbekannt sei, wo sie sich aufhalte.

Ich fange schon an, das Haus mit dem Zwischenstock zu vergessen, und nur dann und wann, wenn ich male oder lese, taucht in meinem Gedächtnis plötzlich mir nichts, dir nichts bald das grüne Licht im Fenster auf, bald das Hallen meiner Schritte, die nachts im Feld erklangen, als ich verliebt nach Hause zurückkehrte und mir vor Kälte die Hände rieb. Und noch seltener, in Augenblicken, da mich die Einsamkeit quält und mir traurig zumute ist, kommt dunkel die Erinnerung, und dann beginnt es mir allmählich zu scheinen, als erinnere man sich auch meiner, als warte man auf mich und als würden wir uns begegnen ...

Missjus, wo bist du?

Anhang

Zu dieser Ausgabe

In Auswahl und Übersetzung ist unsere Ausgabe der Čechovschen Prosa identisch mit der dreibändigen Dünndruck-Ausgabe des Winkler Verlags, München: ›Anton Tschechow, Kurzgeschichten und frühe Erzählungen (1883–1887)‹, ›Erzählungen aus den mittleren Jahren (1887–1892)‹ und ›Späte Erzählungen (1893–1903)‹, München 1968/1969.

Diese bislang vollständigste deutsche Čechov-Edition geht zurück auf die von den DDR-Slavisten Gerhard Dick und Wolf Düwel besorgte Ausgabe: ›Anton Tschechow, Gesammelte Werke in Einzelbänden‹, insgesamt acht Bänden (Prosa, Dramen, Briefe, Notizbücher, ›Insel Sachalin‹), erschienen im Verlag Rütten & Loening, Berlin 1964 f.

Die Übersetzung dieser beiden Ausgaben basiert auf der – was die Textgestalt betrifft – bis heute aktuellsten russischen Čechov-Edition des Moskauer Staatsverlags für Schöne Literatur (Goslitzdat), 12 Bände, Moskau 1954–1957. Die neue, auf 30 Bände berechnete wissenschaftlich-kritische Čechov-Ausgabe, deren erste Bände 1975 erschienen, konnte bei der Revision der Übersetzungen nicht mehr berücksichtigt werden.

Mit Ausnahme der ›Kleinen Romane‹ (oder ›Novellen‹ – der russische Terminus ›povesti‹ deckt beide Begriffe unvollkommen und besitzt im Deutschen keine rechte Entsprechung) sind die Erzählungen wie in der Ausgabe bei Rütten & Loening chronologisch geordnet, entsprechend den Daten der russischen Erstveröffentlichung.

Die Anmerkungen unserer Ausgabe nennen an erster Stelle jeweils Titel und Titel des russischen Originals sowie Datum und Ort der Erstveröffentlichung; ein Verzeichnis der Abkürzungen der Zeitschriftentitel findet sich in jedem Band gesondert, den Anmerkungen vorangestellt. Es folgen Hinweise auf Korrekturen und Veränderungen, die Čechov bei Nachdrucken der Texte in den Erzählungs-Sammelbänden bis 1899 vorgenommen hat, d. h. bis zum Erscheinen der ersten russischen Gesamtausgabe bei F. A. Marks, Petersburg.

Schließlich der Vermerk, welche Erzählung Čechov in welchem Band der ›Gesammelten Werke‹, der einzigen von ihm selbst kontrollierten Gesamtausgabe, aufgenommen hat; diese Information erscheint insofern wichtig, als Čechov dabei vom streng chronologischen Ordnungsprinzip abgegangen ist, vielmehr den Charakter

der einzelnen Erzählung zum Maßstab machte und dadurch, aus der Distanz von etwa 15 Jahren, eine eigene Einschätzung seiner frühen Arbeiten vorgenommen hat.
Die Anmerkungen greifen bewußt zurück auf ältere, Čechov zeitgenössische Nachschlagewerke; Zitate daraus besitzen ein eigenes Kolorit und vermitteln vom damaligen Wissensstand oft mehr, als moderne Lexika dies vermögen. Pëtr Kropotkins Literaturgeschichte des russischen XIX. Jahrhunderts, ›Ideale und Wirklichkeit in der russischen Literatur‹, erstmals 1906 auf deutsch erschienen und eine der besten Informationsquellen über Literatur und Gesellschaft der Čechov-Zeit, liegt inzwischen in einer überarbeiteten Neuausgabe bei Diogenes, Zürich 2003 vor.

Zeitschriften, in denen Čechov publizierte

Artist – ›Der Schauspieler‹, illustrierte Zeitschrift für Theater und Musik, erschien in Moskau 1889–1895.
Novoe vremja – ›Neue Zeit‹, ab 1869 in Petersburg erscheinende Tageszeitung, bürgerlich-konservativ, in den 80er Jahren zunehmend reaktionärer Orientierung, 1876 von Čechovs erstem Verleger, dem Publizisten A. S. Suvorin, übernommen. Čechov veröffentlichte ab 1886 relativ regelmäßig in den Sonntagsbeilagen des NV., bis zum Bruch mit Suvorin, zu dem es wegen dessen Haltung in der Affäre Dreyfus kam. Von der Zensur wurde NV als »die gemäßigtste und wohlmeinendste aller in Petersburg existierender Zeitungen« gelobt.
Russkaja mysl' – ›Russisches Denken‹, bürgerlich-liberale Monatszeitschrift für Literatur und Politik, erschien in Moskau 1880 bis 1918, anfangs mit Sympathien für slavophile Ideen, dann gemäßigt liberale Orientierung mit Sympathien für die Bewegung der Narodniki. Mitarbeiter neben Čechov die Schriftsteller Korolenko, Gleb Uspenskij, Mamin-Sibirjak, Garšin, Nemirovič-Dančenko, Gorkij. Außer Prosa publizierte Čechov in RM. 1896 das Theaterstück ›Die Möwe‹.
Russkie vedomosti – ›Russische Nachrichten‹, bürgerlich-liberale Tageszeitung der gemäßigten Intelligenz und der Narodniki (Volkstümler), erschien in Moskau 1863–1918. Zu den Mitarbeitern zählten, neben zahlreichen prominenten Wissenschaftlern, in den 80er Jahren Autoren wie Uspenskij, Korolenko, Gorkij, Saltykov-Ščedrin, pseudonym auch Černyševskij.

Abkürzungen

PiR – *Povesti i rasskazy* (Novellen und Erzählungen), M. (I. D. Sytin) 1894; ²1898.
SS – *Sobranie sočinenij* (Gesammelte Werke), Spb. (A. F. Marks) 1899 ff. Band I erschien 1899, Band II – 1900; die Bände III bis XI – 1901; Band XII – 1903; Band XIII posthum 1906.

Zur Transkription

Die Transkription der russischen Namen folgt der in der Slavistik üblichen, die für die spezifisch russischen Laute diakritische Zeichen benützt. Die wichtigsten, vom deutschen Alphabet abweichenden Laute des Russischen sind:

č – ›tsch‹, wie Čechov
c – immer ›ts‹, wie in ›Zeichen‹
ch – immer hartes ›ch‹, wie in ›ach!‹ (nie wie in ›ich‹)
s – immer stimmloses, scharfes ›s‹, wie in ›essen‹
š – immer stimmloses, scharfes ›sch‹, wie in ›Asche‹
šč – nicht ›schtsch‹, sondern weiches, gedehntes ›sch‹ (š)
v – im Silbenanlaut, vor Vokalen und stimmhaften Konsonanten = ›w‹
    im Silbenauslaut und vor stimmlosen Konsonanten = ›ff‹
z – immer stimmhaftes, weiches ›s‹, wie in ›Rose‹
ž – immer stimmhaftes, weiches ›sch‹, wie in frz. ›jour‹

Jedes ›e‹ und ›i‹ palatalisiert den vorausgehenden Konsonanten, das heißt, wird mit einem leichten ›j‹-Vorschlag gesprochen.

Betontes ›e‹ (ë) wird wie ›jo‹ gesprochen und zieht automatisch die Wortbetonung auf sich.

Unbetontes ›o‹ wie ›a‹; betontes ›o‹ immer offen, wie im Wort ›offen‹ (nie wie in ›Ofen‹).

Namen und Anrede im Russischen

Im Russischen setzt sich jeder Name aus drei Teilen zusammen – dem Vornamen (Anton), dem Vatersnamen (Pavlovič oder, bei Frauen, Pavlovna) und dem Familiennamen (Čechov). Die offizielle Anrede besteht aus Vor- und Vatersnamen (was das im Deutschen übliche ›Herr‹ bzw. ›Frau‹ ersetzt) – ›Anton Pavlovič‹ ist demnach soviel wie deutsch ›Herr Čechov‹. Die intim-vertrauliche Anrede beschränkt sich wie im Deutschen auf den Vornamen bzw. dessen Koseformen.

Im gesprochenen Russisch werden die ›korrekten‹ Formen des Vatersnamens gelegentlich abgeschliffen (für ›Ivan Ivanovič‹ oft auch nur ›Ivan Ivanyč‹), woraus sich zuweilen zweierlei Schreibweisen ergeben. Die ›abgeschliffene‹ Form wird gegenüber Personen gebraucht, die man zwar siezt, mit denen man aber doch auf bestimmte Weise vertraut ist, während die ›korrekte‹ Form des Vatersnamens in hochoffiziellen Situationen gebraucht wird, gegenüber Respektspersonen, Höhergestellten usw.

Maße und Gewichte

Gewichte:
1 *Pud*	=	40 Pfund oder 16,38 kg
1 *Pfund*	=	32 Lot oder 96 Zolotnik oder 410 g
1 *Lot*	=	3 Zolotnik oder 12,80 g
1 *Zolotnik*	=	4,26 g

Längenmaße:
1 *Verst*	=	500 Sažen oder 1067 m
1 *Sažen*	=	3 Aršin = 48 Veršok oder 2,134 m
1 *Aršin*	=	16 Veršok oder 71,1 cm
1 *Veršok*	=	44,45 mm

Flächenmaße:
1 *Desjatine*	=	2400 Quadrat-Sažen oder 1,0925 ha
1 *Quadrat-Verst*	=	104,17 Desjatinen = 1,138 km^2

Russische Feiertage, Kirchenfeste, Fasten

Die Zahl der Feiertage lag im zaristischen Rußland wesentlich höher als in westlichen Ländern zur selben Zeit; das ›Große Enzyklopädische Wörterbuch‹, der russische Brockhaus, zählt in Band 48 (1898) in Rußland 98 Feiertage bei 267 Arbeitstagen (zum Vergleich Preußen: 60 bei 305 Arbeitstagen). Unter die Feiertage fielen, zu Čechovs Zeiten und in der zeitgenössischen Sprache des Baedeker, Staatsfeiertage wie das »Namensfest d. Kaiserin«, »Geburtsfest des Kaisers«, »Krönungsfest«, »Namensfest der Kaiserin-Witwe«, »Geburtsfest des Thronfolgers Alexei Nikolajewitsch« u. a.

Kirchenfeste waren neben dem Weihnachtsfest (am 25., 26. und 27. Dezember – die Datenangaben jeweils nach dem alten Kalender), Ostern (Donnerstag, Freitag und Samstag in der Karwoche sowie 1., 2. und 3. Osterfeiertag), Christi Himmelfahrt, Pfingsten (zwei Tage) sowie Feiertag und Samstag in der Butterwoche, d. h. der Woche vor Beginn der Großen Osterfasten:

6. Januar	Erscheinung Christi
2. Februar	Christi Darstellung
25. März	Mariä Verkündigung
9. Mai	Fest des hl. Nikolaus des Wundertäters
29. Juni	Fest der Apostel Petrus und Paulus
6. August	Verklärung Christi
15. August	Mariä Himmelfahrt
29. August	Johannis Enthauptung
30. August	Fest des hl. Alexander Nevskij
8. September	Mariä Geburt
14. September	Kreuzeserhöhung
26. September	Fest des Evangelisten Johannes
1. Oktober	Mariä Schutz und Fürbitte
22. Oktober	Fest des wundertätigen Bildes der hl. Muttergottes von Kazan
21. November	Mariä Opfer
6. Dezember	Fest des hl. wundertätigen Nikolaus

Die Fasten (russisch ›post‹) der russisch-orthodoxen Kirche unterteilen sich in ein- und mehrtägige Fasten.
Die mehrtägigen Fasten sind:
   1. die *Großen Fasten*, beginnend mit dem Montag nach der Karnevals- oder Butterwoche, 40 Tage vor Ostern;
   2. die *Apostel-* oder *Petersfasten* vor Peter und Paul; diese sind vom Datum des Osterfests abhängig, daher von unterschiedlicher Länge;
   3. *Uspenskij post* vom 1. bis 15. August zu Ehren der Muttergottes, vor Mariä Himmelfahrt;
   4. die *Weihnachts-* oder *Philippifasten* vor Weihnachten, beginnend mit dem 14. November, 40 Tage vor Christi Geburt.
Eintägige Fasten jeweils mittwochs und freitags, mit Ausnahme der Karwoche (da diese Woche als »ein einziger lichter Tag« angesehen wurde), der Pfingstwoche, der zwölf Tage zwischen Weihnachten und Christi Erscheinung; ferner am
   14. September zu Kreuzeserhöhung
   29. August zu Johannis Enthauptung und am
   5. Januar, dem Vorabend von Christi Erscheinung.
(Nach dem ›Großen Enzyklopädischen Wörterbuch‹, St.-Petersburg, Brockhaus/Efron, 1898, Band 48.)

Die russischen Rangklassen

Die Liste der Rangklassen in Rußland geht zurück auf Peter 1. In Anlehnung an westliche Vorbilder (Frankreich, Preußen, Dänemark und Schweden) wurden durch Erlaß 1722 vierzehn Rangklassen geschaffen, die praktisch und ohne wesentliche Veränderung bis 1917 in Kraft blieben. Der petrinischen Reform des Staats- und Militärdienstes lag der Gedanke zugrunde, daß auch Nichtadelige durch Leistung (durch Erreichen eines Rangs) in den Adel erhoben werden konnten.

Zu Čechovs Zeiten wurden folgende Ränge an Zivil- bzw. Militärbeamte verliehen:

Klasse	Zivildienst	Militärdienst
1	Kanzler	Generalfeldmarschall
		General-Admiral
2	Wirklicher Geheimrat	General
		Admiral
3	Geheimrat	Generalleutnant
		Vize-Admiral
4	Wirklicher Staatsrat	Generalmajor
	Oberstaatsanwalt	Konter-Admiral
5	Staatsrat	
6	Kollegienrat	Oberst
	Militärrat	Kapitän 1. Ranges
7	Hofrat	Oberstleutnant
		Kapitän 2. Ranges
8	Kollegienassessor	Hauptmann
		Rittmeister
9	Titularrat	Stabshauptmann
		Stabsrittmeister
		Leutnant
10	Kollegiensekretär	Leutnant
		Schiffsfähnrich
11	Schiffssekretär	
12	Gouvernementssekretär	Sekondeleutnant
		Kornett
13	Provinzsekretär	
	Senatsregistrator	
	Synodalregistrator	
	Kabinettsregistrator	
14	Kollegienregistrator	

Der Adelstitel, der auf dem Dienstwege verliehen wurde, war erblich für den, der ein Amt des 9. Rangs erreicht hatte; den Adelstitel beantragen konnte z. B. auch ein Unternehmen, das sein 100jähriges Jubiläum feierte (vgl. die Novelle ›Drei Jahre‹, vgl. Gaevs Rede im 1. Akt des ›Kirschgarten‹).

Personen der oberen vier Rangklassen gebührte die Anrede ›Euer Exzellenz‹.

Nicht übersetzte Ausdrücke

Bliny – im Singular blin: der Pfannkuchen, der Fladen aus Buchweizen-, Weizen- oder Gerstenmehl (Pavlovskij), vgl. deutsch Plinse, auch Plinze. Russisches Backwerk, in schwimmendem Fett gebacken. Bliny wurden vor allem in der Butterwoche, der russischen Karnevalswoche vor dem 40tägigen Großen Fasten gebacken.

Katorga – vgl. Pavlovskij: »1. (veralt.) die Galeere, das Ruderschiff; 2. die Festungsbau-, Bergbaustrafe, Zwangsarbeit in den Bergwerken«; so auch übersetzt, zu Čechovs Zeiten meist in Sibirien, auf Sachalin oder in den Bergwerken am Karischen Meer verbüßt, verbunden mit anschließender Verbannung zur Zwangskolonisierung Sibiriens. *Katorga* aber auch im übertragenen Sinne – schweres, unerträgliches Leben, Hundeleben. Davon abgeleitet: *Katoržnik*, ›Zuchthäusler‹, der die Katorga verbüßt. Über Katorga und russischen Strafvollzug vgl. ausführlich Čechov, ›Die Insel Sachalin‹ (detebe 20270).

Kulak – wörtl. (Pavlovskij): »1. die Faust; ... 5. der Aufkäufer, Kleinhändler, Wiederverkäufer; 6. der Geizhals, Knicker«; davon abgeleitetes Abstraktum: Aufkäuferei, Mäklerei; die Wucherei. Meint abschätzig den reichen, durch Wuchergeschäfte reichgewordenen Bauern, für den es in der russischen Literatur zahlreiche Beispiele gibt – vgl. etwa Vosmibratov in Ostrovskijs Komödie ›Der Wald‹, vgl. zu diesem Begriff auch Čechov über die Rolle Lopachins im ›Kirschgarten‹ (detebe 20083).

Kvas – auch Kwaß, erfrischendes Getränk, zubereitet aus gesäuertem Schwarzbrotteig oder Schwarzbrot und Malz (Pavlovskij). Ein in Rußland beliebtes Getränk, das die Stelle des Biers vertritt. Bei den Bauern besteht der K. nur aus einem trüben, sauern, noch gärenden Aufguß auf geschrotenes Getreide. Dagegen sind die feineren Sorten K., besonders der Äpfel- und Himbeerkvas, sehr wohlschmeckend (Brockhaus, 14. Aufl., Leipzig 1902).

Njanja – die russische Kinderfrau, die Amme; ist Bezeichnung und Anrede zugleich für die Amme, die neben den Dienstboten gehalten wurde und die – vgl. ›Drei Schwestern‹, ›Onkel Vanja‹ – im Hause verblieb, auch wenn die Kinder längst herangewachsen waren.

Varenje – russische Spezialität, Eingemachtes, erscheint in Übersetzungen als ›Konfitüre‹, ›Marmelade‹, als ›das Eingemachte‹ (›Eingemachtes‹), aber auch als ›Saft‹ (so auch Pavlovskij). Wird anstelle von Zucker oft zum Süßen des Tees benützt.

Zakuska – vgl. Pavlovskij: »1. der Imbiß, das Gabelfrühstück; 2. die Zukost, das Zugemüse, Beiessen; 3. das Nachessen, Dessert, der Nachtisch.« In den vorliegenden Übersetzungen oft auch mit ›Imbiß‹ übersetzt, meint das, was man unmittelbar nach dem heruntergestürzten Glas Vodka ißt und was in Rußland unabdingbar zum Vodkatrinken gehört. Was als Zakuska alles genossen werden kann, diskutieren exemplarisch Lebedev, Borkin und Šabelskij im III. Akt des ›Ivanov‹ (detebe 20102).

Zemstvo – russischer terminus technicus aus der Verwaltung, bezeichnet die teilweise Selbstverwaltung des Landes im lokalen Bereich, eine der Errungenschaften aus der Zeit der ›großen‹ Reformen, eingeführt nach Aufhebung der Leibeigenschaft 1861, um die staatliche Verwaltung zu entlasten. Auf drei Jahre gewählte Vertreter der Adeligen, Bürger und Bauern (wobei das Wahlrecht dem Adel die führende Position sicherte) entschieden ab 1864 über die Instandhaltung von Straßen und Brücken, Unterhaltung von Fuhr- und Postdiensten, über den Ausbau des Elementarschulwesens, über Einrichtungen des Gesundheitswesens, z. B. den Bau neuer Krankenhäuser (vgl. ›Krankenzimmer Nr. 6‹; der in den Übersetzungen erscheinende ›Landarzt‹, zemskij vrač, ist der vom Zemtsvo angestellte, der Zemstvo-Arzt). Die Zemstvos auf Kreis- und Gouvernementsebene befanden sich in ständiger Rivalität zur staatlichen Verwaltung und wurden 1890 durch Gesetz in ihren Kompetenzen derart eingeschränkt, daß sie praktisch zur Bedeutungslosigkeit verurteilt waren.

Anmerkungen

Volodja der Große und Volodja der Kleine (Volodja bol'šoj i Volodja malen'kij). Russkie vedomosti, 28. Dezember 1893. Mit geringfügigen Korrekturen, Kürzungen in PiR, 1894, ²1898; weitere Korrekturen für SS VIII, 1901.

par dépit – franz. ›aus Ärger‹, ›Unwille‹, ›Verdruß‹.

Pardon, je ne suis pas seul – franz. »Pardon, ich bin nicht allein.«

Wie Deržavin Puškin gesegnet hatte – mit Pathos; Lesebuchgeschichte: der junge Puškin, Lyzeumsschüler von Carskoe Selo, er hatte bereits einige Gedichte publiziert, trägt bei den Prüfungen in Anwesenheit des greisen Dichterfürsten Deržavin (1743–1816) ein eigenes Gedicht vor, in dem Deržavin namentlich vorkommt, und Deržavin segnet das junge Talent. Puškin hat diese Episode aus seinem Leben in seinem Versroman ›Evgenij Onegin‹ selbst erzählt.

Ikonenwand – russ. ›Ikonostas‹, in den russisch-orthodoxen Kirchen die mit Heiligenbildern, Ikonen dicht behängte Wand, die das Kirchenschiff vom Altarraum trennt; vgl. Čechovs Beschreibung des Kircheninneren z. B. in der Erzählung ›Die Steppe‹, detebe 20263.

Tararabumbija – ein Wort ohne semantischen Inhalt, gesagt als Zeichen der Gleichgültigkeit; Čechov hat es später in den ›Drei Schwestern‹ wieder aufgegriffen.

Wollen Sie die Verfassung – es kann, nachdem das Russische nicht unterscheidet zwischen bestimmtem und unbestimmtem Artikel, auch heißen ›eine Verfassung‹; die Frage meint hier: ›Wollen Sie die Frage der bzw. einer Verfassung für Rußland diskutieren?‹ Diese Frage, wie auch ›die Wissenschaft‹, d.h. die Notwendigkeit der Bildung des Volkes, der Aneignung von Wissen, Kenntnissen, oder auch ›die Emanzipation der Frau‹ waren *die* Themen in den liberalen Intelligenzia-Kreisen jener Jahre, natürlich auch die Modethemen in den Salons.

Schopenhauer – Arthur, 1788–1860, deutscher Philosoph, der in Rußland erst in den 80er Jahren entdeckt, übersetzt und diskutiert wurde. Schopenhauers Hauptwerk, ›Die Welt als Wille und Vorstellung‹, erschien in russischer Übersetzung 1892, ›Über den Willen in der Natur‹ ebenfalls 1892; 1896 folgten ›Die beiden Grundprobleme der Ethik‹.

Sternhausen – russ. ›sevrjuga‹, Sevruge, Rüsselstör, Sternhausen (Fischart).

Der Schwarze Mönch (Černyj monach). Artist, Nr. 1, 1894. Mit Abänderung nur eines Wortes in PiR, 1894, ²1898; unverändert in SS VIII, 1901. Geschrieben Sommer 1893.

Onegin, oh du mußt es ahnen... – aus der Oper ›Evgenij Onegin‹ von Pëtr Čajkovskij, 1877, nach dem gleichnamigen Roman in Versen von Aleksandr Puškin; Zitat aus einem Arioso Lenskijs, in dem er von seiner Liebe zu Tatjana singt.

bekannte Serenade von Braga – Joaquim Theofilo Fernades, portugiesischer Dichter, Schriftsteller und Gelehrter, 1843–1924;

Sammler portugiesischer Volkslieder, Romanzen, Märchen; nahm an der bürgerlich-republikanischen Bewegung teil, war nach der Revolution von 1910 kurze Zeit Präsident der Republik.

Mazurka – auch Masurka, polnischer Nationaltanz; schneller, heiter graziöser Tanz im ³/₄-Takt, auch als Gesellschaftstanz damals sehr beliebt.

Reich und berühmt ist Kočubej – erster Vers der berühmten Verserzählung ›Poltava‹ von Aleksandr Puškin, erschienen 1829 und in den 90er Jahren längst Bildungsgut. Kočubej, Oberster Richter des Reichs und treuer Gefolgsmann Peters I., fällt dem Hetman Mazeppa in die Hände, wird, weil er loyal bleibt, gefoltert und hingerichtet.

Audiatur et altera pars – latein. Geflügeltes Wort, Prinzip der Rechtsprechung schon im alten Athen: »Auch die Gegenseite soll gehört werden.«

Sapienti sat – ergänze ›est‹; latein. Geflügeltes Wort: »Dem Verständigen genügt's«, d. h. für ihn, den Wissenden, bedarf es keiner weiteren Erklärung.

Lafitte – feiner, leichter Bordeaux-Wein.

Mens sana in corpore sano – latein. Geflügeltes Wort: »Ein gesunder Geist im gesunden Körper.«

Polykrates – Tyrann von Samos, dem jahrelang alles gelang, was er begann, erhob Samos zur bedeutenden Seemacht; sein Verbündeter, Amasis von Ägypten, soll ihm aus Mißtrauen gegen sein fortwährendes Glück die Freundschaft aufgekündigt haben. Das legendäre Glück des Polykrates gab Schiller Anlaß zu der Ballade ›Der Ring des Polykrates‹.

Eliastag – Feiertag, russisch ›Iljin den'‹, 20. Juli.

Brompräparate – z. B. Bromkalium, Beruhigungsmittel der Zeit.

Jalape – in den Tropen kultiviertes Windengewächs mit großen, trichterförmigen, purpurroten Blüten, die einen schwachen, rauchähnlichen Geruch verbreiten. Das Jalapenharz wurde zu pharmazeutischen Zwecken verwendet. In südlichen Gegenden auch als Zierstrauch gezüchtet.

Blutsturz – als Anzeichen von Schwindsucht, Lungen-Tb.

Sevastopol, Jalta – Jalta, der mondänste und teuerste Kur- und Badeort am Schwarzen Meer, auf der Halbinsel Krim gelegen (vgl. Čechovs Erzählung ›Die Dame mit dem Hündchen‹, vgl. auch ›Die langweilige Geschichte‹; ›Die Plappertasche‹), war, per Eisenbahn, lange nur über die Hafenstadt Sevastopol zu erreichen, wo man umsteigen mußte. Ein Aufenthalt auf der

Krim oder im westlichen Ausland war Bestandteil der Therapie gegen Lungen-Tuberkulose, Čechov hat selbst jahrelang in Jalta leben müssen.

Weiberwirtschaft (Bab'e carstvo). Russkaja mysl', Nr. 1, 1894; dort mit dem Untertitel ›Erzählung‹. Mit geringen Korrekturen in PiR, 1894, ²1898; dazwischen liegt 1896 eine Einzelausgabe. Dann in SS VIII, 1901.

I

Glagoleva – im Kirchenslavischen ›glagol‹: ›das Wort‹; ›die Rede‹.

Altgläubige – Sekte der russischen Kirche, die zurückgeht auf das große Schisma im XVII. Jahrhundert (Raskol, daher auch der Begriff Raskolnik), als sich eine große Gruppe Gläubiger unter dem Protopopen Avvakum gegen die Kirchenreform des Patriarchen Nikon auflehnten und von der offiziellen Kirche abspalteten. Von Peter I. wurden die Altgläubigen, die in ihm den ›Antichristen‹, in seinen Reformen ein Werk des Teufels sahen, grausam verfolgt. Die A. befanden sich auch im XIX. Jahrhundert im Gegensatz zur offiziösen orthodoxen Staatskirche.

Čalikov – russ. ›čalik‹: Weide, aus Weidenruten gedrehter Strick, Seil; ›čalit‹: zusammenbinden, anbinden.

Philanthropie – griech. ›Menschenfreundlichkeit‹.

II

Quadrillefigur – Quadrille, französischer Tourentanz, eine Art Gesellschaftsspiel, das oft den Abschluß von Bällen und Tanzvergnügen bildete.

Epitrachelion – griech. Teil der liturgischen Kleidung der Ostkirche, Stola des russisch-orthodoxen Priesters.

III

Krylin – russ. ›krylo‹: der Flügel.

Lysevič – russ. ›lysyj‹: kahl-, glatzköpfig.

Annenorden – hoher russischer Orden, seit 1835 in fünf Klassen »für alle Stände«, gestiftet zum Andenken an die Zarin Anna (1693–1740); Ritter der Ersten Klasse konnten nur Generalmajore und, im Zivilbereich, Wirkliche Staatsräte werden.

Leconte de Lisle – Charles Marie, französischer Dichter, 1818 bis 1894, Vertreter der Schule der ›Parnassiens‹, ab 1886 Mitglied der Académie française; russische Übersetzungen aus seinen ›Poèmes tragiques‹ waren 1895 in der Zeitschrift ›Russkij vestnik‹ erschienen.

Duse – Eleonore Duse, italienische Schauspielerin, 1859–1924; eine der größten Tragödinnen der Theatergeschichte, gastierte 1891–1892 in Moskau und Petersburg.

Aalraupen – auch Aalquappe, Aalrutte, dorschähnlicher Süßwasserraubfisch, wird bis zu 1 m lang; als Delikatesse gilt die Leber des Fischs.

Mixed Pickles – englisch, in Essig eingemachtes Mischgemüse.

fin de siècle – franz. ›Ende des Jahrhunderts‹.

ersticken Sie in Moschus – Moschus oder Bisam, tierisches Sekret, von »bitterm, widrig gewürzhaften, schwach salzigen Geruch«; wurde als (teures) Parfüm, aber auch zu medizinischen Zwecken verwendet.

essen Sie Haschisch – in Pillenform, hergestellt aus dem Harz des indischen Hanfs. »Blätter und Blüten kocht man mit Butter und Wasser und erhält so ein grünes Fett, welches die harzigen Hanfbestandteile aufgenommen hat und mit allerlei Gewürzen zu den in Arabien, Syrien, der Türkei etc. üblichen Hanfpräparaten (H., Hadschi, Achach) verarbeitet wird, welche man in Pillenform genießt.« (Meyers Konversations-Lexikon, 3. Aufl., Leipzig, 1876.)

von dem ganzen Spiritismus – latein., »Glaube an die Möglichkeit eines Verkehrs mit den Seelen Verstorbener durch Beschwörung und Zaubermittel, früher durch Swedenborg und magnetisierende Ärzte (Justinus Kerner) vertreten, neuerlich wieder von Amerika aus (Geschw. Fox, 1849) durch das Auftreten von Vermittlern dieses Verkehrs (Medium) und in Verbindung mit dem Tischrücken, Geisterklopfen (Klopfgeister) und Geisterschrift (Psychograph) verbreitet.« (Meyers Handlexikon, Leipzig ²1878.) Auch in Rußland um die 80–90er Jahre ein beliebtes Gesellschaftsspiel, vgl. die Memoiren Kropotkins, vgl. Čechovs Erzählung ›Eine schreckliche Nacht‹. In einem der Notizbücher Čechovs findet sich folgende Eintragung: »Ein Mensch, sehr intelligent, redet sein Leben lang Unsinn über Hypnotismus, Spiritismus – und alle glauben ihm; aber ein guter Mensch.«

Herzogin Josiane verliebte sich in Gwynplaine – Gwynplaine, Gestalt aus dem historischen Roman ›Der Lachende‹ (L'homme qui rit) von Victor Hugo, geschrieben 1869; Gwynplaine, der Waisenjunge, dessen Gesichtszüge durch ein grimassenhaftes Lachen entstellt sind und der als Clown auf den Jahrmärkten auftritt, wird erkannt als der Sohn eines hohen Adeligen, der als Kind entführt worden war. Als Angehöriger des Oberhauses macht sich Gwynplaine später zum Anwalt des Elends, das er in seiner Kindheit erlebt hat.

Jules Verne – französischer Schriftsteller, 1828–1905, war auch in Rußland außerordentlich populär und wurde nicht nur von der Jugend viel gelesen; 1906/07 lag eine russische Gesamtausgabe in 88 Bänden vor.

Maupassant – Guy de Maupassant, 1850–1893, französischer, von Čechov sehr geschätzter Schriftsteller; in Rußland viel gelesen; fast alle bedeutenderen Romane Maupassants erschienen in russischer Übersetzung noch im Jahr ihres Erscheinens in Frankreich. Zwei Gesamtausgaben in 15 bzw. 30 Bänden erschienen in Petersburg 1908-11 bzw. 1909–16.

Samum – von arab. ›Samm‹ (›Giftwind‹), trockener, heißer Wüstensturm in Nordafrika und Nordwestindien.

Turgenev – Ivan, 1818–1883, russischer Schriftsteller; Anspielung auf die Frauengestalten in seinen Romanen, z. B. Nataša in ›Rudin‹ (1856), Liza gegenüber Lavreckij im ›Adelsnest‹ (1859), Elena im ›Vorabend‹ (1860). »Schon in Nataša hat Turgenev ein Porträt des russischen Mädchens gegeben, das in der Stille des Dorflebens aufgewachsen ist, aber in ihrem Herzen, ihrem Geist und ihrem Willen die Keime dessen hat, was Menschenherzen zu höherem Tun erhebt. Rudins begeisterte Worte, sein Appell an das, was groß und lebenswert ist, entflammt sie. Sie ist bereit, ihm zu folgen und an dem großen Werke zu helfen, für das er so eifrig und erfolglos eintrat; aber es zeigt sich, daß er ihr nicht ebenbürtig ist. Turgenev sah also schon im Jahre 1855 den Frauentypus kommen, der später eine so bedeutende Rolle im Aufleben des jungen Rußlands spielte.« (Kropotkin, ›Ideale und Wirklichkeit‹, dt. Leipzig 1906.)

Rothschilds Geige (Skripka Rotšil'da). Russkie vedomosti, 6. Februar 1894. Mit minimalen Kürzungen in PiR, 1894, ²1898. Dann in SS VIII, 1901.

Krösus – sehr reicher Mann, so benannt nach dem letzten König von Lydien, Kroisos (6. Jahrhundert v. u. Z.), dessen Reichtum sprichwörtlich war.

Rothschild – Meyer Amsel Rothschild, 1743–1812, Gründer eines internationalen Bankhauses in Frankfurt (Main).

bonschur – franz. ›bonjour‹, im russischen Original russisch transkribiert, ›Guten Tag‹.

Influenza – latein., veralteter medizin. Ausdruck für Grippe.

Rothschild, ich suche Sie gerade... – im russischen Original in jüdischem Dialekt, auch die folgende Passage (»O je, seien Sie so lieb« usw.).

Der Student (Student). Russkie vedomosti, 16. April 1894; dort mit dem Titel ›Eines Abends‹. Mit geringfügigen Ergänzungen in PiR, 1894; danach unverändert in SS VIII, 1901.

Rjurik, Ivan der Schreckliche, Peter der Große – die Namen stehen hier für die verschiedenen Epochen der russischen Geschichte: Rjurik, der Varägerführer und sagenhafte Gründer des ersten russischen Staats im IX. Jahrhundert; Ivan der Schreckliche (Ivan Groznyj), Zar des Moskauer Reichs von 1547–1584; Peter I. – Gründer des modernen Rußland, 1682 bis 1725.

Wirst reich werden – nicht eigentlich als Zukunfts-Voraussage gemeint, sondern als Wunsch: »Reich sollst du werden.«

Der Literaturlehrer (Učitel' slovesnosti). Kapitel I dieser Erzählung in Novoe vremja, 28. November 1889, dort unter dem Titel ›Spießbürger‹ (Obyvateli), »gewidmet N. N. Ob...ij«. Kapitel II erstmals in den Russkie vedomosti, 10. Juli 1894, Untertitel: ›Erzählung‹. Zusammengefaßt, als ›Der Literaturlehrer‹ erstmals in PiR, 1894. Mit geringfügigen Korrekturen in SS VIII, 1901. Die Widmung 1889 galt N. N. Obolonskij, dem Arzt, bei dem Čechovs Bruder Nikolaj in Behandlung war.

I

Graf Nulin – Titelgestalt einer Verserzählung von Aleksandr Puškin.

Velikan – russ. ›der Riese‹, ›Gigant‹.

Šelestov – russ. ›šelestit'‹: rascheln (von Papier), knistern (Seide), rauschen (Blätter).

Puškin als Psychologe – Puškin, 1799–1837, in den 80–90er Jahren längst Bildungsgut, Schullektüre; vgl. z. B. Boris Ėjchenbaum darüber, oder Majakovskij; auch Čechov hat sich über »literarische Gespräche«, Dispute dieser Art gern lustig gemacht.

Ščedrin – Michail Evgrafovič Saltykov-Ščedrin, 1826–1889, russischer Schriftsteller, Publizist, Mitarbeiter der berühmten Zeitschrift ›Sovremennik‹ (Der Zeitgenosse) und, nach deren Verbot, von 1868–1884 Redakteur der Zeitschrift ›Otečestvennye zapiski‹ (Vaterländische Annalen), die die Nachfolge der liberalen, demokratischen Traditionen des ›Sovremennik‹ antrat. Ein linker Autor, dessen Romane (›Die Geschichte einer Stadt‹, 1869–70, ›Die Herren Golovlëv‹, 1875–80) und satirische

Skizzen und Feuilletons zur Lieblingslektüre der demokratischen Jugend Rußlands gehörten.

Eugen Onegin, Boris Godunov – zwei der Hauptwerke Aleksandr Puškins; Eugen bzw. ›Evgenij Onegin‹, ein Roman in Versen, entstanden 1824–1831. ›Boris Godunov‹, historische Tragödie, geschrieben 1825, in Rußland bis 1866 mit Aufführungsverbot belegt. 1868–71 von Modest Musorgskij vertont.

Lermontov – Michail Lermontov, 1814–1841, russischer Dichter, Klassiker wie Puškin; daß beide hier verwechselt werden, ist kein Zufall: Čechov mokiert sich nicht nur über das Halbwissen der Diskutanten; beliebtes Gesprächsthema in den Salons war lange, wer von beiden ›der Größere‹ sei. 1886 hat Čechov in den ›Oskolki‹ selbst eine ›Literarische Rangliste‹ aufgestellt, in der Lev Tolstoj und Gončarov als ›Geheimräte‹, Saltykov-Ščedrin, Grigorovič als ›Wirkliche Staatsräte‹, Ostrovskij, Leskov und Polonskij als ›Staatsräte‹ figurieren usw. ›abwärts‹.

Quadrille – »ist ein Tanz, der von vier, je zwei sich gegenüberstehenden, Paaren in mannigfaltigen beliebigen Touren aufgeführt wird. Die Musik ist fröhlichen Charakters, enthält vier Theile, ein jeder von 8 Takten, in ²/₄ Takte, und wie jeder Theil, so werden auch die Touren wiederholt. Nach Zahl derselben gibt es 3, 4 und mehrtourige Q., die jedesmal mit einem Walztheile schließen.« (Wigand's Conversations-Lexikon. Für alle Stände. Leipzig, 1850.)

die ›Sünderin‹ – von Aleksej K. Tolstoj, 1817–1875, historisch-klassizistische Ballade; eine ganz ähnliche Situation im ›Kirschgarten‹, Akt III, s. d.

Schlacht an der Kalka – 1223; sie markiert den entscheidenden Sieg der Mongolen über die vereinigten Heere der Fürsten Rußlands und den Beginn des sogenannten ›Tatarenjochs‹; im russischen Geschichtsunterricht ähnliche Paukdaten wie im deutschen dazumal die Kaiserkrönung Karls des Großen oder der Gang nach Canossa u. dgl. m.

Tschuktschenhalbinsel – in Sibirien; hier vermutlich stellvertretend für die vielen einzelnen Stationen der Eroberung Sibiriens durch die Russen.

Vestnik Evropy – russ. der ›Bote Europas‹, Monatszeitschrift, erschien in Moskau von 1866–1918, anfänglich als wissenschaftlich-historische Zeitschrift, dann auch mit Abteilungen für in- und auswärtige Politik und Literatur; bürgerlich-liberal, Organ der sogenannten Westler, publizierte u. a. Dramen von Ostrovskij, Werke von Turgenev, Gončarov, Saltykov-Ščedrin; Jakov Polonskij, A. K. Tolstoj u. a.

Mazurka – poln. Nationaltanz, auch Gesellschaftstanz, vgl. o.

Mitropolit Mitropolityč – scherzhaft für Ippolit Ippolityč; russ. Mitropolit, der Metropolit, Titel eines hohen kirchlichen Würdenträgers der russisch-orthodoxen Kirche.

II

Hochzeitsmarschall – oder auch: Brautführer.

auf dem Neglinnyj – der Neglinnyj proezd, in Moskau, Straße, die den Theaterplatz (Bol'šoj und Malen'kij teatr) mit der Trubnaja ploščad' verbindet; dort befanden sich die Hotels ›Metropol‹, ›Evropa‹, die Restaurants ›Eremitage‹ und ›Testov‹, das auch in den ›Drei Schwestern‹ genannt wird; überhaupt weist Kapitel II dieser Novelle einige gemeinsame Züge mit der Perspektive Andrejs (›Drei Schwestern‹) auf.

Whint – Kartenspiel, dem Whist verwandt; Näheres vgl. Anm. zur gleichnamigen Erzählung, Band 1.

Auf dem Gutshof (V usad'be). Russkie vedomosti, 28. August 1894; Untertitel: ›Erzählung‹. Mit Korrekturen, ohne Untertitel in PiR, 1894; neue, geringfügige Korrekturen für SS VIII, 1901.

Ich bin Darwinist – Charles Robert Darwin, 1809–1882, englischer Naturforscher, Begründer der Lehre von der Entstehung und Entwicklung der Pflanzen- und Tierarten; »Darwin wußte nicht, welch bittre Satire er auf die Menschen und besonders auf seine Landsleute schrieb, als er nachwies, daß die freie Konkurrenz, der Kampf ums Dasein, den die Ökonomen als höchste geschichtliche Errungenschaft feiern, der Normalzustand des Tierreichs ist« (Fr. Engels, Einleitung zur ›Dialektik der Natur‹, 1875/76); noch weniger Raševič und seinesgleichen, wenn sie Darwin wie hier, gegen die ›Illusion‹ der Französischen Revolution, Gleichheit und Brüderlichkeit (die Freiheit ausgespart), ins Feld führten. Vgl. dazu ausführlich auch ›Das Duell‹, detebe 20267.

Sobakevič – ›der üble‹, von russ. ›sobaka‹: Hund; Gestalt des brutal-lebenstüchtigen, reaktionären Gutsbesitzers, der betrügt, um nicht betrogen zu werden, aus Nikolaj Gogols Roman ›Die Toten Seelen‹.

Puškin, Gogol ... – waren adeliger Herkunft, »nicht Söhne von Kirchendienern«, und, »deshalb«, auch bessere Autoren; als Spitze gemeint gegen die revolutionären Demokraten und führenden Autoren des ›Sovremennik‹, d. i. der ›linken‹ Zeitschrift der 50er und 60er Jahre: Černyševskij, Dobroljubov und Ostrovskij waren Söhne von Geistlichen, Belinskijs Großvater war Dorfgeistlicher. Auf diese Autoren und, im weiteren Sinn, auf die Rasnotschinzen gemünzt existierte das Wort von der ›Popenliteratur‹.

Kulak – russ. wörtl. ›die Faust‹; meint im übertragenen Sinne einen durch Wuchergeschäfte reichgewordenen Bauern, Großbauer, eine gesellschaftliche Erscheinung, die nach der Aufhebung der Leibeigenschaft aufkam; Prototyp des Kulaken vgl. Vosmibratov im ›Wald‹ von Ostrovskij.

Flammarion – Camille Flammarion, 1842–1925, französischer Astronom, der mit zahlreichen Publikationen viel für die Popularisierung dieser Wissenschaft tat; hier zu einem unfreiwilligen Witz gebraucht, vgl. die ähnlich gebaute Äußerung Telegins im IV. Akt des ›Onkel Vanja‹ bzw. des ›Waldschrat‹.

Die Erzählung des Obergärtners (Rasskaz star ego sadovnika). Russkie vedomosti, 25. Dezember 1894. 1901 mit Korrekturen in einer Festschrift zu Ehren des Pädagogen Tichomirov; mit den Korrekturen von 1901 posthum in Band XI der SS, 1906.

rechtgläubige Kirche – meint die russisch-orthodoxe Kirche, im Unterschied zu den westlichen Glaubensbekenntnissen, die in Rußland ebenfalls vertreten waren, sowie im Gegensatz zu den zahlreichen Sekten im russischen Christentum.

Ibsen – Henryk Ibsen, 1828–1906, norwegischer Dramatiker. Erste russische Ibsen-Inszenierungen Anfang der 80er Jahre, zu einem Triumph nicht nur für Ibsen wurde 1900 der ›Doktor Stockman‹ am Moskauer Künstlertheater. Eine russische Ibsen-Ausgabe in 6 Bänden erschien 1896/97.

»*In unserer bösen verderbten Welt*...« – vgl. Shakespeare, ›Hamlet‹, III. Akt: »In dieser feisten, engebrüst'gen Zeit Muß Tugend selbst Verzeihung flehn vom Laster« (in der Schlegelschen Übersetzung).

Die Gattin (Supruga). Almanach der ›Gesellschaft der Freunde der russischen Literatur‹ auf das Jahr 1895; Untertitel: ›Erzählung‹. Nahezu unverändert in SS VIII, 1901.

in Petersburg bei Kjuba – Kjuba, russische Transkription eines ausländischen Namens; das Restaurant ›Bellevue‹ auf dem Kamennyj ostrov in Petersburg gehörte einem Unternehmer namens Cubat, was dieser Transkription entspräche; vgl. Baedeker, Rußland, Leipzig ⁵1901, ⁷1912.

Anna am Halse (Anna na šee). Russkie vedomosti, 22. Oktober

1895, Untertitel: ›Erzählung‹. Mit Korrekturen und Ergänzungen, besonders in bezug auf die Konkretisierung der einzelnen Personen, in SS IX, 1901.

Annenorden – hoher russischer Orden, vgl. Anmerkung zu ›Weiberwirtschaft‹.

Mazurka – auch ›Masurek‹, »ein aus der Woiwodschaft Masovien stammender und danach benannter poln. Nationaltanz, im ³/₄-Takt, von originellem, leidenschaftlich-wildem Charakter, kam unter dem König August III. (1733–63) in Aufnahme und hat sich von dessen Hof aus überallhin verbreitet. Der M. als Musikstück liebt scharfe rhythmische Einschnitte, Synkopen etc. und wurde besonders von Chopin in meisterhafter Weise behandelt.« (Meyers Konversations-Lexikon, Leipzig, 3. Aufl. 1877)

grande ronde – Figur aus der Quadrille, vgl. Anm. zur Erz. ›Der Literaturlehrer‹.

Vladimir(orden) – geringer, wenig bedeutender Orden.

Weißstirnchen (Belolobyj). Detskoe čtenie, November 1895; Nachdruck in der Anthologie ›Märchen aus dem Leben und der Natur, geschrieben von russischen Schriftstellern‹, 1899. Unverändert in SS III, 1901.

Der Mord (Ubijstvo). Russkaja mysl', Nr. 11 (November) 1895; dort mit Untertitel: ›Erzählung‹; mit einigen Korrekturen und Kürzungen in SS VIII, 1901.

Station Progonnaja – russ. ›progon‹: das Treiben (von Vieh), das Flößen (von Holz); ›progony‹: das Fahrgeld (für Postreisen); ›progonjat'‹: vertreiben, verjagen, davonjagen. Vgl. auch Seite 217.

Mariä Verkündigung – am 25. März.

Analogion – griech. das Lesepult.

Große Fasten – die 40tägigen Fasten nach der Butterwoche, d. h. dem Fastnachtssonntag, bis Ostern.

Kleine Fasten – vor Peter und Paul (29. Juni).

Lerigion – ›Religion‹.

Berg Athos – heiliger Berg der Ostkirche, östlichste der Chalkidike-Halbinseln in Griechenland, Wallfahrtsziel auch russisch-orthodoxer Pilger.

Molokanen – von russ. ›moloko‹ (Milch), etwa ›Milchtrinker‹; eine der zahlreichen Sekten der russischen Kirche, entstanden in der 2. Hälfte des XVIII. Jahrhunderts, nicht zuletzt unter Einfluß der aus Deutschland eingewanderten Pietisten. Die Molokanen enthielten sich des Fleischgenusses, mißachteten die

Riten, Heiligen, Ikonen usw. der russisch-orthodoxen Staatskirche; einziger Ausgangspunkt für die Glaubenslehre der M. war die Bibel; ihre geistigen Lehrer, die ›Starcy‹, galten als Lehrer, nicht aber als Priester.

Versöhnungstag – russ. ›pro enyj den'‹: der Tag vor den Großen Fasten, Fastnachtssonntag, an dem es Sitte war, sich gegenseitig zu versöhnen, dem anderen die Sünden zu vergeben.

Alexander I. – russischer Zar, 1801–1825.

Geißlerin – russ. ›chlystovka‹, Angehörige einer russischen Sekte; »die Sekte der Geißler (eine uralte, weit ausgebreitete Sekte, deren Anhänger äußerlich den Ritus der griech. Kirche streng beobachten, in ihren Versammlungen jedoch Kirche, Sakramente und Geistlichkeit verwerfen, lehren, daß jeder durch gottgefällige Werke selbst Christus werden kann, die, sich geißelnd, drehend und singend, um ein Faß mit Wasser tanzen, bis sie, bewußtlos geworden, zu weissagen beginnen)« (Pavlovskij).

die Worte des Evangeliums vom Kamel – Evangelium des Matthäus, 19/24: »Und weiter sage ich euch: Es ist leichter, daß ein Kamel durch ein Nadelöhr gehe, denn daß ein Reicher ins Reich Gottes komme.«

Georgstag – der 26. November; »in der Redensart: vot tebe babuška Jur'ev den'! da haben wir's! da hast du die Bescherung! (So hieß es, als Boris Godunov im Jahr 1597 den Befehl erließ, daß vom nächsten Georgi an die Freizügigkeit der Bauern aufhören soll, wodurch der Grund zur Leibeigenschaft gelegt wurde).« (Pavlovskij)

Sachalin, Dui – Sachalin, Insel im Norden Japans, in zaristischer Zeit der Ort, an den Strafgefangene zur Zwangsarbeit und Kolonisierung verbannt wurden; vgl. darüber ausführlich Čechovs Reisebericht ›Die Insel Sachalin‹. (detebe 20270).

Ariadna. Russkaja mysl', Nr. 12 (Dezember) 1895, Untertitel: ›Erzählung‹; mit zahlreichen Kürzungen, Korrekturen in SS IX, 1901.

Geschrieben im März 1895 für die Zeitschrift ›Artist‹, die einging und ihre Abonnenten an Russkaja mysl' abgab, daher dort erst in der Dezember-Ausgabe.

Vaudeville – französisch, humoristisches, burlesk-satirisches Singspiel, dessen Dialog ebenfalls gesungen wurde, im Unterschied zur Operette; russisch ›vodevil‹ heißen aber auch Schwänke und Einakter (z. B. einige von Čechov), in denen nicht gesungen wird.

Max Nordau – Pseudonym des in Pest (Budapest) geborenen Schriftstellers und Kulturkritikers M. Zidfel'd (Südfeld), 1849–1923, lebt ab 1880 in Paris; sein bekanntestes Werk: ›Die konventionellen Lügen der Gesellschaft‹.

Weltmann – Veltman, Aleksej, 1800–1870, russischer Romancier, schrieb in der Nachfolge von Laurence Sterne und Jean Paul.

Reizker – Pilzsorte, eßbar.

Homöopathie – im Gegensatz zur Allopathie, »Allöopathie (griech., ›das Leiden eines Theils für einen andern‹), die Übertragung einer Krankheit von einem Theile auf einen andern. Gewöhnlich wird aber der Ausdruck A. auf die Wirkung der Heilmittel angewendet, und A. bedeutet dann die Heilung durch ein dem Krankheitsprozeß entgegengesetztes Mittel und bildet den Gegensatz zur Homöopathie. Letztere geht bekanntlich davon aus, daß Krankheitssymptome durch solche Mittel beseitigt werden, welche, in den gesunden Organismus eingeführt, eben jene Symptome hervorrufen (Gleiches mit Gleichem, similia similibus).« (Meyers Konversations-Lexikon, 3. Aufl., Leipzig, 1874.)

Spiritismus – Glaube an das Erscheinen und die Möglichkeit des Verkehrs mit den Seelen Verstorbener durch Beschwörung, z. B. durch Tischrücken, Geisterklopfen u. a. In der 2. Hälfte des XIX. Jahrhunderts auch in Rußland stark verbreitet; 1884 demonstrierte der Magier Bishop in Rußland z. B. die Kunst des ›Gedankenlesens‹; vgl. auch die Erzählungen ›Eine schreckliche Nacht‹, ›Das Geheimnis‹. Vgl. dazu Anmerkung zur Erzählung ›Weiberwirtschaft‹ in diesem Band.

Ariadna – »der Name paßte gut zu ihr«: Ariadne, in der griechischen Mythologie die Tochter des Königs Minos von Kreta, »gab dem Theseus das Garnknäuel, durch das er sich nach Tötung des Minotauros aus dem Labyrinth wieder herausfand (Ariadnefaden), flüchtete dann mit Theseus und wurde nach älterer kretischer Sage auf der Insel Dia wegen der ihrem frühern göttlichen Geliebten Dionysos gegenüber begangenen Untreue von den Pfeilen der Artemis getötet. Nach anderer (attischer) Erzählung fand Dionysos die von Theseus auf Naxos Verlassene und vermählte sich mit ihr, oder Theseus mußte sie an Dionysos abtreten. Nach ihrem Tode erhob sie Dionysos unter die Unsterblichen und versetzte die Krone, die er ihr bei der Vermählung gegeben, unter die Gestirne.« (Brockhaus, 14. Aufl., Leipzig, 1901.)

Jungfernfeld – in Moskau.

Slavjanskij Bazar, Eremitage – ›Eremitage‹: bekanntes Speiserestaurant im Zentrum Moskaus, mit Konzertgarten, exklusiv ebenso wie das Hotel ›Slavjanskij Bazar‹ (1. Klasse).

Abbazia – italienischer Name des Kur- und Badeortes Opatija nördlich Rijeka am Adriatischen Meer.

Fiume – älterer, italienischer Name des heutigen Triest.

comme il faut – franz. »wie es sich gehört«, russisch geschrieben (komilfo).

Boleslav Markevič – »besser als Turgenev«, ein kennzeichnender Vergleich und, objektiv, natürlich ein Witz; Markevič, 1822 bis 1884, konservativer Schriftsteller, in kaum einer der gängigen Literaturgeschichten mehr genannt. Lediglich D. S. Mirskij erwähnt M.: »Der typisch reaktionäre Roman steht seiner literarischen Bedeutung nach auf einer viel tieferen Stufe. In der Regel ist es die Geschichte eines aristokratischen und patriotischen Helden, der trotz unzureichender offizieller Unterstützung einsam und allein gegen polnische Intriganten und den Nihilismus kämpft. Beliebte Produzenten derartiger Romane waren Boleslav Markevič, Viktor Kljušnikov« u. a (›Geschichte der russischen Literatur‹).

Non habeo – latein. »Habe ich nicht.«

Das Haus mit dem Zwischenstock (Dom s mezoninom). Russkaja mysl', Nr. 4 (April) 1896. Mit geringfügigen Korrekturen in SS IX, 1901. Beendet nicht vor Anfang März 1896.

Belokurov – russ. ›belokuryj‹: weiß.

altrussischer Schoßrock – russ. ›poddevka‹: der Unterzieher, ärmelloses Wams.

Volčaninov – russ. ›volčan‹: Lupine.

Šelkovka – russ. ›šelk‹: die Seide.

Lawn-Tennis – im russischen Original latein. geschrieben (lawn-tennis), ältere Bezeichnung für das moderne (Freiluft-) Tennis, das, in seiner ursprünglichen Spielart, im Ballhaus gespielt wurde.

Burjäten – mongolisches Nomadenvolk, in Teilen des Gouvernements Irkutsk in Sibirien und im weiten Umkreis um den Bajkalsee beheimatet.

Rjuriks Zeiten – im IX. Jahrhundert; Rjurik, sagenhafter Stammvater der Russen und Gründer des ersten russischen Staatswesens.

Gogols Petruška – der Lakai Čičikovs aus Gogols Roman ›Die Toten Seelen‹.

Pëtr Kropotkin
*Ideale und Wirklichkeit
in der russischen Literatur*
Aus dem Englischen von B. Ebenstein
Herausgegeben und kommentiert von Peter Urban

Das zaristische Rußland des 19. und Anfang des 20. Jahrhunderts kannte kein öffentliches politisches Leben, und so brachten die bedeutenden Dichter und Denker des Landes ihre Ideale, ihre Vorstellungen des nationalen Lebens und ihre Kritik in der Literatur zum Ausdruck.

Als politisch aktiver Mensch sowie als hervorragender Kenner der russischen Literatur gelang es Fürst Pëtr Kropotkin, diese spezifische Verquickung von literarischer Fiktion und sozialem und politischem Hintergrund aufzuzeigen. Kropotkins Literaturgeschichte umfaßt die Zeit von den Anfängen der russischen Literatur bis zu seinen Zeitgenossen wie Gončarov, Turgenev, Tolstoi und Dostoevskij und Čechov, mit deren Werk er sich besonders ausführlich befaßt. Auch Vergleiche mit der westeuropäischen Literatur fehlen nicht. Eine Literaturgeschichte, die in außergewöhnlicher Weise den Einfluß der großen russischen Literatur auf das geistige Leben dieses Landes aufzeigt, das Standardwerk zum Goldenen Zeitalter der russischen Literatur.

»Das Buch ist im besten Sinne eine volkstümliche und allgemein verständlich geschriebene Literaturgeschichte, von jener tief humanitären Begeisterung getragen, die den Menschenfreund und Altruisten Kropotkin kennzeichnet.« *Julius Hart / Der Tag, Berlin*